跨度长篇小说文库

Kuadu Novel Series

跨度长篇小说文库
Kuadu Novel Series

碎影

The Shattered Shadows

风雨九龟湖系列之二

公常平
◎著

中国文史出版社

1

周末的晚上，钟玉保内心燃烧的欲望不断升腾、不断膨胀，以致他被这种欲火控制了腿脚、控制了大脑，让这种欲望驱使着他执拗地站在路的拐角，目不转睛地盯着女兵的营房，默默地在心里发誓：今晚一定要与何萍浪约个会。

军营里的管理很严，钟玉保虽有点不适应，但在省军区体工队的生活，他还是觉得非常开心的。天天进行自己感兴趣的训练，还不时外出参加比赛，看看各地风景，又能常常看到何萍浪她们排练、演出，欣赏到她亮丽的歌喉，每天上午上文化课时，他们还能坐在同一个教室一起听课，时不时地可以说上几句话。

几个月前与邓远航、洪光武竞争当小兵的名额，最后还是他和何萍浪如愿以偿，穿上了军装，来到了省城，过上了部队生活。十五六岁，还是在父母身边撒娇的年龄，但几个月来他头脑中除了何萍浪外，就没什么其他人的位置。

这天是星期六，下午训练结束时，他心里就有些骚动，一吃过晚饭，他就在军营里转。他一会儿站在转弯处，向两边的路上看着，想能远远地见到何萍浪；一会儿又来来回回地走着，想在不经意中碰到何萍浪，以便满足他心底的欲求。他来回踱着步，眼睛在不经意地左右扫着，头脑中早已闪现着何萍浪的身影。他仿佛看到了她那修长的身材，触到了那白嫩的肌肤，摸到了那乌黑的头发，闻到了那发丝的幽香。这样像做白日梦似的来回转了几圈，也没见何萍浪出现，不光如此，连她们队女兵的影子一个也没看到。这时，他的步子已不像先前那样悠然了，而是变得急促起来，一会儿乱走一气，一会儿用脚猛踢路上的石子。

正急躁不耐烦时，队长乘一辆三轮摩托停在了他的面前。队长给他下达了紧急任务，命令他立即乘摩托车到九龟县驰援省男篮二队。

原来，华东六省一市青年男女篮球友谊赛在九龟县举行，因这类比赛是中断了数年后首次开赛，虽然还是"友谊第一，比赛第二"，但各家暗地里都在争着前三的位置。作为东道主队的省领导更是争胜心切，给省体委的要求是：力争第一，确保第二。省体委领导感觉靠自身力量难以完成任务，便想起向省军区借人的办法。要求借一位个子稍高一点又较灵活的青年球员，连夜赶到九龟县，明天白天磨合一下，晚上就参加比赛。

钟玉保开始接到命令时有点不高兴，因为他今天的心里有一种非常强烈的欲望，就是要见何萍浪，本来想在这里死等她，发誓今晚非等到她不可，然而这任务一来，不但今天见不到何萍浪，可能一个星期都见不到她，自然心里很不舒畅。可又一想，几个月没回家了，今天能穿着军装，坐着摩托回到九龟县，可以让家乡人看看他的威风，也能让邓小二子、小要饭的对他的军装眼馋眼馋。可队长偏要他到宿舍脱下军装，穿上他带来的球衣球裤，而且还不准说自己是军人，除了一件军大衣外，再不准带部队其他任何用具、纪念品等，生活用具到九龟县配发。

钟玉保不光是为这些不高兴，还因为队长叫他穿球衣球裤不高兴，他当时在心里就直骂队长"乌鸦嘴"。他从小受奶奶影响不小，干什么都要图个吉利。这"球衣球裤"的"球"与"囚犯"的"囚"同音，平时说还可以，队长在他出远门时说"囚衣"，他感到很不吉利，担心路上就会出什么事，所以在心里骂队长，但也没其他法子，只好按命令去做，到宿舍换了军装，坐上省体委的三轮摩托车就出发了。

一上车，他把"囚衣"的事就忘了，倒很兴奋地与省体委的驾驶员闲扯了起来。

"工人老大哥，看你这破车老掉牙了，还不如我们部队退役的车子呢。"

驾驶员顺着他的话搭道："破车？这就不错啦，这还是你们今年刚淘汰给我们地方的，我们那儿还有抗美援朝用过的车子呢，都多少年啦？二十多年了，恐怕比你年龄还大呢。"

"我们不是有退役的吉普吗，怎么不开辆吉普来送我？"

"那么大个单位除一辆上海轿车外，就剩一辆吉普了，也还是你们淘汰给我们的，它明天还要送领导过来呢。”驾驶员答道。

“浪的，你们体委真穷，我爸在九龟县出差都能坐吉普了，体委那么大干部应该坐轿车。再说，你们体委领导也不会算账，他们坐吉普去，叫我坐这鬼东西冻得要死，把我冻伤了，我还怎么帮你们打球？我不帮你们打球，凭你们那帮愣头青怎么能拿第一？”

“我的解放军同志唉，你千万不能冻伤，临来时我们领导就叫我保护好你，要求我必须把一个完完整整的大活人送到九龟，要是有一点损伤就拿我是问，擦破一点皮都不行，你要是冻伤了，不能上场打球，二队赢不了球，拿不到名次，球队不好向体委领导交代，体委领导也不好向省里领导交代，那我还不被当成现行反革命抓起来批斗啊？要不我把棉帽子、棉手套给你戴。”驾驶员说着就要停车脱手套。

“算了算了，我一个革命军人还没有那么娇嫩，我这身体也不是纸糊的，不是吹的，我也是练过的人，到战场上，三五个小日本鬼子我照样把他们打趴在那儿，就是没机会表现罢了。走吧，走吧。一名军人怎么能跟你们老百姓争帽子争手套呢，说出去多难听啊。”钟玉保显得很军人的样子。

深秋的夜晚，一轮冷月高悬天空，凉气袭人，无论是坐在驾驶位子还是坐在摩托车兜里都会有飕飕的凉风扑面而来。钟玉保这时确实感到阵阵寒意直侵心窝，虽与驾驶员有一搭没一搭地吹了一会儿，转移了视线，但随着夜越来越深，寒意也越来越重，他裹了裹棉大衣，把领子向上提了提，缩起脖子，抄起双手，将整个身子蜷成一团想往车兜里钻钻，可因自己一米八的块头，怎么伸，还是有大半截身子在外边，他只好猫着腰，蜷缩着。

驾驶员见他像睡觉的样子，便提醒他说：“解放军小同志，你不能睡觉，睡着了不安全！”

“嗯，我晓得，我没睡。”

他确实没睡，他还在想着何萍浪。她今晚干什么去了呢？怎么没见进营房呢？是不是被哪个四个兜的干部约出去啦？这个小狐狸精，忘恩负义的小东西，她爸死时，她吃住在我家，我家人对她多好，不是我家人，她还不晓得冻死饿死在哪个田埂畈子呢，哪里还有今天穿着军装，在军营整天唱啊跳的份？现在翅膀硬了，连过去的恩人都忘了，几十米的距离从来不跟我联系，跟百十里外的邓小二子通信倒勤呢。大半年了，我约她，借口说首长要求严，从来不肯出来，今天肯定是首长约的吧？这下倒不说严了嘛！走着瞧，部队里总不能扎根，总是要退伍回家的，到时退伍回家安排工作，看你求不求我，到时你求我，我还不睬你呢，你这个小妖精。“呸！”这么想着把个“呸”字真吐了出来。

驾驶员以为他胃受了风要吐，赶忙将车子靠边停下，脱下大衣围到钟玉保前边说：“解放军同志，你是不是受凉了，胃难受想吐？要保重身体，明天还要比赛呢。”

钟玉保推开驾驶员的棉大衣说：“没有没有，快走快走。”钟玉保把左手向前伸伸，借着车灯看看自己的上海表，又说：“这是到哪里啦？都快十二点了，还有多远啦？快到了吧？”

驾驶员又穿好棉大衣，一边开动车子一边说：“有一半路了吧。”

“浪的，你技术不行吧？怎么开这么慢？快点快点。”钟玉保有点不耐烦地说。

驾驶员本来怕他冻着才把摩托开得慢一点，这下见解放军同志不耐烦了，且时候也不早了，再迟了问题就大了，因九龟县是水网地区，深秋季节常常大雾弥漫，到九龟县境内要是起雾，车子就难行了，于是驾驶员加快了速度。

果真，三轮摩托没行多远，雾已慢慢起来了。

2

随着摩托车不断地前行，雾越来越浓，月光也越来越暗。雾像是与车子反向行驶的幕墙一样不断向车后推进，吞没所有在路上行驶的车辆。车灯向前方射去，一团团的浓雾扑向摩托，像是一堆堆高大的浪花，一会儿升得很高，从摩托车顶上冲过，一会儿从高处砸下要把摩托车冲翻压垮。这时，天上的月亮已不知所处，摩托的灯光也越行越短。

钟玉保一点睡意也没有，早已用双手紧紧地抓着车把，两只眼睛瞪得圆圆的，头伸向前方，保持着高度的警惕性。他一边注视着前方，一边还不住地提醒着驾驶员："慢点慢点，前面有车；慢点慢点，大坑大坑；慢点慢点，水塘水塘。"他知道，平时晴朗天气在这么窄的沙石路上行驶还有不少事故，何况这是在大雾天里，就很难说不发生事故了。

摩托车继续前行，越向前行，车子被雾浪裹得越紧，车子的灯光拼命地钻开浓雾，竭力地向前延伸，浓雾拼命地抓住灯光，使劲地把灯光往灯罩里压。行驶中突然听到吱吱的一阵刹车声，才知道迎面一辆车已到眼前，把钟玉保吓得冒出了一身冷汗。这时钟玉保脑子里又闪出了队长说的"球衣球裤"，心里想起来还要骂队长，不能说几句吉利话，偏要说"球衣球裤"，臭嘴！骂归骂，浓雾却没办法驱散，自己满身满头的雾气，满脑子的却是"囚衣、囚衣"，他想叫驾驶员把车停到路边歇一会儿再开，又怕驾驶员说他贪生怕死。确实也不知这雾什么时候散，前边的雾有多远，如果让部队领导知道自己因为害怕出事故停车休息，而耽误了完成任务，那也是要吃批评、受处分的。

摩托仍在雾浪中拼搏着，他满脑子仍是"囚衣、囚衣、囚衣……"，他想把头脑中的"囚衣"变成"保佑、保佑、保佑……"，可怎么也拗不过来，他尽力地回忆着奶奶，心想奶奶心善，想到她，头脑中的"囚衣"会变成"保佑"，还真有点效果，可是头脑中刚出现一个"保佑"，就又变成"囚衣、囚衣"了。他又在头脑中想丁和美，想她怎么由一个美女变成一个丑八怪，又想何萍浪，想她怎么进步那么快，时间不长，竟然由一个水上丫头变成了一个独唱演员。但他想这些也都没用，都是闪一下何萍浪，又闪一下"保佑"，但最后又变成了"囚衣、囚衣、囚衣……"。

何萍浪入伍半年，的确进步很快，因为有专业老师指导，加上原有嗓子的基础和她的刻苦勤奋，渐渐成了军区文工团一名独唱演员的苗子。今晚她并未如钟玉保所想的那样是去跟哪个"四个兜的"约会了，她也还没到谈恋爱的年龄，她只是个女小兵，她今天不在军营，是随文工团到军区大会堂，去参加"庆祝红军三大主力军胜利会师三十五周年文艺晚会"了，她压根儿就不知道钟玉保今晚等她等到急得冒跳，她即使知道了，也不想见他。因为在军营里他还是不够严肃，见到她还以为小时候住在他家那时，一会儿抓下辫子，一会儿捏下屁股的，令她十分反感，因而就是平时上文化课碰到他，她也是尽量避开他，一下课就回宿舍，不想跟他多接触。

今天的晚会上，本来安排她演唱一首歌曲，可当她唱完《东方红》上面的《翻身道情》时，观众们的热烈掌声经久不息，领导只好又安排她唱了一首《山丹丹开花红艳艳》。演出结束，回来虽已很晚，但她很兴奋，想给哥哥和邓远航分别写封信。哥哥在东北当兵快三年了，不知今年是否安排退伍回家了。远航爸爸与钟玉家爸爸、洪光武爸爸、黄老师他们都到县城工作了，他们的家也都搬到了县城，远航今年已在县中读高中了，不知道他想要些什么学习用品，还有就是他又跟钟玉家一个班，她心里有点说不明白的滋味，也想跟他说说。总之，想把自己在部队的学习、训练情况告诉他们，也想问问他们现在的情况。营房里的灯熄了，她就打着手电筒在被窝里写。刚写完给哥哥的信，还没来得及写给远航的信，班长发现她床上有动静，掀开她的被子，命令她立即熄灯睡觉，她只好作罢，熄了灯，躺了下去。

可躺在床上，她还是睡不着，便在头脑里一遍又一遍地写起了给远航的信，一遍遍写的时候，头脑里又一遍遍冒出九龟湖边的大堤、九龟湖大堤上的那棵老槐树，闻到了那老槐树上槐花的香味，看到了那槐树花下的远航和她的影子，摸到了她拆了自己的毛衣给远航编织的手套和围巾……不知写了多少遍，想了多少遍，就在这一遍遍的写、一遍遍的想中，她进入了梦乡。

这天下午，邓远航他们九龟中学高一年级四个班的学生被文教局抽来，参加在县灯光球场召开的“九龟县少年体校成立暨新篮球场落成典礼”大会。在大会上他们知道华东六省一市青年篮球赛明天在这新建成的灯光球场进行，领导还在台上讲话时，他们几个男生就盘算着到哪里去找几张球票了。会一散，洪光武就拉着邓远航向主席台跑，后边跟着一帮男生。他跟邓远航说主席台上坐着的一个高叔叔是同他爸爸一起下放的省里干部。他们跑到主席台边，高叔叔正陪着上级领导向外走，洪光武一把拽住他的衣角喊道：“高叔，给我几张球票。”高叔叔见是洪院长的儿子，便侧身对他说：“这么多人，我票怎么给你呀，明天再说。”说完就陪领导走了。洪光武和其他同学一起看着邓远航，似乎是在问他有什么办法。

邓远航是一点办法也没有。他爸爸今年 7 月份才调到县革委会生产指挥组工作的，全家搬上来还不到一个月，人生地不熟，找哪个要票去？洪光武爸爸到县里早些，是5月份到县法院当院长的，而钟玉家爸爸更早，他3月份就调到县城工作了，在县革委会政工组任副组长，他们来得早，熟悉的人多，还是找他们想想办法。于是，他对洪光武说："还是找家家吧，她爸爸是政工组的，肯定有票。"洪光武说："唉，不要烦了，明天不是还来开万人大会嘛，明天再找高叔，肯定有票。"

3

钟玉家、洪光武、邓远航三家，还有黄老师家搬到县城后都住在一个院子里。说是一个院子，实际上就是前后相对的两排平房。院里住着十几家人，洪光武和钟玉家两家住前面靠街的一排，邓远航和黄老师两家住后面一排。

他们三个孩子虽已长大了不少，也知道了不少男女之间的事，但因从小在一起长大，现在又在一个班级，又还住在一个院子，平时照样互相串门，一起学习、一起玩耍，仍然不分彼此，没有什么忌讳。

这会儿已是晚上十一点多，钟玉家家里灯还亮着，人也不少，确实是有事。起初是县体委的一个干部来向钟大同副组长透露个消息：他在省军区当兵的儿子今晚到家，叫他们等等再休息。

听说当兵几个月的儿子要回家，钟大同夫妇自然十分高兴，张罗着到街上的湖滨馆买些熟菜，等儿子回来好好犒劳犒劳他。弟弟妹妹听说当兵的哥哥要回来，一个个兴奋得像觅食的小蚂蚁一样，在家里家外乱窜。可是，左等右等，也没见哥哥到家。弟弟妹妹几个开门出去望，望不到，又到路上望，仍然不见哥哥的影子。家家带着两个弟弟家里家外来来回回不知跑了多少趟，雾气倒带回来不少，但哥哥却没接回来。最后，两个小伢子累了，一个躺到了小桌子上，一个趴在椅子上，都睡着了。钟玉家点无困意，她心里很紧张，但不敢跟爸爸妈妈说，便一人跑到街上，站在那里，两眼紧盯着伸向雾里的马路，可此时只有近处的路灯下偶尔有一两只狗呀猫的穿过，其他连一个影儿都没有。

洪光武昨晚不知吃了什么咸的，水喝多了，夜里起来解小便。开门出来，外边一片大雾，看不了几米，他便趁着大雾往马路边一站，手向裤裆里掏着就要小便。忽而依稀看到有个像是钟玉家的女孩背对着他站在那里，他赶忙捂着裤裆蹑着脚步走进了自家屋里。进了屋，他轻轻地揭开窗帘向外望去，虽有雾遮着，但钟玉家的模样，他熟透在心。是她！鬼啦，她这么晚站在那大雾里干什么？准备上学啦？不对，时间没到呀，他看了看桌上的小闹钟，才夜里两点。难道她也是跟我一样起来夜尿的？不对，她们女孩哪个敢在大街上撒尿啊？想到这儿，自己先笑了起来。对啦，她是不是在等邓远航？平时她就向着他，也想着他，两人还常常眉来眼去的，这会儿肯定是他们趁夜深人静的时候来约会的。此时，他拍拍自己的脑袋，对自己说：平时还自以为比邓远航聪明，现在人家把自己卖了，自己还蒙在鼓里呢，人家夜夜约会谈情，我却睡在被窝里打呼给他们伴奏，真是被他们耍了。不行！我倒要盯住他们，看他们怎么约会，今晚抓他们个现行，明天让全班同学都知道他们的丑事。

这时，钟大同夫妻俩眼看时间已到凌晨两点，心里非常着急，平时就是坐客车，从省城到九龟四个多小时也到了，这都六个多小时了，车子开得再慢也应该到了。但今夜这么大的雾，很难说路上有什么事了。不行，得去看看。

钟大同跑到县体委去问，体委的人说正在与省里电话联系。其实，体委的电话已摇了好长时间了，就是接不通。电话也很难打，先要摇到县邮电局总机，再由县总机接到省城总机，由省城总机接到省级机关总机，这一个总机一个总机地接下去就要好长时间，最后接到省体委，因是周末的深夜，也无人接电话，挂断，再从头接起，又要好长时间，有时一天也打不通一个长途电话。想接到省军区的电话问问，可是地方总机要接通部队里的电话更是难上加难。钟大同也知道打长途电话的难处，除了叫体委不停地摇电话外，夜这么深也没有其他办法，只有回家等，实在不行，明天天亮再说。

这边，洪光武眼睛盯酸了也没把邓远航盯出来，倒看到家家爸爸急匆匆地一路小跑地出去了。他想，她爸爸没睡，怕是邓远航也不敢出来勾引家家吧。莫不是她家有什么事？或是他爸爸吵她了？想到这儿，他放下窗帘，推开前门，走到钟玉家背面，问：“你这么晚，站这里干什么？”

“你把我一吓，我以为是鬼的呢。我等人。”钟玉家眼睛仍然看着前方说。

“果真等人！你天天在这儿等他吗？”洪光武像是被深夜的寒风所侵袭，声音抖抖地说。

“哪来天天等啦，半年了才等这一次。”钟玉家答道，两只无神的眼睛仍然看着前方的浓雾。

洪光武心想，半年才等一次，那是他们第一次约会，有第一次就有第二次，这第一次就不能让他们约成，非搅了他们不可。于是他说：“那好，你一个女孩深更半夜的在这儿不安全，我陪你一起等。”

邓远航睡觉前见到钟玉家那种情况，心里一直噎着，迷迷糊糊睡着了，半夜也醒了。醒来后，他又掀起窗帘的一角向外望，对面的屋里灯虽然还亮着，但不见人影了，向巷口望望，好像那儿有两个人站在雾里，再睁大眼睛看看，那是钟玉家和洪光武！难道事儿出在他们俩身上？他们爸妈把他们赶出来，不准他们进门？这深夜雾大天冷，得帮帮他们，先叫他们到我家来坐坐再说。想着，他便开门向巷口走去。

“来了，你等的人来了！”一直瞄着巷口的洪光武低声说。

“啊？在哪里？”钟玉家一阵兴奋，脸上漾起了笑容，两只发亮的眼珠穿过雾气看着洪光武，像是因哥哥终于平安到家而流露的激动，又像是因他带来哥哥的消息而发出的感激。

洪光武看她那兴奋的样子，就一肚子的不高兴，心想：大雾里我陪你站半天了，你就一直拉着个脸，愁眉不展，他刚一出现，你就喜笑颜开，比演员变得还快呢，便不愿答她的腔，只是用手随便地向巷口那指了一下。

钟玉家的眼睛循着他手指的方向看去，巷口里并没有穿着军装威武雄壮的哥哥，而是比哥哥矮一头的邓远航，顿时，两眼的泪水如下雨一般唰唰地直往下滴，嘴里也发出了“呜咽”声。

洪光武见状更生气，便厌烦地说：“你比何萍浪还适合做演员呢，什么时候这么能装腔作势啦？看到我是愁，听到他是笑，见到他又哭，你不会是得脑膜炎了吧？”说着要用手去摸钟玉家的脑门，看是不是发烧了。

洪光武的手还没摸到钟玉家，钟玉家就一脚踢过去说："去你的，就你会幸灾乐祸！"洪光武"哎呀"一声向后退了一步。谁知他还没站稳，后边又推来一手，推得他打了个趔趄，向前连冲了几步才站住，险些跌倒。

原来，邓远航见钟玉家哭得伤心，又见洪光武还要动手，就冲上去，一是想拦住洪光武，二是想教训他一下，正巧这时洪光武为躲钟玉家的脚退到他跟前，他便一边顺势推了一把，一边喊道："小要饭的，你深更半夜在家门口欺负女伢子，你不要以为你是大城市来的，你就是小要饭的品，你就是一个流氓无产阶级。"见洪光武把钟玉家欺负哭了，他连多年不喊的"小要饭的"也喊出来了，还把刚从政治课上学到的《共产党宣言》中提到的"流氓无产阶级"也用上了。

洪光武向前冲了几步止住后，又反转过来冲到邓远航面前，高高举起拳头就向邓远航脸上砸去。他心想：好你个邓远航，我把你当最好的朋友，你却背着我跟钟玉家约会，还揭我的伤疤，骂我是流氓，今天我跟你彻底决裂了，永远不跟你玩了！

4

洪光武高高举起的拳头砸下去一半就停在了那里，显出了一脸的无奈和沮丧。原来，钟玉家见他们两个像两只要斗架的公鸡，便跨上一步，站到了他们两人中间。看着两个昂着头的"斗鸡"，钟玉家既感到好笑，又觉得一头雾水。怎么今天这个大雾夜里两个人都睡不着觉，好好的脾气又都这么冲？难道这浓雾真有这么大的神力，把人弄躁了，把事搞糟了。后经一询问，一解释，三人才都如梦初醒，搞清了雾夜里的误会。

误会消除后，邓远航向洪光武赔了礼，表示以后不再提"小要饭的"，不骂他"流氓无产阶级"了。洪光武也向他们俩表示以后不瞎怀疑他们了。可赔了礼后，钟玉家眼泪又掉下来了，她担心哥哥真出事了。

邓远航见状便安慰她说："不要怕，没得事，你家大保子又鬼又有劲，不会出事的，要不我们陪你到车站去等他。"

“要是坐客车倒好了,是省体委的车子送的,还不晓得是什么破车子呢。”钟玉家呜咽着说。

“那没事,省里车子多呢,我知道,我爸爸在省里就坐的是进口的拉达轿车,你哥至少要坐个上海轿车回来吧?”洪光武安慰钟玉家道。

“对,洪光武见多识广,省里的事他晓得的多,你哥是当兵的,不坐轿车,起码坐个吉普回来。”邓远航附和道。

“你们不要骗我了,要是好车子,他早到家了。”钟玉家仍然呜咽着说。

邓远航见哄不了她,便说:“要不这样,我们陪你一路向前去迎你哥哥。”说完便向前迈步了。

“好,说走就走。”洪光武说着也往前走了。

钟玉家见他们向前走,便小跑两步也跟着他们向前走。

走了没两步,洪光武说:“等一下,等一下。噢,不行,你们先走,我就来。”说着跑到路边的黑暗处哗啦啦地尿了起来。尿完后赶忙跑起来,赶上他俩,三人一起向通往省城的方向走去。

起初,路上的能见度只有几米,后来逐步增加,到鸡叫时,已能看到前边二百多米。他们也不知道走到什么地方了,也不知道离家多远了,一路上一辆汽车也没看到,就连一辆拖拉机、一辆小驴车也没有。直到太阳出来,雾也散了不少,他们才想起今天在体育场开万人大会,便急急忙忙往学校赶。跑到学校,校园里已空无一人,知道已经迟到,早饭也来不及吃了,便径直跑到体育场参加会议。

今天批判大会有县里各单位的工农兵学商等各界群众数千人参加,号称万人大会。会场里噪音很大,许多人昨天都已听了中央人民广播电台的广播,今天同事、朋友在一起就小声地互相说说心里的想法,讲讲各自的高见,因而议论声较大。邓远航他们坐在那儿开始还认真听大喇叭里讲,后来见别人议论,他们忍不住也议论了起来,早把钟玉家哥哥的事丢在了一边。

邓远航故意逗洪光武说:“你说像我们这么亲密的朋友,你以后会不会在背后搞我呢?”

“我要背地里搞你干什么啊?饭吃多了撑得慌啊?不过,话说回来,你要是对我采取敌对行动,还像夜里那样骂我,保不准我要对你采取革命行动。”洪光武仍然对邓远航还喊他“小要饭的”，骂他“流氓无产阶级”耿耿于怀。“还有，你要是……”本来他想说“你要是跟我抢钟玉家，我就对不起你”，但周围都是同学，说出去大家都要笑他，话到嘴边又改口说：“你要是欺负钟玉家，我就不会给你好果子吃。”

邓远航觉得他说的话让人莫名其妙，说得他丈二和尚摸不着头脑。心想：我什么时候欺负过钟玉家啦，从小在石龟镇时，那时还没有你洪光武呢，我们就在一起玩了，她哥哥要想欺负我时，她还跟我站在一边呢。想到这儿，他便把嘴贴着洪光武的耳朵说：“我向你保证，我保证永远不欺负她，我可以跟你赌咒，我对她比你对她还好喃！”

“赌个屁的咒！你要是对她更好，我就……”洪光武正说着，老师走了过来，他便赶忙把话刹住，两眼不安地盯着老师的两条腿，以为老师要走过来训他们不遵守会场纪律了，哪知老师从他和邓远航边上走过，没找他们，奇怪的是老师走到前边并没讲话的钟玉家面前，把钟玉家叫走了。

钟玉家坐在那儿听他们议论，但并没听进什么，心里很乱，也不想说什么，只是一直惦念着哥哥的事。这会儿，老师来叫，她知道不好，肯定是哥哥出事了，跟在老师后边走时她的眼泪就已掉了下来。

洪光武见钟玉家眼泪掉下来，便有点自责了，认为自己今天讲话太多了，破坏了会场纪律，反把钟玉家牵累进去了，觉得老师批评钟玉家不公平，应该批评自己，不应该冤枉钟玉家。想到这儿，他拉着邓远航要去向老师解释清楚。

邓远航见老师来并没批评他们，却把钟玉家叫走了，就知道她哥哥钟玉保有消息了，见钟玉家掉泪了，又觉得恐怕是凶多吉少，也想去看看到底怎么回事，洪光武一拉，他便跟着出来了。

5

老师把钟玉家叫出来，确是告诉她哥哥的消息。原来，她爸爸天一亮又去体委问电话是否接通，一直等到上班时间，省体委有几位领导要到九龟县参加“华东六省一市青年男女篮球赛”的开幕式,来集中乘车时,才接通了电话,确认了钟玉保昨晚大约九点钟乘体委的三轮摩托去九龟的,应该早到了。一听这话,钟玉家爸爸立即请了假,借了县里的吉普车就沿路寻找儿子去了。

他们沿路寻到邻县三山县的一处坡道边,看到一辆三轮摩托车翻倒在坡下的沟里。停下车,钟大同走到摩托车旁一看,车子已经损坏,旁边空无一人,地上还清晰可见几摊血渍。看了现场,钟大同立即上车直奔三山县人民医院。以他的经验,他认为儿子是出了事,但还不是最坏的事,肯定有人已把他们送到靠近的三山县人民医院了。

钟大同猜测的一点也不错,他儿子和驾驶员已被一位路过的卡车司机送到了三山县人民医院救治。

昨夜车行驶到三山县境内时,钟玉保就已很紧张了。不仅是大雾笼罩,还因为三山县是个丘陵地区,坡路较多。车越向前开,他越紧张,除了两眼一眨不眨地盯着前方,嘴里不停地喊“注意注意,慢点慢点”外,他还做了些准备,就是两手紧紧抓住前面的把手,两腿从车厢里向后缩起,整个人向后坐了坐,以防出事故两腿被蹩在车厢里出不来。

但是后来摩托车撞上一棵大树向坡下翻时,他还是有点猝不及防被摔了出去。好歹之前已把腿缩出车厢,人没有蹩在车里随车翻到沟里。被摔出来后,他翻了几滚也滚到了沟里。过了好一会儿他才回过神来,用手摸摸头,头还是好的,只是有不少黏液,大概是哪里流血了。他躺了一会儿,喊了几声驾驶员,没有人应。他试图站起来,但腿疼痛难忍,站不起来。他向四周看看,雾很大,夜很深,什么也看不见。他只好又躺下。公路上不时有汽车喇叭声和汽车的灯光由远而近,又由近而远从他们上边掠过。当有车驶过时,他总是大喊“救人啊! 救人啊!”,可车上的人既听不到他的声音,又看不到他的人影。这样喊着、躺着,躺着、喊着,天也快亮了,他觉得不能在这里等死,家里爸妈、弟弟妹妹们还等着他活着回家呢,得赶快自救。不能站,他就爬。他把在部队里训练时学的匍匐前进用上,一点点地往上爬,咬着牙爬爬歇歇,爬了很长时间,终于爬到了路上。这时,天已大亮,但雾还未散。他趴在路边伸长手向过往的车辆招着、喊着,但车辆从路上驶过并没停下。

他骂那些驾驶员都是见死不救的小人，等老子好了非整死你们不可。其实，他错怪人家了。因为雾大，他又在路边的低处，驾驶员不注意是很难看到他的。

他索性做出十分冒险的动作，爬到路中间，向上高高举起手，这样过了一会儿，一辆卡车驶过来时看到了他。好心司机把他背上车，又下坡把摩托车驾驶员背上车，把他们直接送到了附近的三山县人民医院。

钟大同赶到三山县人民医院时，驾驶员还未苏醒，正在抢救，钟玉保头部已包扎好，同时也做了X光片检查，左脚第二、第三跖骨骨折，右腿腓骨骨折，右臂肱骨粉碎性骨折，医院暂时只能做固定处理，需转院到有条件的医院动手术。

后经钟大同与县里、省体委、省军区体工大队几处联系，省军区体工大队也主动联系安排，决定把他们接到省军区医院救治。到晚上，省军区医院来了辆救护车把两位伤者接走了。

在省军区医院，钟玉保动了手术，打了石膏。在医院住了两个多月，他实在待不住了，急切地要求拆了石膏赶快出院。拆了石膏，他觉得轻松了许多，但医生交代他一时还不能过多走动，更不能干重活，只能撑着走走锻炼锻炼。他爸爸妈妈觉得他还是个孩子，这样回部队休养也不方便，在征得军区体工大队领导同意后，把他接回家休养了。

在家里养了几个月，人长胖了，脸色也好了，但还是不能进行剧烈运动，而且一到阴雨天，骨头酸痛难受。鉴于此，他也不适宜再留在体工队，因而部队与钟大同、钟玉保父子俩商量后决定让钟玉保退伍。

就这样，钟玉保结束了他半年的军旅生涯，回到了学校，插到邓远航、洪光武他们班上，与妹妹钟玉家坐在了一个课堂里。这样又读了一年多的高中。

在学校读书，钟玉保除了个子亮眼外，其他方面没有什么出彩的，读书学习他跟不上趟，远远落在邓远航、洪光武、钟玉家后边，表扬是几乎沾不上边，一年多来，只能看着他们神气。可是到高中快要毕业时，他却轰轰热热地神气了一把。

毕业考试结束的那天下午，高三各班学生到学校礼堂集中开会。

待大家集中完毕后，主持人讲话："同学们，再有几天你们就要毕业了，毕业后到底走向何处？这是摆在我们每一位同学面前的现实问题。钟玉保等同学的倡议书很好地回答了这一问题。下面让我们以热烈的掌声欢迎钟玉保等同学上台宣读倡议书。"

钟玉保、洪光武、钟玉家三人走上台，一字排开，钟玉保上前一步，跨到话筒前，拿出一张红纸，照着念了起来：

向全县应届高中毕业生发出的关于上山下乡接受贫下中农再教育的革命倡议书

全县革命的应届毕业生们：

毛主席号召我们说："知识青年到农村去，接受贫下中农的再教育，很有必要。"六年来这一伟大号召响彻大江南北，深入革命青年心坎。知识青年上山下乡已成为一股不可阻挡的革命洪流，革命形势一片大好，越来越好。即将毕业的我们是做这大好形势的创造者、保护者，还是做反对者、破坏者，关键是如何正确对待上山下乡这一革命行动。凡是创造和保护革命大好形势的，就要与几千年遗留下来的一切旧思想、旧风俗、旧习惯、旧势力彻底决裂，响应毛主席的号召，上山下乡干革命！

毛主席教导我们说："农村是一个广阔的天地，在那里是可以大有作为的。"我们向敬爱的党组织、工宣队表示决心，向全县应届高中毕业生发出倡议：坚决响应毛主席的号召，到农村去，到基层去，到祖国最需要的地方去！扎根农村干革命，改造旧山河，建设新世界，消灭工农差别、城乡差别、体力劳动与脑力劳动差别，把我们的汗水和热血洒在祖国的大地上，把我们的青春献给社会主义新农村，把我们的一生献给伟大的共产主义事业。

同学们、战友们，革命青年志在四方，让我们立即行动起来，背起背包立即出发，向着祖国的广阔天地前进！

九龟县中学高二(一)班：钟玉保、洪光武、钟玉家倡议书一读完，台下响起了热烈的掌声。邓远航也把两手来回地拍了几下，但拍得很轻，几乎没发出什么响声。他不是对上山下乡有意见。对于上山下乡，他早已心有准备，因他哥哥前年毕业后去参军了，目前他家还没人下放，他是家里老二，他毕业时到农村插队是板上钉钉跑不了的事。他想好了，农村是个广阔的天地，到那里虚心接受贫下中农再教育，一定会大有作为。他心里不快活的是他们向全县应届毕业生发倡议既不让他参加，事先也不让他知道，完全把他排除在外，他们三个出尽了风头，却让他默默无闻，并且还让人说他在同一个家属院子里没有人缘。要说钟玉保把他拒绝在外情有可原，那两个都是好朋友怎么也瞒着他呢？难道这么多年的朋友都不可信？

其实，他有点错怪朋友了。倡议书的事，钟玉家是压根儿就一点不知道，直到开会前哥哥才告诉她有这么回事，她根本没时间告诉邓远航。写倡议书的想法是钟玉保在毕业考试前想好，叫洪光武起草的，洪光武这几天一直想告诉邓远航，并向钟玉保提出带上邓远航和钟玉家，钟玉保只叫他写好了交给他，并让他先不要说出去。洪光武记得很清楚，钟玉保那天还竖起拳头在他眼前晃了晃，然后要他绝对保密，签名的事不用他管，到时他自己知道叫哪些人签名。直到毕业考试结束大家到大会堂集中时，钟玉保才拿出倡议书叫他签名，他也不知道是否有邓远航签名，因而，先前不敢说，那是做“小要饭的”时就被他打怕了，到现在还有点忌惮钟玉保的拳头，而且他心里也想着为了钟玉家，也不能得罪他，这会儿就是想告诉邓远航，也没机会了。

大会结束了，邓远航不愿同他们一起走，便在主持人一宣布散会时站起来就向外跑。他刚跑到门口，主持人又把大家喊住：“回来回来，坐下坐下，钟组长有话说。”

邓远航回到原座位坐定，抬头向台上一看，真是面颊上画满问号，一脸的疑问。这钟家今天是唱的什么戏啊？兄妹刚下台，老子又登场？

6

“革命同学们,党和人民需要你们的时候到了。现在农民伯伯正在挥汗如雨,抢收抢种,需要你们的大力支持。外边停着四辆大卡车,一个班一辆,全体同学上车。”钟玉保爸爸、县政工组副组长钟大同说完,手向门外一挥,只见同学们纷纷跑出会堂,爬上了卡车。

四辆卡车装着四个班的高中毕业生由钟副组长带队直奔县城的西渡口,到了西渡口,卡车上的两百多名学生又下车转乘轮船,向对岸进发。

船到对岸,太阳也快下山了。学生们下船后发现脚下是个湖岛,大家都兴奋雀跃起来,比刚才坐卡车、坐轮船还兴奋。虽然天气炎热,大家浑身冒汗,但同学们仍安定不下来,还是有使不完的劲。有的在堤上乱跑,相互追逐;有的到水边嬉戏,相互泼水;有的往芦苇荡里钻,相互寻觅……这时带队老师把哨子一吹,大家才不情愿地又按班集合起来。然后由钟副组长分配:“一班到一队,二班到二队,三班到三队,四班到四队,由各生产队队长带队,步行到各生产队,出发!”各班分别跟着不同的领队向各自的目的地出发了。

钟大同副组长怎么突然想起把这些应届毕业生带到这儿来劳动的呢?原来,县里领导干部都有挂钩蹲点的任务,钟大同的点就在这里。过两天县里要在这里召开夏收夏种现场会,但到现在这里还有不少田的秧没插下去,还有沟渠没整好,人手忙不过来,他除了调来部分公社干部应急外,又想起他儿子这些大小伙子闲着没事,因而下午把车船联系好,又与县中党支部书记联系好,这才带来这些劳力。

邓远航他们几个下船一看,知道这是石龟公社的龟岛大队,前几年他们家住在石龟公社时,他妈妈被赶到这里,他曾经在这儿生活过,离开后听说岛上一户人家一胎生了三个小美女,当时轰动全公社,不少人像看猴子一样地去看热闹,他也随大人们回来看过。现在那三胞胎应该有四五岁了,恐怕长高了不少了。她们家就住在湖边的一队,正是邓远航他们班要去劳动的生产队。

到了生产队，队长又把他们分到各户农民、渔民家吃住。巧得很，邓远航、洪光武、钟玉保三个男生就分到三胞胎家住。走在去三胞胎家的小路上时，邓远航就问他们两个："哎，你们有没有见过三个长得一模一样的人？"

钟玉保那时当小兵在外边，后来家又搬到了县城，不知有此事，便说道："三个一模一样的？你说的是小狗小猫吧，人就是亲弟兄也不可能啊，我家弟兄仨，你家弟兄仨都不一样，我们只见过两个长得一模一样的双胞胎，没见过三个，你恐怕又是要给我们下什么套了吧？"

洪光武随爸妈在石龟公社下放时听说龟岛上有户人家生了三胞胎，但他没来看过，也不知是不是一模一样，便没吱声。

邓远航说："你这人就是疑心病，人家说个正经话，你就以为是骂人话，我说的是真话，确实有三个一模一样的人。"

"你说的话，我反正要怀疑怀疑，防止上你的当。"钟玉保说。

"不信，你到时看，不过不是大人，是三个小人，小美人。"邓远航回他说。

"啊？小美人？在哪里？有多美？带我去看看！"钟玉保急切地说。

"不要急得像个猴子似的，听邓远航说噻。"一直未说话的洪光武看不惯钟玉保那种一提到女的就急吼吼的样子，便忍不住冒了一句。

谁知，这下却触怒了钟玉保，他觉得当着人家贫下中农的面说这话，让他丢了脸，便一步冲上去一手抓住洪光武的衣领，另一只手举起就要劈向洪光武。

这时带队的小队长赶忙上前一步拦下了钟玉保的手掌，并对他们三人说："好好的，怎么像个天地炮似的说爆就爆啊？我看你们相处不错，像弟兄一样和气多好。今晚你们就住三胞胎家里，不要着急，马上就到。三个小闺娘是漂亮，她们妈妈也漂亮，见到漂亮的，不要说你们这些正当时的公鸡头子想看，就连我这个老公鸡也想看啊。人之常情，人之常情。你们看，那三间砖房就是她家。白娘子，白娘子……"他隔着池塘就高声地喊起来，但池塘那边并没有回声。

他们顺着老队长指的方向看去，三间砖房正面朝南，靠西边还有两小间门朝东的房子，那是厨房和放杂物的房子，南边、东边用泥坯砌成围墙，中间一个院子，这儿的人叫天井。院子东边不远处还有几间平房，是省城插队知青住的，原来八个知青，走掉四个，还剩一男三女。整个庄子的周围绿树环绕，前面一片池塘，池塘里飘着荷香。大家走过池塘，来到庄上，让人感到满眼青翠、满鼻清香、满身清凉。刚才在路上还汗水直冒呢，到了庄上，不一会儿汗水竟然都没有了。

三人正享受着庄上的凉爽，忽然从屋里传来一串清脆的笑语声："嘻嘻嘻……一早喜鹊就这么叫啦，说有贵客来啦，来，走累了吧，坐坐坐。"一边说着，一边把手上的凳子递给他们坐，又搬来一张小方桌在他们面前，再拿来几个碗放在桌上，倒上水让他们喝。这就是三胞胎妈妈白丽红。

老队长把她拉到一边小声交代道："这三个伢子都是县里干部家的，他们的爸爸原来是我们公社的邓书记、钟书记，那一个的爸爸是洪院长，你都认识的，这都交给你了，你不要怠慢了人家噢。"说完用手在她膀子上捏了一把，然后快速地溜走了。

白丽红叫了声"哎哟"，又骂了一声"死鬼"，便转身来安顿邓远航他们三人。过来一看，只见那个高高大大的正站在堂屋门口向两边左右找着什么。她便走上去问道："要解手吗？到家后边直接尿，不碍事。"

钟玉保见这么漂亮的女人站在他身边说话，胸脯都要贴到他膀子了，顿时脸涨得通红，连跨两步坐到了原来坐的凳子上。

看到钟玉保那窘样，洪光武捂着嘴、弯下腰偷偷地笑了起来。

邓远航则笑着说："不是，阿姨，他不是要解手，他是要看你家三胞胎。"

又是一声清脆的笑语："嘻嘻嘻……噢，那三个鬼丫头在他爸爸鸭棚呢，我叫老头子弄点鱼虾回来给你们做菜呢，马上就要回来了，你们先歇着，我给你们去烧晚饭。"说着走进了锅屋。

等漂亮女人进了锅屋，钟玉保来劲了，脸色又恢复正常了。他先对洪光武说："刚才的事还没了呢，你刚才偷笑是不是又要挑点事？"接着又对邓远航说："你也是个木瓜，不懂还一天到晚装懂，你看人家才多大年纪啊？就喊人家阿姨阿姨的，就你嘴甜。"

"那你说她多大？"邓远航反问道。

"比我们大不了几岁，顶多顶多二十多岁！"钟玉保伸出两个手指说。

"你怎么知道她才二十几岁？"邓远航和洪光武异口同声地问。

“说你们伢子没见过世面,你们要跟我一样在省城当过兵就晓得了。这么个夏天,多辣的太阳!我们年轻伢子都晒得黑驴蛋似的,你们看她那皮肤,又在农村天天劳动,她那皮肤还是那么白嫩,她的年纪能有多大?说不定还小呢。”

正说着,三个小女孩出现在池塘边的路上了。三人各人举起一只手,手上拿着一片荷叶顶在头上,荷叶下露出两只一跳一跳的爬爬角,另一只手各拎着一只小柳篮,从池塘边的路上嬉笑着跑了过来,后边还跟着一个老大爷。

看到向这边跑来的小女孩,他们都猜到了那一定是三胞胎。一色的衣服,一式的打扮,真是一个模子脱下来的,从头到脚没有不像的。

钟玉保指着那三个小女孩又接着说:“你看那三个小尕尕,她们妈妈能大到哪儿去呢?还是该叫她大姐。”

“那马上由你叫,我们不叫。”邓远航和洪光武一起说道。

这时,三个小女孩喊着“妈妈”已到了庄上。她们妈妈从锅屋里迎出来,把手上的大碗往桌上一放,她们便一个个抢着把手中小柳篮子里的毛豆米往大碗里倒,嘴里还不停地争着说:“小凤最少”“我最多”“你最少”。

不一会儿,晚饭做好了。他们三人加主家五人都围着小方桌在天井里边吃边乘凉。

主食是“面棍”,就是把面和成比较硬的面团,再揉搓成像筷子一样粗细的圆条,然后像下面一样下到锅里,放些韭菜叶,放些油盐,就行了。这是这儿渔民常吃的主食,吃下去实在,在劳动时不宜饿。

邓远航他们三人哪里吃过,碗里几乎看不到油花,吃起来挺硬,连他们这些年轻人都咬得很费劲,何况那三个小伢子和那个老大爷呢,他们怎么咬得动呢?菜倒蛮多的,有煮小鱼、煮毛豆米、煮鸭蛋、韭菜炒螺蛳、炝烧瓜。就是油少盐多,咸味重。

三胞胎妈妈白丽红见他们吃菜少,怕他们在生地方吃饭拘束,便用筷子一人搛了几块菜放他们碗里。三个人都不想吃,心里都想叫她不要搛了,那两个不知怎么称呼她,就说:“你吃,你吃。”钟玉保则喊道:“大姐,够了,你吃。”喊得白丽红笑着又往他碗里搛了几块。然后又在他们一个人面前放一个鸭蛋，并且说："这是双黄蛋，我就是吃了这些双黄蛋一下生了这三个丫头的。"

"大姐，那你这三个姑娘以后嫁了人，也都能生三胞胎啦？"钟玉保一边剥着鸭蛋一边说。

"嘻嘻嘻……肯定的，你们要不嫌弃，给你们一人嫁一个，以后一家生一堆三胞胎，嘻嘻嘻。"白丽红笑着说。说得三个人不好意思地低头吃面棍。

三个小姑娘见她妈妈搛菜，也学着妈妈的样子抢着给他们三人搛菜，还喊道："叔叔吃，叔叔吃。"那两个推辞说："叔叔够了，你们吃，你们吃。"钟玉保为了显得比他们更懂礼貌，则说："叔叔好了，小朋友懂礼貌，搛个给你爹爹吃，搛给你爹爹吃。"说着还向旁边的"老大爷"指指。

只听"噗"的一声连笑带吐，白丽红嘴里的一口饭菜喷了出来。

7

"嘻嘻嘻嘻嘻嘻……"白丽红笑个不停，"哎哟喂，笑死我了，他要是爹爹，我能跟他生这三个伢子啊？那不把人笑死啦？嘻嘻嘻……"白丽红说完仍止不住笑。

一桌子人见她笑成这样，也跟着笑起来。钟玉保知道自己看错了，跟着尴尬地笑几声后，不好意思地只顾低头吃面棍，像个缩头乌龟似的蹩在那儿。邓远航和洪光武两人一边笑着一边互相挤挤眼。

这下，邓远航知道了还是应该用"阿姨"称呼三胞胎妈妈，因而他喊道："阿姨，你不要笑他，他说得不错。"

"他是我男人，他是她们爸爸，怎么不错啊？"白丽红用手比画着说。

洪光武听邓远航这一说，觉得邓远航有点死脑筋，明摆着的事，他还坚持错误，为钟玉保辩护不值得，便用脚踢踢他，示意他不要再说下去了，说下去又要让人家笑掉牙了。

钟玉保听邓远航一说，觉得他有办法帮自己打圆场，心里便有点感激他，觉得以后不能老跟他作对了，便抬起头催邓远航："对，我说得就不错，你把道理说给他们听听。”

“阿姨，他说得是不错，他是北方人，像《红灯记》里李铁梅一样，喊爸爸都喊爹，他在家里对他爸爸就叫爹。”

这下白丽红和洪光武都“噗”的一下喷出了饭，他们知道钟玉保家是地地道道的九龟本地人，喊“爸爸”就是叫“爸爸”，喊“爸爸的爸爸”才叫“爹”呢，明摆着刮戏（戏弄）他的，怎么叫人忍住不笑？

钟玉保知道邓远航拿他开玩笑，但又不好发作，本来就是自己催他说的，毕竟他又为自己打了圆场，笑就笑吧，便也跟着大家笑了起来。

晚上，白丽红把自己一家睡的大床让给他们三人睡，自己一家五口分两处睡，三胞胎睡西屋的小床，他们两口子在屋外用门板搁一张床睡。

三个人睡在白丽红的婚床上，一个都没睡着。一是因为天热，躁得慌，虽然有鹅毛扇摇着，还是热；二是因为菜吃多了，咸得慌，虽然睡前一人喝了一瓢冷水，还是渴。开始三个人都憋着不说话，怕影响主人家大人、小孩休息，后来洪光武憋不住了，开始与跟他睡一头的邓远航讲起了话。

他小声地对邓远航说：“床上一股香味。”

“嗯，恐怕是蚊香味吧。”邓远航也小声地答道。

“不是！”

“那是外边的梨树上结的梨香。”

“不是！”

“那是什么香啊？”

“美、人、香！”洪光武一字一顿地说道。

“大美人香，小美人香啊？”邓远航故意地问道。

“大美人香、小美人香都有。”

这两人有一句没一句地瞎扯着，另一头的钟玉保憋不住了。他坐起来，把头尽量向他们俩的脸伸来，并用手指着洪光武，然后低声而又狠狠地说：“你这个，大、骚、棍。”

“你才是大骚棍呢！”洪光武坐起来回了他一句。

“你大骚棍，你千斤顶！”钟玉保继续骂道。

邓远航想，人家就不过说几句香不香的话，他怎么就骂人家“骚棍”呢？

还把物理课上学过的“千斤顶”用上，就是“千斤顶”，又骂到人家什么呢，别的人听到还以为说他劲大呢。他看他们越吵越厉害，就坐起来向他们压压手说：“不要吵了，把人家伢子吵醒了。”然后又低声说，“你骂他‘千斤顶’，他还高兴呢，说明他劲大。”

“哈哈哈，你这个呆头鹅，你看这块。”钟玉保一把抓住洪光武的裆部，接着又说，“千斤顶在这块，这块顶起来了。”

“哎哟哎哟，把人勒疼了，我刚才是水喝多了，你们解过小便了，我没解，是尿胀的呗。”洪光武解释道。

钟玉保仍然勒住他的裆部说：“不对，你是睡在人家女人床上，想女人想的。”

邓远航这才搞清楚钟玉保用“千斤顶”骂洪光武的意思。他心想，平时物理课上讲的你钟玉保什么都记不住，这会儿就记住个“千斤顶”，还说得这么下流，做这么下流的动作，你自己才是骚棍呢。想着这些，但他没说出来，只是帮洪光武解围：“你不要勒人家了，他那确实是尿胀的，我证明我们外去解小便时，他是没跟我们一起去。再说，他也没说什么骚话，你就骂人家大骚棍不对。”

“怎么不对呀，你们说什么美人香，就是骚棍，他是大骚棍，你是小骚棍。”钟玉保仍然不松手地说。

邓远航本来是劝他把手松下来的，现在他的手不但没松下来，又给自己戴了顶“小骚棍”的帽子，觉得他太不像话，便反击道：“真正的骚棍是你。你看你望白阿姨那个眼神，滴溜溜地盯着人家，吃面棍时，还低着头直扫人家的大白腿。哪个比得上你骚啊！”

这几句话说得钟玉保鼻尖上着火，气得火冒三丈，他松开洪光武，用抓洪光武裆部的手一把薅住邓远航的衣领，把他从床上拖站到地下，另一只手指着邓远航的鼻尖说：“你欠揍是吧？我告诉你，邓小二子，你以后再跟我瞎说，我捶死你。你现在跟我说你‘是个大骚棍’！”

邓远航开始吓了一身汗，最后听叫跟他学，心里直想笑，但还是没敢笑出声，怀疑他是不是以前那次车祸把脑子撞坏了，便迟疑了一会儿，等他改口。

钟玉保见他不跟着学，勒着脖领子的手紧了紧，又来回搡了两下，大声说道："说！你'是个大骚棍'！"

邓远航见他仍然坚持要他学，他只得跟着学道："你是个大骚棍。"

钟玉保用手指着邓远航说："说你，'是个大骚棍'！"

"说你是个大骚棍。"邓远航继续学道。

钟玉保的手又紧了紧，搡了搡，然后抬高嗓门说："说'邓远航是个大……'"下边的"骚棍"还没说出，勒着邓远航脖领的手被掰了下来。

睡在外边的白丽红两口子听到屋里在吵架，便急忙冲了进来，两口子一起掰钟玉保的手，才把他的手掰下来。

"哎呀，火药碰火柴，火气冲天，只怪这天气太热，不怪你们，来来来，大兄弟外去乘乘凉。"白丽红说着就要把钟玉保往外拉。

这时三胞胎也跑进来，大凤用缸子，二凤用瓢，三凤用碗，一人端着点水齐刷刷地站在一边问："妈妈，大哥哥们哪里失火啦？"原来，她们是来救火的。

看着三个一模一样的小美人那种认真的神态，大家都笑了起来。

第二天，大家早早吃过早饭便开始劳动了。班上大部分人到田里栽秧，小部分人运秧。邓远航、洪光武、钟玉保三人被分配到运秧队。运秧队里劲大的，一人一副担子挑秧，劲小点的两人抬秧。邓远航、洪光武两人力气小点，两人准备抬秧，后来看到工场上有副板车，两人便把板车推出来运秧。钟玉保有劲，按照他那个子应该挑秧，但因受过伤不能干重体力活，干脆也跑到板车那儿，同他们一起拖板车。

一上午劳动下来，大家都已腰酸背疼了。中饭是在田头吃的，一人两个馒头，一碗瓠子汤。吃，大家倒没挑什么，吃饱了就行。劳，大家颇有议论。栽秧的说运秧的舒服，栽秧弯着腰，腰酸死了，现在腰都直不起来，运秧的来回走走多自在；运秧的说栽秧的舒服，运秧的在太阳底下来回跑，腿跑酸了，人热死了，栽秧的站在水里多凉快！正在争论不休的时候，队长的哨子又响了。

炎热的太阳当空而照，学生们坐在那儿都淌汗，何况劳动呢。邓远航他们一车秧才拖到一半路，个个已大汗淋漓了，像从水里爬出来的一样。钟玉保提议歇一会儿再走，说着便放慢了脚步。邓远航坚持把秧送到田里再歇，并仍然拖着板车向前走。洪光武起初不吱声，只是推着板车跟着走，后来见快到三胞胎家池塘了，便提出到水里洗个澡凉快一下再走。正在三人意见不统一、主意未决时，前边传来了“妈妈妈妈……”“小凤小凤……”凄惨的孩童哭喊声。

8

三个人放下板车朝哭喊声跑去。还未到池塘就看见三胞胎只剩两个在岸上手拉手地哭叫着，靠水边的那一个还将另一只小手伸向池塘中，像是要拉什么。

原来，三胞胎在水边玩耍时，小凤见靠岸边有一朵荷叶，便伸手去摘，还差一点就要够着了，小凤又将前边的小脚向前移了移，指尖已经够到了，就是抓不住，她又把身子向前倾了倾，一把抓住了荷叶，但荷叶却把她带了下去。大凤、二凤见小凤掉下水了，一边喊叫，一边手拉手地要救小凤。

“不好，快！岸上的不要动！岸上的不要动！”邓远航边跑边喊，他是想喊岸上的两个小丫头不要动，也不知哪个是大，哪个是小，他只得喊“岸上的不要动”，因为她们再向前，很可能这两个也要掉下去。

“好，你们快跑，我不会游泳。”钟玉保边跑边说。

果不其然，只听“扑通”声，靠水边的那一个也掉下去了。岸上还有一个小丫头，但她还向水边靠，又伸手去救刚掉下去的那个。

“不好。快，你们抱住岸上那个。”说着，只听又是“扑通”一声，邓远航跳进了水里。到水里，他先游到池塘中央，把那个先掉下去的小丫头救到岸边，交给他们拉上岸，又游到不远处救起了后掉下去的那个。

这时，班上的同学、老师，生产队的社员都赶来了。他们拿来两口铁锅倒扣在地下，把两个落水的小丫头肚子贴着锅脊担在那里。不一会儿，两个小丫头都吐出了水，“哇哇”地哭了起来。

这时，老队长吹了声哨子，然后说：“没事了，白娘子把伢子带家去，你们要好好感谢这几个学生呢，叫人用大红纸写封感谢信给他们学校。老师啊，你们也要表扬表扬他们呢。没事了，大家都……”

队长“都去上工”的话还没说完，只听三胞胎中没落水的那个丫头又指着水里哭喊道：“妈妈，救大哥哥。”

大家顺着她指的方向看去，不好，邓远航还在水里没上岸。

钟玉保向他喊道：“人救完啦，你还猴在水里干吗？凉快啊？快上来！”

老队长一看说：“不好，他是被凉水激抽筋了。”边说边一个箭步跨过去，下到水里把邓远航拖上了岸，然后又吩咐道：“快，白娘子家去弄点姜糖水给他喝。”说着把邓远航搀扶到三胞胎家的天井里。

邓远航喝了生姜茶休息了会儿，老师摸摸他的头还有点热，便叫其他同学都去劳动，洪光武、钟玉家两人陪邓远航到大队赤脚医生那儿看一下，开点药。

夏日炎炎，又是中午，天气十分燥热。去大队部的路上，树荫很少，洪光武、钟玉家被晒得汗冒冒的，连走路都怕费劲，便慢慢地跟在邓远航的后面。但谈兴却不低，尤其是洪光武唾沫星子直往外喷，起初说些救人的事，后来与钟玉家大谈特谈他知道的最新消息了。

“哎，你说我们这次救落水儿童，同学们会怎么看？”洪光武找着话题与钟玉家搭讪着。

“你们立大功了，当然很佩服你们啦！那还有说的？”钟玉家说。

“你最佩服的是哪个？”洪光武看着钟玉家再问道。

“当然是邓远航啦，这还要问？人家跳到水里救起两个伢子，自己都生病了。”钟玉家说着，声音里竟然出现了哽咽声。

看到钟玉家为邓远航要掉泪的样子，洪光武解释道：“其实，本来我也要跳下去救人的，我跑得比他慢了点，而且当时他叫我们抓住岸上那个，岸上那个要不是我抓住，也掉下水了。”

“你也不错，大家也要学习，只是人家邓远航更让我们佩服，更值得我们学习。”钟玉家说。

“那这次下水救人的如果是我，不是他，你佩服哪个？”洪光武站在那里看着钟玉家问。

“当然是你啦。这有什么好问的。”钟玉家说。

“好！下次我一定跳下河救个人给你看看，让你佩服佩服我。哎，你知道不知道，我们现在‘批林批孔’，其中‘批孔’是批哪个啊？”洪光武转开话题，故作神秘地问钟玉家。

“这还用问啦？你以为我跟邓远航一样，浑身发热脑子烧煳啦？老师在政治课上不是都讲过嘛，当然是批孔老二啦。”钟玉家头歪过来对着他说。

“那你说孔老二是哪个？”洪光武又问道。

“是你呆还是我呆啊？小学生都知道孔老二是哪个，你问这个问题是什么意思？”钟玉家反问道。

“你说嘛，孔老二是哪个？”洪光武仍坚持地问道。

钟玉家站下来看看洪光武，又用手摸摸他的头说：“不发烧，也不像是白日做大头梦呀，怎么问这样低级的问题呀？”

“你说嘛，批孔老二到底是批哪个？”

钟玉家被他缠得没法，便一字一顿地回答道：“孔老二就是两千多年前的孔子，又叫孔仲尼、孔圣人。晓得了吧？”

“对呀，两千多年前跟我们有什么关系，叫我们这么下狠劲地批判他，你想过没想过？”洪光武继续问道。

“他虽然死了两千多年，但他的阴魂不散，封建思想影响着我们革命接班人呀。”钟玉家答道。

“不是那么简单！”洪光武摇摇头说。

钟玉家打断他说：“还说呢，护送人看病的，病人都不见了。快追！”

此前，他们两个在闲谈时，邓远航则一声不吭地在前面快速走着。先前劳动时，大汗淋淋，很想跳进凉水里洗个澡凉快凉快，刚才救两个小女孩跳到水里时并没觉得水凉到什么程度，等两个小女孩全救上来后，他除了小腿肚子抽筋外，还感到身上发冷，喝了碗生姜汤好了些，现在好像又不行了，怎么太阳晒得这么烈，还是怕冷呢？这样想着，他走得更快，想尽快到医生那儿弄点药吃吃，把病止住，好继续参加劳动。他看看后边两个，那两个说说笑笑，谈谈站站，谈得正欢，且与他越离越远。他心想，老师叫他们陪他来看病，倒变成他陪他们谈情说爱了。想到这儿，他更加快速前行，很快走到大队部,找到赤脚医生看了病。

根据他说的情况,赤脚医生认为他是得了疟疾。给他吃了两颗奎宁,两颗土霉素,又给他各带了四颗,今天晚上和明天早上再各吃两颗。等钟玉家和洪光武赶到时,他已拿好药离开大队部了。

钟玉家见邓远航已从大队部出来,很不好意思,赶忙上去一只手搀住他的胳膊,一只手摸摸他的头问道:“还有点烫呢嘛,医生说你是什么病,给你吃的什么药啊?”

“疟疾,奎宁、土霉素。”邓远航没劲地说。

钟玉家用一只手继续搀住他,用另一只手揪他的脑门说:“帮你揪揪,可以降温,减轻头痛。你还记得,那次你中毒,我和萍浪给你揪的喃?”

洪光武看着钟玉家这么亲热地对待邓远航,心里有点不快,便上去拉开钟玉家,又从邓远航手里拿过药递给钟玉家说:“你拿着这个,你劲小,我劲大,我来搀,我来揪。”

邓远航觉得奇怪,便顺手推开洪光武说:“哪个也不用烦你们,我自己能走!”

9

虽然浑身没劲,脚下软绵绵的,但邓远航还是高一脚低一脚地走到了三胞胎家。到她们家后,他叫钟玉家、洪光武去劳动,自己拿只小凳坐在外边树荫下休息。坐不了一会儿,他感到有点冷,便到她们家后边的一个草堆旁,躺在那里晒太阳。

下午的劳动收工很迟,直到天黑,大家才收工回来。白丽红回来在几个屋里都看一遍,不见邓远航,便问洪光武他们。洪光武指着那棵大树说:“陪他看过病回来,他一直好好地坐在那儿的,能跑哪儿去?”白丽红知道这个岛三面环水,只有西边很远有条小道,湖水小时会露出来与陆上相连,现在汛期早已被水淹下去了。因而,他不会跑远,肯定在岛上,便叫钟玉保、洪光武他们赶快去问同学,看是不是到哪个同学那儿去了。

不一会儿，不仅钟玉保、洪光武回到了这里，其他同学和老师也都一起会聚到了三胞胎家，他们哪个都没见到邓远航。在老师的带领下，同学们又把三胞胎家里外前后找了一遍，才在后边的草堆旁找到浑身滚烫、一直没醒的邓远航。

带队老师知道不好，怕他刚才受冷水刺激会得什么传染病，便叫同学们不要靠近，自己用毛巾扎住鼻子和嘴巴，把邓远航抱上板车，拖起板车就飞快地向大队部跑。

赤脚医生再次给邓远航看了后，对老师说："还是像疟疾，疟疾就是恶寒怕冷，就像他这样，但他又有点咳，再观察吧。这样，今晚，你就把他放我这儿，我晚上给他熬点草药吃吃看。"

晚上吃过晚饭，白丽红熬了些生姜汤，带着三胞胎去看邓远航，一路上一些同学也跟了来一起向大队部去。途中被老师拦住。虽然赤脚医生跟他说是疟疾，但他仍担心是什么传染病，他害怕把他带来的学生都传染上，那他的罪过就大了。因而他坚决制止住他们，他叫大家放心，告诉大家：赤脚医生医术很好，已把他的病情控制住了，他也睡了，大家不要打搅他了，回去好好休息，明天还要劳动。

赤脚医生把邓远航放到自己的床上休息。自己打着手电筒出去采了些草药野马追，回来熬成一大瓷缸汤药。晚上睡觉前，医生先让邓远航把奎宁、土霉素各吃两颗下去，再让他喝下那缸野马追，放下蚊帐，让他好好休息。

开始，药吃下去不久，邓远航慢慢地睡着了，到夜里开始说胡话了。只听他叽里咕噜、断断续续地说道："华……佗……狗……狗大夫，你……害……害曹……操，又……来……来……劈……我……我……的头，狗……狗医生，砍我……我……的……头，咳……咳……咳……咳……咳……"

拿张柴席睡在地上的赤脚医生开始没听清楚，以为邓远航在骂自己是狗大夫，便坐了起来。再往下听，知道他是在说胡话，便起来打盆冷水，拿毛巾在冷水里洗一下，拎一下，用半干的毛巾在邓远航身上来回地擦了一遍，又倒了杯白开水让他喝下。

邓远航舒服了点，但感到头痛、关节痛，全身酸痛，还不住地咳嗽。赤脚医生给他量下体温，仍是高烧不退。他感到害怕了，他开始怀疑不是疟疾了，可能吃错药了。看这状况像是肺炎了，要是肺炎得打青霉素，可他这儿一支青霉素也没有，如果再耽误下去，不但会传染别人，病人也有生命危险，必须连夜送到公社或者县城的医院。想到这儿，他赶忙去找来大队长和带队的老师，让他们赶快派船送人。

带队老师要求大队立即派船把邓远航送到对岸的县人民医院，大队长也同意，并且安排人立即去喊两名船工把船准备好在渡口待命。待他和老师去请示过钟副组长就开船。

把钟副组长叫醒，向他汇报了这紧急情况。钟副组长思考了一下后问赤脚医生："那个小邓，现在有没有昏迷？"

"没有。"

"你这儿'野马追'有没有？"钟组长再问。

"有。"

"那好。这样吧，按说，要在平时，这肯定就开船了，但现在农业生产到了最节骨眼上，现场会的现场还没完成，船和劳动力都不能动，再说湖上又起雾了，就是开船，万一在湖上出事，损失的不但有我们的贫下中农，还有社会主义大集体的财产，你们看这些与他的病痛比，哪个大，哪个小？哪个重，哪个轻？我们正在开展的'批林批孔'运动，就是要让你们把握方向，看清大是大非问题，我们革命同志的头脑中要始终绷紧这根弦啊！"

"是是是。"站在旁边的几个人连忙点头称是。

"那，那个学生怎么办啊？"赤脚医生又问了一句。

"这不好办吗？我们也不要相信大医院那些资产阶级学术权威，真正的英雄还是你们这些泥腿子、赤脚医生。你不是有野马追吗？野马追就是治咳嗽的呀，我们那时打游击，躲在这芦苇荡里，日晒雨淋，生病了哪有药啊，不都是吃这些草药啊！你多熬点给他喝，多喝几次，让他坚持到下午四点，跟同学们一起坐轮船过去，不是又快又安全又节省吗？你们呀，以后遇事不能慌里慌张，要多动脑子。看，都快天亮了，准备叫大家上工。"

赤脚医生回来也没别的办法，只有熬两水瓶野马追汤药，不时地倒给邓远航喝，此外他把奎宁给他停了，土霉素仍给他服了两颗，再就是帮他用湿毛巾擦身子，帮他把体温降降。

不一会儿天亮了，但雾却起来了。龟岛上可以清晰地看到从湖面上、从岛上的各个池塘、沟渠中向上升起的雾气。雾气分布并不均匀，近水的地方浓一点，近路的地方薄一点。一阵微风吹来，浓处的雾会向薄处翻去、滚去，渐渐浑为一体，形成一处新的雾境。

这时队长的哨子响了。社员们和学生们扛着农具陆续从家里走出来，向大路上会聚，再向田里分散。

劳动中，同学们自然谈起邓远航，谈他救人的事，谈他生病的事。谈到他的病，钟玉家向老师提出她要去大队部看看邓远航，老师不让她去，并把他们凌晨找她爸爸，她爸爸怎么安排的事跟她说了一遍。听到这儿，钟玉家丢下手里的秧把，走上田埂就向大队部走去。她要让她爸爸派船赶快把邓远航送到县人民医院去。

在一旁栽秧的白丽红也跟着上了田埂走了出去。刚才他们师生的谈话，她都听到了。她心想，这个钟组长太不近情理，人家处在痛苦中他不顾，要是有个三长两短怎么得了？不行！我得去，她闺女也不一定能说得动他，她知道他钟组长的喜好，她去求他他才会派船。

她到钟组长那儿时，钟组长已把他女儿赶了出来，他女儿的眼圈还红着呢。她走进去，坐在那儿的钟大同正从烟盒里拿出一支烟往嘴上叼。她连忙跨上去拿起桌上的火柴盒，从里面抽出一根，往火柴皮上一擦，“刺”的一声点着了。她用大拇指和食指把点着的火柴根夹着送到钟副组长嘴边，帮他点烟的时候，她还用翘着的无名指和小指轻轻地在钟副组长胖脸上挠着。点完烟，她吹灭了火，扔掉火柴根，就势将小臂往钟副组长厚实的肩膀上一搭，肚子贴近他的身体，然后笑着说：“嘻嘻嘻……大主任，到县里做大官了，把我们乡下女人都忘了。”她还是喊他过去在公社的称呼。

“你这个大美人哪个能忘得掉呢，想还想不过来呢。我整天忙死了，等我忙过了去找你。我现在要到现场去了。”钟大同说着用手对着她的大腿抓了一把后，便要起身。

“哎哟，死鬼，抓得人疼死了。坐下，事还没办呢就想走啦?”白丽红使劲地把他按住。

10

“什么事？什么事？说噻。我要忙去了。快放手，来人了，被人家看到不好。”钟大同说着推开她按在自己肩上的手站了起来。

白丽红见真的有人进来了，且看他真的急着有事，便把要他赶快派船送邓远航到县人民医院看病的事跟他说了一遍。说完又加上一句：“这事请你随便怎么都要快些，不能叫人家伢子受罪了。”

“这事啊？刚才我闺娘才被我说走。我说你们这些妇女就是头发长见识短，还有八九个小时，轮船就要到了，我为给他提前这几个小时，就要单独派一条船，无论算政治账、经济账都说不过去，等几个小时，他死不了，可是革命生产等几个小时，损失就大了。你们不要再拿这个事烦我了。”说完就和来人一起出门了，把白丽红一个人晾在了那里。

邓远航的病确实是越来越重了。尽管赤脚医生尽心地为邓远航做了不少，但邓远航的病情并没减轻，原来头痛、发烧、浑身酸疼难受的病状并没消失，反而又增加了恶心想吐、口干想喝的痛苦。越是口干，赤脚医生越给他喝野马追汤药，野马追汤药喝得越多越是恶心口干。

白丽红眼睁睁地看着他一拍屁股走了，气得从心里向外冒火，在一个男人面前，她还没有这么失落过。心想，他今天怎么啦，换了人啦？真是到县城做官了，瞧不起我们乡下女人啦。老娘也有骨气，下次你要能碰我一个手指头，我算你好佬。不行，我老娘偏不信这个邪。

她一脚把钟大同刚才坐的凳子踢倒，转身来到赤脚医生的房间。一进房间，她看到邓远航那种痛苦的样子，止不住眼泪流了出来。她走到床前，背起邓远航就走。

赤脚医生见她把邓远航背走就问了一句：“钟组长同意派船啦？”只听白丽红“嗯”了一声，人已走到了外边，到了外边又回头说：“难为你去告诉我家西大边的林大娘，叫她帮我把三个丫头照应下子。”

白丽红把邓远航背到她丈夫的鸭棚，叫丈夫撑来放鸭子用的小鸭溜子，又把邓远航背上船，和丈夫一起撑船把邓远航渡过九龟湖，送到了县人民医院。

到下午四点多，学生们结束了两天的突击劳动乘钟大同安排好的轮船回到了县城。解散时，老师布置：明天周五，大家在家休息一天，周六、周日到校征求插队自愿，周日下午放学前交志愿表，逾期不交，就交由县知青办公室统一分配。7 月 1 日，下周一，党的生日这天，召开毕业典礼暨下乡插队誓师大会。

晚上回家时，钟玉家就从远航妈妈那里听说邓远航住在县人民医院。第二天上午，她喊了几个同学去医院看他。一是想去看看他的病情怎么样，二是想去问问他到哪里插队，她想跟他插到一起去。

他们到医院病房找了一圈没找到，一问护士，才知道在医院前面的一排平房里还有个传染病房，让他们到那里去问问。他们来到传染病房的院子，护士不让他们进，说这是医院的规定。钟玉家很着急，急的是明天就要征求下乡志愿，不跟他见个面，万一他想的跟我想的不一样事情不就糟了吗？她只好央求护士放他们进去，可怎么央求也没用。护士说："不让你们进去，是对你们负责，也是对国家负责，我要放你们进去，你们这么多人都被传染上，不但你们受罪，医院还没有这么多病床给你们住，即使加床住下，现在也没有那么多青霉素给你们用。"

钟玉家没办法，她想请护士去问一下邓远航的志愿，可当着班上这么多男女同学的面，她又不好意思。最后只好作罢，大家各自回家。等大家走后，钟玉家又返回医院，找到她妈妈的朋友护士长许阿姨，写了张纸条请她送进去。她写道："我问你愿不愿跟我到一块儿插队？我明天帮你填志愿。"许阿姨帮她送去又拿回了纸条，她看到上面多了个"好"字，便收起纸条，说了声"难为你了"，就高高兴兴地离开了医院。

周六到学校时，大家已看到校门口公布的接受插队的地方，共有省国营九龟湖农场等三个农场和石龟公社等四个公社。大家看到这七个地方的名字都比较陌生，根本不知道那里是什么情况，唯一了解的就是这两天才去过的石龟公社龟岛大队。

这两天在龟岛上短暂的劳动，确让一些学生对龟岛产生了兴趣，大家对龟岛的第一印象非常好,那儿碧水蓝天,风景优美,群众热情,民风质朴,野生动物、植物品种很多,岛上龟、鳖、鱼、虾、蟹、野兔、野鸡、野鸭到处可见,生产、生活条件也都说得过去,因而许多人想选择到龟岛插队。

但真正选择时,大家既非常慎重,又感到很难,到第二天上午还没有人把志愿表交上去,不少同学思前想后,犹豫不决,还分成了农场派和公社派。

钟玉保是倡议下乡的,但他的志愿也没定。他受过伤,又是家里的老大,按政策,他可以下乡,也可以留城安排工作,但一家只能留一个,如果他不下乡,他的其余三个弟弟妹妹都要下乡。他爸爸坚决要他们兄妹一起下乡插队,认为年轻人只有到基层去锻炼锻炼才有出息。他自己也愿意下乡,不光是那天他和妹妹、洪光武一起发了倡议书,他是从心里想下去,他觉得留城进工厂上下班的纪律管得严,他不习惯,那时在部队当小兵他就硬撑下来的,下乡去,离开父母的管教,到一个自由自在、没人约束的地方,让自己随心所欲地生活、成长,那是多自在的生活啊。但他也拿不准选择哪里会更称心些。他问妹妹想到哪儿插队,妹妹说还未想好。他想倡议书是洪光武写的,他肯定想好了到什么地方去,于是他只得去找洪光武问问。

洪光武因为哥哥已在省城工作,他是必须要下乡插队的。他开始选择了一个国营农场,但没有定,他要动员钟玉家与他一起去这个国营农场插队,因而必须要等与她商量后才能定。好的是现在邓远航住院了,昨天又没让见面,她只有跟我商量了,我现在就去找她去。正想着,他看到钟玉保向他这边走来,心里便想到,坚决不跟这个大狗熊插在一起,他就是做了我的大舅姥爷,我也不愿跟他插一起。这样想着,抬起屁股就要走,不想让他知道自己的想法。

"'千斤顶',不要跑,我有事问你!"钟玉保这一喊,引得全班同学都向他望,都在问:"千斤顶,他喊谁呢?""怎么叫千斤顶的?"

洪光武还没走两步,听钟玉保这一喊,气不打一处来,但又不敢发作,趁大家还没搞清楚是喊谁时,紧走两步溜出了教室。

钟玉保跟出教室,追上他说:"浪的你不要跑嘘,千斤顶,向你请教问题呢。"

洪光武见他过来,便又转头向教室走,一边走一边说道:"请教问题,请你尊重人些。”

“浪的，我这样谦虚地向你请教，还不尊重你啊？”钟玉保跟在后边嬉皮笑脸地反问道。

洪光武心想，孺子不可教也，跟这个狗熊没得计较，也好，顺便探听一下钟玉家是什么想法。因而他问：“什么事？”

“你说是到农场好，还是到公社好？”钟玉保问道。

“好男儿志在四方，你不是在台上向全县革命青年发过倡议了吗？听从党的召唤，组织叫到哪里就是哪里，还有什么好选的？”洪光武不真不假地对他说。

“浪的，你不要跟我这么假个若斜的嘛，我是真请教你呢。”钟玉保说。

“我也是真的。那你妹妹是什么想法？”洪光武问。

“她还没想好，她也想听听你的意见呢。”钟玉保知道他对他妹妹好，便故意加了一句。

果然，洪光武态度缓和了，他一边走进教室一边说：“要说农场好，还是公社好，其实很好答。”这时钟玉保也跟了进来听着，班上志愿没选定的同学也都聚集过来听他讲。“关键是看你看重什么。”说着他瞄着钟玉家停了下来。

11

洪光武停顿了一下，想给钟玉家一些暗示，但见大家都注视着他，他便又接着说：“如果看重的是锻炼自己的品质和意志，那到哪里都一样，没什么好选的，我们革命青年都应该这样，党叫干啥就干啥，党叫到哪里就到哪里。不过，具体到一个地方嘛，还有些不同。钟玉家，你说哪里好？”

钟玉家被他问得有些措手不及，不过她已想好到公社去，回她过去生活过的石龟公社，那儿有她熟悉的人、熟悉的事，有她记忆中的童年，她愿意把青春献给她童年生活过的地方，不过这要等她问过邓远航再说，她现在不想把真实想法说出来。因而，她说：“我看农场好，住的是集体宿舍，吃的是食堂，自己不要烧饭，会有更多的精力去学习、去劳动。”

“哪个农场更好呢？”洪光武接着问。

“当然是省国营农场啦！”听到钟玉家这样的回答，洪光武心里有数了，志愿就定九龟湖国营农场吧。他知道，九龟湖农场与石龟公社相邻，在石龟公社的西北部。这个农场原来是石龟公社的滩涂，后来省里在此建了省属国营农场。这个农场的各方面条件都很好，农民都是拿工资的。

钟玉保则不稀罕那儿的条件，他不赞成妹妹的想法。他说：“不对，大家集中在一起并不好，按时熄灯、按时起床，不自由！农村天地广阔，可以让我们自由发挥，自由飞翔。”

“农场好，农场的机械化程度高，我们可以学到更多的科学技术，为广大贫下中农服务。”洪光武坚决支持钟玉家，说完还唱起来：“我开着拖拉机耕田地，红心向党志不移。”

同学们有的说农场好，有的说公社好，谁也说服不了谁，许多人还是定不下来到哪里去插队，这些定不下来的同学还要回去征求家长的意见再定。有些定下来的人在上午放学前就把表交给老师了，他们的家长随他们选择哪里，昨晚就在他们的空白表格上签了字，今天他们是与要好的同学、朋友一起商量好了共同去的地方。洪光武就是其中交表的一个，他虽没与钟玉家商量，但他已猜到她选择的地方，因而，他就在自己志愿表上填了“省属九龟湖农场”，在全班第一个把志愿表交了上去。

钟玉家心里想好了插队的地方，但她并没定下来。这时洪光武交完志愿表从她面前经过，顺手丢下了一张纸条，她拿起来一看，上面写着：“省属九龟湖农场”。虽然他第一个交了志愿，又把志愿告诉了她，但她还是没有填写自己的志愿表。中午，她又到医院请许阿姨帮她递了张纸条给邓远航。纸条上写道：“到龟岛插队行吗？”回来的纸条也还是只多了个“好”字。见到这个“好”字，回家她就把志愿表填好了。

钟玉保见妹妹填的是“石龟公社龟岛大队”的志愿，不解地问：“你不是要到国营农场的吗？怎么又填公社啦？”

“我说农场好，不代表就是要去，我本来打算的就是到石龟公社。”钟玉家回答说。

“我觉得你还是到农场去，洪光武也填的农场，那里条件好些，你一个女伢子去方便些，兄妹两个到一个地方也不好，将来有什么好事总不能都把我们兄妹吧？”钟玉保想到的不光是好事不能都得的问题，关键是后边老有个人跟着监督不方便。

在一旁坐着看报纸的钟大同听后说：“我看你们两个很有眼光，到公社去好，条件虽然差一些，但锻炼人，机会也多。农场虽然条件好，但大家集中在一起，领导有机会也难以照顾。兄妹俩在一起也好，互相可以有个照应。来，拿来我给你们签字。”

钟玉保拿了爸爸签了字的志愿表到学校去了，他还要准备明天的大会发言呢。

钟玉家则来到斜对面的邓远航家。她拿出邓远航的志愿表对他爸爸、妈妈说：“伯父、伯母，这是邓远航下乡插队志愿表，中午我到医院问过他了，他说跟我们填的一样，同意填龟岛大队，你们看怎么填？”

“伢子定了就行了，不过那里条件比较差，你们去要做好吃苦的准备。”远航爸爸说。

“嗯。”钟玉家答应着。

远航妈妈又说：“他填是填，一时也下不去，病不知什么时候好呢，现在早早把他户口转下去也没用。”

“不碍事，老师说的，先把志愿定下来，到时等他好了能下去的时候才转户口呢。”钟玉家边解释边填表格，填完表格给远航爸爸签了字，收起表格，离开邓家，她才舒了口气，轻松地向学校走去。完成了人生的一次重大选择，她对前途充满着期待和信心，她坚信她和邓远航两人在农村的广阔天地里一定会茁壮成长，大有作为，她憧憬着他们两人在岛上一起学习、一起劳动、一起生活的美好日子和战斗岁月。

来到学校，她没有先去老师那儿交志愿书，而是到教室去找洪光武。她觉得洪光武平时对她也很关心，这次填志愿是我们青春道路上的第一件大事，人家把填的志愿告诉了你，你也不能瞒着人家，把他看过后再交上去也不迟，即使一起去龟岛，也是多一个朋友，没什么不好的。

可她到教室一看，洪光武不在教室，哥哥也不在教室，班上只有几个人在教室。问同学,他们也不知道他俩到哪儿去了,都说没看到。她想,明天就毕业离校,要好的同学都去话别、写临别赠言、拍照留念去了,说不定他们在校园或者九龟湖边哪个地方拍照片呢。不管他们了,我先去把志愿表交给老师再说。

她去交志愿时,老师说:“这次怎么这么慎重啊?班上只剩几个没交了。也好,慎重些好,将来少走弯路。邓远航的志愿是他同意的吗?他不会反悔吧?”

“嗯。他爸爸签的字,不会反悔的。”钟玉家回答说。

“那好,老师祝你们一帆风顺,前途无量!”说完拿起桌上一封信递给钟玉家,“你顺便把这封信带给邓远航。”

从老师那里出来,走了很远,钟玉家才抬起手,看一看一直捏在手里的信。信是寄给邓远航的,落款是“中国人民解放军第5826信箱”。虽然从落款上看不出信是从哪儿寄来的,但这信箱好像就是哥哥以前当兵时的信箱,而且从字迹上看,她断定就是何萍浪写来的。难道,他们几年来一直在通信?他们是不是在谈恋爱了呢?她把手上的信调过来、翻过去,从边边角角上想寻找出答案来,但信封上没有她要找的答案。她举起信封,把信封对着太阳照了照,看到里边折叠的信纸,也看到信纸上有字,可翻来覆去也看不清上面写的是什么字。她放下信封,又从信封的两头看看,再用手抹抹封口处,试图找到自然的裂口,能从中取出信来,可部队的信封是牛皮纸做的,两边的封口也糊得严严实实。你何萍浪心倒蛮细的噢,好像知道信要经过我手转给他似的,在封口处涂了那么多糨糊,还抹了又抹,抹得那么严实,真可气!

此时,钟玉家不知是气的,还是羞的,脸涨得通红,感到耳朵根都火辣辣的。忽然,她感觉到教室里好像有好多双眼睛在注视着她,有好多张嘴在嘲笑她。人家早跟何萍浪好了,哪里还把你放在眼里,你还跟痴子一样帮人家填志愿,要跟人家插到一起,还要帮人家传谈情说爱的信,真呆。想着,想着,眼泪又在眼眶里打转了。她怕人家看到,便一口气跑回了家。一到家便把信往堂屋的桌上一摔,自己就到里屋躺到了床上。

12

钟玉家躺在床上左右反侧,开始想忍住不掉泪的,但忍不了一分钟,泪水就像关不严的水龙头一滴接一滴往下滴,滴了好长时间,心中的气仍挥之不去。后来好不容易转了过来。她想,也有可能她信里写的就是平常的事,并不是谈情说爱,再说,就算是她在信中谈情说爱,邓远航也不一定就是她何萍浪的,如果我们插队在一起,天天见面,我多关心他,我的机会更好,还是自己要努力。想着,想着,竟睡着了。

等爸爸、妈妈下班回来烧晚饭,她才一觉醒来。醒来就到堂屋拿信,想送到对门的邓远航家。可是那封信不见了。她问了家里所有人,爸爸、妈妈、哥哥、弟弟,都说没看见。她桌上桌下找了几遍也没有,她又在堂屋里找个遍,还没有。她见靠桌子的窗户是开着的,赶忙跑到窗外的路上来回找了一遍仍然没有,她感到对不起何萍浪和邓远航。

在家门口张望的洪光武看到钟玉家像没魂似的在外边找什么,便走上去问:“什么东西没有啦,这么急着找?”

“信。”

“什么信?这么重要?”

“邓远航的信!”

“他就在县人医住着,几步远就到了,你写信给他干什么?不是吃饱了撑的呀。”洪光武不快地说。

“哎呀,你瞎打什么岔啊?”说着手一甩回了家。

跨进家门,钟玉保则帮她分析道:“你这信啊可能是被哪个集邮的人偷走了。你看,你放在桌上,窗户开着,外边走路的人一看到这儿有封信,信封上有张漂亮的邮票,屋里又没人,你睡得跟个死猪一样,人家手一伸还不顺手就牵羊啦?哎,我想起来了,洪光武集了那么多邮票呢,会不会是他拿的呢?”

钟玉家开始想,好像没看到信封上有邮票啊?哥哥说有,大概有吧?也记不得了。不过洪光武刚才是有点鬼鬼祟祟不正常的样子,我一提到信他就有点不高兴,去问问他去。

洪光武正站在自家门口对钟玉家不快活,心中还在猜测着:钟玉家写信给邓远航会说什么事呢?难道是求爱信?有可能!那死丫头,我对她那么好,她都不知道,邓远航又不睬她,她倒追得这么紧,几步远还写什么臭信。正想着,只见钟玉家走过来劈头就问:"信是你拿的吧?"

"你今天吃的什么啊,火气这么大?"洪光武见她为了邓远航的一封信跟他发脾气,便不想正面回答她。

"把信给我!"钟玉家见洪光武无所谓的样子,越发认为信是他拿的,便大声说道。

洪光武见她火更大,觉得不能跟她硬顶,便不吱声。

钟玉家见他不吱声,认为他心虚,更加肯定信是他拿的,便平静而坚决地说:"邮票给你,信还给我!"

"没有邮票,也没有信。"

"那哪里去了?"

洪光武也来气了,你给邓远航写求爱信,肯定见不得人了,来气我、诬赖我,你们钟家什么玩意儿?兄妹两个都这么盛气凌人?都要跑到人家头上拉屎?不行,我这次也偏要气气你,便随口说道:"锅堂里烧了!"

钟玉家一听这话,便跑到他家厨房,往锅堂里一看,果然一堆纸灰,用火叉拨了拨,还冒火星子呢。气得她二话没说"咚咚咚"地跑回了家,晚饭也不想吃,便又往床上一躺。真没想到你洪光武是这种人,太恶劣了,人家写给邓远航的信,我还没吃醋呢,你吃什么醋?怎么向他们两个交差?人家肯定以为我把信给藏起来了呢,叫我以后怎么见人,怎么见他们两个,没脸见了!洪光武,你这个害人精,是最最最缺德的缺德鬼,不得好死!

其实,钟玉家是冤枉了洪光武。他压根儿就不知道什么信,更没见到那封信。真正把信拿走的是钟玉家哥哥钟玉保。

钟玉保下午去学校,先找老师交了志愿表,然后按照老师的要求去准备发言稿。可在教室坐了半天,也没写一个字,不知从何说起。他想到了洪光武,还是请他帮帮忙。洪光武不在教室,也没来学校。他便去洪光武家找,果然他在家。

钟玉保向他说明了来意:“明天大会上,县里要表彰我们三个,老师要我们三个推一个人发言,本来应该邓远航发言,可惜他还在医院里,就剩我们俩,要不……你上去发言?”

洪光武语言表达不错,但怕到大会上讲话,一到台上腿就抖,因而,他赶忙推辞:“你当仁不让,还是你最最最合适。”

“真让我发言啊?”

“真的! 从心坎里拥护你发言!”洪光武拍着胸脯说。

钟玉保拿开洪光武的手,把自己手上的纸和笔往他面前一放,说道:“真不真看行动,来帮兄弟写个发言稿。”

从心里说,洪光武不愿给他写。他想,这次救人真正的英雄是人家邓远航,人家救人生病受苦,却让他钟玉保摘了果实出风头,如果要真的表彰,就应该以邓远航名字写篇稿子,让同学代读。

钟玉保见他迟疑未动,便从口袋里掏出“太妃奶糖”递给洪光武:“不着急,吃块奶糖再写。”

洪光武没接,钟玉保便剥下糖纸,把糖往洪光武嘴里塞,并且把糖纸抹平递给他说:“你喜欢集这些,给你,下次有好看的邮票、糖纸、烟壳子都给你。”洪光武没法,只得说:“你先回去,让我一个人写,你在这儿我写不起来。”

支走了钟玉保,洪光武便开始动笔。应该说写他经历过的事,对于他来说并不难,因而他把那天的事记述了一遍,重点突出了邓远航,这样他心里觉得宽慰些,能给邓远航一点精神上的鼓励。他很快写好草稿,又找纸誊了一遍,誊完就往钟玉保家送。

钟玉保从洪光武那里回来,进里屋见妹妹在睡觉,便到堂屋用大茶缸倒一缸水凉凉再喝。倒水时,看到桌上一封信。拿起来一看,是写给“邓远航”的,便随手又扔到桌上,端起大茶缸喝水。喝水时,眼睛瞄到信封上落款的信箱,怎么那么熟习。他又立即拿起信封仔细一看,这不是我们部队的信箱吗? 那这肯定是何萍浪写给邓远航的信! 确定后,他又把信用劲地摔在桌上。这臭丫头,我家对她那么好,不写信给我,倒写给那邓小二子,真是忘恩负义！不对，这两人是不是在谈情说爱？不行，她不跟我谈，我也不让他们谈。想到这儿，他又拿起那封信，正反翻过来看了几遍，又在封口处抠了抠，没抠动，就又把信放到桌上。然后蹑手蹑脚地走进里屋，见妹妹还在酣睡，便又蹑着脚走回堂屋的桌旁。他再次拿起信琢磨了一会儿，然后把信封的一头插进自己喝水的茶缸里，两手抖抖地紧紧捏着信封上边，生怕整个信封掉到茶缸里，把信弄潮了，还不了原，他只是想看一下信的内容，看完后再放进去，封好口，按原样放在桌上。

慢慢地，泡在水里的那头封口张开了嘴。钟玉保把信从大茶缸里拿出来，用干抹布把潮的那头开口抹干，然后再到里屋看看，妹妹还没醒，又到家门外看看，外边空无一人，便进来关上门。走到桌边，一手拿着信，一手颤抖着从开口处伸进去，夹出叠得好好的信纸。只听门“吱呀”一声，一个人闪了进来。他一吓，手上的信封和信全掉了下去。

13

钟玉保向门口一看，是洪光武，知道他是送发言稿来的，便走向门口，把他堵在门外说：“小声点，家家睡觉呢。出来说，出来说。”说着，把洪光武引到了门外。

洪光武把发言稿的内容大致跟他说了一下，然后把发言稿交给他就走了。钟玉保接过发言稿连声说：“难为你了，难为你了。”目送着洪光武离开后，他快速跑进屋里看那封信。

信封掉在了地上，信纸掉进了大茶缸里。他赶忙从大茶缸里拿出信纸，战战兢兢慢慢地把它打开。打开后，铺在桌上，整张信纸上有好几处撕成了小洞，上半边纸已变形，大部分字模糊不清。他晓得闯祸了，不能把这张破纸再揣进信封里了。干脆一不做，二不休，他一气抓起那张信纸窝成一团，丢进了自家的锅堂里。回到桌边低头拾起信封，刚要撕掉，爸爸下班回来了，他赶快把信封塞进裤头的口袋里，坐在那里看发言稿。

“乖瓜，发言稿写得怎么样啊？”他非常关心儿子的发言稿，因为在这次表彰中,他作为县政工组副组长替儿子做了不少铺垫。原来,县里是要表彰个人的,那样虽然三人都表彰,但突出的是邓小二子。他觉得在这样一个需要典型和涌现典型的年代里,成为典型就能成为无产阶级的优秀接班人,儿子有这个基础,他虽没跳下水,但毕竟也参加救人了,老子也有这个条件,身为政工组副组长,正管着这事,应把儿子向上托一把。于是他示意手下搞材料的小宋,要把这个典型写成个集体典型。他对小宋说:我儿子是在部队大熔炉里锤炼过的,为了国家和群众的利益,他有牺牲自己的精神,而且年龄、个头、劲头都比他们两个大,这个集体典型以哪个名义命名,由你根据事迹和需要定吧。小宋自然心知肚明,最后形成了"钟玉保英雄集体勇救落水儿童"的事迹材料。

"这块儿,写好了。"钟玉保把发言稿递给爸爸。

钟大同一边看发言稿,一边端起大茶缸喝水。钟玉保在一旁也不好说,眼睁睁地看着爸爸咕噜咕噜喝下去不少泡糨糊的水。喝完水,钟大同又坐下来看。钟玉保乘机把大茶缸水端走倒掉,又倒了杯开水。

看完稿子,钟大同对儿子说:"你这稿子写得蛮生动的,就是有一个缺点。"一边说着一边又端起大茶缸喝了起来,刚喝一口,猛地又吐出来。"搞什么鬼?把人烫死了。"

"刚才我怕你把那……喝下去不好。"钟玉保委屈地说。

"什么喝下去不好,烫死人就好?不知好歹!你这稿子要好好改改,这个英雄集体是以你命名的,就不能太突出他,你在这个集体中的作用要突出。晚上好好改改。"

就这样,钟玉家醒来找信时没找到,而到洪光武家锅堂里看到纸灰,她以为那就是那封信的灰烬,实际上那是洪光武烧完晚饭,把替钟玉保写的发言稿草稿丢进锅堂形成的。

吃过晚饭,钟玉保坐在那儿修改发言稿。他按照爸爸的意见,先把突出邓远航事迹的文字划掉不少,然后就在那儿想怎么去突出自己。直到深夜,大家都睡着了,他才修改好发言稿。这时,他想起了口袋里的那只信封。他把它掏出来,正准备撕时,里屋妹妹说话了:"卑鄙!"他赶忙把信封放在身后,来到里屋的门口向妹妹的床上看看,妹妹只是翻了个身,并没有醒来,原来她在说梦话。钟玉保回到桌边，把那只信封放到桌上。他这下不想撕它了，他有了新的计划。

他找来他在部队带回来的信笺，撕下一张，想了一会儿，然后拿起笔在上面一笔一画地写道：

邓远航：你好！今天来信是要告诉你，部队首长说我们还小，不准谈恋爱，不准跟男的通信，以后你就不要来信了。何萍浪。

写完后，他看了一遍，看完，自己一个人竟独自笑了起来，叫你们不好好干革命事业，尽搞些小资产阶级谈情说爱的事，这下肯定把你们两个给拆散了，而且还叫你们看不出来是我钟玉保的笔迹。

其实，何萍浪信中并没有与邓远航说什么情啊爱的，因为她父母去世早，她不像别人那样常常会给父母写信，让父母分享自己的喜悦、倾听自己的衷肠，她就是把邓远航作为一个亲人，作为一个倾诉对象，交流学习、工作和思想，让自己有个牵挂和思念，让自己不那么无聊和孤单，然而远在军营里的她还不知道，这根给自己传送希望、力量和快乐的链条正悄悄地被他钟玉保给掐断了。

钟玉保笑了会儿，把信笺折叠好，装进何萍浪的那只信封里，用糨糊把封口重新封好，抹平，又放到了桌上。放到桌上，他再一看，心想不对，里边外边的字迹相差太大，明眼人一看就晓得不是一个人写的，那么聪明的邓小二子还看不出来？他想重写个信封，让里外字迹一致起来，又一想算了，部队的信封家里还不知有没有，就是找到，部队的邮戳也没法盖，算了，管他怎么看去，先把妹妹这一关过掉再说，睡觉！

第二天早上，钟玉家一起床就看到了桌上的那封信。她喜出望外地拿起那封信，正面反面来回看了几遍，是的，就是这封信，她把信封贴到嘴上亲了一口，心想终于没有对不起他们俩，没有让这封信成为我永远的内疚。但她想不通怎么睡了一觉，这封信就会失而复得的？难道它也躲哪块儿睡觉了？

她去找哥哥，哥哥已醒了，正躺在床上读发言稿呢。她喊道：“哥哥，你快起来，快过来看。”钟玉保见妹妹喊得急，便放下发言稿一骨碌爬起来，来到堂屋问妹妹什么事这么急。钟玉家问哥哥昨晚他坐在这儿改发言稿有没有看到哪个把这封信送来。

钟玉保说:“没有啊,我昨晚一直在这里写到夜里点把钟,鬼影子都没看到。不过,夜里我睡觉时听到外边窗子响了一下,我以为是风刮的,就没起来看。”

“噢,那会不会是洪光武呢?”钟玉家问。

“有可能!不过不管他是哪个了,信找到就行了,你也好交差了。赶快把信送给邓伯伯家去,不要再弄丢了。”钟玉保催妹妹说。

钟玉家想:也是。也不追究他洪光武了,他总还算是有良心,没有把信毁掉,还是原原本本地送了回来,以后不提这事了。想着就要出门去送信,走到门口又回头。心想不行,送给邓伯,邓伯工作忙,再把信弄丢了还是不好,干脆我直接送给邓远航。

吃过早饭,离到学校开会还有一段时间,她便先奔医院,找到许阿姨,请她把信送给邓远航。她站在那里看着许阿姨拿着信进了病房,又看着她空手从病房出来,才跟许阿姨打个招呼轻松愉快地跑向学校。

今天全校师生大会的内容比较多,会标是:“庆七一、树典型,表决心、赴农村”誓师大会。

会上先由校党支部书记做“庆祝党的五十三周年生日”的讲话,然后县政工组领导宣读了县里“关于表彰钟玉保英雄集体的决定”,再由政工组干部小宋介绍“钟玉保英雄集体的事迹”,接着就是“钟玉保英雄集体”代表钟玉保讲话。

在全场热烈的掌声中,钟玉保走上台,站到话筒处,拿起稿子就读了起来。

14

“首先,我感谢解放军部队这个大熔炉,这次救人,把我在部队学的战略战术都用上了,一听到求救声,我就按照部队学到的开始指挥,三个人呈‘品’字形向前冲,冲到池塘边,我让邓远航下水救落水的两个,洪光武拉住快掉下水的一个，我在岸上接应，他们两个也很配合，共同完成了救人的任务……”

洪光武在下边听着听着觉得不对，不是他昨天写的稿子，他这完全是突出他自己。其实那天根本没人指挥，哪里有什么战略战术？邓远航听到呼喊声，丢下板车就冲到了前面，到了池塘边就跳下去救人了，哪有什么阵形？瞎扯！

钟玉保在台上继续说道：“我还要感谢县里领导给我们这么大的荣誉，其实我们也没做什么，当时也没有生命危险，池塘并不深，水就齐我肩膀，也只齐邓远航的鼻子，我们下去都淹不死，小孩又轻，也不费什么劲，很容易就救上来了。感谢县里、感谢大家给我们这么大的荣誉。”

“屁话，不得生命危险，你不下去的呀？你平时比哪个跑得都快，那时怎么一个人退在后边的呀？还说‘我不会游泳’，水不深，你为什么不敢跳下去？”洪光武心里直骂钟玉保贪天之功为己功。

这时主持人倒夸奖起钟玉保来：“到底在部队大熔炉里锻炼过，钟玉保同学很谦虚，把危险看得很轻，真如毛主席诗歌中写的‘五岭逶迤腾细浪，乌蒙磅礴走泥丸’，让我们为这样的谦虚和大无畏精神热烈鼓掌。”

接着就是发奖。钟玉保和洪光武上去领奖，县政工组领导给他们颁发奖状。钟玉保两手举起奖状向大家示意，洪光武则红着脸、低着头跟着他走下台。他感到这个奖拿得有点窝囊，真正救人的躺在病床上受苦，没听到一句赞扬，没受到一刻风光，贡献最小的却得到了最大的奖赏，真让人没法接受。

表彰结束后就是四名毕业生分别代表四个班做下乡插队表态发言，最后由县知青办公室的领导宣读下乡插队光荣榜。

听了知青办领导读的光荣榜，洪光武感到大出自己所料，他和钟玉家插队并不在一起。按照他的志愿，他被安排到省属九龟湖农场二大队插队，而钟玉家和钟玉保、邓远航等都被安排到石龟公社的龟岛大队插队。他们倒插到一起去了，把我一个人撂在那里，这是谁搞的鬼呢？是邓远航？他想把我和钟玉家分开，好让他们在一起，可不对呀，他还在医院里呢。是钟玉家？有可能，她昨天为邓远航的信发那么大火，就是不想跟我在一起，就是这个臭丫头搞的鬼！但也不大可能，今天上午她还跟我有说有笑的呢，昨晚的火一点都没影响我们俩的关系啊，何况她平时对我也不比对邓远航差呀。唉，还是怪自己，为什么非要抢第一去交志愿呢？出那个风头又得到了什么呢？以后一定要注意，还是要学好我们的传统，不要争出头，要后发制人，不是说出头的椽子先烂吗？记住这次教训吧！

散会时，洪光武一点精神都没有。钟玉家去祝贺他，他觉得是讽刺："你不要刺我了，祝贺什么，祝贺我们俩终于分开啦？"

"你这叫什么话，不插在一起，就不能有友谊啦？"钟玉家反问他。

"当然可以啦，我是想我们要在一起，友谊不是更深嘛。"洪光武说。

"其实你们九龟湖农场靠近我们龟岛，骑自行车半个小时就到了，你可以常到我们那儿去玩呀。"钟玉家说。

"那好，一言为定。我常去看你。"洪光武的心情这才舒坦些，当场向钟玉家做了承诺。

可回家一想还是不好，他们天天在一起，日久生情，石头浸久了还长青苔呢，何况他们两个活生生的人呢？怎能不产生感情？想到这些，情绪又低落了下去。

他爸爸回来见儿子不高兴的样子，便感到奇怪："咦，今天受表彰了，脸怎么还拉这么长啊？"

"表彰得不公平！"洪光武冒了一句。

"怎么不公平啦？没表彰你？"爸爸问道。

"背纤的吃药，坐船的吃糖。"洪光武又冒了一句。

爸爸笑着说："你这是从哪里学来的呀，说得倒蛮生动的，就是有点偏颇。人家也不是不表彰'背纤'的，只是他正好生病出不了场。男子汉，度量要大，不要为这点小事闷闷不乐，你马上要插队走上社会了，这些事还会碰到许多，必须慎重对待。"

"不插队了！"提到插队，洪光武更气，便又冒了一句。

爸爸知道他这是气话，其中肯定有什么疙瘩，便问道："说给我听听，为什么？"

"他们都到龟岛，把我一人丢到农场，我不去！"洪光武答道。

“他们是谁?”

“钟家、邓家的三个。”

“噢。这有什么?其实到农场好啊。你想,我们是下放到这里的外地人,政策一旦变化,你爸爸还是要调回省里工作的,到时,你在农场就好往省城调,你要是在龟岛就难调了。”爸爸分析给他听。

“难调就难调,我要到龟岛,一辈子扎根农村。”洪光武态度十分坚决地说。

爸爸见儿子态度坚决,但这是儿子人生路上的大事,如果是一时之念,将来后悔也来不及了,便再问道:“你想好了,是不是坚决要去龟岛?”

“坚决!你帮我去找知青办改一下。”洪光武求爸爸说。

“那好,我去帮你改,去了就要好好干,不要给你爸丢脸。”爸爸说完,晚饭也没吃,就出门去找人了。

第二天,欢送知青到农村去时,洪光武背着被包,提着网兜,拿着一本《资本论》和钟玉保、钟玉家站在一队,如愿以偿地去龟岛插队了。

邓远航住在病房里,听到远处锣鼓喧天、鞭炮齐鸣,知道今天是欢送知青下乡的日子。他推开病房的窗户向外看,根本看不到街上的情况,只听到高音喇叭里一会儿呼喊口号:“知识青年到农村去,接受贫下中农再教育。面向农村、面向边疆、面向工矿、面向基层……”一会儿播放《大海航行靠舵手》《下定决心》等革命歌曲,撩得邓远航心痒痒的,他真想和他们一起奔向农村,一起去接受贫下中农的再教育。

其实,这两天他的心情一直不好,早想离开医院了。首先是因为医院青霉素紧张,工厂生产出来的药,不少都运到非洲一些国家和我们的邻国越南、柬埔寨去了,说是要支援亚非拉人民,分到九龟县来的药就不多了。医生看他体温降下来了,就把他的青霉素停了,用上了药丸和中草药。本来一个星期他就可以出院的,现在要十天、半个月,延长了他病愈的过程,他显得烦躁。更可气的是破船偏遇迎头浪,钟玉家又叫人送来了那封信。

15

才开始拿到那封信时，他挺高兴的。看到那熟习的信封以及信封上熟习的字迹，他就知道是何萍浪写来的。等送信的护士长一走，他就急不可耐地撕开信封，展开信笺看了起来。不看还好，一看肺都气炸了，他迅速将信纸和信封揉在一起，窝成一团，扔到了床头边，看着它从床头又滚到了地下，他把它拾起来往枕头底下猛地一压，似乎只有这样才解气。

他想不通，前几次通信一直都有说不完的话，今天这封信怎么这样冷淡？就几个字也叫一封信？还不如小学一年级学生写的信呢。字数少，废话却不少。什么"年龄小"，也都是革命青年了，我们都插队当农民了，小什么小？什么"不准谈恋爱"，谁说谈恋爱啦？你说跟我谈恋爱了，还是我说跟你谈恋爱了？什么"不准与男的通信"，什么臭规定？哪个首长有这个规定？不想写信就不写吧，你跟我直说不就行了，找这些借口干什么？是她在部队跟哪个"四个口袋"的干部谈恋爱了吧，是那个"四个口袋"的不准她写信给我吧？你这"四个口袋"的也太吃醋了，我们就是很平常的通信，说说各自的学习和工作，半点恋爱的话都没有，你吃什么醋啊？现在你就这样吃醋，以后萍浪怎么受得了啊？要依我的脾气，我就写信到你们部队首长那里，非把你们拆散不可。

一整天，邓远航都不舒服，一直很压抑，感到胸闷，喘不过气来。今天听到外边高音喇叭里的口号和革命歌曲，他就想赶快离开这个病房，和钟玉家他们一起去劳动，肯定会改变这种不良的情绪。

过了一会儿，外边的锣鼓声、鞭炮声、高音喇叭声渐渐停息了，他知道他们这届知青已被送走了。他无奈地离开了窗户，躺到了病床上。忽然，他又想起了昨天压在枕头下的那封信。他觉得有哪里不对头，好像里外的笔迹不一样。他赶忙从枕头下摸出那个已压扁了的纸团，小心翼翼地把它们拉开、展平，一手拿着信封，一手拿着信笺，两只眼睛在信封和信笺上来回地扫了几遍。不错，信封上的字是何萍浪写的，她的笔迹他熟习，而且家里还有她过去写来的信，一对就知道了。信笺上的字肯定不是萍浪写的，而且称呼也不对，以前萍浪写信称呼都写的是"远航弟"，这封信上写的是"邓远航"，落款过去写的是"姐：萍浪"，这里写的是"何萍浪"。那这封信是怎么回事呢？

难道是那"四个口袋"叫何萍浪写信，她不肯写，"四个口袋"的就写了这封信，他不知道地址，何萍浪才写了信封？不会的，如果这样，何萍浪完全可以把那封短信誊一遍，让里外字迹一致起来。难道是钟玉家把信拆开了，抽出里边的信，放进自己写的信？也不会的，钟玉家不是那种人，里边也不是她的字，那信上的字不像是女孩写的字。

想到这儿，他想立即给何萍浪写封信，把情况问清楚，但还是放弃了。等等再说吧，等我病好了问问家家她拿信的情况再说。

邓远航在医院里住了十几天才出院。出院后，他想问问家家信的事，可他们都下乡了，他便也准备在家再休息两天就下乡插队去。在家没事，第一天他坚持等把那封信的情况问清楚再给何萍浪写信。可第二天，他想明天就要下乡了，也该让萍浪知道他人生道路中的一件大事，因而还是耐不住给何萍浪写了封信。在这封信里，他没有问上封信的事，只是告诉她他们毕业后下乡插队的事。

寄完信在回来的路上，他被一场雷阵雨淋湿了。起初他没重视这场雨淋，但到夜里，他又开始咳嗽、发低烧。早上起来，他还想去渡口乘轮船下乡。妈妈见他咳得厉害，一摸他的头，还有点发烧，就拦住了他，硬把他拉到医院看病。

原来，他的急性肺炎并没有除根，再被雨一淋，又变成了慢性肺炎，只好再住院治疗。这一治，前后花去了三个多月，等病治好了也快过年了，家里索性叫他过了年再下乡。

过年的时候，钟玉家、钟玉保、洪光武都回来了。见到他们，邓远航感到很惊讶，才半年，几人变化都不小。他说："家家、光武个子都高了，就是怎么这么黑这么瘦啊？两腮都陷下去了。"

"我们身体瘦，是劳动把我们锻炼得更结实、更坚强了，我们皮肤黑，但我们的心是红的，越黑，说明我们与贫下中农的心越近。哪个像你这个小白脸，一副小资产阶级样子。"洪光武自豪地说。

钟玉保则说："你知道石龟公社的人都说你什么呀？"

"说我什么呀？"

"说你在家装病，躲避插队，想搞病退留城工作。石龟镇上的几个毕业生现在也不肯下乡，都在攀你，他们说县里干部家子女没下呢，为什么要叫我们先下？等他下了，我们保证下。"钟玉保说。

"也没说那么严重，人家不是真病了嘛，等病好了下去，那些闲言不是没有了嘛。"钟玉家说。

本来，邓远航想问家家那封信的事，可被他们你一句他一句说得心烦意乱，什么话都不想说了，也不想跟他们多谈，觉得才半年多，不知怎么就跟他们谈不到一起了，只说了一句"过了年跟你们一起下去不就行了嘛"就回家了。

刚到家，白丽红夫妇带着三胞胎也跟了进来。白丽红男人浦家贵手里还拎着两只鸭子，一篮鸭蛋。三胞胎增加了新式装备，自打那次落水后，每人后边背了个红漆漆过的大葫芦。

一到邓远航家，白丽红就让男人把鸭子、鸭蛋放下。远航妈妈一边说不能收一边推着她男人手里拎的东西。

站在一旁的白丽红则呱啦开了："大姐，不要推了，过年了，我是带伢子来谢恩的，杯水之恩，江河还报，何况是救命之恩喃？不是你家远航，我这三个丫头早没命了。这鸭子、鸭蛋都是家里的，也不值什么钱，给远航补补身子，表达个心意，你要是不收，我这心就老是在浪尖上，安不下来啊。本来还想带老母鸡来的，家里几只鸡昨天还看到它们上窝的，今天一个也不见了。过年了，知青都要回家，母鸡全被他们偷走了，像土匪似的，这些炮铳的。"

邓远航想：还有这种知青？

她男人提醒她："也没全偷，有的人家没被偷，有的知青也没偷，有的是拿钱买的。"

邓远航妈妈拿些糖果给三个伢子吃，又说："你们坐一下，我去煸包子给你们吃。"

"哎呀大姐，不忙了，我们还要到街上去跟这三个丫头添点新鞋子、新袜子什么的。过年了,也给她们装扮装扮,打扮得漂亮些往后嫁个好人家。嘻嘻嘻……”白丽红拉着远航妈妈的手笑着说。

远航妈妈掏出五元钱塞给白丽红,白丽红又塞到远航妈妈手上说:“大姐,鸭子是自家养的,它们就在湖里自己找食吃,也不要我们喂食,不花钱,你这一把钱,不是打我脸吗。”

远航妈妈说:“过了年,远航就到你们那儿插队了,到时还要请你们多管教呢。”

“哎呀,大姐,你这就折我寿了,你家这么好的伢子,管教我差不多,我哪有能耐管教他啊?大姐,你福气好噢,多好的伢子,不晓得哪家的闺娘有福气嫁到你家呢。嘻嘻嘻……”白丽红说着就要走。

远航妈妈把篮子里鸭蛋拿下来,又把家里才买的年货——大糕、果子、奶糖以及家里做的炒米糖等拿了些放进篮子递给了白丽红。

“你看,我这真是皮皇帝的妈妈,皮太厚了,送的少,拿的多了。嘻嘻嘻……”白丽红笑着和男人带着三个丫头离开了邓家。

16

新年一过,邓远航就带着行李同钟玉家、钟玉保、洪光武三人一起来到了龟岛,住进了龟岛一队的知青点。知青点还有省城来插队尚未回城的四个知青,其中一个男的叫向智勇,三个女的分别叫董一芬、包玲玲和关红琴。邓远航下乡后,石龟镇上的毕业生二愣花凌云、四寡妇大女儿李晓星、方校长二儿子方元正和小儿子方元本也都把镇上的定量户口转成了农村户口,到龟岛来插队了。

此外,石龟镇上的几个被戴上坏分子帽子的也都安排在这里劳动改造。他们中有“投机倒把分子”龙皮匠龙广升,他是因用自己做的百十双布鞋跟人家换布票、粮票、肉票,然后把这些票又卖了赚钱出的事,被戴上了投机倒把的帽子。有范正利,他是因新中国成立前在石龟镇做过伪保长被戴上帽子的,新中国成立时,他全家已逃到广东生活,后来,群众检举揭发,才把他从广州押回来改造的。还有剃头匠“黄麻子”黄立贵,他是在大唱革命样板戏时因当众哼唱了《白蛇传》中的几句曲调被戴上帽子的。

邓远航下乡不久,县里机构改革,撤销政工组,成立组织部、宣传部和办公室,时任政工组副组长的钟大同要求下乡,便被调回到石龟公社当“一把手”,任公社书记兼革委会主任。他到石龟公社的第二天就和已任革委会副主任的赵科长一起来到龟岛大队指导工作。

到龟岛后,钟大同叫赵主任先到大队部去,他先到知青点看看儿子、闺女,也顺便看看其他知青。他与赵主任分头行事,独自一人走向知青点。经过白丽红家时,他一眼看到了白丽红,便一脚迈了进去。进院子,见三个丫头在院子里玩耍,他径直走进正房四下里看看,未见她男人在,便来到锅屋,笑嘻嘻地对白丽红说道:“白娘子在家忙着喃?”

白丽红正在家里忙烧中饭,看见钟大同走了进来,她便为上次求他派船未成而心中气生,因而她连看都不看他一眼,更不愿跟他搭腔,只顾自己忙着,一会儿到锅门口添把草,一会儿到锅台上炒几下。钟大同觉得奇怪,也一会儿上、一会儿下地跟了几趟,实在憋不住了,便小声地问:“你今天怎么像是抬着空棺材出殡,目中无人啦?”

白丽红见他一来就说这些晦气的话,便也用“棺材”骂了他一句:“你在棺材里要钱,死不要脸。”

“哟哟哟,一日夫妻百日恩,你不能拿扫把敲钟,想都不想我呀?”钟大同说着就用手去捏白丽红的屁股。

白丽红用手把他的手打掉,声音抬高了说:“你是六月心里的火炉,鬼才想你呢,死过去! 大凤,喊你爸来吃饭。”

钟大同见她这么一喊,以为她男人在家,拔腿就跑了出去,一路来到知青点。

到知青点,他见邓小二子在锅门口烧火,闺女家家正在锅上忙着,便问道:“哟,烧什么好吃的呀? 这么香。”钟玉家见是爸爸来了,赶忙一边拿只小凳子叫爸爸坐,一边回答说:“在家里带的咸肉切一点煮菜饭,青菜跟咸肉丁炒一下,香味就出来了。”

“还烧什么菜啊?”

“不烧菜了，菜饭里多加点盐就行了。”

“这么艰苦啊？那爸爸今天陪你们一起吃‘忆苦饭’。”

邓远航听钟叔叔如此说，便从锅门口站起来回道：“不艰苦！就这个也比贫下中农吃得好呢。我们饭里还有咸肉丁子呢，贫下中农还没有呢。钟叔叔在这里吃饭，我到白阿姨家去买几个鸭蛋炒炒。家家，你叫叔叔到活动室那边坐吧，大保子他们都在那边呢。”

所谓活动室，是专门腾出两间房子，把中间的草老鼠间隔拆掉，拆成一间大房间供知青学习、开会、吃饭用的。里边就一个乒乓球台，是用砖头砌的水泥球台，比正规的球桌要小许多。另外还有一张办公桌、一个碗橱和几条大板凳，这些都是老知青向智勇在圩堤上锯了两根大树，利用休息时间，自己打起来的。靠边上还散放着哑铃等体育用品，不少都是已回城的老知青丢下来的。

家家把爸爸带到活动室，果然知青都在这儿呢。钟玉保正在和方校长小儿子方元本打乒乓球，周围站着一些男女知青观战。钟玉保见家家和爸爸进来，便放下球拍来迎爸爸：“爸爸，你什么时间到的呀，家家怎么不早点喊我啊？”

“我也才到，你们怎么不帮妹妹做饭，就在这里玩啊？”爸爸问。

“没有，我们一个星期七天都有人排班的，我跟李晓星一天，洪光武跟二愣一天，家家跟邓小二子一天，今天摊他们烧。”钟玉保回答着。

钟大同扫了一眼整个屋子，发现有两个知青在看书，他怕他们这些伢子在一起不学好，看些黄色书籍，中了“封资修”的毒，因而他便走过去想查一查。两个看书的，其中一个是洪光武，钟大同走过去一问，才知道他读的是《资本论》。钟大同心想，我还没读过呢，他能读得懂吗？“乖乖隆的咚，小洪不得了，钻研起无产阶级的经典著作了，好样的，好样的，不过千万不要喝米汤猜拳，图热闹噢。”钟大同说了句让人听了不知是夸奖还是讽刺的话。

洪光武站起来表决心道：“请钟叔叔放心，我们革命青年就是要响应毛主席的号召，学好‘马列’，把马克思主义的精髓学到手，成为真正的无产阶级革命左派。”

“嗯，好好。你在看什么书啊？”钟大同又走到另一位看书的知青面前问。

这一位是1968年从省城来龟岛插队的知青，叫向智勇，年龄比他们县城、镇里来的知青大不少，去年入了党。他不知道钟大同又调回来做书记了，但他认识他是县里在这儿蹲点的钟副组长，他迫切地需要攀上一些像他这样的干部，因为他知道从省城同来的八个知青走掉四个，还剩他们四个，除了关红琴，其他都是职工家庭，没有什么路子，只有靠自己，要么表现好，要么就要攀上领导，因而见钟领导来到他面前，他便十分尊敬地站起来说："敬爱的钟组长，您这种工作作风太值得我们这些知青学习了，您这样关心基层、关心贫下中农、关心我们知青，太让我们感动了。您上次在这里指示我们要多向贫下中农学习，教育我们要成为劳动能手、生产行家，我这是遵照您的指示，找来了《农作物栽培技术》，正在钻研农业生产技术，还要请您多指教喃。"

钟大同根本不知道什么时间给他下过"指示"，"教育"过他，但这小青年的话的确说得让人高兴，便笑着说："嗯，说得好，不错，不错，你叫什么名字啊?"

"报告首长，我叫向智勇。向是向着红太阳的向，智是吃一堑长一智的智，勇是勇往直前的勇。"向智勇详细地介绍着。

"嗯，好，响亮的名字，你是老知青了，要带好头，给他们做好榜样。"钟大同要求道。

"我向首长表决心，我一定带好保子、家家他们这些弟弟、妹妹，确保他们都成为无产阶级革命事业的接班人。"向智勇声音洪亮地说道。

"哎呀，主任啊，你工作起来真是拼命啊，中饭时间早过了，你还在关心他们知青啦?"龟岛大队支部书记黄满仓说着和赵主任一起走了进来。黄满仓是去年钟大同从县里来蹲点时当上支部书记的。刚才，他听赵副主任说钟书记来了，没有先来看望，而是和赵副主任一起先去弄了点咸肉、鲜肉、猪耳朵、猪舌头、猪头肉、豆腐、百页、鸡蛋、变蛋、花生米等，又从家里拿了两瓶九龟湖酒，这才过来看钟书记。

黄支书搞来这么多菜，邓远航并不知道，他还在白丽红家劝她卖给他些鸭蛋，他不知道平时对他有求必应的白阿姨今天怎么不肯卖鸭蛋给他了。

17

起初，白丽红见邓远航来买鸭蛋，便连忙丢下手上的活来帮他拾鸭蛋。拾了十来个，邓远航说：“够了够了，阿姨你称一下，我把钱给你。”

“拿去，不要钱，你缺什么，到姨这块儿尽管说，不要客气。”白丽红说着就推邓远航走。

“不行，不行，你不要推我，我问你个事。”邓远航说。

白丽红停住手说：“姨是个农村大老粗，能知道什么事？”

他问她，她家一年养多少鸭子？多少鸭子生蛋？一只鸭子一年能生多少蛋？要多少成本？他想通过问问题随意拉呱，找机会把钱把她。谁知，她一一回答后还是推着他说：“走走，不要在这块儿嚼白舌头了，嚼到晚，姨也不要你的钱。”

“不行！不收钱不行。你要不收钱，我就不拿蛋了。”邓远航一边说，一边把一块钱往白丽红手上塞。

白丽红见他这样坚决，就说：“这样子，你实话告诉姨，这蛋是你吃，还是大家吃，要是你一人吃，或是带回家，我半厘钱都不要，要是你们大家一起吃，我就少收点钱。”

“是这样的，我们今天煮菜饭，不烧菜，因为家家她爸爸来了，我们想给他加个炒鸭蛋。”邓远航如实地说道。

白丽红一听给钟大同吃的，顿时从心里向外冒火，一把夺下邓远航手中的篮子，又把篮子里的鸭蛋一个一个地往原来的笆斗里拾。同时，嘴里还叽咕道：“听到他我就八肚子来气，给他吃呢，给狗吃也不给他吃，给他吃饱了他就更像螃蟹那样横行霸道、欺负贫下中农了。”

邓远航手里捏着一块钱愣了一下，以为是钱少了，便又加了一块钱递给白丽红说：“阿姨，给你两块钱喃。”

“不卖，多少钱也不卖！”白丽红把空篮子递给邓远航说。

邓远航想不通了，刚才不要钱，现在给多少钱也不卖，哪里得罪她了呢？

看来是钱给少了:“阿姨,是我做得不好,也不知道篮子里的蛋多重,就给一块钱,钱给少了,现在我知道了,给你两块钱,你还是卖给我吧,他们都等着吃饭呢。”

见邓远航这样,白丽红觉得不把蛋给他就太对不起他了,如果把蛋给他,白炒给那个大肥猪吃了,她又会感到心里堵得慌,这真使她左右为难,干脆跟他说明了吧:“伢子啊,姨不是对着你的,姨是对着那个大肥猪的,他以前在我们大队蹲点欺负过你姨,欺负你姨时拍胸脯叫我有事尽管找他。那次,你生病,我找他派船,他把我撂到了凉水里,害得我们冒大险用小鸭溜子送你过河。伢子啊,你平时看姨是个随随便便的人,但对这种人,我是有骨气的,他当他的干部,我做我的百姓,我发誓井水不犯河水,他不要想来碰我,我也绝不会睬他。伢子啊,你不要怪姨,你今天就少吃一口蛋,过了今天,姨加倍补偿你。”

“白阿姨,我理解你呢,我不怪你,不过,不要老把不快活的事放在心里,这样伤身体,能放开就放开算了。”邓远航安慰她说。

“伢子啊,其实,我这人平时是很宽心的人,只是对这人不能宽。伢子啊,姨跟你说心里话,你也要防着他呢,这人可阴着呢,还有他那个儿子,跟他老子一样,也是个欺负人的祖宗,他爷儿俩的面相天生阴缺,说不定什么时刻欺负到你头上,给你小鞋穿呢。你以后在他们面前说话一定要注意些。”白丽红提醒远航说。

“好的,谢谢你,那我回去了。”说完拎着空篮子离开了白家。

其实白丽红不提醒他,他也是一肚子清楚。钟叔叔跟他爸爸表面上还说得过去,但背地里钟叔叔老是伸腿蹩他爸爸,做些见不得人的事。但从心里讲,他不想把上一代人的矛盾纠葛再延伸到他们这一代身上,因而他平时尽量表现出对钟叔叔的尊重,对钟玉保也是有话当面说清,不背地里说人,有事退一步,宽厚待人。他想,他这样子做,再加上钟玉家跟他的关系,应该会避免上一代人的纠纷再发生在他们身上的。

他回到知青点时,大家已围着乒乓球桌子坐好,准备吃饭了。钟玉保一见他进来就喊道:“邓小二子,你今天值班,不帮家家烧饭,跑哪个田埂畈子去玩啦?”

“你爸来了,我看没有菜,我到白阿姨家去买点鸭蛋回来炒菜的。”邓远航解释道。

“浪的买几个鸭蛋买这么长时间,你不是乘机跟白娘子干什么好事的吧?”钟玉保尖刻地说。

“好了,好了,你少说两句,伢子能干什么好事啊?他刚才是去买鸭蛋的。好了,你帮家家把鸭蛋炒了,端上来,大家喝点酒。”钟大同帮邓远航解围道。

“不好意思,鸭蛋没买到,她家卖光了,一个都不剩。”邓远航有点抱歉地说。

“浪的,说买蛋,一个蛋没买到,你不是跟白娘子干鸟事的,那干什么了喃?你要没干鸟事,你敢不敢把裤子脱给我们看。”钟玉保说着就要过来脱他裤子。

当着一屋子的人,被钟玉保这样一戗,邓远航满脸涨红,牙关紧咬。此时的邓远航也就十八九岁,对男女间的事比钟玉保懂得少多了,他只是从以前小二刘说的大书中以及后来看的小说书中知道什么是“鸟事”,不清楚“脱裤子看”怎么就能知道干没干过“鸟事”,但他知道这是对他的污辱。刚才从白丽红家出来时,他还想对钟玉保能让就让的,可现在他欺人太甚,叫人怎么能让?因而他决心把钟玉保做的骚事给他抖一抖。

他正要抖时,钟大同拦住儿子说:“你少说废话,你们还是不会打鸣的公鸡,都还不成熟,哪来什么鸟事啊?哈哈哈。以后不准说这些话。不过,小二子,以后做事,先不要吹,先要把事做好再说。你看人家黄支书,不声不响地弄来这么多菜,而你呢,去之前就说为了给我加个菜去买鸭蛋,结果买个零蛋。人家还以为我这个做干部的到基层要吃要喝呢。其实,我要是喜欢吃喝,我就在黄支书那儿吃过饭再来了,根本不把你们看到。我决定到这儿来吃饭,你们知道什么目的啊?哎,就是给你们大家改善伙食。好了,以后注意就行了。来,大家倒酒,男青年每个人都要倒酒,女青年随便,会喝的就倒一点,不会喝的不强求,大家一起来改善改善,有福同享,有福同享!”

“谢谢首长!谢谢首长!”向智勇显得十分激动地喊道。各人都拿出不同的容器让黄支书倒酒,向智勇拿吃饭的碗,钟玉保拿只缸子,洪光武和二愣都拿的是钵子，邓远航不会喝酒也不想喝酒，他拿只小瓶盖子，只有钟书记、赵主任、黄支书三人拿的是黄支书带来的酒盅。

黄支书把头上的黑色老头帽摘下往桌上一放，捋起袖子，拿起酒瓶，撬开瓶盖便开始倒酒。

赵副主任见他摘掉帽子，就开玩笑说："黄支书，你帽子一摘，房间里亮多啦。"原来，黄支书头顶上已没几根毛了。

黄支书也不气恼，他拿着酒瓶回赵副主任说："亮敞，可以让你们主任看看我们这儿的美人嘛。"说完便先给钟书记、赵主任两个面前的酒盅倒满，然后用自己的酒盅做量具，不管是碗，是缸子，还是钵子，每个容器里面倒一酒盅，邓远航的小瓶盖子里只能装三分之一酒盅的酒。见他拿这么小的容器，黄支书又说："邓公子，你做事真是太精细了，要叫你爸晓得，不知说我小气还是你小气呢。"

坐在黄支书旁边的钟玉保说："浪的，他这盖子几滴尿就装满了，哪是人喝的呀。"说着把邓远航的瓶盖摔到门外，顺手拿了只碗放到他面前，又把黄支书手上的那盅酒倒了进去。接着他顺手把黄支书放在桌上的老头帽拿起戴到头上，往下一拉，脸上只露出两只眼睛、一个鼻子、一张嘴。引得大家一阵笑声。

待大家笑完，邓远航发现帽子脑门处还有一个洞，便问："黄支书，人家老头帽都是四个洞，你这帽子在头脑子上也开了个洞干什么呀？难不成大脑也要透透气啊？"

"噢，那是烟烫的洞，就一个小洞，扔了可惜。好，酒倒好了，书记，可以开席了。"黄支书说。

钟大同举起酒盅说："老黄啊，你要戴这帽子干坏事，天王老子也认不出来你啊。"

"书记，首长，有你罩住，我能干什么坏事啊？"黄支书说。

"好。我也不是什么首长，我今天跟大家宣布一下，昨天，我正式调任石龟公社任书记兼革委会主任。我今天来，一是看望大家，二是听听大家对抓革命、促生产的意见。来，大家边吃边说，随便谈谈。来，先干一杯。哎，我说女的随便，你们女的也不能一个不喝嘛，里边那个，那个叫什么的呀？叫关什么的做代表,喝一杯。”钟大同主任喝了一杯,觉得还有不足,便又多说了几句。

“我叫关红琴,我不会喝。”关红琴说。

“不会,你说哪个会?什么事哪个一生下来就会的?叫你们下来就是学习的,什么事都是从不会到会的。来,我亲自给你倒一杯。”钟大同说着拿过酒瓶走到关红琴面前要往她碗里倒酒。

关红琴用两个手捂着碗不让倒:“主任,主任,我真的不会喝。”

“哟,手倒雪白的噢,小脸蛋也雪白的,喝点酒,加点红就更好看了。”说着抓住她的手,把酒倒进了她的碗里。谁知,她迅速把碗里的酒又倒到了隔一个座位的钟玉保碗里。

钟大同觉得没趣,便回到原座上,黄支书对他说:“她是可教育好的子女,她爸是资本家。”

“我说的呢,这么不听话,耍姨太太脾气呢。脸蛋长得倒不错,可惜长到了资本家的家里。”钟大同没好气地说。

一句话说得关红琴泪水流了出来。邓远航见此想帮她说几句话,便喊了一声“钟叔”,喊着便站了起来。大家一下把目光都转向了他。

18

“钟叔,人家是人家,她爸是她爸,不能喝酒不能又把人家爸爸扯到一起噻。”邓远航站着说。

“怎么不能扯到一起?爸爸是资本家,她能好到哪儿去?”钟大同说。

“爸爸是爸爸,子女是子女,只要她自己表现好,就不能老是王老二开饭店,老是另眼看待人家。”邓远航继续辩着。

“你妈是地主富农女儿,浪的你就是为你家辩护的吧,地富反坏右的子女总归明不了什么大事。”钟玉保也插上来帮他爸爸。

“不对,把革命干好是靠自己努力,不是靠爸妈!”

听邓远航为她辩护,关红琴的泪水直往下滴,她从心里感激这个正直的小伙子,但不敢表达,只是低着头,一声不吭地坐在那里。

“来,来,今个不辩论这个,还是按钟书记意思,先把第一杯酒喝掉。”黄支书打圆场说。

大家喝完第一杯,吃菜,又喝第二杯,几杯酒喝下去没人发言。钟书记见此便对大家说:“我们不能光顾了喝酒,耽误了抓革命、促生产,这样子,我们也不划拳喝酒了,哪个为龟岛这个典型能永远地红下去说条意见就赏杯酒把他喝,好不好?”

“好。”几杯酒下肚,大家也来兴了。但大家喊过“好”以后,没有哪个站出来发言。不少人心想:我要抢着发言,人家还以为我没出息,就为了想一小杯酒喝呢。也有人想:先看看,看人家说得怎么样,书记什么反应,然后自己再说不迟。因为有这些想法,因而场面又冷下来了。

钟玉保想,爸爸说几次让大家发言,还是没人发言,再冷下去,太丢爸爸面子了,邓小二子、小要饭的平时嚼舌头能呢,现在都成了背口乌了。我要第一个站起来,给爸爸增光。想到此,他猛地往起一站说:“我来说!”

钟大同见是儿子站了起来,心想:总算有人打破沉默了,即使是儿子,也要鼓励:“好,说得在不在行不碍事,敢于站起来发言就是好样的。黄支书,先给他倒一杯酒。”

钟玉保听爸爸一夸奖,一高兴,端起黄支书才倒的酒一饮而尽。大家一声“好”,一阵热烈的掌声。不鼓掌倒好,这一鼓掌,他酒杯到嘴酒到肚了,话却卡住出不来了。

钟大同见儿子的嘴嗫嗫嚅嚅地半天不吱声,晓得他还没想好,只是一时兴起想说几句,被这阵势又吓回去了,便打圆场道:“好,能站起来就不错,再坐下来想一会儿,等等再说。小洪,你读《资本论》,你理论水平高,你先说说。不要站起来,就坐着说。”

洪光武见钟叔叔点他名,便站起来,正要开口,听钟叔叫坐下来说,他便又坐下来说道:“我想说说生产力。什么是生产力?生产力就是人类征服和改造自然,使其适应社会需要的客观物质力量。生产力是最活跃最革命的因素,是社会发展的最终决定力量。人类社会的发展就是先进生产力不断取代落后生产力的历史进程。因此,要想我们龟岛不断向前进,就要大力发展我们的生产力。而我们现在的生产力太落后了，刀耕火种，牛耕田、人割稻，太落后了，我们要买拖拉机、抽水机、收割机、脱粒机，实现机械化，要通上电，将来还要实现电气化。"

邓远航听他讲这么多，心里想道：乖乖隆的咚，他像政治老师上政治课一样了，讲起生产力来滚瓜烂熟嘛。看来得赶紧找些书来看了，不然又落在他后边了。不过，机械化、电机化靠买、靠要恐怕是不可能的。

钟玉家、李晓星两个人则在一旁频频点头。

钟玉保对他前面讲的不知所云，政治课上老师讲的他早忘了，对他后边说的机械化倒蛮感兴趣，因而，洪光武话音一落，他便抢着说："乖乖，理论家，理论家，说出了我心里话，我刚才想说的就是要一台大拖拉机，开起来才得劲呢。"

以向智勇为首的几个老知青则不动声色，他们知道，机械化、电气化是远大目标，眼前不是一下子就能实现的，台把台拖拉机不成问题，只要大保他爸高兴，支持大队一台还是可以的，但问题是一台大拖拉机不等于机械化，真正的机械化还是要靠大家干出来。

钟大同心想，又是一个空头理论家，夸夸其谈，给我们上政治课，你还嫩着呢。钟大同想骂他几句，但又不敢，他说的都是马列主义的理论，骂不好，被他们这些革命青年抓住把柄，那就栽跟头了。因而，他端起酒杯说："好，不愧是读《资本论》的，给我们上了一堂生动的政治课，让我们对生产力有了更深刻的了解，赏他一杯酒。来，我敬你。我也向你们表态，今年争取支持你们台把机器。"

听到这话满屋子"噢"的一声，同时又是一阵热烈的掌声。钟大同接着又说："当然，其他的七机八机还要你们自己想办法。小二子，你刚才为人家能辩呢，现在你说说其他机咋个办？"

"叫他爸也送一个。"下边有人喊道。

被他们这一喊，邓远航红着脸说："我爸没这个权，光要不行，还是要靠我们自己干。"顿了会儿，他拿出刚才在下边算账的纸和笔，继续说道："发展机械化，经济是基础。我们龟岛要想有这个经济基础，我看我们学白阿姨家养鸭子倒是一条好路子。"

“浪的你就是想吃白娘子的蛋，刚才怎么拎个空篮子回来，真吃了个大‘鸭蛋’了？整天白娘子长白娘子短的，学她，不要把全岛都弄的是骚味噢。不得好法子就不要浪费时间了。”钟玉保反对道。

“你这人真犯嫌，你让人把话说完噻，我看他说得实在。”一直未讲话的四寡妇大女儿李晓星说道。

邓远航见其他人都静静地在等他讲话，他便继续说道：“我算笔账给你们听。白阿姨家一年养一千只鸭子，我们就按一半鸭子生蛋算，一只鸭子平均一年生六十只蛋，一只鸭子生的蛋至少值五块钱，五百只鸭子光是鸭蛋可卖两千五百元。如果她家到年底把所有鸭子都更新出售，可卖四千块钱，加起来一年收入六千五百块钱，除去苗鸭、饲料、疫苗、鸭圈、人工等百分之九十成本，她家上缴队里的收入是六百五十块钱。再说，我们这里有湖，鸭子在湖里可以自己找食吃，这样成本就更低了。如果我们大队像她家这样的有十户，大队可收入六千五百块钱，一年就可以买两台十二匹的手扶拖拉机，更重要的养鸭子人家也不穷，像白阿姨家，你们看看她家的房子、穿衣、吃饭都比别人家强。如果有二十户、三十户，甚至更多呢？机械化就不远了。”

话音刚落，掌声就响了起来。大家感到这确实是一条好法子，而且他这本账算得很有说服力。

钟玉家首先赞扬道：“哎呀，我们来半年了，天天跟白阿姨见面也不晓得这个账，你才来头十天，账就算这样细，叫我佩服得五体投地，我举双手赞成。”

李晓星也抢着说：“我就晓得他说得有道理，我也是双手赞成。”

其他知青也纷纷说：“好主意！”“赞成。”

赵副主任、黄支书也都觉得他说的是个好路子，他们惊讶这个小二子这几年长进真是太大了。赵副主任想说几句赞成的话，但碍于钟书记的面子，他没吭声，因为大保子刚才卡壳了，闺女家家只是附和了远航的意见，在这种情况下他表扬邓小二子就不适时宜。黄支书憋不住说了两句：“了不成，这伢子说得好。他这话我们这些泥腿子爱听，说的是身边事，又靠船下篙，学起来就便当，做起来顺手，我看能行。”

大家的叫好声让钟大同书记心里很不是滋味，他拿起酒杯在那里悬着，想着，到底这杯酒赏还是不赏他。

19

其实，钟书记也觉得他说得好，账算得更好，这要是大保子刚才说出来多好啊！这是培养典型的路子，要是现在就决定用他这路子，将来到县里、省里介绍典型经验，一说是他邓小二子想出来的法子，那我花那么大力气不是为我们公社树一面红旗，而是给他邓家培养了个典型。不行，等等再看向智勇有什么路子吧。于是他放下酒杯说："小邓刚才说得不错，反映了他下来插队是与贫下中农打成一片的。不过，有些账算得还有出入，比如白娘子家生活好，还另有来路，你们年轻伢子不晓得。再有就是鸭瘟也难防，发起来全军覆没，本钱全撂下水。还是优先看看有什么种植的，稳当些。向智勇，你刚才不是看《农作物栽培技术》的嘛，你说说有什么高见，有什么合适的。"

一句话没讲的向智勇刚才一直在察言观色，他在揣摩钟书记的想法，他要保证自己发表的意见能使钟书记喜欢并能够采纳。刚才邓远航发表的意见实际是很不错的，如果真按他说的做，那集体和群众都得利，是一举两得的事。但不知钟书记为什么把他的意见否定了。这时，钟书记喊他发言，他决心抓住这个机会。他说："尊敬的钟书记、赵主任你们好，刚才听了钟书记的一席话真是胜读十年书啊。让我们懂得了看问题不能看一点、不能片面地看，而是要全面地看，把问题看深、看透、看彻底。"

说到这儿，他向钟书记看了看，发现他在点头，心中暗喜，便继续讲下去："我其实也没什么高见，跟你们老干部、老贫农比起来差远了，但我的心是红的，是向着党、向着贫下中农的，说得不好请领导批评指教。"说了这些，他又朝钟书记看了一下，见钟书记眼睛微闭、面无表情，心里有些忐忑。

他见钟书记这种神态，心里打不到底，不知他是在聚精会神地听，还是嫌他刚才说多了，在闭目塞听呢？不管那么多了，赶快说吧。因而，他又接着说下去:“毛主席教导我们说‘以粮为纲,全面发展’,首先我们不能放松粮食生产,在以粮为纲的基础上发展其他种植。我们这里种什么好呢?我认为可以种些薄荷和韭菜。我这里也算一笔账:一亩薄荷可产五到八斤油,一斤油六十元钱,一年一亩薄荷毛收入就可达到三百元钱;一亩韭菜可收一千五百斤左右,一斤韭菜平均按一毛钱算,一年一亩韭菜的毛收入可达一百五十元。收入看起来没有养鸭高,但这两样种植成本低,技术上要求不高,又没有什么病虫害,更重要的是薄荷油全部出口,可以支援世界革命,又可以为国家创造外汇;种韭菜既按照毛主席的要求保障了供给,又能丰富群众生活,都是一箭双雕的好事。好,我就讲这些,请领导批评指正。”

待向智勇说完,钟书记把台子一拍,并站起来说:“好,就这么定了。先种三十亩薄荷,两亩韭菜。种苗和技术上的事由向智勇负责。黄支书,你就负责调田,说干就干。今天这顿饭吃得好,吃出了干劲、吃出了高见,这样的饭以后要多吃。过些天,我还要来查看。”

钟书记走后,龟岛大队黄支书先派向智勇外出进种苗,又同时在一小队调田。一小队的老队长因不赞成调田种薄荷和韭菜被撤掉了队长职务,改由白丽红当一小队队长。此外,大队也新任了两个干部,一是钟玉保任大队治保主任,兼知青点队长;二是向智勇任大队生产技术员,兼大队农科组组长。黄支书做出这些决定时,还想叫邓远航当第一小队的会计,被邓远航再三推辞掉了。他倒不是嫌会计官小,他是觉得自己插队时间不长,对农事还不甚了解,怕误了生产队的事,他想先锻炼锻炼,适应了农村生活再说。

向智勇外出两个星期,连夜把薄荷苗运了回来,而且是他亲自开着手扶拖拉机运回来的。两个星期中,他先到邻县联系好薄荷苗,然后到省城花了十八块钱买了两瓶茅台酒回到公社直接送给了钟大同主任。恰巧,县里分来一台手扶拖拉机,钟书记一高兴就叫他在农具厂跟师傅学了几天,学会后又让他开回龟岛大队,算是落实他钟大同上次答应送机器的事。他开着手扶没有回龟岛,而是直接开到邻县运回了薄荷苗。在路上开了三天三夜,累了就在拖拉机下面裹着父亲厂里发的蓝劳动布大衣睡一会儿,饿了就啃两个光烧饼垫垫肚子,一路辛苦到家。

他到家虽然很晚了,但全队的男女老少都来了,一是来看他,二是看薄荷，三是看手扶拖拉机，同时也帮着卸薄荷苗。大家都夸向智勇好，能干、能吃苦，夸拖拉机好，能拖、能耕、能抽水。总之，这一晚成了龟岛人的节日。

他外出调苗这十几天，新上任的小队长白丽红干劲十足地带领大家整田，不到三天就把三十亩薄荷田整理停当，现在苗到家了，黄支书叫白队长通知全队劳力，明天早上七点就上工抢栽薄荷，争取在一天内完成三十亩薄荷的栽插任务。

早春的清晨已没有了隆冬的那种严寒，湖里的冰早已融化，湖面上还不断地升腾着阵阵雾气，但湖风吹来的雾气还带有丝丝寒意，吹到人脸上仍感到冷飕飕的，然而队里的知青和贫下中农栽薄荷的热情却十分高涨。知青们热情高，是因为这件大事是在他们知青会上确定的，他们参与和见证了这项决策的全过程。贫下中农们热情高，是因为他们祖祖辈辈种植的就是三麦和水稻，还没在大田里栽种过其他植物，想见识见识薄荷是个什么长相，到底能不能给大家增加些收入。因而，不到七点，劳动已经开始。虽然雾气还很浓，天色还较暗，但全队劳力基本到齐，只有三个人未到。

三个未到的其中一个是洪光武，他与邓远航住一个宿舍。昨晚，两人因看书都睡得比较迟，而洪光武比邓远航还要迟个把钟头。早上六点半两人都被闹钟叫醒，邓远航坐起来喊道："光武快起床，吃过早饭要去栽薄荷，不然来不及了。"

洪光武翻了个身说："我再眯一会儿，我不想吃早饭了，你上工时喊我一下。"说完又睡了。

邓远航便立即起床洗漱，吃过早饭带着小铲锹准备去上工时，他又到宿舍门口来喊洪光武，喊了几声，他不应答，邓远航便走到他床边拽开他的被头，他这才答应："干什么？冷死了。"

"上工了，再不起来就迟到了。"

"好啦好啦，不要拽了，真像个周扒皮似的，天不亮就催人上工，我知道啦，你帮我把工具带着，你到田里，我保证也到了。"

嘴上说保证到的，可还是迟到了有二十分钟。

邓远航透过雾气看见洪光武跑来了，便喊道："光武，快，这边来，锹在这儿。"

黄支书正在田边督战，见洪光武迟到，就对白队长说："你去说他两句，让他以后不能这么自由散漫。"

白队长走过去说："光武啊，昨晚读书读迟啦？你们年轻伢子要学习，也要注意身体啊，毛主席说，身体是革命的本钱啦，早睡早起，清爽欢喜；迟睡迟起，强撑眼皮。好，以后早睡早起，到远航那块儿去栽吧。"

邓远航听黄支书叫队长说洪光武几句，以为白队长要骂人了，可听了她这一席话后觉得没有什么批评的味道，只不过是叫他早睡早起，倒是显出对洪光武的身体十分关心的样子，便在那儿暗暗地笑。

洪光武跑到邓远航那儿拿过小铲锹，正要蹲下去栽薄荷，被一声"站住！"吓得定在了那里。

原来是才当治保主任和知青点队长的钟玉保觉得他给知青丢了脸，人家贫下中农家里都有小孩，还能克服困难一大清早地来上工，没有一个迟到的，而我们知青怎么样？不行，不能让这种自由主义发展下去，必须狠批。于是他说道："你站住，你不要劳动，你让大家看看，你是下乡接受贫下中农再教育的，还是来享清福的？说起来比人家有文化，你说你比贫下中农高贵在哪里？你是不是因为这事是我爸爸确定的，你就要破坏这件社会主义的新生事物？"

邓远航开始还听几句，后来有点听不下去了，便站起来把洪光武按蹲下说："钟组长，应该让他一边劳动，一边听你批评教育，不然，我们劳动，他站在那儿都舒服啊。"

白队长他们一些贫下中农也纷纷插话："让伢子劳动吧。""算了，下次注意行了。""好了，伢子已知道错了。"

"看在贫下中农的面子，你可以先劳动，但我们对坏思想、坏作风的批判不能松。你平时满嘴说的是马列主义，做的却是自由主义，像这样下去，怎么能接好班，怎么能实现共产主义？你……"钟玉保批评到这里，又被邓远航打断了。

邓远航觉得钟玉保太过分了，便插上去说："钟组长，他今天迟到确实不对，他也认识到了，你为这么一件小事再这么上纲上线就没必要了。"

"小事？上纲上线？邓小二子，我看你思想也有问题。你说是小事，那全队个个迟到二十分钟，这薄荷还要不要栽了？如果全国的工人、农民都迟到二十分钟，社会主义还要不要建了？如果解放军战士个个迟到二十分钟，这仗还能不能打得赢？”

“账不是这么算的，迟到的毕竟是少数，他又是第一次，又不是屡教不改，你给他一个改正缺点的机会嘛。你把小事提到那么高的高度，吓都把人吓死了，叫人家怎么改正，怎么去补救啊？”邓远航说。

“小事要让他长记性，小洞不补，大洞吃苦，不批评教育他怎么能行？还有你呢，邓小二子，你也要检讨。”钟玉保仍坚持批评着。

“叫他检讨，不是检讨到外国去了嘛。”李晓星插话说。

“没有！他俩一个宿舍，他没迟到，洪光武迟到，不是他搞的鬼呀？再说，他是洪光武的组长，组员迟到，组长就有责任。”钟玉保强词夺理地说。

“理歪可以纠正，你胡说八道影响我们，把薄荷栽歪了，怕它一辈子都正不过来了。”邓远航刺他道。

“你才歪呢。难不成批评他迟到倒成了罪人？”钟玉保反讥道。

“亏人是祸，饶人是福。你也说累了，你就是想说，可不可以一边栽薄荷一边说？你再这么说下去，我们栽的比贫下中农落后多了。”邓远航指着旁边一墒田说道。

“栽就栽，但这个事必须要惩罚。今天扣他三分工！你也要检讨！”钟玉保一边蹲下来栽薄荷一边说道。

“你凭什么扣我三分工？我做一天十个小时才八分工，迟到二十分钟就扣三分工，你数学怎么学的？我迟到二十分钟，到晚上我迟放工，多栽二十分钟薄荷不就行啦，烦着你这么扣来扣去的啊？”洪光武争辩道。

几个人这样一边栽薄荷一边争来争去的时候，又有两个人迟到了。

20

这拨迟到的是两个在这里劳动改造的戴坏分子帽子的人，一个是戴着现行反革命帽子的黄麻子，一个是戴着投机倒把帽子的龙皮匠。

他们从雾中一出现，把黄支书和钟玉保都吓了一跳，他们心想刚才争来吵去，这两个坏分子没来上工，脱离视线这么长时间，这要是跑到哪里搞些破坏“抓革命、促生产”的事怎么是好？

“站那块儿，站好！老实点，头低下来！”黄支书首先训斥起来，“你们看看几点了，迟到四十多分钟，老实交代，干什么去了？”

两个戴帽子的坏分子站在那里毕恭毕敬，一动也不敢动。

“快说！干什么去了！”见两人都不答他的话，黄支书又大喊了一声。

这一喊把两个人吓得抖了两下，然后互相推着，“你说”，“你说”。

“黄麻子，你先说！”黄支书觉得黄麻子比龙皮匠老实一些，按家族辈分他又比自己晚，因而决定先从他这儿打开突破口。

黄麻子抬头看看，黄支书、钟玉保、白队长等一大帮人都在那里盯着他俩呢，于是，他便首先开口交代道：“大爷，我说，我老实交代，我们昨晚回家了，今个本来起得早，不会迟到的，我们赶到渡口时，下雾，没有船，才耽误到现在，我们有罪。”“有罪。”龙皮匠最后也跟着嘟囔了一句。

一听说他们两个昨晚回家了，这倒把钟玉保吓出了一身冷汗。他在任大队治保主任和知青组长时，黄支书跟他交代：当治保主任，你把那几个坏分子管好就行；当知青组长，你把那几个小知青管好就行。现在，三个坏分子，两个人回家自己都不知道，不是在他们这儿吃了败仗吗？不行，今天一定要把他们批倒批臭。于是，他也学着黄支书用大嗓门喊道：“回家干什么了？”

“有头十天不回家了，想家、想伢子了。”黄麻子说。

“谎言，头十天不回去就想家，我们一个多月没回家也没要回去，你是不想老实交代是不是？”钟玉保问道。

“我老实，全说的老实话。我们四十多岁的人，跟你们年轻伢子不一样，三十如狼，四十如虎，不回家不行啊，到时候你们就知道了。”黄麻子说道。

下面一阵哄笑：“他不是想伢子，是想老婆啦”，“他是不放心家里，回家去查夜的”。

见大家一哄笑，钟玉保像是皮球扎在了钉床上，气不打一处来，上去用手把黄麻子的头向下一压：“老实点，放什么屁啊，哪个叫你回家去的？给我说！老实交代清楚。”

这一问，黄麻子还真不敢老实交代了。昨晚，卸完薄荷苗，他和龙皮匠一起找白丽红队长请假，白丽红也同情他们，便答应了，还叮嘱他们不要跟别人讲，等钟玉保宿舍熄灯后再走，晚走早回，明天不能迟到。上次这样，都没出过豁子，今天也巧了，上工提早，又遇大雾。但无论如何也不能把白娘子出卖了，她从不为难我们，把她交出来就真没良心了。想到这儿，他小声对龙皮匠说：“到现在都是我说，这个你说。”

龙皮匠也小声说：“我嘴拙，不会说，你嘴码子好，还是你说。”

“叽里咕噜说什么呀，大声交代！”钟玉保又喊道。

这时，白丽红倒是有点慌了，这黄麻子要是把她交出来，队长不当不要紧，要是被那个钟大炮报给他爸爸，钟大同再乘机报复我，给我戴个坏分子帽子，我那三个闺女今后怎么嫁人呢？不能把三个闺女耽误了。想到这儿，她对黄麻子和龙皮匠说：“黄麻子、龙皮匠，你们老实点，跟哪个请假不是什么坏事，哪个不得个家眷老小、七情六欲的，只要你们请假回去没干坏事，跟哪个请假都没事。昨晚那么迟了黄支书还在知青点工作，不是看到你们去找他的吗？跟哪个请假，还不是手掌心里的虱子，明摆着的嘛。”

她这一说，黄支书也有点慌了。他昨晚下完薄荷苗在田里转了一会儿，又到白丽红家看了一下，见她男人在家，只说了“通知明早七点上工”就走了。从白丽红家出来，他来到知青点，进了关红琴的宿舍。

这关红琴人长得也很漂亮，但因父亲是个资本家，常受到歧视，原来跟她一个宿舍的一个女知青去年回省城进工厂了，她知道自己家庭成分不好，也没有什么奢望，只是勤勤恳恳地劳动。

黄支书走进关红琴的宿舍，关上门，就跟她动手动脚。关红琴虽然成分不好，但人并不下贱。她坚决地对黄支书进行了反抗。黄支书纠缠了一会儿，见得不了手，怕响声大把其他知青弄醒，便恨恨地走了。这会儿，白娘子提起这事，是不是昨晚被她和两个坏分子看到了。如果再这样查下去，他们把这事给我翻出来，那不得了！想到这儿，他对钟玉保说：“白队长说得对，跟哪个请假都没得事，关键看他们有没有干坏事。今天先叫他们劳动改造，放工再让他们交代吧。”

"那好,给他们每人扣四分工,放工后还要写思想汇报。滚吧,劳动去。"钟玉保按照黄支书的意思草草结束了这次训斥。

"这个事也不能就这么简单结束呀。"待两个人去另一块田栽薄荷时,邓远航说了一句话。

"你什么意思,邓小二子?"钟玉保觉得邓远航像是冲着他来的,便问了句。

"什么意思你不知道吗?组员迟到,组长都要负责,坏分子不老实,治保主任就置身事外?不能当就不要当,不要树桩上戴草帽,充能。"邓远航的话一点没给他留情面,刺得他心痛得哑口无言,只是拼命地栽薄荷,但心里在说:你们等着瞧,我定把这个批假的人揪出来给你们看,不管是谁都不放过,只有这样,邓小二子才不会把责任赖到我头上。

洪光武看钟玉保被说得脸红脖子粗,心里痛快,不敢表露出来,却面向钟玉家讨好起来,他把身体转向她,低声地说:"其实,我迟到,远航是有责任的。不错,他是喊醒我了,但他没有鲁迅那种韧性,他要是坚持把我从被窝里拖出来,我今天哪能迟到?我不迟到,你哥也不会生那么大气。我迟到后,他在那儿偷偷地笑,好像是在幸灾乐祸,而你哥是在批评帮助我,我不怪你哥。"

"我哥也是为了你们好,他就是直脾气,不会拐弯,远航的话是说得太尖刻了,你们一个宿舍,你也要提醒提醒他,人现在不像在学校那会儿那么单纯了,有的人会计较,有的人会记在心里,甚至有人会上纲上线,叫他以后说话注意点,不能那么刻薄,那样会有苦吃。"钟玉家跟洪光武谈着。

虽然他们说的声音不大,但还是被在他们后边不远的李晓星听到了,她借到后边拿薄荷苗,到更后边邓远航那儿蹲下来,一边装着挑苗,一边低声说:"洪光武那个软骨头,我瞧不起他。我佩服你,我支持你,我又替你担心,你还是要注意点。"说完,拿起薄荷苗赶忙跑到前边又蹲下栽起了薄荷。

其实,她不要表白,邓远航早已感觉到了她的支持,有好几次她总是跟他站在一边,赞成他的言行,如果有人反对他,她就反对那个人。但她今天叫他注意点,是什么意思呢?

21

中午收工时,他故意说:“李晓星,你栽的那墒田前边好像缺几株,你再补几株。”待她留下来找缺的地方时,邓远航又说:“不要四处找了,不是地留人,是人留人。”李晓星一听这话,又前后看看只剩他们两个了,脸上顿时涌起一阵红晕,胸脯也一起一伏起来。

她眼睛盯着田里才栽下的薄荷苗,口中小声地说:“留我做什么呀?”

“你刚才说的什么话,我没听明白。”邓远航说。

李晓星见邓远航问的是刚才她说的话,就把洪光武与钟玉家的谈话原原本本地给邓远航学了一遍,最后又骂了一句“洪光武软骨头”。

听了李晓星的话,他边走边对她说:“你也不要怪他是软骨头,他有时还是很硬的,只是他做小要饭的那个时间被狗吓怕了、被人打怕了,才这样的。哎,我问你,我平时说话是不是有点尖刻?”

“没,没有,我听很好。”李晓星看着走远了的放工的人群说。

“你跟我说实话,我说话是不是常会得罪人?”邓远航诚恳地看着李晓星说。

李晓星转头看看邓远航,当目光碰到他的目光时,赶忙又低下头说:“我是说的心里话,不信,你看我的心。当然,有时,有时你的话也有点让人下不去。不过我还是佩服你这一点,一下就抓住人家的马筋,一说出来就一针见血,让对方无话可说。”

听了这话,邓远航心里有数了。他想,他们的中学教育读的多是批判式的文章,学的就是那种大无畏精神和犀利的风格,难道这也有错?今后怎么做,是说呢,还是不说呢?总不能成为哑巴呀。要是说,怎么说呢?现在他的脑袋瓜里很像早晨的那场雾,迷迷茫茫,不清不楚。

钟玉保没有忘记他的发誓,吃过中饭就把黄麻子喊来训话,决心揪出那个批他们假的人。可是直到下午上工也没问出个所以然来,黄麻子尽跟他油嘴滑舌地东拉西扯一气,钟玉保气得拍桌子打板凳地训斥,最后还是一无所获,他只好叫黄麻子先上工。上工时,他又把龙皮匠叫到田埂上训话。龙皮匠跟黄麻子相反,三拳打不出个闷屁,什么话也说不出来,只是“嗯嗯嗯”地跟钟玉保搭腔,弄得钟玉保也无话可说,气得他要不是田里那么多贫下中农看着,早就想动拳脚了。就这样,两人沉默地站了好一会儿,钟玉保耐不住了,他想这样下去也不是个事,不如叫他先去劳动改造,等找黄支书商量后想好法子再治他们。就这样,龙皮匠也回到田里继续栽薄荷。

可龙皮匠才走不一会儿,方校长的小儿子方元本来向钟玉保报告:“报告钟主任,坏人在对暗号。”

“对暗号? 哪个坏人?”钟玉保顿时警觉起来。

“黄麻子和龙皮匠在对暗号!”方元本答道。

“啊? 真的假的? 他们怎么对的?”钟玉保惊讶地问。

“龙皮匠打你这块儿走到田里,黄麻子老远就喊道:‘死鬼,到这块儿来’。”

“龙皮匠听没听他的?”钟玉保问道。

“听啊,龙皮匠走过来,正蹲下来栽薄荷,黄麻子就对他唱道:‘我们有多少热情的话要对你讲,我们有多少热情的歌要对你唱’。”

“龙皮匠怎么反应的?”钟玉保抢着问。

“龙皮匠说:‘你快活什么呀?’”方元本回答道。

“黄麻子怎么对的?”钟玉保急切地问道。

“黄麻子说:‘少说为妙!’”方元本继续汇报道。

“龙皮匠又怎么对的?”钟玉保追问。

“没有了,暗号结束了。”方元本答道。

“结束了? 那他们对的这暗号是表示什么意思喃? 难不成有什么行动吗?”钟玉保自语道。他完全相信方元本说他们“对暗号”的事,他有两点理由:第一点是方元本父亲方校长过去是国民党团长,对特务“对暗号”那一套比较熟习;第二点是现在阶级斗争形势比较复杂,阶级敌人颠覆无产阶级专政的贼心不死,由此他坚信他们“对暗号”搞破坏是必定无疑,只是不晓得他们在哪方面搞破坏,这个必须要查个水落石出!

他正想着,方元本又说道:“肯定有行动啊,不是杀人,就是放火,要么是强奸,要么是破坏春耕生产、破坏农具、破坏集体财产,反正总有一样。我这右眼皮直跳,他们肯定要采取什么行动了。”

“阶级斗争新动向,阶级敌人很猖狂,阶级斗争这根弦绝对不能松。好,你做得很好,我们要在全大队表扬你。你先去劳动,继续监视他们,他们对暗号的事暂时保密,不要对别人讲。”钟玉保十分警惕地对方元本说。

钟玉保立即向黄支书汇报了这一情况。黄支书听后说:“这是重要敌情,虽还不晓得他们到底要做什么坏事,但我们迟防不如早防。你悄悄地通知几个基干民兵,放工后就把他们两个带到大队部,看押起来,展开审问,让他们交代问题。另外,你们知青有文化,晚上你们也开个会,让大家分析分析,谈谈对这个事的看法。”

下午放工很迟,栽完薄荷时,广播里的各地人民广播电台联播节目已开始播了,大家这才起身收工。按说才栽的薄荷应浇一遍水,但因太晚了,便叫大家明天还是七点半上工来浇水。晚饭后,兵分两路,黄支书带人在大队部审黄麻子和龙皮匠,钟玉保召集知青在活动室开会。

在召集知青开会前,钟玉保先把向智勇喊到门外跟他沟通了一下。钟玉保想,这里有省城、县城、集镇的三方面知青,在这三拨知青中,向智勇威信最高,有了他的支持,他这个知青队长才能当好。向智勇答应一定支持他,他才把大家召集到活动室里。

外边已漆黑一片,知青活动室里点着一盏煤油灯,知青们围着这盏昏暗的灯坐在水泥球台周边。钟玉保先把方元本报告的情况向大家做了介绍,然后对大家说:“毛主席教导我们说‘千万不要忘记阶级斗争’,方元本就是按照毛主席指示办的好战士,这次如果不是他保持着高度的革命警惕性,我们无产阶级的革命事业就会遭受重大损失,对他这种精神我们要予以表扬,希望大家向他学习,什么时候都不能放松阶级斗争这根弦。下面请大家也拿出这种精神,谈谈对这个情况的看法。”

大家对今晚这么迟开会就颇有不快,心想累了一天,该让大家休息休息,有什么重要事非开会不可?当知青们听了这个情况后都在窃窃私语起来,有的说:“就这个事啊,你们几个干部去开会就行了,把我们困在这里干什么呀?”也有的持怀疑态度:“真有这事?”看看会场,小声说话的人不少,但没有人正式发言。

22

过了一会儿，向智勇首先发言了，他说："钟主任今天召集我们开会，很有必要，目前，虽然形势大好，但阶级斗争也更加复杂。像今天这个事，开始听到时，我也是吃了一惊。我们这些长在红旗下的人，还只是在电影里看过对暗号、搞破坏这种情况的，现在这事就出现在我们眼前了，这不能不让我们警醒。至于这个暗号是无事还是真有事，还要我们进一步查证，不过我觉得我们应该像钟主任这样保持高度的革命警惕性，宁可信其有不可信其无，在阶级敌人进行破坏前，采取革命行动，做到万无一失，防患于未然。"向智勇这些话是为了支持钟玉保才说的，从心里讲，他并不认为这是一个阶级斗争新动向，那两个人只是普通的对话，哪有什么暗号可对？他说这些话只不过是为了给钟玉保面子、提高他的威信说说这些场面上的话而已。

"好，向技术员说得好，分析得好，到底是省里来的老知青，看问题就是不一样，分析得就是比我们透彻。看看其他哪个再说说。"钟玉保说。

"按照钟主任的要求，我来分析一下，我认为钟主任、向技术员说得非常正确，这个暗号确实暗藏杀机。"这时，方校长的二儿子方元正发言了。本来，他不赞成弟弟向钟玉保"告密"的行为。下午，他见弟弟起身向田外走，以为他去解小便，并没阻拦他，要早知道他去打这个小报告，他就坚决阻止他了。他尤其反对弟弟去讨好钟玉保，他恨钟玉保，他的眼前时常出现那年批斗爸爸时，钟玉保向爸爸胸口蹬的那一脚，已几年过去了，至今爸爸胸口还时常疼痛，那一脚他是不会忘记的。但今天，弟弟已把水搅浑了，只有顺着浑水蹚了，只有把水搅得更浑，才能让弟弟脱身。因而，他继续往下说道："黄麻子唱'我们有多少话要对你说'，重点在'多少'上，意思是问龙皮匠什么时候行动。龙皮匠回答他'你快活什么呀'，重点在'快活'上，意思是叫黄麻子快点把活做了。"

"哎，你这个分析说得对。我赞成！你继续说，他们要干的到底是什么活？”钟玉保问。

“那我就不大清楚了。”方元正摇摇头说。

活动室里又沉静了下来，大家都在思考着。这时，又一个人站起来说：“我知道他们的话是针对谁的。”

站起来的是洪光武，他这一说话，大家都把目光聚焦到他脸上。大家相信这个原省法院副院长的儿子一定有不一般的破案能力，他一定会从那些只言片语中分析出坏人所要针对的对象。

洪光武见大家都看着他，便用一只手按着桌上的《资本论》，然后咳了一声说：“我知道他们要干的对象是年轻女子！”

“啊？”几个女知青一阵惊呼，钟玉家和李晓星吓得腿都抖了起来。

“你是怎么知道的？”大家都在问。

“我是根据方元正的思路分析下去的。他把两个坏人的前两句暗号分析了，我认为非常正确，最后一句暗号，他没分析，而两个坏人要针对的对象恰恰就暗藏在最后一句暗号里。”洪光武继续说道。

“怎么看得出来？”钟玉保问。

“他们最后一句暗号是‘你少说为妙’，这句的重点是一个‘妙’字，拆开来就是‘少女’，就是年轻的女子，更明确一步就是要对平时说话少的年轻女子动手！”洪光武分析结束，钟玉家紧紧抓住坐在旁边的李晓星的手，李晓星又抓住坐在旁边的邓远航的手，大气不敢出一口。

“太正确了！读《资本论》真有用！你这脑子就是灵，灵活运用了马克思主义哲学，分析得太正确了！好，那今天的会……”钟玉保对他们的分析大为赞赏，也为很快破译了坏人的暗号而高兴，想就此散会，赶快去向黄支书汇报。他刚要宣布散会，邓远航站了起来。

“正确个鬼，他这是什么马克思主义哲学，他这是拉大旗作虎皮，是拆字游戏，是算命哲学！”本来因李晓星的提醒不想多讲话的邓远航，这时实在忍不住了，便站了起来。

刚才很高兴的钟玉保，听邓远航这么贬低他的成果十分恼火，但他也不好表现出来，毕竟今天他是主持人，要显示出大度的姿态，再加上下边的人听邓远航这一说，也出现了赞成他的声音，因而他不敢胡来，还是要把大家引导到他这一边来。于是他压一压心中的怒火说:“小二子,读《资本论》的你都瞧不起,你说说你瞧得起谁?”

“人家也没说瞧不起洪光武,你问这话干什么呀?”还没待邓远航说话,李晓星已代他回答了。

“你现在是坏人攻击的对象,我们正要想办法保护你呢。我是问他,不是问你,你个女孩子不要瞎岔。小二子,我问你,人家明明是从《资本论》里找的马克思主义哲学来破暗号的,你说成是算命哲学,你什么用心?”钟玉保说道。

“你不要吓我们,我们没被攻击出问题,还被你们吓出问题呢。现在外边这么黑,我看都不敢看外边,向黑夜里一看,感到处处都是刀子,都是你们吓的。”李晓星并不打算停止说话。

“什么我们吓的?阶级斗争形势就是这样。你不要怕,我们肯定会保护好你的,我保证不会让你伤一根汗毛。”钟玉保坚定地说。

“保证?保什么证啊?没听说过‘天下本无事,庸人自扰之’啊?本来就没有事需要保证,你硬造个事来做些保证,你是什么用心?是要立功,还是要讨好李晓星啊?”邓远航说。

这话一说,钟玉家微微地点了点头。而李晓星却有点不快,心想我是好心帮你,你不感激我,反倒把我跟他扯到一起,真是说话不顾及人,便在台下用脚踢了他一下,还小声地说了句:“你真是的,坏散了。”

钟玉保更是不快,实在控制不住情绪,便拍了一下台子骂道:“妈的,你胡说八道什么呀?我们在这块儿正儿八经地谈事情,你却阴阳怪气地东一句西一句地贬屈我们,你到底站在什么立场上说话的?”

“你嘴里不要不干不净的好不好?大家在开会谈正经事,你主持会议也不能用这种语言主持啊!”邓远航也不示弱。

向智勇见他们顶起来了,便出来打圆场说:“保子,冷静、冷静。远航,对这个暗号你怎么看的,说给大家听听,今天就是广泛听意见嘛。”

“我表示,我刚才那个分析就是拆字说了玩的,跟《资本论》一点关系都没有。下边还是远航说说看法。”洪光武见他们玩真的了,赶忙声明一下。

“我的看法,这根本就不是暗号。你们想想,这两个坏人平时住在一起,天天见面,昨天晚上又一起回家、一起来上工,要想干坏事,他们早在一起商量好了,还需要当着大家的面对暗号吗？再说一个皮匠、一个剃头匠,是笆斗大的字不识几个的文盲,能像我们这些读了十几年书的人想出这么深奥的暗语吗？就是要对暗号,他们也应该用'鞋底、布鞋、剪刀、胡子、长毛、滑头'这些语言啊。"

大家一阵哄笑:"对啊,还有麻子、点子之类的啊。"

邓远航继续说:"我的意思是说,他们这所谓的暗号,就是几句普通对话,我们没有必要把精力花在研究这些鸡毛蒜皮的事上,像早上光武迟到几分钟,叫他下次注意就行了,何必在这么一件小事上纠缠那么长时间,还要上纲上线？我们也不能对任何事情都疑神疑鬼,把一件很平常的事,搞得非常复杂。还有许多大事等着我们知青去做,像向技术员提出的科学种田的事,我们把全部精力都应该投上去。今天大家累了一天,我们在这儿争来争去,睡不好觉,明天起不来,才栽的薄荷浇不了水,向技术员辛辛苦苦调回来的薄荷苗都要干死,你爸爸亲自定的种植品种就会泡汤。大家说,还不应散会休息吗?"

"欧……睡觉了。"大家一哄而散,活动室里只剩钟玉保和向智勇。

23

向智勇不好跟大家一起走,不得不留下来等钟玉保一起走,以免得罪了这位现任公社书记的公子,给自己今后的前进道路造成不必要的障碍。

他看钟玉保坐在那里一句话不讲,便对他说:"你呀,心要放宽些,眼光要放远些,知青开会,这种一哄而散的情况多呢,很正常,以前我们省城知青开会时还打架呢。今后的关键是你怎么提高在他们当中的威信。"

"你说怎么提高？你教教我。"说到这儿,钟玉保又来劲了。

向智勇则没有劲了,他不想把精力浪费在他这个头脑简单的人身上,于是他只是说道:"这不是一句话两句话就能说透的,都下半夜了,不如先休息,改天找个时间跟你慢慢谈。"说着伸了个懒腰,打了个哈欠。

“来，抽根烟，提提神。”钟玉保则不想放过这个使自己进步提高的机会，于是他从口袋里掏出一包九龟湖牌香烟，抽出一支递给向智勇。

向智勇摇摇手说：“我不会抽，一抽就咳嗽。”

“那你等着，我拿个东西给你看，保证你一看就来神。”钟玉保收起香烟跑出活动室。

向智勇独自坐在活动室里等着。其实，他现在并不困，他刚才只是搪塞钟玉保，让他自己提出休息，可是他偏偏是个夜猫子不想休息。向智勇也佩服他那种积极向上、想干一番事业的热情，也赞赏他那种办事认真、勤劳肯干的精神，还欣赏他善于交际、待人热情的性格，但总觉得他这个人身上多了点什么，又少了点什么。

正想着，钟玉保从外边进来，把握着的手伸到向智勇胸前，然后慢慢打开手掌，把手上的东西展现在向智勇的眼前。

钟玉保手展开时，向智勇感到整个屋子突然亮了许多，当看到他手里的东西时，精神为之一振，顿时来了神。

“送给你，拿着。”钟玉保对正直勾勾看着他手心的向智勇说。

向智勇根本不相信他说的是真心话，也不知他这东西的来路是怎样的，自然不敢接受他的馈赠。便说：“不不不，我哪能要你心爱之物呢。你自己收着。”说着把他的手向内合，让他把拳头再握起来。

钟玉保再次展开被向智勇合起来的手说：“拿着，没别的意思，就是作为我俩相识的信物。我们相处这些日子，关系好不好？”

“好，可以说好得一塌糊涂！”

“我有没有把你当哥哥？”

“比对哥哥还好！”

“那你就拿着。你要不拿就是不把我当兄弟！”钟玉保说着把手反扣到向智勇的手上。

“那好，哥先替你保管着。”向智勇说着接过了钟玉保手上的东西。“你这是哪儿来的呀？是祖传的？”他收起那东西才想起这会不会是他爸爸的传家之宝，或是来路不明的东西？如果是这样恐怕以后会惹麻烦，便赶忙又问了一句。

“不是,那时破‘四旧’的时候我捡来的。”钟玉保说。

“你胆也真太大了,‘四旧’的东西你也敢拿出来,不怕我上缴了,公社批斗你?”

“哪个叫我们是哥们的喃?难不成你还会把弟弟卖了?不要说这个,只要你需要,我的心都可以往外掏。”钟玉保激动地说。

“谢谢你对我的信任,这个还是你保管,就是没有它,我保证比以前更支持你、协助你。”向智勇还是不敢拿这个东西,他想这毕竟是公社书记儿子的东西,而且又是“四旧”,尽管现在对“四旧”不像过去那样一律破除了,但是人们还是不敢公开赏玩,因而,他还是从口袋里掏出那东西要往钟玉保手里放。

钟玉保把他的手推开,生气地说:“你要从此跟我决裂,你就不要拿!”

向智勇哪敢跟他决裂,今后无论是招工、提干还是推荐上大学,都要指望他爸爸呢,怎能现在跟他决裂?只好又把那东西放进口袋。

钟玉保看出向智勇有些紧张,为了让向智勇心安,便说道:“你放心,今儿这事就你我知道,绝不会有第二个人知道。其实这东西也不值钱,我看就是个假金子的,送到废品收购站,卖个块把钱就不错了。”

那东西是什么?是一只小金龟。正是那年破“四旧”,钟玉保从九龟寺和石龟塔里拿来的八只金龟中的一个。因为看上去栩栩如生、活灵活现,非常有生气,钟玉保觉得带在身上能给自己提精神、生力量,关键时候它能帮助自己,因而下乡插队时便带了一个下来。这会儿他觉得是个关键时刻了。今天从早上“迟到”的事,到晚上“对暗号”的事,本来碧清的一池水,硬是被邓远航给搅浑了。现在到了把浑水澄清的关键时刻,这水要是清不下来,他今后在社员、知青当中半点威信都没有了。如何把这个事扳过来?他知道,向智勇有勇有谋、有经验有威信,这时除了靠他,没有第二个人可以靠的了。因而,虽对小金龟不舍,但这节骨眼上必须忍痛割爱。

拿人钱财,须替人消灾。向智勇知道,这下算是跟他同乘一条船了,也许这年把就成了他的长工,工钱就是这只小金龟了。当然,这也不全是坏事,搞得好也是我自己的机会,全看自己今后怎么去应对了。不管那么多,以后的事以后再说,先把今晚的事给摆平了。

还没等他开口,钟玉保先说开了:"哥,你说今天这些事弄的,到底我有什么不是的呢? 你说,我要怎么做才能镇得住呢?"

"你没有错,你做得对,但要做得更好,让每个人都服你,还可以再努力努力。"向智勇接着他的话茬说。

"我已费了九牛二虎之力了,还要我怎么努力呢?"钟玉保问。

"其实,在许多地方我是绝对不如你的。比如,你的社交能力,那是非常值得大家学习的,你哥我学一辈子恐怕都学不到家。你的努力……"说到这儿,向智勇停顿了一下,看看钟玉保有什么反应,见他急切想听的样子,便又继续说道:"你今后的努力方向是要把身上多的去掉一些,把少的增加一些。"

"那我多了什么? 少了什么喃?"

刚才,钟玉保回宿舍拿小金龟时,向智勇就在想,好像他身上多了点什么,又少了点什么。后来他觉得,他身上多的是痞气,少的是灵气。但现在怎么能跟他直说出来呢,要直说出来,这公子哥肺还不气炸了吗? 因而,向智勇做了些调整:"兄弟,每个人身上都有金木水火土五种元素,你知道你身上最不缺的是什么吗?"

"什么?"

"火!"向智勇说。

"火?"钟玉保心生疑问,他想,我自己最不缺的你向智勇这辈子都猜不出来。其实,在你说的这五样中,我最不缺的应该是"金"啊,送给你一个金龟,我还有七个金龟,除了金龟,我还有金条、金戒指、金项链,我最不缺的应该是金啊。火是什么东西,我自己都不知道,它多在哪块儿?

见钟玉保感到疑惑,向智勇便感到了欣慰。他想,你越打不到底,我的话他才越相信。于是他说:"对,是火。你有没有夜里把被踢掉的情况?"

"有!"

"火大! 你有没有人家话没讲完,你就想抢着讲话的情况?"

"有!"

"火大! 你有没有人家不服你,你就把拳头捏得紧紧的,想揍人家一顿的情况?"

“有！刚才开会时我就想揍邓小二子。”钟玉保答道。

“这就对了，这就是你身上多的东西。拳头对于你来说是最容易拿出来的东西。你动不动就想靠拳头解决问题，其实现在，解决问题的往往不是拳头，而是头脑。”向智勇说。

钟玉保拍拍脑袋，好像想起了什么。

他想起来了：“哎，这话好像我爸爸几年前就说过，他当时叫我们要用拳头上边的部分，就是手腕，我当时不大懂，现在给你这一提，我好像是感觉到我身上是多了些火。这我以后注意，不能动不动就跟人家发脾气，来武的。那我少的是什么喃？”

“你是聪明人，‘多’的知道了，‘少’的也就明白了。”向智勇不愿再刺激他，便说了这句话来糊弄他。

“大哥，你不要以为我很聪明，我有时是很笨的。像今天这样累了一天，我脑子里就全是糨糊。”钟玉保诚恳地说。

“对呀，这就是你少的呀。你在头脑中增加些东西，把糨糊挤出去，头脑清醒了，你就什么也不缺了。”向智勇顺着他的话说。

“我还是不知道少的是什么，拿什么去把糨糊挤掉。”钟玉保傻问道。

向智勇心想，真是一个缺灵气的家伙，要是邓远航早悟出来了。但他还是耐心地说：“就是要拿思考去挤。你不是会抽烟嘛，以后遇到卡壳的事，或是要想动拳头的事，你不要马上行动，先擦根火柴抽根烟就行了，就能把你头脑中的糨糊挤出去了。”

“噢，我知道了，以后就擦根火柴解决问题。不过今天他们一哄而散，人都走了，我擦火柴有什么用呢？今天的事不能就这样结束吧？”钟玉保说。

“这好办，今天的事你可以这样……”向智勇说着朝门外看了一下，然后在钟玉保耳边说了几句，钟玉保点点头说：“好办法，好办法。”随后，两人又谈了会儿才吹了灯，各自回宿舍休息。

24

向智勇给他说的办法是：写篇大批判稿抄一份贴到大队部的大批判专栏内，另一份送到公社放大站，在全公社播出，把邓远航他们的一些错误观点批倒批臭。向智勇给钟玉保分析说："比如，邓远航说迟到是小事，其实并不是小事，它影响的事情很多。再比如，邓远航说'世上本无事，庸人自扰之'，我们就可以问，到底坏分子是庸人，还是革命群众是庸人？更重要的我们要问阶级斗争这根弦应该是松还是紧？这样问下去，他就无还手之力了。"

"太好了，你真不愧为智勇双全。"钟玉保夸道。

"你可以根据刚才我说的先写个草稿，我再稍微改改就行了。"向智勇说。

"不不不，大哥，你看这个，要叫我说几句还可以，叫我写，你真难为我了，还是请你大哥帮帮忙吧。"钟玉保请求道。

向智勇知道小金龟要发挥作用了，长工的活开始了，他似乎感觉到口袋里的金龟在爬动，心想也没法推脱了，便答应了下来。回到宿舍，他面对着小金龟凝视了良久，沉思了良久，最后他对小金龟说："因为你的辉煌，我羡慕你；因为你的精致，我索取你。你来到我身边，我不知道你带来的是祸还是福，但我万望你给我带来幸运、顺利和如意。不过，我还要跟你说清楚，我可以出卖力气，但不出卖灵魂，可以出卖智慧，但不出卖良心。"说完这些话，他才心安理得地睡了。

当他们两人在活动室里谈话甚欢时，邓远航他们在宿舍里讨论得也很热烈。

大家一哄而散后，钟玉家、李晓星跟着进了邓远航、洪光武的宿舍。一进他们宿舍，钟玉家就埋怨邓远航说："你有什么意见可以跟我哥好好交流，不应该这样拆台，把会搅散了。"

"这个你也不能怪他呀，他又没叫大家散会，是大家都累了，不愿开这个会了。”李晓星替邓远航辩解道。

“我是支持你哥哥工作的噢,开会积极发言,而且还能深刻分析问题。”洪光武讨好地说。

“你支持个鬼呀,开始分析得是不错,后来又全盘推翻,你简直就是一团烂泥,想捏方的就捏方的,想捏圆的就捏圆的。”钟玉家责怪道。

“这正是支持你们兄妹俩的最好表现啊。你看,开始为了支持你哥哥,我绞尽脑汁,抢着发言。后来远航发言,我看到你点头,为了支持你,我才把话又转过来说的,是方是圆,还不是为了你。”洪光武说着向她扮了个鬼脸。

“去你的,总是这样子,正经不起来。”钟玉家笑着说。

“玉家姐,不要睬他,他哪里是为了你啊,他是为他自己。他就是湖荡里的芦柴花,随风飘!”李晓星说。

“你说远航是芦柴花吧?小心他哪一天飘到你身上,死死地黏住你,你想掸都掸不掉!”洪光武一边用手指着李晓星,一边笑着说。

这话,李晓星倒喜欢听,但表面上却装得不高兴的样子说:“尽瞎说,再飘,也不如你像团烂泥一样奋到玉家姐身上,擦不掉,洗不掉。”

洪光武说的那话却引起钟玉家的不快,她接着李晓星的话说:“是瞎说,你哪天看到远航随风飘啦?他要是随风飘,今晚的会就不会这样一哄而散了。”

钟玉家是想说邓远航脾气直,不会飘到李晓星身上,但邓远航听了这话却感到好像钟玉家是把今晚的事的责任都怪到他身上了,因而,他觉得有必要把心里的想法跟她说说清楚。因而,他对钟玉家说:“家家,其实今晚的会并不是我搅黄的。今天的会是不是一哄而散不是我一句话就能决定的。你应该跟你哥说说,如果还是这样纠缠鸡毛蒜皮的小事,沉溺于无中生有的斗争当中,那今后一哄而散的事多呢。”

“那你的意思是我们就不要搞阶级斗争啦,叫大家把阶级斗争忘了?”其实,洪光武是赞成邓远航说的观点的,但他见钟玉家没有什么表情,以为钟玉家不赞成他的观点,便抢先反问了一句。

“不是。我并没叫大家忘记阶级斗争,我的意思是我们能不能适当地把斗争形式改变改变。”邓远航说。

“怎么改变?”钟玉家问。

邓远航扫了一下他们三个人,然后说:“真想听吗?”

“有屁就放,有话就说!卖什么关子啊?”洪光武说。

钟玉家拍了一下洪光武说:“你就会说撒村话,让远航说!”

“你们想,阶级敌人最想看到我们的是什么?”邓远航问道。

“什么?”三个人同声问。

“阶级敌人最想看到我们整天把时间花在无聊的事上,不读书,不看报,不经风雨,不学无术,四体不勤,头脑简单,什么也不懂,不懂马列、不懂科技、不懂农活,最后真成了‘嘴尖皮厚腹中空’,成不了无产阶级革命事业的接班人,这是阶级敌人最高兴的。”

“那怎么办呢?”李晓星问。

没等邓远航回答,洪光武抢着答道:“怎么办?当然是反过来,我们就要读马列、读法家,学科技、学农活,成为革命事业接班人,把阶级敌人气死、痛死。”

“对,阶级敌人都气死了,才说明阶级斗争取得了真正的胜利。”李晓星说。

“我们是应该改变一下了,我们下乡来也有这么长时间了,真感到有点空虚,好像什么也没有多少长进。”钟玉家有点伤感地说。

“其实,我们都是有抱负的革命青年,都是共产主义青年团员,都希望能在这个广阔天地里大有作为,但是,如果我们在现在的黄金时代里不多学点知识,不多学点有用东西,我们怎么建设共产主义,怎么去实现我们的远大抱负?”邓远航说。

“是啊,我们是应该多学点东西了。”钟玉家说。

“我举双手赞成远航的话,可在这个四不靠的岛上,我们学什么呀?”李晓星说。是啊,在这个偏僻的岛上有什么好学的呢?

“这不是问题。其实,我早就看出这个问题了,我就是没说出来,你们看,我是以实际行动向你们传达这个想法的。”洪光武举起手上的《资本论》说。

“对,像光武这样《资本论》不离手的学习马列主义就给我们树好了样子,因而我们要向他学,要学习马列主义毛泽东思想,同时也可读一些法家的书籍;我们还要像向智勇那样学好科学技术,搞些农业生产科学实验;也要像关红琴那样,学些文化知识和绘画、拉琴等技艺;还要像大保子那样会打球、下棋等等,把身体锻炼好,有本钱干革命。"邓远航接着一口气说了一大堆需要学的东西。

"那好,我们能不能成立一个学习小组,大家互相帮助、互相学习。"钟玉家对大家说。

"我赞成。""我举双手赞成。"洪光武和李晓星附和着。

25

在知青点两拨人谈论着他们的人生问题时,大队部里,黄支书正带着几个民兵审问着黄麻子和龙皮匠。黄支书办法用尽、手段用尽也没审出个子丑寅卯来,被审的两个人自己都不知道他们对的那个"暗号"是什么意思。第二天早上,黄支书只好宣布放他们回去继续劳动改造。可宣布放他们出来时,两个人一个都不走了。

宣布放他们出来,他们巴不得飞溜呢。此时他们不走,不是不肯走,而是走不动了。黄麻子腿疼,龙皮匠腰疼。龙皮匠歇了会儿,撑着站了起来,把腰扭两下,又弯了弯,再站起来走几步,虽还有点疼,但感觉没大问题。他去扶黄麻子,黄麻子站起来刚走一步便叫了起来:"不得了,骨折,腿被打断了。"龙皮匠相信他说的话,他知道黄麻子给人剃头还兼给人家治些跌打损伤什么的,他自己骨头伤成什么样他自己自然清楚。因而,龙皮匠便问:"那给你报告支书?"黄麻子说:"不用,你还把我扶坐在地下,你先走,我自己来。"

待龙皮匠走后,黄麻子大声喊起来:"我不得了喽,我腿被你们打断了,我亲妈妈,疼死我了,你们是国民党噢,是日本鬼子噢,心狠手辣噢,我不得了喽,腿被打断了……"有人听到喊声去告诉黄支书,黄支书过来一看,他躺在地上,又骂得这么难听,便叫人把他手用绳子绑起来,嘴用毛巾塞起来,说:“把门锁起来,饿他两天再说,看他还敢不敢骂。”

这一关就是三天,三天后黄支书才想起黄麻子还关在那里,赶忙叫人去开门松绑放人。门打开时,黄麻子已奄奄一息,左腿也已肿了起来。黄支书连忙派人派船把他送到了石龟镇医院抢救,此后住院治疗了个把月,便在家疗伤。

黄麻子在受审查时腿被打断的事在知青中谈论了几天,很快就被淡忘了,没有引起多少涟漪。然而,公社广播放大站播放的两篇大批判文章却在知青中引起了不小的波澜。

那天,向智勇收了钟玉保的小金龟后,连续几天没写一个字。钟玉保一见他的面就问:“批判稿写好啦?”

从他心里讲,他极不愿意写大批判文章批判邓远航。他心里明白,邓远航的观点不但没有错,反倒比其他人的想法更正确、更有见地,现在写文章批判人家,于心不忍。后来,他决定写两篇批判当前一些错误倾向的文章,只对事不对人,题目分别是“莫把迟到当小事”和“阶级斗争的弦松不得”。前一篇大意是要说明:有的人把上工迟到当成小事,殊不知“迟到”是危害“抓革命,促生产”的大事。后一篇则是批判在一些人身上存在的淡化敌我矛盾、丧失革命警惕性的现象。稿子写好后,向智勇把它们放在宿舍里好几天都没交出去。最后被钟玉保盯得没办法了才把稿子交给他。钟玉保拿到稿子看都没有看,往黄书包里一放,推出洪光武的自行车,一抬腿就奔向公社。没几天公社放大站播出了这两篇稿子,又过几天,县广播站也播出了这两篇稿子。

两篇稿子在广播里播出,龟岛大队的群众并不知道它们的背景,也没什么反应。但龟岛一队的知青们都很清楚是针对谁的。邓远航听了广播后真是六月心里穿皮袄,里外发火。火还不知道往谁身上发,只能向高音喇叭喊:“有本事下来跟你辩论。”可高音喇叭根本不理睬他,继续播出它的大批判文章。找人发火吧,又不知道是谁写的。两篇大批判文章是石龟知青写的,这是肯定无疑的,但具体是哪一个却不知道。两篇大批判文章都署的是“冲锋号”的名字,一看就知道是笔名。他猜想可能是钟玉保写的,但从文笔看,他是绝对写不出来的,那是哪个帮他修改或是帮他写的呢?能写出这种大批判文章的有钟玉家、洪光武，看来是他们两人中的一个了，或者是两个人都参与了，一人写了一篇。钟玉家是他妹妹，哥哥叫她写篇大批判文章，她肯定要帮她哥写的。不过，又不大可能是钟玉家写的，她毕竟跟自己关系是不错的，从来没在背后搞他什么，反倒常常会帮助他。那肯定是洪光武了，他整天想着追他妹妹钟玉家，要想把她追到手，跟她哥哥搞好关系、帮他做点事是很正常的。不过，这些天他们两个基本都在一起，也没看到他写什么呀。不管他，先诈诈他再说。

回到宿舍，他很随便地对洪光武说："你写大批判稿子很有鲁迅的风骨嘛。"

"那当然，火车不是推的，牛皮不是吹的。我写的大批判稿子在目前的知青点里不会有人超过我的。怎么，你也要写大批判稿子？"洪光武自我欣赏地说。

听他这话，邓远航觉得这家伙真是受"要饭"经历的影响，哪边硬一点，他就倒向哪一边，认定那两篇批判稿子是他写的大概是八九不离十了。于是又问："你给钟玉保写东西，他不会不给你好处吧？"

"那能有什么好处？他这个人你又不是不知道，我帮他写的东西多了去了，他能以笑脸对我，我就谢天谢地了！你知道我为什么要帮他写吗？"洪光武如实地说道。

"为什么？为拍马屁呗！"邓远航蔑视地说。

洪光武完全没觉察到邓远航脸色的变化，依然顺着他的话题答道："那你是从门缝里看我，是把我看扁了。我帮他写东西其实是为了我心中的一个秘密。"

"秘密，什么秘密？我看你就是挨了巴掌赔不是，一副奴相。"邓远航说。

"哎，你不要说得这么难听嘛。今天既然我们兄弟谈心，我就把心里话跟你直说了，以免以后咱们兄弟之间闹出误会来。"洪光武说道。

"本身就是事实，不存在什么误会！"邓远航顶他一句说。

"你知道这事啦？"洪光武听邓远航的话音像是知道他心里秘密似的，便问了一句。

"我知道什么？我就知道你给他写东西的事。"邓远航没好气地说。

“是哎，我说的正是这个。你不知道，我帮他写东西不是为别的，是为了钟玉家。我喜欢家家，我要把家家追到手，我就不能得罪钟玉保，他是大舅姥爷，得罪了他，家家怎么会跟我谈恋爱呢？所以我只有帮他写东西。我心里的秘密已向你坦白了，你要成全我和家家两人的事，不能在我们中间横插一杠子。”洪光武说完舒了一口长气。

听了这话，邓远航哭笑不得，问他帮钟玉保写大批判稿子的事，却把他追钟玉家的事给问出来了。要说感情，邓远航和钟玉家两人的感情要远高于洪光武和家家的感情。邓远航和钟玉家是真正的青梅竹马，从小在一起玩，一直到现在，两人都是相互帮助、相互关心的，邓远航心里早就明白，钟玉家对他远比对洪光武好，只是他没有把这层窗户纸捅破而已。现在他洪光武先说出口了，他真不好办了，他就是不插手，他们俩要是成不了，洪光武还是怀疑他背后捣鬼，反正是小猫照镜子，里外不是人。不过，他既然跟自己挑明了，自己先让再说，以后的事只要自己做得正，他会明白的。于是他对洪光武说：“成全你们可以，但你也不能为了自己恋爱把朋友出卖啦？”

“啊？我什么时候、什么地点出卖你的呀？”洪光武着急地问道。

“你听，高音喇叭里播的什么？”邓远航指着门外说。

这时大队高音喇叭里正在播出：“现在播送冲锋号的文章：‘莫把迟到当小事’……”

“听到了吗？把人驳得鲜血淋漓，多像你的文笔。这不是你送给大舅姥爷的见面礼吧？”邓远航继续说道。

洪光武这才明白邓远航今天问话的意图。刚才他从写大批判稿子到帮钟玉保写东西一步步牵着他的鼻子走，完全把他逼进了陷阱，刚才自己的回答也完全让人相信这广播的大批判稿子就是他洪光武帮着写的，怪哪个呢，只怪自己太显摆了。这真是黑灰塘里洗毛笔，怎么能洗得清呢？

26

面对邓远航的责问，洪光武知道任何辩解都无济于事，他只好对邓远航说:“你把我逼上死路了,我再怎么说那不是我写的,你都不会相信,我现在只有跟你赌咒了。如果要是我写的,我和家家就永远成不了一对。噢,这个还不行,我再赌重一些,如果要是我写的,明天我就和家家双双死在你面前。”

“你死就死吧,你把人家钟玉家带着给你陪葬干什么?你就是个风流鬼,死都要带上个美女。”邓远航看他赌咒的样子扑哧一声笑了起来。他也有点怀疑大批判稿子并不是光武写的了,这倒不是因为他赌的咒,而是觉得他没有单独的时间,还有就是“迟到”本身就是他引起的,他也不大可能去引火烧身吧。数天后洪光武的行动也让邓远航觉得他这一判断的正确。

这天,公社召开批判大会,主题是批判修正主义,批判资产阶级派性、资产阶级生活作风和资产阶级法权思想。参加人员是社直各单位干部职工、全体大队干部、全体插队知青。会期一天半,龟岛等比较远的大队参会人员晚上还要住到镇上去。龟岛大队应参会的人员有三人因病请假,他们是关红琴、邓远航、洪光武。

关红琴是真病了,她不知是受凉还是吃了腐坏不洁的食物,得了急性肠胃炎,已连续拉了两天的肚子,拉得她一点力气都没有,哪还有劲去开会?黄支书从关心她身体出发,很爽快地就给她批了假。

邓远航是装病不愿去,他担心会上又读那两篇大批判稿子,怕自己在台下听了情绪失控冲上台跟他们辩论,那会把事情弄得不可收拾,便索性衣服也不脱往床上一躺,用被子一蒙,说头疼要请假。洪光武是为了证明那两篇大批判稿子不是他写的,陪他装病不肯去,他也学邓远航躺到床上,用被子一蒙,说是被邓远航传染的,浑身痛。黄支书也不知他们是真病假病,看他们都是县里干部家的孩子,便也批了他们的假。他还交代白队长照顾好他们三人的生活。

本来是装病躺在床上的,因大家去开会了,知青点显得十分安静,再加上这些天劳动强度大,晚上四人学习小组还要读一会儿书,休息时间偏少,因而两人一蒙头竟呼呼大睡了,直到天黑白队长带着三胞胎到他们宿舍,一人床上爬上一个骑在他们身上喊“驾、驾”时,他们才一觉醒来。

邓远航见一个小三胞胎把他当马骑,是那么天真可爱,便一把将她抱住,用自己的下巴去亲她的脖子,亲得她呵呵呵地直笑。“说,你是几凤?”邓远航一边亲一边问道。

“呵呵呵……是小凤、小凤,呵呵呵……”小凤边笑边用尖嫩的声音回答着。

“不闹了,下床下床,喊大哥哥们吃饭。”白队长喊着两个在床上的女儿。

小凤、大凤一人拉着一个喊着:“大哥哥吃饭,大哥哥吃饭。”

邓远航、洪光武下床一人抱着一个正要走,地下还有一个二凤也要抱,邓远航干脆左手抱着小凤,右手抱着二凤跟着白队长来到关红琴宿舍,也喊她一起去白队长家吃晚饭。

邓远航来到知青点也有两个多月了,还没去过关红琴的宿舍。关红琴的宿舍在东边第二间,他们宿舍与她的宿舍隔四间房子,虽不远,但这还是他第一次到关红琴的宿舍。邓远航一进她的宿舍就感到女主人是一个清清爽爽、十分典雅的女人。房间里很简单,靠东墙一张床,靠北窗两只长条凳子上架着一只木箱,靠西墙放盆茉莉花。床上被子叠得整整齐齐,枕旁一本书,书名是《悲惨世界》;木箱上一把小提琴,擦得一尘不染,晶莹透明。每天早晨或傍晚,邓远航他们听到的那悠扬的乐曲正是由它传出的。四周的墙上错落有致地贴着大小不一的铅笔画,有村落,有花鸟,有人物,还有多张三胞胎的素描,那都是出自女主人那纤纤细手。

他们进屋时,关红琴正斜躺在床上看书。见他们进来,她便放下书,站起来让他们进来坐。邓远航觉得她比前两天又瘦了不少,看上去更像《红楼梦》中描写的林黛玉。她对他们说:“你们去吃吧,我什么也不想吃。”声音虽很柔弱,但还是很悦耳。

“走吧,我给你用车前草熬了汤药,喝下去保准把你的病止住。”白队长说。

关红琴还是不想走的意思:“治不治也没什么,死了也省心。”

“关姐,这点小病不算什么,白阿姨的药灵着呢,喝了保准你白白嫩嫩、漂漂亮亮的。走吧,关姐,还是一起去吃点粥,增添些力气,有病更不能这样闷闷不乐,走吧,我们还有事求你呢。”邓远航劝她说。

“有事求我?不要把我忘了就行了,我还能帮上你们什么忙?”关红琴苦笑地说道。

“关姐，真的有事求你，你不知道我们多羡慕你喃。”邓远航说。

“羡慕我？一个可教育好的子女，有什么能让你们羡慕的？”其实，关红琴对邓远航的印象是很好的，上次为喝酒的事，她受钟大同侮辱，只有他敢站出来为她仗义执言，她一直记在心里，但此时她还有点猜不透他到底是什么意思，心想：我这个“黑五类”的子女还能有地方值得你们这些革命干部子女羡慕吗？不是因为同情我，用这些话来搪塞我，想把我骗出去吃饭的吧？

“其实，你有让我们羡慕的地方，也有让我们不羡慕的地方。”邓远航真诚地说道。

“羡慕的是什么？不羡慕的是什么？”关红琴急切地问。

“想听吗？”邓远航问。

“嗯。”关红琴点点头说。

“那走，到白阿姨家说给你听。”说着，邓远航做了个向外引导的手势。

到白队长家，关红琴喝了草药就急不可耐地对邓远航说：“你说给我听。”

“好，那光武，你先说说关姐让你不羡慕的是什么。”邓远航说道。

洪光武没有想到邓远航让他说对关姐的想法，更没想到让他说不羡慕的，这不是存心让我得罪人吗？我偏不上他的当。他摸摸头说：“唉呀，要说羡慕的地方真不少，这不羡慕的我真不知道。”

“那你说你羡慕关姐什么？”邓远航催他说道。

“羡慕的就多啦。首先，关姐的长相让人羡慕，长得像林黛玉。”洪光武说。

“你的意思我晓得了。你意思是说你羡慕关姐有林黛玉那漂亮的外貌，不羡慕关姐不自信的感觉。”邓远航故意从洪光武的话中引出“不羡慕”的内容，让人感到他也不忍心直截了当地说出对她“不羡慕”的东西。

“你们像是在演双簧啊。”关红琴笑着说。

“演什么双簧，今儿给你们煮的真真切切都是双黄蛋，不要验，我这是关公开的刀铺，货真价实，来，一人吃一个，包你们以后都生双胞胎。”白队长一句话把大家都说笑了起来。

“你看，你看，你笑起来多好，比林黛玉漂亮多啦。”邓远航说。

“你不要笑话我啦，说心里话，我也想抬头挺胸，可一个‘黑五类’子女处处受歧视，你让我怎么自信得起来？”关红琴说着竟掉下了眼泪，她知道邓远航他们是真关心她，他们跟一般干部子女不同，没有那种趾高气扬、盛气凌人的架势，因而也愿意把心里话向他们倾诉倾诉，以排解心中的压抑。

本来欢笑的院子，被她眼泪一掉变得沉默起来。邓远航一时也无话可说，他想，她说得也是，我们平时说话很随便，没有人抓小辫子，可是她的一言一行却不是随便可以做出的，有半点说不好、做不好，就极易被人抓住小辫子，脱不了身，这时，她就成了一些人的眼中钉。还有，我们平时表现稍微好些，就有人来夸奖你、表扬你，叫你当这个、做那个，总有好事给你，而她平时表现再好，也不会有人想起她，给她点什么鼓励，这时，她又成了被遗忘的人。想到这里，邓远航很想替她打抱不平，也想说几句话安慰她，但也不知拿什么话可以说服她。

27

见大家都不说话，白队长便开玩笑地说：“什么黑五里、白五里呀，都是磨洋工，走得再慢，白天、黑天加起来也要走个百十里啊。来，喝白的。”她把粥端给大家后又说：“小关，你也不黑呀，你也是白里透红，皮肤比我还白呢。”一句接一句的俏皮话又让院子里传出了一阵阵的笑声。

待大家笑完，邓远航说：“关姐，从心里讲我们私下里真羡慕你喃。你的出身是让人遗憾的，你的长相是令人羡慕的，但出身和长相一样都是爹妈的，我们都没有办法选择，倒是你这双手真让我们佩服得五体投地喃。”

对邓远航说的既简单又含有哲理的话，关红琴从心底里信服，她停下吃粥，下意识地看看自己的手。她这一动作虽然微小，但却把大家的目光都引到了她纤细的手上。白队长抓住她的手与自己的手比了比说：“我说嘛，难怪他们小伙子想你这手呢，你们看，手指这么细长，皮肤这么细嫩，不要说你们小伙子，就是我这老太婆都想亲一口。”说着抬起关红琴的手“噗”地亲了一口,又把大家逗笑了起来。

“我们羡慕你这双手拿起琴,能拉出悠扬婉转的乐曲,拿起笔,能勾出形象逼真的画卷。我真的有个请求,请求你收我们为徒。”邓远航说。

“对,我们要拜你为师。”洪光武对关红琴的父亲是持批判态度的,他从《资本论》中知道,资本家剥削工人是通过榨取工人的剩余劳动实现的,他看到关红琴就感到她美丽的背后隐藏着她父亲几十年剥削工人的罪恶,觉得她应该替她父亲赎罪,因而平时对她也没什么情谊。但这会儿邓远航提出要学艺,他也感兴趣了,便附和了一句。

听他们说要拜她为师,她有点激动了,一双大眼睛里又冒出了泪花,她从未感到这样受人尊重,一种自豪感油然而生。她非常高兴地说道:“我十分乐意教你们拉琴、绘画,但你们再勤奋将来也不会在琴和画上有作为的。”

“怎么的,这么瞧不起我们啊?”洪光武面有不快地问了句,同时心里还想道:我们革命干部子女能提出跟你这个可教育好的子女学艺就不错了,你还摆起架子来呢,真是坐轿子骂人,不识抬举。

“不是不是,哪能瞧不起你们喃,我知道你们都很聪明,学什么一学就会。我说的是两个意思,一个是我水平低,很难把你们教到高水平,再一个就是有成就的艺术家都是像小凤她们这么大就开始学了,你们都已成人了,学艺的黄金期早已过去了。”关红琴说。

“那你把我家三个凤也一起收为徒弟吧。”白队长抢着说。

“好哇,看她们的兴趣吧。”关红琴答道。

“关姐,不是说师傅领进门,修行在各人吗,你把我们领进门就行啦。再说,我们现在学琴棋书画确实是晚了点,但我们也没有大的奢望,想成为艺术家什么的,我们只是想从中陶冶心情、提高素养。”邓远航说。

“嗯,那好,吃过晚饭就开始。”关红琴说。

白队长看他们谈得很快乐,这才发现两个男知青气色、精神都很好,根本不像有病的样子,便问道:“我看你们两个神气六国的,为什么要没病装病,不去参加大批判会啊?”

洪光武以为白队长知道他们是装病的了,便如实地说:“他是心里烦恼不愿去参加装的病,我是为了证明广播的稿子不是我写的才陪他装病的。”

“哦？你们年纪轻轻的有什么烦恼啊，说给我听听瞧。”白队长说。

洪光武就把广播上播的两篇大批判稿子的事给大家叙述了一遍。白队长听完后说：“这有什么呀？它又没说你的名字，你这烦恼跟我的烦恼比就不算什么了。”

“我看你整天乐呵呵的，看不出有什么烦恼啊。”邓远航疑惑地问。

“我的烦啊，是九龟湖里的水，多着呢，家里的、队里的，大人的、伢子的，真是没完没了地烦，姨只是没放在脸上呗。正好你们有文化的人在这儿，我说两个烦心事，让你们帮我出出点子。”白队长说。

“白阿姨你说，动脑筋的事我最拿手，我来帮你。”洪光武抢着说。

“两个事就是一个事，都是我们贫下中农的事，白姨要是不当这个队长就不烦了，当了这个队长就成日带夜地烦。一个喃，就是有的人上工磨洋工，到最后都拿一样的工。你就说，到薄荷田里薅草，有的人一天薅一亩田，有的人一天才薅几分田，最后都拿一个工，群众也有意见，这叫我怎么办？我又不能拿个鞭子抽那些落在后边的人，让他们快点。”白队长继续说道。

“这个好办！我们帮你弄个竞赛专栏，把全队劳力的名字都写上去，每天插旗子，哪个完成任务就给他插红旗，哪个没完成任务就给他插白旗。”洪光武抢着说出解决的办法。

“到底是文化人，出口就不一样，这个法子倒也不错，哪个都要脸皮，他要不想插白旗就要下力做。”白队长赞成道。

“不错是不错，但对我们这些人就有点不公平，我们也不是偷懒的人，劳动时都很卖力地干，可就是干不过人家，那只能天天插白旗啦？那多难看啦？你说呢，远航。”关红琴担心地问。

邓远航见关红琴示意他谈意见，便说道：“我说这法子可以用，可以激励一些人有一份劲使一份力，只是有些东西要改一改。刚才关姐说的是一个问题，毛主席还说一个人的能力有大小呢，这个差别要承认。还有就是每天一个人完成任务是多少比较难定。比如栽秧，要以白阿姨能完成的量定任务，那就有大部分人插白旗，如果以关姐能完成的量定任务，那就祖国山河一片红，个个都能插红旗。”

“这倒也是，我刚才还没想到呢，那怎么办呢？”白队长说。

“是啊，那你说怎么改？”洪光武问道。

“不如这样，我们只插红旗，不插白旗，插白旗确实伤人。每个人只要出工，都插红旗，完成的多，多插，完成的少，就少插。再比如栽秧，你一天栽一分田插一面红旗，栽十分田插十面红旗，最后数红旗定工分。”

“这主意更好，直接把劳动多少跟工分搭上了，你劳动多少就给多少工分，这样偷懒的人肯定就少了。干脆也不要插红旗了，吃咸鱼蘸酱油又浪费又麻烦，直接就是完成多少记多少工分，这样爽快！”白队长说。

“红旗不能省，这不是蘸酱油，这是吃咸鱼喝水，防止渴死，省掉反而有麻烦。”邓远航说。

“那好！到底是文化人，白姨这个文盲队长真是靠你们了，那就照你们说的，明天小洪把专栏弄起来，后天等他们开批判会回来，一早上工就这样做。好，这个烦心事解决了，还有一个烦心事，就是现在粮食统购统销，群众口粮少，我们大队自留地全部收归集体了，群众除了队里分的就没有别的来源了，有些群众日子过得紧紧巴巴的，我能不能把原来收回的自留地再分给群众，让他们自己长点自己需要的东西？你们有文化帮我掂量掂量。”白队长问道。

“光武，你读《资本论》的，你说可以不可以？”邓远航对这个问题不大了解，不敢贸然发声，便让洪光武先说。

“《资本论》也没讲到自留地，你叫我怎么说？”洪光武回他一句说。

“《资本论》没讲，你不能用马克思主义观点去分析这个问题啊？”邓远航还是把皮球踢给洪光武。

“要按马克思说的意思嘛，自留地倒可以分，因为马克思主义认为到共产主义社会才消灭私有制呢，现在是社会主义，应该允许有私有资产，自留地不知是不是私有资产，如果属，就能分，如果不属，就不能分。”洪光武说出了自己的观点。

“小洪啊，你也太文化了，你到底叫我分还是不分？”白队长着急地问。

“白阿姨，你不要着急，这个事急不得，我们也吃不准。你能不能找些社员问问，如果大部分人都要分，你就向大队汇报一下，让他们定。”

月亮不知不觉已升得很高了，水面上的雾气也一丝丝地向上向四周漫舞，月光串着一丝丝的雾气，从半空中挂起一个个透明的雾帘，让这家小院像处在仙境中一般。几个人就在这仙境中边吃边谈，气氛十分和谐。大家都很高兴，关红琴也觉得下来六七年了从没有度过这样美好的夜晚，她感到与邓远航他们在一起，将来的日子再也不会像过去那么灰暗了，有需要她、尊重她的人了。可是，她的命运并没有如她所料地继续直线上升，而是刚直线上升，又转弯向下栽去。随着雾气的增浓、夜晚的加深，这美好的夜晚正一步一步地转变成她人生中最惨痛的夜晚。

28

从白队长家出来，邓远航和洪光武随关红琴来到她宿舍学琴。

关红琴晚上在白队长家喝了草药，肚子不怎么疼了，但还是要拉稀，只是次数少了。她把他们带到宿舍先教他们认识琴的结构，然后教持琴、拿弓的姿势，再教他们拉 C 调的音阶，本来她打算让他们在她这儿学一大晚的，因为要拉肚子，只好叫他们把琴拿回他们自己宿舍练音阶。

虽然关红琴因拉肚子气力不佳，但今晚的情绪还蛮好，从来没有这样受人尊重过，也从没想到自己还能做人师傅，她不知为什么，跟他们两个在一起心情怎么一下就好了呢，一扫过去那种郁闷、忧愁的心境，胸中没有了那种闭锁和惧怕，心胸完全舒展开来了，并准备随时接纳和拥抱他们的一切，唉，只可惜他们是小弟弟，他们要大一些，成为我的大哥哥多好，特别是远航，要是比我大，他一定会随时随地保护我、关照我，说不定，还能……不会，不会的，即使他能接受我，他爸妈能让他娶一个“黑五类”的子女做媳妇吗？想着，想着，眼泪又掉了下来。唉，不要瞎想，走一步是一步吧。想到这儿，她走出宿舍，想去看看远航他们练习时有什么问题，可以帮他们纠正一下。

外边的雾又浓了些，月亮时明时暗继续向上升着。她走到远航他们宿舍门口，听到了拉音阶的声音便停住了脚步，她又不想进去了。她觉得一个大姑娘深更半夜到两个小伙子宿舍，被人看到又不知要传出多少风言风语喃。因而，她只是站在昏暗的月光下，听了一会儿从雾气中传来的提琴声，便又回宿舍了。

而就在她站在远航他们门外听他们练琴时，一个黑影溜进了她的宿舍，躲到了她的床底下。

关红琴对溜进来的那个黑影全然不知，她走进宿舍，关了门，上好插销，拿起脸盆倒点热水，又兑点凉水，洗了脸，把盆中水倒进脚盆，再加点热水，解开裤带，脱下裤子，蹲下准备洗下身，刚蹲下便惊叫起来："啊……"下边的话还未喊出，就被从床下冲出来的黑影一下扑倒在地压在下边，嘴被那黑影的手死命地捂住。关红琴用两手对那捂她嘴的手拼命地掐、抓，抓破了那人的皮，可那捂着的手却拉不下来；她两脚乱蹬，但什么也蹬不到；她用肚子向上挺，可怎么也挺不动。一番厮打后，关红琴一是拉了几天肚子，本身就没力气，再加上惊吓，浑身发软得像棉花一样，只能泪流满面地任人摆布。

事情结束后，那黑影迅速起身，拉开插销开了门就冲进雾里。这时，关红琴才起身，系上裤子一边喊："远航啊，远航，抓贼啊……"一边追了出去。

远航他们在关红琴第一次喊叫时，因练琴，并没听到，后来才听到关红琴凄惨的呼喊，便一人拿根扁担，一人拿只铁锹冲了出来。冲出宿舍看到一个黑影从门前跑过，邓远航见此，用力把手上的铁锹向那黑影砸去，那黑影一个趔趄趴倒在地上。邓远航冲上去一手抓住那人的头，另一只手正要上去卡住他的脖子时，谁知那黑影一下冲了出去。原来那黑影头上罩着的是黑色老头帽，老头帽一直拉到下巴，整个人的脸都遮在老头帽里，邓远航手上抓住的正是那人头上的老头帽。不过，当那黑影挣脱邓远航时，邓远航看到了那人的脸，且脱口喊出："秃子！黄支书?"那人听到喊声头也不回地向前狂奔。洪光武拿着扁担追了上去。邓远航把老头帽放进口袋，拾起铁锹正要紧追上去，听到后边"噗"的一声有人跌倒，知是关红琴，便回跑过来。

邓远航跑过来边扶她起来边问："什么东西被偷啦?"

关红琴没有应答只是哭。邓远航蹲下身子来扶她，发现她披头散发，满脸泪水，上身衣服开着，扣子一个也没系。邓远航感到绝不是偷东西这么简单，她一定是受到了那黑影的伤害。见她哭得上气不接下气，便把她抱坐起来，在她后背轻轻地拍着，以让她呼气能顺畅些。

此时见邓远航抱着她，关红琴一下挣脱开邓远航说："我不想活了，我不想活了……”说着便向池塘边跑去。

邓远航追上去，拽住她的膀子说：“关姐，你放心，我们一定帮你抓住那个贼，你冷静冷静。”

关红琴又用力摆开邓远航的双手，继续边向池塘跑边哭喊着：“你放开我，我不想活了。”眼看跑到了池塘边，邓远航一个大步跑上去，双手把她的腰一箍，用力向后拖了几步，脚被关红琴的脚一踩，两人同时跌了下去。邓远航跌坐在地上，双手仍然紧紧地箍住关红琴的腰。关红琴则跌坐在邓远航的双腿上，坐在他的腿上，她仍然挣扎着哭道：“远航啊，你松手啊，你让我去死吧……”

“关姐，我不会松手的，就是我死了也绝不让你死，你不回宿舍，我就这样紧紧地抱住你，永远不松手。”邓远航激动地说。

听邓远航这一说，关红琴转身扑到他的怀里大哭起来。邓远航紧紧地搂着她，找不到任何一句合适的话安慰她，任她在他的怀里颤抖。关红琴哭了一会儿，抬起头，躺在邓远航的怀里，两眼无神地望着邓远航，抽泣着说：“远航，你为什么不放开我？你知道我受了多大的耻辱啊？”

邓远航用一只手搂住关红琴，腾出一只手一边擦着她脸上的泪水，一边说：“关姐，我知道你肯定受了很大的伤害，你心里很痛苦，我也不晓得怎么安慰你，你心里难受，我就这样抱着你，我不会松手的。”说着，眼泪也止不住流了出来。眼泪滴到了关红琴的脸上，关红琴抬起手又给他擦泪水。

两人互相擦了会儿眼泪，关红琴稍微平静了些，她问邓远航：“远航，你为什么不让我去死？”

邓远航还没来得及回答，洪光武拿着扁担过来了。他见他们两个人抱着相互擦着脸，便说：“远航，你干什么？你不要趁机欺负关姐噢。”

关红琴见是光武，便从邓远航的怀里爬起来，有气无力地说：“光武，光武，抓住贼……流氓了？你们要给姐报仇啊！”说着便扶住邓远航站起来，刚立起来，腿一软，又跌了下去。邓远航又一把将她拉住，然后转过身将她背起来向宿舍走，边走边对洪光武说：“追到了吗？”

“狗养的跑得快呢，跑到湖边，跳上一条挂桨船开跑了。不过我知道那人是谁了。”洪光武一边帮他扶着关红琴，一边答道。

“我把关姐送到宿舍，你快去把白阿姨喊来。”邓远航说。

邓远航把关红琴背到宿舍，让她躺到床上，给她脱下鞋子，再脱掉外衣，留下毛线衣没脱，然后帮她盖上被子。

这时，白阿姨和洪光武进来了。白阿姨走到床头，用手摸摸关红琴的头。关红琴见是白丽红，又一下扑到她的怀里大哭起来。邓远航见此便拉了洪光武从关红琴的宿舍退了出来，让她们两个女人有个说私房话的空间。

走到门外，洪光武问：“关姐怎么啦？哭得这么伤心。是不是什么家传的宝贝给偷走啦？”

“肯定是一个女人最宝贵的东西被偷了！我们一定要帮她雪耻！”邓远航坚定地说。

“你知道那人是谁吗？是黄支书！他死定了。”洪光武说。

“你有证据吗？”邓远航问道。

“有！”洪光武说着从腰里拿出一样东西递到邓远航眼前。

29

邓远航接过洪光武递过来的东西，一看是一只四十一码的解放鞋，还散发着一股臭味。他把臭鞋递给洪光武，又从口袋里掏出老头帽递给他，并对他说：“你再看看这个。”

“老头帽？这个，农村人戴的太多啦，能证明什么？”洪光武说。

“那你那只臭鞋子能证明什么？你要看仔细了，你记得不记得钟书记来喝酒的那次，钟玉保把黄支书老头帽戴起来时，我说那脑门上有个洞，还跟他开玩笑的喃，你记不记得？”邓远航问。

“记得，那帽子有五个眼，脑门子上多个眼，黄支书说是烟头烫坏的。”洪光武说。

“你看，这个帽子几个眼？”邓远航对洪光武说。

“肯定是他！你看，五个眼，脑门上多一个，是烫的！”洪光武把老头帽拉开来给邓远航看。

“更重要的是他的头，你有没有看清?”邓远航问。

“看清了，头皮上发光，就是黄秃子。”洪光武说。

这时，白队长开门走出来，把他们拉到一边低声说：“出大事了，伤天害理，挨枪子的，把红琴强奸了，红琴不想活喃，这怎么得了。”

“强奸？她被强奸了?”洪光武吃惊地问。

“不要问了，看怎么报案吧。”邓远航气愤不平地说。

“怎么报案？到公社找钟书记报案呗。”洪光武说。

“恐怕不行。那家伙跟家家爸爸关系好喃，万一……”邓远航摇摇头说。

“你不要万一了，那就到县里报！人证、物证都有，这是铁案!”洪光武说。

“哎，不行，不行，不能报案！人家是大姑娘，不报案只有我们几人晓得，一报案，全大队、全公社、全县的人都晓得，人家红琴以后怎么活呀，唾沫星子就把她淹死了。”白队长制止他们说。

“那关姐受了这么大耻辱就忍气吞声了?”邓远航问。

“伢子啊，你们不知道女人啦，女人的名声比什么都重要啊，女人受糟蹋，只有哑巴吃黄连，有苦往肚里吞。这事传出去，坏了她的名声，等于要她的命啊!”白队长动情地说。

“那不行，我们知道了，如果不报案，从法律上讲，我们都是包庇罪。”洪光武说。

按理来说，邓远航赞成立即到县里报案，坚决不能让坏人逍遥法外，如果不报案，不惩治罪犯，那以后更多的女知青都可能遭受不测。但从情上说，报案肯定会扩大这个事的知晓面，他也怕这样对关红琴造成更大的伤害，因而，他说：“我们也不要争了，我们去问一下关姐吧，看她什么态度。”

白队长进去问关红琴，关红琴咬着牙说：“我就是死了，也要把这个人抓住。”

白队长从屋里出来把关红琴的意见说了，并表示赞成直接到县里报案，她说：“那好，我现在就划船送你们到县城。”

“不过，这么大的雾，能行船吗?”邓远航问白队长。

“能行，去年送你到县医院那天也是大雾，小心一点就行了。”白队长说。

“那行,我跟白阿姨去县里报案,你留下来看护关姐,防止她再有什么意外。”邓远航一边对洪光武说,一边从他手里拿过老头帽和解放鞋。

洪光武一听说叫他留下来看护关红琴,浑身汗毛直竖,他心里想的不是害怕罪犯在这昏暗的夜晚再返回来,而是不知如何去安慰一个哭哭啼啼、伤心欲绝、寻死觅活的女人,因而,他情愿大雾天夜渡九龟湖,也不愿留下看护一个被伤害的女人。想到这儿,他从邓远航手里抢过老头帽和解放鞋说:“不行,你去不行,你不知道法律规定,我爸是法院院长,我直接找他报案,抓罪犯的行动要快些。这些事必须快,先下手为强。处理法律问题我比你强,那年为小秃子杀老母猪的事,不是我干的吗?所以,我法律懂得比你多一些,到县里报案,我合适,你心比我细一些,留下来看关姐,你合适。”

“好,你说了这么些,我也明白了,你们也不要争,远航你进去吧,一刻也不能离开,我把他送到对岸就回来替你。”白队长说着就和洪光武离开了。

邓远航推门进去,把门里边的插销插上,轻轻地走到关姐床边。关姐还在睡着,他便给关红琴倒了一杯开水,又加了些白糖,用勺子搅了几下,放在那儿冷,然后拿起关姐没看完的法国长篇小说《悲惨世界》,面对着床铺坐在木箱前一边看书,一边又不时地看看关红琴。不一会儿,他见关姐在动,并且发出“啊、啊”的惊叫声,便又到床边看看。她仍在睡着,但是嘴里在不停地说着梦话:“抓住他,流……氓,呸,流……,我……脸……氓,死……”边说还边用两手抓什么,腿也在踢着。突然她“啊”的一声尖叫后又哭了起来。

邓远航想帮她把两只膀子放进被窝,刚拿起一只手,关红琴又一把将邓远航抱着,边哭边说道:“我怕,我怕啊,我不要活,你让我死啊……”

见她这样哭得气喘不过来,邓远航便坐到床上,把她抱坐起来。抱着她时他感到她的身体在不停地抖动,此时,他知道任何语言在她面前都是苍白的,只有紧紧地搂住她,让她感到有一个安全的依靠。待她逐步平静后,他伸出一只手拿起木箱上的糖开水递到她的嘴边说:“来,喝点水。”坐在他怀里的关红琴像个孩子一样,张开嘴迎着他送来的水杯一口一口地喝了下去。

一杯糖水喝下去后,关红琴平静了许多。她仰起头问邓远航:“远航,你说姐怎么办?要死死不掉,活也活不下去。”

听她说这死不死、活不活的话,邓远航起初不知怎么回答,顿了会儿,他对她说:“不对,关姐,死也死得掉,活也能活下去。”

关红琴一直仰着的头,听邓远航这么一说,两只眼睛疑惑地盯着邓远航看了好一会儿才说:“那你为什么不让我去死?”

沉默了一会儿,邓远航说:“为什么?为我,也为全龟岛大队的人。关姐,你不晓得,你的美、你的才气在我心中占有多么重要的位置,一想到这样的美丽和才华是葬送在我手里,而且永远见不到了,你不是也不让我活吗?还有,平时全大队的人哪个不喜欢见到你呀,为什么都喜欢见你呀,这些贫下中农没什么别的意思,就是看到漂亮,心里高兴啊,你要是消失了,你不是把全大队贫下中农的高兴也带走了吗?”

关红琴听了这一番话,心里很激动,从心里感激邓远航,可嘴里还是说:“我哪里还有脸见他们呀?”

“关姐,你看那盆茉莉,还有一个多月就要开花了,现在被人伤到了根,如果因为根被伤了,她就自己铲断剩余的好根,让自己枯萎衰亡,永不开花,让我们的夏天少一份鲜艳,缺一份芬芳,那多让人叹息啊。但如果在伤了根后,加强养护,加强调节,当夏天来临时她又能给人们送来一份美丽,一份清香,那多让人欣慰啊!”邓远航用眼前的茉莉花做比喻来回答她。

“花和人不一样啊,远航,花有伤痕不知痛,人有伤痕痛到心啊。”关红琴说道。

“一样!关姐,实际上花更可怜。人有伤痛,人还知道,花有伤痛,哪个知道?即使伤痛不被人理解,可她仍然坚持活下去,活到枝繁叶茂,开花结果。你说多坚强。”邓远航说。

“还是不一样,这盆花随你放在阳光下还是背阴地,她不需要什么尊严,都可以生长,但人没有尊严怎么活?”关红琴问。

“还是一样,关姐,如果阳光下有尊严,背阴处没尊严,你看她不管有尊严没尊严都一样活着。更何况‘尊严’这个东西本身就是变化的,你认为有尊严,其实不一定是尊严,你认为没有尊严,有时尊严就在其中。你说你没有尊严,其实你在我们眼里非常有尊严,你才给我们上一节课,我们还有那么多东西要向你请教喃。”邓远航说。

“道理是这么说,可做起来难啊,远航。原来我是害怕死,现在我把死看透了，眼一闭，往九龟湖里一跳就行了，容易得很。”关红琴说。

“关姐，死也不容易，九龟湖边子并不深，在大堤上跳下去就能站起来，就是走到深的地方，人不但沉不下去，还会漂起来。你不是知道去年二凤、小凤掉下水的事嘛，我去救她们时，她们都漂在水上呢。你没听老人说，人命未绝时，想死，阎王都不要。关姐，你就不要再动这个念头了，免得阎王爷生气。”邓远航见她平静了，便跟她开起了玩笑。

“又跟我说笑了。那行，你现在喊声‘姐’，帮姐做件事，姐就听你的，永远不动‘死’的念头。”关红琴从邓远航怀里转过身，两手抓住他的两臂，两眼看着他的眼睛说。

30

“我不是一直喊你关姐的吗？”邓远航不解地问。

“把‘关’去掉。”关红琴要求道。

“姐。”邓远航亲切地喊了一声。

关红琴答应一声“唉”后，猛地亲了一下他的脸颊，又把他一拉，抱在自己怀里，半天不愿松手。

“姐，要我帮你做什么事？”邓远航问道。

关红琴松开搂抱，仍然用两手抓住他的两臂说：“洗澡！”

“洗澡？我帮你去烧水。”说着就要下床去厨房。

“是给姐洗澡！洗过澡，姐就把那肮脏的事忘掉！”看似简单的两个字，却是关红琴伤心了半夜所想到的解决痛苦的办法。

邓远航看她说得这么坚决，晓得她是当真的，不是开玩笑，便点点头答应说：“嗯，那我们一起去烧水。”他怕她趁他烧水的空隙再去寻短见，便把她拉着一起去厨房烧水。

两人搀着来到厨房，关红琴先坐到锅门口点火烧锅，邓远航洗锅放水。

邓远航从水缸里往锅里舀水，一边舀一边想，关姐是遭到一个男人伤害的，为什么还叫另一个男人给她洗澡，让另一个男人再去看她、摸她的身体呢？这里面会有什么问题吗？当他瞥见关红琴那一脸的真诚后，他又找不到什么怀疑的理由了。但他还是不知道一个男青年怎么下手去给这样一个漂亮女青年洗澡。不错，你是让我叫你一声姐了，我知道你是要确定咱们的姐弟关系，可就是亲姐弟，也只听说姐姐给弟弟洗澡，哪里听说过弟弟给姐姐洗澡的呀？而且，就是姐姐给弟弟洗澡也是在孩童时期，到我们这么大的青年也没听说姐姐弟弟洗澡的啊。这可怎么办，怎么下手呢？有什么办法可以推脱一下吗？能找个什么借口呢？说自己两只手疼，不能下水。废话！刚才把人家拉住、拽住、抱住、搂住手不疼，现在叫你帮洗澡手疼了，不明摆着是假话吗？那说自己怕看女人身体，一看就会晕倒。更是废话！女人那么美丽的胴体，哪个小伙子不喜欢，不喜欢的才真有病喃，还看了女人胴体就会晕倒呢，天下有这种怪病吗？找个借口得正当啊，有半点不正当，让她起了疑心，她再产生寻死的念头，那就再难劝回头了，那我的罪过就大了。那怎么办呢？

邓远航又看看坐在锅门口烧火的关红琴。她的脸被锅膛里的火映得通红，那么美丽动人，完全没有了刚才那种惨白，看上去很精神很亢奋的样子。在这样一个昏暗的夜晚，一男一女同处一室，不要说去触摸她的胴体了，就是看她端庄而又红扑扑的脸一下，都难以抑制内心的冲动，更何况去帮她洗澡呢？自己要冲动起来，给她造成再次伤害，那怎么得了！怎么办？怎么办？怎么办？

关红琴把锅膛里的火越烧越旺，同时，自己心中要活下去的欲望也越来越强烈。她哀叹自己命运多舛，尽管自己的才艺在同学中还算不错，但插队以来就一直受歧视，从不被人认可，这才刚遇到两个能理解她、尊重她的人，就又遭到这更沉重的打击，真是屋漏偏遇连夜雨，破船又遭打头浪。我这人生难道就都是噩梦吗？看着锅膛里旺盛的火苗，又看到邓远航认真做事的样子，再想到他安慰她一夜没有半点怨言，她感到必须按照他说的为了他、为了全大队的贫下中农，她要坚强地活下去。因而，为了今后能有活下去的愿望，她决定在天亮前要洗个澡。她要洗澡的目的就是要洗掉昨晚的污秽、洗掉昨晚的创伤；她要邓远航给她洗澡，就是要让一个她喜欢的人、她信得过的人看到她的身体、触摸她的身体，以在今后的日子里想起这天的事只想远航给她洗澡的快乐,而不想那个流氓给她造成的痛苦。

一锅水很快烧开了,邓远航还没有想到恰当的借口。他想还有时间,再动动脑子吧。他把锅里热水一瓢一瓢地向水桶里舀,待锅里的水全舀进木桶,头脑里还是没有想到什么好办法。他拎着一桶热水跟在关红琴后面,走到她宿舍门口,进了屋,又见她关了门插上了插销,还是没想出办法。他把一桶热水倒进关红琴放好的大圆木盆里,再加些凉水进去,用手试试水温说:"好了,你洗吧。"

话音还没落,关红琴已光着身子坐进了木盆。

突然看到她那雪白粉嫩的胴体,邓远航真是一阵眩晕,差点跌倒。这倒不是前边说的什么怪病,而是从未见过女人丰满身体的童男子突然见到这么诱人的胴体,浑身血液上涌,直冲大脑,造成短暂眩晕。

"把脚布拿来,把姐前后左右洗个干干净净。"关红琴平静地说。

邓远航快速跑过去拿脚布,拿了脚布绕了一个弧形,走到关红琴的后边蹲下,拿脚布帮她洗后背。他的手刚一碰到她细嫩滑腻的皮肤时就猛地一抖,浑身就像触电一样也跟着颤抖了一下。他用湿毛巾帮她把脖子、后背上下都洗了洗,又把毛巾拎干帮她擦背。

"脂垦多吗?"关红琴问。

"不多,干净着呢。"邓远航简单地答道。擦完后背,他把毛巾递给关红琴说:"你把前边洗一下,我帮你后边擦下香皂。干净着呢,洗快点,不然会受凉的。"说完又去拿来香皂,再走一个弧形,到她后边蹲下,帮她后边打了一遍香皂,然后拿过脚布把后边皂液洗尽。

轮到洗前边了,他仍蹲在后边,先用香皂从上往下擦,擦到隆起的柔软的一处时,他的手一抖,香皂掉进了盆里。他在她身后看不到香皂在水里什么地方,又不敢到水里去摸,便把手伸到她的前面示意她把香皂捡给他。她明白了他的意思,笑了笑,把香皂拾给他。他继续擦香皂,擦到另一处隆起的地方,手又一抖,香皂又掉到了水里。他又把手伸过去,她再从水里捡起香皂给他,他又继续擦。其实,此时他的雄性激素已在作怪,他裤裆里的那个东西已经发生了变化,他想要是钟玉保知道了也要骂他千斤顶了。他不敢站起来,他站起来怕她看到他顶起的部位,说他不要脸。他拼命地坚持着，大气不敢喘一下。他急急忙忙、蜻蜓点水似的把她前边的皂液洗尽，拧干毛巾赶快帮她上下一抹，就算擦干了，还说："快把衣服穿上，不要受凉了。"

待她穿上衣服，进了被窝，他急忙把木盆端出门外，倒了水。这时，天也快亮了，但雾却更浓。他站在门外做了几下深呼吸，待下边恢复了正常，复了位，心跳也平稳了，才拿了木盆进了宿舍。

进了宿舍，他再关上门，插上插销，又去帮她把被盖好，便在木箱前继续看《悲惨世界》。不一会儿，关红琴进入了梦乡。他看了不一会儿书，也趴在木箱上睡着了。

不知睡了多久，门外传来敲门声。也不知敲了多久，邓远航才醒来。看到窗外已天亮，赶快过来开门。可走到门口一想，不好，这时外边人看到我在她房里，还能有什么好话说吗？干脆就不开门。

越是不开门，门外敲得越急，并且还轻声地喊："关红琴，你开门，有话跟你说。"

不好，是家家爸爸钟书记的声音，这就更不能开了，邓远航心想。

这时，关红琴也被敲门声吓醒，嘴里还不停地喊着："远航，远航，姐怕，姐怕。"

邓远航走过来抱住她，低声说："不怕，姐，我在这儿喃。"

"外边什么人敲门啊？"关红琴见邓远航低声说话，便也小声地问道。

"是钟玉保他爸爸，公社钟书记。"邓远航说。

"那更不能让他进来，他来不得好事，每次到我们龟岛，看我的那种眼神就是一副色眯眯的样子，让人感到害怕。"关红琴说。

"不要怕，等白队长他们来就开门。你听，好像白队长来了。"邓远航说。

31

果然，外边传来了白队长的声音："远航，开门，白阿姨回来了。"

邓远航知道她是把光武送到县城后赶回来的，也就是说县里很快就会知道这个案件。于是他拉开插销,打开了门。

钟书记见是邓远航开的门,先是一愣,再进屋一看,就只有他们俩,便又来了主意,改变了原来的方案。

原来,昨天下午黄支书他们在公社开批判会,去开会时,他又给钟书记送去一条九龟湖烟、两瓶九龟湖酒。晚上,钟书记叫小舅子供销社花主任安排一桌酒席,请几个玩得来的干部喝酒,其中就有黄满仓支书。

散席后,各自回住地休息准备明天继续开会。黄支书到住地绕了一下又出来,走上九龟湖大堤,到渡口开了本大队的挂桨船,借着酒劲直奔龟岛。他发誓,今晚一定要把省城的这美人搞到手,换换口味,尝尝大城市的味道,上次还不让我上呢,这次我要双倍补回。

到了知青点,他躲到关红琴宿舍的东山头向她宿舍看,看到她宿舍门虚着,听到里边有琴声,知道她在屋里,便要往里冲,刚走到门口,听到里边有男人的说话声,连忙刹住脚,从虚掩的门向里看,原来是邓远航和洪光武两个县城的知青,便又退回东山头。心想,这两个小子不是说有病请假的吗?怎么不在床上躺着,跑她屋里干什么?是装病啊!他们不会也是来想这个美人的心事的吧?如果这样,就要想办法把他们赶走,不过不能跟他们硬干,他们是干部子女,可不像关红琴这个“黑五类”子女好欺负,等等再说吧。

他们在里边不厌其烦地一教一学,虽然时间并不长,可黄支书在外边比过了一天还长。等吧,看哪个耐得住。

不一会儿,见两个男青年拿着琴出来回自己宿舍了,黄支书便从躲藏的地方出来,还没走两步,关红琴已关了门,插好了插销。他在东山头懊悔得直跺脚,气得险些把头上的老头帽摘下来。他又跑到后窗户听听,里边没什么声音。再等吧!

又等了会儿,门又开了,关红琴从屋里走出来向邓远航他们宿舍走去,他把老头帽拉到脖子,趁机溜进了关红琴的宿舍,躲到了床底下。

后来他逃跑时被邓远航一铁锹铲到了脚后跟,跌倒在地,帽子被邓远航抓去了。再跑又被洪光武砸了一扁担,丢掉了一只鞋。一溜烟跑到船上,开起挂桨船跑了。在船上,他就觉得不好。一上岸,便跑到钟书记宿舍,一见钟书记就跪下喊道:“钟书记救救我。”

待黄支书站起来把事情经过讲完，钟书记气得火冒三丈，他有一种说不出来的醋意，那么美的一朵花被他这个秃子给抢先摘了，想到此便破口大骂："你个秃驴！你也不看看人，那是你能采的花吗？你也不尿泡尿照照，你个秃样，那花是你先摘的吗？不中用的东西，不帮我做事，尽给我闯祸！"

"钟书记救救我，我一辈子给你做牛做马，今后要我干什么，就干什么，八辈子忘不了你！"黄支书哀求道。

钟大同气归气，但还是帮他想了办法："你去找点钱，我跟你去找她，跟她谈，让她出条件私了。得赶快处理，这可是高压线，处理不下来，你就等着被高压电触死！"

本来，钟大同来是找关红琴谈条件私了的，这下见邓小二子和关红琴两人在房间里便改变了主意。他阴阳怪气地说："小二子，没想到，你下来半年不到，就成熟了，还是这龟岛的双黄蛋厉害，你吃多了白娘子家的双黄蛋，也知道往女人床上爬了。"

黄支书见关红琴躺在床上很平静，心里踏实多了，心想只要她不闹起来，这事就算过去了，钟书记这样再把火往邓远航身上一引，那就万事大吉了，真是佩服钟书记的心计啊，于是他也帮腔说："一人做事一人当，你也是个革命青年，又想快活，又不承认，那还像什么革命青年啦？"

"你们说清楚，钟书记，哪个爬女人床啦？"邓远航气愤地问道。

"这可是个高压线啦，小二子，不是乱爬的呀。"钟大同没有回答他的问话，仍然阴阳怪气地说着。

"你说清楚哪个爬什么的？"邓远航越加气愤地问。

"你没爬，那你们两人在宿舍里一夜干什么的？"钟大同问。

"就是陪她，没干什么。"邓远航答道。

"一男一女，一个干柴，一个烈火，陪了一夜没干事？天知道。就认为你没干，两人谈恋爱你总要承认吧？小二子这个你不能再不承认了，再不承认就没法解释你们两人一夜在宿舍干什么的了。"钟大同心想只要他承认谈恋爱的，黄支书就可什么也不承认，把一切推到邓小二子身上。

"白姐，我头疼，我嫌吵，请他们都到外边去说。"关红琴想为邓远航解围，便对白队长说。

“好、好，钟大人，请你们外去说，她是病人，背不住你们这么多人吵。”白队长边说边做着手势把他们向外赶。

“那好，到会议室去，今个你不承认这个事，我就不叫钟大同了！”钟大同说着，自己先带头走出关红琴的宿舍。

来到会议室，钟大同就对邓远航说：“小二子，你这么大了，谈恋爱也正常，再说，人家长这么漂亮，在我们石龟，那不是百里挑一，那真是千里挑一、万里挑一啊，又是省城的，多好的一对啊。唯一不足的是，她爸是资本家，不过，这也没什么，当年，你爸娶你妈时，你妈也是地主富农家的姑娘，现在不也是过得好好的嘛，说出去，就是你爸知道了，他不但不会骂你，他还夸你给他找了个漂亮儿媳妇呢。”话是这么说，可他心里却在暗暗地耻笑：什么漂亮儿媳妇啊，只不过是只破鞋。

黄支书想让邓远航快点认事，把昨晚的罪过了结掉，他和钟书记还要回公社开会，也跟着劝他说：“是啊，远航，人家是多漂亮的一个姑娘啊，不光脸蛋长得好，那身上的皮肤啊样样东西长得好啊，你娶了她，那真一辈子够你受用的啊。哈哈哈。”

“黄秃子！你瞎说什么啊！”钟大同大声制止黄支书的说话，他想，什么身上的东西，什么一辈子受用，你怎么知道的？你不是不打自招嘛。黄支书自觉说漏了嘴，便蹩到了一边，不敢再出声。制止住黄支书的说话后，钟大同又继续说道：“什么娶不娶呀，人家还没到那份儿上呢，人家这不是才接触认识认识，谈谈恋爱嘛。”

“恋爱也没谈！她是我姐，我不可能跟她谈恋爱！”刚才在关红琴宿舍当着她的面他不好说这话，因为他不知她心里是什么心事，怕当面说出来伤她的心，现在出来了，他便理直气壮地反驳了他们。

“那你们一男一女，一整夜在一个房间里，小二子啊，我晓得你们一家都是老实人，老实人不说假话，你说你一夜就没碰她一下？”钟大同问。

“碰过！她要寻死！我拦住她的。”邓远航被钟大同的话引着，但他并没将他与关姐更亲密接触的事说出来，那要说出来，浑身长满嘴也不能跟这两个人解释清楚了。

“这就对啦，一男一女，一个夜晚，同在一个房间，互相碰碰，互相摸摸，这就是谈恋爱呀。小二子，我正式告诉你，有人报告关红琴被强奸了，我看在你爸的面子上，把大事化小，小事化了，不说你强奸，就说你们是谈恋爱的，你心里还没得数吗？如果你连谈恋爱都不承认，那上面公事公办下来，我就没有办法为你说话了。”钟大同摊牌道。

“你怎么晓得关姐被强奸的？”邓远航问。

“你以为你做些偷鸡摸狗的事，老子就不晓得啦？他就是证人。”钟大同指着黄支书说。

“他呀，他自己做的事他自己清楚！我什么也没做，没谈恋爱，更没犯罪！你不要栽赃好人！”邓远航大声说道。

“好人？那好，我倒要看你是什么好人。我看你不过是个犟驴！现在你就不要怪我不讲情面了，我已仁至义尽了。你们给我把他抓起来，带到公社先批斗再说。”钟大同说着做着手势，身边两个人上来架住邓远航。

32

“别别，别这样急嘛，钟书记。我不识字，我不懂噢，怎么人家伢子不承认谈恋爱就带走批斗，要是承认谈恋爱，你们不是不带他走了吗？”钟大同正要指挥两个从公社带来的民兵带走邓远航，被白丽红小队长拦住了。

“嗯，就是这个道理，事情已经出了，但我们也没难为他，谈恋爱这么个小事，明摆着的，他都死不肯承认，你白娘子说我总不能为了救他邓公子，随便抓个贫下中农顶罪吧？”钟大同停住脚步说。

“那好，我就叫他承认谈恋爱的。你们把他放开，我来跟他说句话。”白队长对钟大同说。

“好，放开他，那你必须叫他承认。”钟大同说。

白队长把邓远航拉到里边坐下，然后走到门口对钟大同说：“钟书记，他承认了。”

“我说嘛，他怎么说的？”钟大同问。

“他说，你钟大人讲了碰了女的就是谈恋爱，刚才我碰了他，他说跟我谈恋爱的。”白队长一本正经地说，说得屋里的人都笑了起来。

“你想要老子啊？你跟他谈恋爱？你跟他老子谈恋爱差不多。你个老破鞋，还有脸跟人家年轻伢子谈恋爱呢！带走！”钟大同说。

“你老婆是破鞋，你妈是破鞋，你家祖家八代都是破鞋。”白丽红一边骂一边脱下鞋子追着钟大同一阵猛抽。

钟大同被追得躲到黄支书后边，黄支书拦住白丽红，夺下鞋子喊道：“白娘子，没大没小，瞎闹什么啊？书记是你打的啊？”

躲在黄支书后边的钟大同说：“你不要神，再要泼把你一起带走。你们两个先把邓小二子带走。”

“不准带，你凭什么带人家伢子，有什么证据啊？”白丽红说着又要冲过来拦阻。

黄支书起初还竭力地推着白丽红，不一会儿却丢下白丽红，自己向外挤了，因为他看到门外来了四五个穿制服的人，他想不管钟书记能不能把这事引到邓远航身上，自己先离开这个是非之地再说。

刚走到门口就被堵了回来。“都不要走，都进屋，我这儿有证据给你们看。”这说话的正是县人民法院院长洪佐国。夜里，他听了儿子洪光武的报告，觉得案情重大，便连夜向县革委会主任黄月明报告。黄主任听后觉得这是严重破坏上山下乡运动的又一起案件，便立即叫来公安局长，一起商量后，决定由洪院长带队，法院、公安各出三人，联合办案，速破速判，保护好接受贫下中农再教育的广大知识青年。这样，县里派了小汽艇把他们直接送到案发地龟岛。小汽艇到龟岛后留两人随汽艇到石龟公社，与公社革委会取得联系，控制住黄满仓，以防他潜逃。其余人上岸，由洪光武带路，径直把他们带到了知青点。刚才在外边，洪光武就已告诉他爸爸，罪犯就在里边，就是那个秃子。所以他们一来，就把所有人都堵了进来。

“呀，洪院长，你们来得正是时候，案子我已经给你们破了。”钟大同说着从口袋里掏出一包烟拆开，抽出一支递给洪院长，然后分别给县里来的其他人各递了一支，最后又递一支给黄满仓说：“黄支书，你帮我破案，辛苦了一夜，也抽一支提提神。喃，去给县里领导点烟。”说着，把火柴也递给了他。

黄满仓拿着火柴走到洪院长面前，抽出一根火柴擦了几下擦不着，换一根，刚擦一下又断了，再抽一根，擦了两下，着了，手抖抖地把火往洪院长嘴边送，可还未到洪院长嘴边，火就被他抖灭了。

钟大同见状，从他手里拿来火柴边点边说："你戴着个手套，怎么擦着火？又是一宿没睡，也太疲劳了，来，看我的。"他抽出一根火柴，"哧"的一声火着了，他两手一合，护着火，迅速递到洪院长嘴边点着烟，又接着点下一个，一根火柴把县里来的四人手里的烟都点着了。最后，他从一个公安手里拿过点着的烟，对着自己的烟，猛吸几口，自己的烟也点着了。然后，他把公安的烟还给公安，把自己点着的烟递给黄满仓，低声而严厉地说："镇静些！不要露了尾巴！"

在钟大同点烟的时候，洪院长跟一个公安耳语了几句，叫他带一个人，叫他儿子带着先找当事人关红琴了解情况，这边由他来突破。他看大家都坐定了，钟大同的烟也已点着了，洪院长便问："钟书记，你刚才说案子破了，什么案子破了？"洪院长知道，他儿子跟他说这个案子只有几个人知道，而且他们是直接向县里报案的，公社并不知道，那钟书记说的是不是另外一个案子呢？

"你不晓得？就是知识青年关红琴被强奸的案子啊。"钟书记说。

"那你是什么时候，又是怎么知道关红琴被强奸的呢？"洪院长问。

"大约昨个夜里点把钟吧，他，就是这个大队的支书，黄支书到我那儿报的案。"钟人同回答道。

"好，现在我来问黄支书。黄支书你坐到这边来，我问你，你又是什么时候，怎么知道关红琴被强奸的呢？"洪院长问道。

黄满仓挪到靠近洪院长坐下，手里还抖抖地拿着两支烟，一支还冒着烟，一支压根儿就没点着。他眼睛不看洪院长，而是看着钟大同说："我……是，我是，昨个，晚上看到的。"

"看到关红琴被强奸的？"洪院长问。

"嗯。"黄满仓随口应了一声。

"看到，你为什么不把罪犯抓住！"洪院长厉声问道。

"噢，不、不，不是，是看到有男人到她宿舍的。"黄满仓改口说。

见黄满仓结结巴巴、前言不搭后语地答话，钟大同怕他露了馅，便抢着说:“是这样的,洪院长,黄支书看到一个男青年进了关红琴的宿舍,又听到里边的争吵声,他以为里边发生强奸案了,就到我那里报案。现在看来,报强奸案也不实,顶多是谈恋爱发生争吵,闹矛盾。”

“谈恋爱争吵?那个谈恋爱的男青年是谁?”洪院长问。

“那块儿,就是他,老邓家的小二子。”钟大同指着站在墙角的邓远航说。

“他瞎说,我没跟她谈,他诬赖人。”邓远航辩解道。

洪院长没理睬邓远航的辩解,也没问钟大同什么,而是继续对黄满仓发问:“你什么时候看到邓远航进关红琴房间的,确定是他一个男的进去的吗?”

“嗯。”黄满仓只有瞎编了。

“对,就他一个,今天早上天没亮,我们来时还把他们两个一男一女堵在里边呢,这个,白队长可以证明。”钟大同说着往白丽红一指。

洪院长仍然没理会他,还是继续对黄满仓发问:“昨天下午你干什么了?”

“他在公社开会,这个我证明,晚上,我们还在一起小聚弄了两杯。”钟大同替他答道。

“昨晚你看见邓远航进关红琴宿舍是什么时候?”洪院长继续问黄满仓。

“大概是……是昨个晚上十点多钟。”黄满仓答道。

“那时,你不在公社开会,你回来站在关红琴门外干什么?”洪院长问。

“这个,这个……昨天公社通知开会,她和邓远航、洪光武说有病,我不放心,回来看看他们的。”黄满仓答道。

“既然来看望他们,怎么只躲在门外,不进屋?”

“我敲门,他们不开。”

“那为什么不去看光武!”

“这个,这个……”黄满仓支吾着答不出来。

这时,到关红琴那儿取证的两个人过来了,其中一个在洪院长边上耳语了几句。黄满仓见他们耳语,心知不好,两腿也抖了起来。

33

“你把两只手放到桌上来!”洪院长说。

黄满仓把两手平放在桌上,使劲地按着桌子。这样,手是看不出来抖了,但两臂则明显地抖动着。

“这天又不冷,你戴着手套,干什么?”说到“干什么”时,洪院长大喊了一声。

“我,我,我怕,怕,怕冷。”黄满仓找不到合适的借口,声音也抖了起来。

洪院长手往台子上猛地一拍,站起来大声说道:“把他的手套摘下来!”

两个公安上去一人摘下一只手套,并把黄满仓的两手背朝上平按在桌上。

钟大同看到他手背上都是抓的血痕,知道已经水落石出,再也瞒不过去了,便装出惊讶地说:“啊?原来你还藏着血痕啊。”

“说!你手上的抓痕是怎么来的?这帽子是谁的?这只解放鞋又是谁的?”洪院长问。

“这帽子就是他的,上边有个烟烫的洞。昨晚是我们抓他时,被我从他头上拽下来的。”邓远航指着黄满仓说。

“解放鞋,四十一码,是我们昨晚追他时,他跑掉的。”洪光武也指着黄满仓说。

“对,他的脚就是四十一码,去年他还叫我给他纳过鞋底呢。”白丽红也说。

“你这个秃驴,连我也敢骗啦?险些上你的当,要不是洪院长来,差点就冤枉邓小二子了。你这个秃驴,还不给我老实交代,争取宽大处理!”钟大同赶快把话转过来说。

“我说,我、我说,我交……代,我、我、我彻……底交代。”黄满仓已浑身发抖,大汗淋漓。

接着洪院长让其他人都出去,留下两人审问黄满仓。同时让其他人分别找邓远航、洪光武、白丽红进行了问话，做了笔录，他们三人又在各自的笔录上签了字。随后，他们给黄满仓戴上手铐，押着他上了小汽艇带往县看守所。此时，浓雾已渐趋稀薄，但还未全散。

龟岛的社员们感到很蹊跷，太阳已升得很高了，白队长怎么还不吹上工哨，他们猜测：大概是雾大，或是白队长病了。不过，全大队其他人还不知道昨夜今晨龟岛上发生的这件大事。

正在社员们疑惑时，白队长的上工哨子吹响了。

今天的劳动任务依然是在薄荷田里薅草。这薄荷泼皮倒也泼皮，对生长条件的要求并不苛刻，只是容不下一点杂草，杂草多了就挤占它的空间，影响它叶子的数量，从而影响出油量，因而，给薄荷田薅草成了种植薄荷中一项繁重的劳动。

劳动时，白队长先跟大家打招呼："今个对不住大家了，哨子吹迟了，昨夜被三个死丫头闹得一夜没睡，快天亮了倒睡着了，我就赔个不是了。"

"伢子闹的呀？只怕是伢子她爸闹的吧？""到底是老头子了，要闹一夜才行呢。""是啊，要是小年轻的，闹几分钟就让她睡觉了。""哈哈哈……"大家一边劳动一边拿白队长开心。

"你们今个吃早饭都没吃咸，现在拿我咂味来啦？你们想说话，我今个摆个理把你们说说，看你们能说出什么门道出来。"

"你说，有什么好事吧。""不是你两口子杠伤吵死，叫我们来给你评理吧？"大家又是一阵"哈哈哈……"

"不要打岔，我不想给你们来一天，老年们记十分工，奶年们记八分工。"白队长话还未说完，下边就插嘴了："那你想怎么弄？""你不想他弄，想我弄就行了。""哈哈哈……"

"看你那个死色了，我说正经的呢。我想给你们按红旗记工，不管男女老少，每天插红旗，一天下来有多少红旗就记多少工。"

"你说明白了，什么红旗？""昨个你老头子跟你插了一夜，你还要插啊？""哈哈哈……"

"比如薅草，你薅一分田就给一面红旗，薅十分田就给十面红旗，一面红旗一分工，十面红旗就是十分工。"白队长解释道。

“好,这个好。”“我赞成。”“同意。”“早就该这样了。”“这样,凭力气吃饭,大家都公平。”“这样,偷懒的就少了。”

“你们要是同意,我们下午就先试一试,明天等他们知青都回来了,我们就算正式开始。”白队长见大家意见比较一致,便趁势做了决定。

“好。”“行。”

当那边劳动的社员们在说说笑笑、热热闹闹地议事时,这边劳动的关红琴却像身上落进了跳蚤,浑身不自在。

“远航,你抬头看看那边,他们是不是都在看我呀?”关红琴一边埋头薅草,一边对在旁边陪她的邓远航说。

邓远航抬头向那边看看,然后对她说:“没有,关姐,他们都在低头薅草呢。”

过一会儿她又问:“远航,我听他们说‘弄了一夜’,是不是在议论我的事啊?”

“没有,他们在跟白阿姨开玩笑呢。你不要瞎想,昨晚的事,他们都不知道。”邓远航答道。

“真讨厌,尽开这些让人听不下去的玩笑。”关红琴厌烦地说。

“农村人就是这样,说说笑笑,寻开心,这一说笑,什么事都放开了,没什么别的意思,你看白阿姨一点都不恼。”邓远航说。

“不好,远航,他们哈哈地笑,是不是笑我喃?”关红琴又问。

“不是,他们是相互说笑呢,没人知道你的事,他们不会笑你的,你开心点,关姐。”邓远航劝她说。

“你要喊我姐,不要有‘关’字。”关红琴说。

“好。姐。”邓远航叫道。

“哎,这就对了。姐的身体只有你看了、摸了,以后姐就记住这一个。不好,远航,那边又说什么‘插不插’的,恶心人呢,远航!呕……呕……我要吐了。”关红琴连做了几下恶心的动作。

“姐,你身体不舒服,今个就不要劳动了,我送你回宿舍,喝点糖开水,休息休息。”邓远航关心地说。

“远航,我想爸爸、想妈妈,我太想回家了。呕……呕……这鬼地方我一刻也不能蹲了。远航,再蹲下去,我自己不死,它也要把我逼死了。”关红琴说着,眼泪唰唰地往下掉。

“那好,你等会儿,我去跟白队长请个假。”邓远航说着跑过去,把白队长拉到一边小声说:“白队长,她受刺激蛮重的,她要回家,不如我现在把她送到县城,让她坐中午的客车回家吧。我下午就回来。”

“好吧,你去叫我男人用船送你们过去。”白队长同意道。

邓远航立即跑过去扶起关红琴就往宿舍走去。

劳动的社员们都用疑惑的眼神望着他们。白队长说:“关红琴病得不轻呢,要回省城去看病呢。”大家听说这话,都纷纷站起来送关红琴。他们喊道:“姑娘,回家好好养养。”“姑娘,保重!”他们看着邓远航扶着的关红琴的背影,想不通昨个还好好的身体,怎么一夜过来就病成这样了,那么漂亮的姑娘怎么变得像霜打了一样,一点精神都没有了?个个唏嘘不已。

34

邓远航搀着关红琴来到宿舍,急忙帮着关红琴整理行李。

“小提琴放你那儿,你们没事时练练,也不要整天耗在上面,你还是要多读些书,我把这把钥匙丢给你,这是门钥匙,这一把是这木箱子钥匙,里边有些书,你一定要一本本地读完,不过这里的书一本也不能外传。姐要是回来,就要考你,看你书读得怎么样。姐要是不回来了,那小提琴、这木箱子就是我给你的礼物。”说完,便又坐到床上流眼泪。

邓远航一边拿毛巾给她擦眼泪一边说:“姐,快走吧,不然赶不上车子啦。”

关红琴这才站起来说:“走!”

邓远航锁门时,她又过来推开门,进屋看了许久。这是她住了六七年的地方,是她播种了火热的青春,收获了灰暗和悲伤的地方,她再次把目光停留在邓远航给她洗澡的地方,在那里停留了片刻,然后一扭头出了门,头也不回地向九龟湖大堤走去。

他们来到湖边，上了白队长男人的船便向湖对岸划去。

到了对岸，白队长男人从船尾拎出个旅行篮递给关红琴说："这是你白姐给你的，里边有些双黄蛋和银鱼干，她说在龟岛没照顾好你，让你回省城好好养养身体。"

到县城，邓远航本来想先带她到医院查查，看她是不是正常。但上岸后，他就感到她已完全没有在龟岛那种神经质，完全跟正常人一样了，便带她到车站买了中午十二点四十分去省城的客车票，然后把她带到自己家吃午饭。吃了午饭，妈妈又叫他在家里养的鸡中抓了两只母鸡给她带回去。还有时间，邓远航说："我带你去找个人。"说着带她来到他们家西边的黄老师家。

这黄老师就是当年带着女儿在公社门口要救济，邓远航妈妈叫远航端上芋干粥给她们，并帮她们上街租被，安排她们住在公社会议室，后来在石龟小学做教师的黄月桂老师。她现在在县文教局工作，女儿黄洁青在县中读初中，同邓远航小弟、洪光武小妹一个班。黄老师哥哥，当年支左的那个团长，现在任九龟县革委会主任。

在路上，邓远航向关红琴介绍了黄老师的情况，然后对她说："这会儿带你去见黄老师，就是见一下面，什么事也不要说。帮你招工或是搞病退的事，等我送你到车站回来，我再找她细细谈。"

从黄老师家出来，邓远航他们从家里推上自行车，放好行李，直奔车站。临上车前，关红琴从口袋里掏出一只金龟放到邓远航手里，并把他的手合起来说："这个你留着，不要给人看见。反面刻有我的名字，是我十岁生日时，父亲送给我的。你看到它就会想起姐，也希望你永远保存好它，这样你就永远不会忘记姐了。"

邓远航看到金龟，想到拆九龟庙、石龟寺时，钟玉保拿了七八个这样的金龟，现在不知还在不在他家，反正当时他一个也没交出来，自己拾到的那只金龟后来被爸爸拿去交了，现在家里还剩一只黄老师留下的铜龟。那她这只金龟又是哪里来的呢？以后再问吧。这时他也从口袋里掏出一样东西放到关红琴手里，关红琴一看，脱口说："铜板？"

他也把关红琴的手合起来说："对，铜板！但它跟一般的铜板不一样。

小时候,我们小伙伴在一起玩砸钱堆的游戏,把各自的分币堆在砖头上循序由远而近地用铜板砸,谁砸下的钱就归谁,我小时候总是赢得多,靠的就是这个铜板。这不是一般的铜板,这是我剪一块胶鞋皮,把它点着,放在两块铜板中间,将它们黏合在一起做成的,它比那些一块铜板的重许多,砸砖头上的钱时,沾一点边就能让砖头上的钱掉下来。你看到它,就能看到你弟童年时的性格和乐趣。"

"好,我一定好好保管它。今天你就回家休息休息,不要下去了,缺半天劳动不算什么,身体是本钱。"关红琴关切地说。

"嗯,我马上回去还要找一下黄老师,争取帮你搞个招工指标,至少要搞个病退。姐,你放心,上车吧。"邓远航说。

关红琴感动地用手摸了摸邓远航的肩,说了声"姐心里会永远记住你",便掉头上车。刚走到车门,又转过身来向邓远航招手。邓远航走过去,她小声对他说:"姐还有一句话对你讲,在知青点你一定、一定要把时间用在读书上,不要把时间用在谈恋爱上,那两个女孩都不适合你。到时我会给你写信。"说完转身上了车。

邓远航目送着客车驶离了车站,在眼前消失了。他为关姐叹息,那样一朵美丽的鲜花,正是盛开的时候,正是给这个世界带来喜悦的时候,却突然遭受了一场暴风雪的摧残,怎能不令人扼腕而叹?她能从这场暴风雪中走过来,依然开得那么美丽吗?邓远航从心里祈盼她能!

从车站出来,他骑上自行车先回家找出当年黄老师丢给他家的铜龟,拿着它又来到黄老师家。

"咦,你怎么又来啦?来,来,进来坐!"黄老师见邓远航又来到她家,奇怪地问。

邓远航拿出铜龟递给黄老师说:"黄老师,我是来还这个铜龟的。"

"铜龟?"看到这个铜龟,黄老师百感交集,那上面留有她的酸甜苦辣,看到它,她眼睛里便闪着泪花,她不愿意触及那酸楚的神经,便对邓远航说:"远航,这个铜龟就是送给你的,我家小青还有一个,它们是一对,以后怎么处理,权力交给你们了。赶快收起来,不收起来,老师就要撵你走了。"

"好,好,我把它保管好。"邓远航说着收起了铜龟。

“嗯,这就对了。刚才来过,现在又来,一定是找老师有什么事吧?”黄老师问道。

“嗯。为刚才来的那个女知青。老师,你说她长得漂亮吗?”邓远航问。

“漂亮!真是阿庆嫂说的百里挑一。”黄老师说。

“昨晚她被龟岛黄支书强奸了。”邓远航说。

黄老师“啊?”的一声疑问后,顿时脑中浮现出那夜在公社会议室被钟大同奸污的事,心中既愤慨又羞愧,当初没有条件将他绳之以法,现在有条件了,但事情已过去很久了,证据也已消失,只好一辈子把这个苦果深埋心底了。今天又听说这事,她尤其痛恨那个作案的人,因而,她问:“罪犯抓住了吗?”

“抓住了,上午已被逮到县里了。但这个事很快就会传开来,传开来对被害人又是一次更大的打击。昨夜她寻死觅活,好不容易把她劝过来,但她神经受到严重刺激,今后在龟岛,甚至在九龟县,她都没法生活下去了。”邓远航继续说道。

“你不要说了,这事我帮你去找下我哥。你把名字写下来给我。”黄老师说着拿来纸和笔。

邓远航在纸上写了“石龟公社龟岛大队女知青关红琴”的纸条丢给黄老师,谢过后就直奔渡口回龟岛大队。

回到龟岛时,关红琴被强奸、黄满仓被逮捕的事已在龟岛传了开来,消息传播中还把邓远航也裹了进去,因而,邓远航回到知青点时,大家都用异样的目光看着他。

35

邓远航回到知青点时天色已晚,知青们也早已散会回来,这会儿,正围着乒乓球台吃晚饭。见邓远航进来,大家立即停止议论,也停止吃饭,两眼盯着他看。

“看什么呀,我脸上有黑墨啊?”邓远航一边奇怪地问,一边用手在脸上抹了几下。

“不是黑墨，是胭脂。浪的，你脸上红扑扑的，一股香味，来，朝里来来带我们闻闻，不要一个人吃独食。”钟玉保搭腔道。

见大家哄笑起来，邓远航用手又在脸上抹了几下，然后把手放在鼻子下闻了闻，心想，没有香味啊？他葫芦里卖的什么药呢？

“浪的，现在气味又变啦，不是香气，是骚气了，是狐狸精身上的骚气。嗯，难闻死了。”钟玉保捏着鼻子嗡声嗡气地说。

在大家一浪浪的喧笑声中，邓远航更感到莫名其妙，他站在那儿一脸茫然。不过，他知道大家肯定是为关红琴的事。因而他看看洪光武，心想他是知道事情的真相的，指望他出来说说事实，但他并未看邓远航，而是微笑着对着钟玉家。他又看看钟玉家、李晓星，觉得她们平时信任他，指望她们能站出来说句公道话，钟玉家眼睛倒是看着他的，但眼神里透着一种轻蔑。

李晓星也是看着邓远航的，之前他们说邓远航跟关红琴怎么怎么的，她心里有点相信，但也不全信，她相信的是最多他看关红琴长得漂亮，要跟她谈恋爱，这也是人之常情，也不能怪他什么，她绝对不相信他也会趁机强奸她。她见邓远航看她，便站起来离开位置走过来说：“我给你盛碗饭去。”从邓远航面前经过时又小声地说：“他们瞎说你呢，不要睬他们。”

李晓星端进来一碗饭，向邓远航招招手，便把碗放在她和钟玉家之间的空位置上，那是邓远航的老位置。邓远航坐下来一声不吭地快速地把饭往嘴里刨。

“晓星，你这个没血性的，浪的他吃独食没想到你，你还盛饭给他吃？”钟玉保对李晓星的行为十分不满。

“人家哪里吃饭啦？你净瞎说。”李晓星回了他一句。

“怎么没吃啊？浪的人家都是吃得好的，又吃馒头，又喝奶，早吃得饱饱的啦。哈哈哈……”钟玉保接着说。

“浪的那两个大馒头又白又嫩，吃的劲拽拽的吧？啧啧啧，想起来，我的口水都要掉下来了。”二愣花凌云也附和着他表哥，说着还咽了一口唾沫。

“哎，远航兄，你吃人家大白馒头时，人家叽没叽啊？”方校长小儿子方元本也凑上了热闹。

“好了,好了,大家都不要开玩笑了,吃饭,吃饭。吃过饭,大家还要学习呢。”几个省城的知青一直都没说话,他们都很愤慨。两个女知青既对关红琴同情,又替自己担忧,祈求自己能赶快招工回城,避免关红琴的遭遇再发生在自己身上。向智勇听说这个事后,当时就想到邻队叫几个省城知青把黄满仓揍一顿,后来听说他已被逮捕,只好作罢。现在大家指责邓远航是没有理由的,如果他参与强奸,县公安局连他也一起抓了,既然他回来了,至少公安局认为他跟案子无关,因而便说了一句话,想让大家不要开无根据的玩笑。

可钟玉保并不肯丢手,他不肯丢手有两个原因:一个是相信他爸爸和洪光武跟他说的情况,虽没有证据证明他也强奸了关红琴,至少他也跟她发生了关系;另一个是他邓小二子居然先下手为强,在他之前尝了鲜,把这么漂亮的省城女知青搞到了手,让他醋意迸发。于是,他继续说道:“邓小二子,昨天到公社开批判会,浪的你装病请假,原来你是跟我们玩了个调虎离山计。趁知青点空虚,你爬上狐狸精关红琴的床,两个人快活了,还设计让黄支书上钩。小二子,浪的你跟小狐狸精真聪明啊!你跟‘黑五类’子女勾结,联合出击,不是一箭双雕?同志们,阶级斗争新动向啊,他们玩的是一箭三雕啊!”

“啊?一箭三雕?”大家讶异地把目光又聚向邓远航,像是看着一个老奸巨猾的老特务。

“对,一箭三雕!”大家又把目光转向钟玉保。钟玉保扫了大家一眼接着往下说:“这第一雕,他邓小二子爬到人家又白又嫩的身上,尝了鲜,得了快活;第二雕,是他们让黄支书上钩,腐蚀了革命干部;第三雕,是‘黑五类’子女关红琴用自己的身体换到了病退回城的机会。”

“啊?”大家惊奇地又把目光投向了邓远航。

邓远航停止了吃饭,右手拿着两只筷子悬在半空中,两只眼睛里积蓄着一种愤恨,并直射着钟玉保,真想用手中的筷子刺向他的胸口,把他的心穿透。然而,他没有动。替人背黑锅,被别人误解,他很伤心,同时对有人肆意造谣,恶意攻击,他感到愤怒。他没有做任何辩解,他知道这个时候他说什么,他们也不会相信,他坚信身正不怕影子斜,总有一天真相会大白于天下。

他这时候最伤心的是有人恣意中伤关红琴，让她在身体遭受践踏之后，声誉上再遭重创。他现在理解了关红琴为什么要那样竭力地去寻死，在这样的谣言中、这样的咂味中，她能活得了吗？想到这儿，他还是要说几句，不是为自己，而是为关红琴，他要说几句！

"他们省城插队的知青下来有六七个年头了，六七年中，他们有的到部队了，有的进工厂了，有的上大学，还有的当上了干部，走的人很优秀，向智勇、董一芬、包玲玲、关红琴他们这些留下来的难道就不优秀吗？不！他们都很优秀！智勇兄刻苦钻研农业技术，董姐、包姐勤勤恳恳，关姐才貌双全，哪个不优秀？难道他们不想回城吗？不！他们非常想回城！但是有哪个愿意拿自己的贞操，拿自己的名声去换取回城的机会的呢？没有！"他起初说话时声音低沉且带点沙哑，后来越说越高、越说越激动，说得四个省城知青眼里涌出了泪花，带头鼓起掌来。

但他话说到这儿却又被钟玉保打断了："大家先不要鼓掌，浪的他倒会得了便宜又卖乖呢。我们今个才参加过大批判会回来的，我们要擦亮眼睛，站稳立场，不能受他蒙蔽，让他在这里为一个'黑五类'子女辩护。"

听到这话，邓远航把筷子往桌上一拍说："她爸爸是'黑五类'，她本人则是跟我们这些人一样的革命知识青年，我们为什么要独独对她一个人另眼看待？说到辩护，关红琴需要我们辩护吗？大家说，她平时是说话不得体还是行为不得体了，人家哪里不是清清白白、纯纯洁洁的。大家讲心里话，哪个没羡慕过她的漂亮，哪个不佩服她的才艺？我们不能一边心里欣赏着人家的美丽，一边嘴上胡咒人家肮脏，把自己心里的肮脏强扣到人家头上，天理难容！"

说到这儿，他更加激动，他站起来走到门口，推开门，指着屋里灯光和月光共同映照下的月季花说："你们看那株月季花，它们的花朵正在打开，明天、后天我们就会看到满枝鲜艳的花朵，如果现在有人用刀在那株月季上乱砍一气，砍得花朵、枝叶支离破碎、七零八落，让我们看到的是残缺不全、萎靡凋零的碎片，你不谴责那砍花的人，反而还要去谴责那月季的丑陋，公平吗？"

大家陷入了沉思，没有一个人吱声。他从门口回到自己的座位上坐下，又继续说："我们不是女人，因而我们体会不到贞操对于一个女人的重要。关姐不是我们的亲姐妹，因而我们体会不到关姐被糟蹋的惨痛。但是，钟玉保，如果这次受害的不是关姐，而是家家，你还会说出那么多风凉话，散布那么多谣言吗？"

"你，你……"钟玉保一句话也说不出来。

这时，向智勇站起来说话了："我心里很沉重，在这里，我是你们大哥，我应该保护好你们，但这次没能保护好红琴妹妹，我感到痛心疾首，我恨不得把黄满仓一刀捅死，才能解心头之恨。"停了一下，他又说："刚才远航弟说得很好，使我们很受教育，我们这个集体，大家在一起是缘分，大家一定要互相照应，共同进步！"

在一片热烈的掌声中，龟岛一队知青点结束了这顿晚餐。

36

散场后，各自回到宿舍。原来这个时候，总会听到从关红琴宿舍传出的优雅的小提琴声，今天却是从邓远航他们宿舍传出的"吱咕吱咕"的小提琴练习声。练琴的是洪光武，邓远航则斜躺在床上看《悲惨世界》。他今天一点都不想碰那个小提琴，看到它他就会想到关姐，其实，他现在虽然手上拿着《悲惨世界》，却一个字也没读进去，听着"吱咕吱咕"的琴声，先是满眼关姐的痛苦像，后来竟然睡着了。钟玉家、李晓星进来时才把他搞醒。

钟玉家悄悄地走上去捏住他的鼻子，他头摇了两下深深地喘了个粗气说："闷死我了，好像有个人把我拼命地往湖底捺，要不是你把我弄醒，真要被那人捺到湖底淹死了。"

"怎么这么累啊？"李晓星问。

"不是累，是他的催眠曲拉得好，他拉的'吱咕吱，自顾自'是老牌催眠曲，他一拉，我就要睡觉，什么好书也吸引不了我。"邓远航笑着说。

"他呀，他是昨天做好事，抱着关姐一夜累的。"洪光武一边戗他一句，一边把小提琴收到盒子里。

“我看你的良心被狗吃了，那是人家一辈子的痛苦，你还拿人家开玩笑。”邓远航说。

说到这个，正是钟玉家和李晓星要搞清楚的。她们下午散会后在回来的路上先听钟玉保讲，昨夜邓远航在关红琴房间里谈了一夜恋爱，回来又听洪光武说他抱她一夜，两人都十分生气，气得刚才吃晚饭时都不愿理他。心想，这人平时一本正经的，原来也是个表面上道貌岸然，背地里男盗女娼的人啊。现在，既然说到这个，今天非搞清楚不可，他要是真的这样，就永远不跟他来往。于是，她们先后发问，且声音中都带着点颤音，既有点害羞，又怕他把事情证实了。

钟玉家先问道：“我们不开玩笑，那你老实跟我们讲，你是不是跟她谈了一夜的恋爱？”

没待邓远航回答，李晓星又接着发问：“你是不是抱了人家一夜？”

“你跟我们讲心里话，我们想听实话。”钟玉家又补充一句。

邓远航坐起来，叹了口气说：“唉，真是没得说头，想听真话吗？”

两人点点头“嗯”了一声。

“我昨夜确实在她宿舍，我也抱过她！”邓远航平静地说。

“啊？你这个不要脸的，你净说瞎话骗我们！”钟玉家打了他肩膀一下说。

李晓星则推了他一把说：“你又跟我们开玩笑，这不是真的。”

两个人缠在他两边，都有点要哭的样子，不知是要他说真话好还是不要他说真话好。

“你们允许我解释吗？”邓远航看着她俩说。

两人又点点头“嗯”了一声。

“昨晚是这样的，她被糟蹋后很痛苦，冲向池塘要投河自杀，我看到了冲过去把她拼命地抱住，我要不抱，你们就见不到她人了，见到的就是她的尸体了，那就是更惨的悲剧了。你们说我应该不应该抱？”邓远航说。

“应该！但洪光武没抱，怎么正好是你抱的？”李晓星问。

“你问他？”邓远航说。

“你说！”李晓星催洪光武说。

“那时，我拿着扁担到前面追黄满仓了。”

“噢，那是应该的！那你为什么要把门反插上，跟她在房间里蹲一夜呢？”钟玉家说道。

“本来和她蹲一夜的是光武，我叫他留下陪关姐，我和白队长去县里报案，他偏不肯，他偏要去报案，还说了一大堆他去报案的理由，你们问他是不是这么回事。白阿姨也可以做证。”邓远航说。

“是的，是这么回事，是我不肯留下来，坚决要他留下来的，这是事实。”洪光武证明道。

“那叫你留下来，也没叫你拱在她房间里一夜啊？”钟玉家说。

“关姐那时情绪失控，没有活的念头。白阿姨要求一刻不能离开她，直看到她从县城回来，因而，必须在关姐房间里一刻不离地看住她。另外，也不是一夜。当时，他们俩离开这儿去报案已是下半夜一点多钟，早上五点多钟，你爸爸就来敲门了，总共就三四个小时。”

“三四个小时也不短了，为了防止她自杀，一刻不停地一直要抱住她，远航兄也是很辛苦的，真是太累了，所以他刚才在床上一歪就睡着了。”洪光武说。

“对呀，三四个小时要干多少事啊？白阿姨叫你一刻不离开她，也没叫你三四个小时像抱小孩一样地抱着她啊？她身上肯定很香吧？”钟玉家说。

“光武你真会落井下石啊，哪个见我三四个小时一直抱着人家啦，你想抱人家，人家就给你抱啦？你的想象力也太丰富了。”邓远航说。

“那一男一女，三四个小时在一个房间还能干什么好事呢？”洪光武虽然问得很平常，但就是有点要把他们一对男女说成有什么不可告人的事，让家家对他产生怨恨，至少也要让家家对他反感。

“光武，你的口气什么时候学得像家家爸爸啦？家家爸爸一大早就是这样问我的，但人家是我们领导，你是兄弟，好像不应该用一样的口气吧？”邓远航有点不快地说。

“好啦，好啦，我这是跟你开玩笑呢，你不要当真嘛。”洪光武见邓远航有点要生气了，赶快又把口气变了过来。

“远航，我是相信你的，我相信你不可能三四个小时一直抱着她，不过你三四个小时就没碰她一下?”李晓星怯怯地问道,生怕把他惹生气了,但事情噎在心里也不得不问。

“‘碰一下’是什么意思? 那我碰你一下,是不是这个意思?”邓远航用手指点了一下李晓星的腰,把李晓星点得“咯咯咯”地笑了起来。

“你不要耍滑头,你们到底干什么了?”钟玉家说。

“其实,你们不了解关姐的性格,平时看起来,她很柔弱,遇到这事,她则表现得非常刚烈。你们也没经历过这些事,你们很难想象人家的反应。如果你们是受害者的话,你们会对你们刚才的问话感到羞愧。我现在告诉你们,当一个女人被强暴后,她对男人是厌恶到极点的,任何一个家庭亲人以外的男人去碰她,她都会做出神经质的反应。你们说我能碰她,我会碰她吗?”邓远航没有直接回答她们的问题,他也不想把那夜的事原原本本地告诉她们,那样不但是对关姐的不敬,也会让她们提出更多没完没了的问题,他也就更无法解释清楚,社会上就会有更多关于他和关红琴的风言风语,因而,他最后撂下两个反问让她们自己找答案,她们完全可以从他上面讲话的逻辑中得出“不能、不会”的答案,同时他在说话中还特地加上了“家庭亲人”几个字,这样他就不会因为没说出“洗澡”等细节而心里有愧,因为,她叫他喊她“姐”,他就是在“家庭亲人”范围以内的人。反问提出后,邓远航盯着她们看了一会儿,然后又说:“如果你们心里还没有满意的答案,你们就再审问,如果你们有答案了,今天的案子就审结束了,以后我们都不要再提这事了。”

“没有了,没有了,我们哪里敢审你呀,我们都是关系好的才问的,要是关系不好,哪个问啊?”李晓星说。

“关系? 你跟远航是才有关系,还是已发生关系啦?”洪光武开玩笑地问。

“你个死相喽,就你能嚼白舌头。”李晓星骂道。

“不要说笑了,今天的事我们都不要再说了。我们应该学习了,说是学习小组,不学习有什么用!”钟玉家说。

“学什么呀? 又不得个计划,等我拿个计划再说吧。今天,你们就把我这个本子看看,有什么不足的提出来。”洪光武说着拿出了一个笔记本。

37

洪光武把笔记本递给他们说:“你们看看,这是我一下午的心血,本来是要在山墙上搞个专栏的,考虑到一是费事,二是刮风下雨保存不了,因而我眉头一皱,计上心来,由大专栏改成大本子,既省事,又好保存。得到了白队长的高度赞扬,任命我为这个专用簿的保管员兼龟岛一队记工员。”

他们几人拿过来一看,封面上写着“龟岛一队插红旗记工分专用簿”。邓远航看了,知道是怎么回事,便没吱声。钟玉家、李晓星不知究底,也没多问,便继续往下翻。翻开第一页,上面写着几条关于怎么插红旗、怎么根据红旗记工分的说明,说明后边的落款是:龟岛一队队长白丽红、记工员洪光武。下面在左右两角各画了三面红旗。再往后翻都是表格,竖行写着全队三十多个劳力的名字,横行写着日期,中间的空格子大概就是准备插红旗的。

看了后,钟玉家说:“搞得倒蛮精致的,就是感到有点多此一举。”

“哎,怎么能说多此一举呢？这可是一种进步啊。不要小看这本小簿子,它这里面反映的却是马列主义关于劳动分配的大原理喃。”洪光武辩解说。

“哎呀,不要拿大道理吓唬我们了,我们背不住吓。要我看,用原来的点名册不是一样啊?”李晓星也说。

“光武也不是吓你们,这个看起来跟点名册差不多,但实际上区别还是蛮大的。点名册点的是哪个来了哪个没来,看不出来人干得怎么样,他这个记工簿不仅是晓得哪个来了,还可以晓得哪个干得怎么样!”邓远航帮洪光武解释说。

“怎么晓得干得怎么样呢?”李晓星又问。

“看红旗啊。干得多的插的红旗就多,红旗多的就是干得好的,红旗少的就是偷懒的。”洪光武说。

“那我们有时候拼命做了,就是做不过人家贫下中农,红旗不得他们多,也不能说我们偷懒啦。”钟玉家说。

“那说明我们与贫下中农有差距，还要接受贫下中农再教育，今后多向贫下中农学习呗。你们要有思想准备噢，白队长说从明天开始呢。”洪光武说。

确实如此，第二天一上工，白队长从洪光武手里拿过本子竖起来说：“大家看，从今个开始，用这个插红旗记工分。”她一说，下面就有人开始笑了，再一看，是拿错了，她把洪光武夹着的《资本论》举了起来。她赶忙跟洪光武换，便小声说：“挑大粪，带这么大个书干什么呀?”洪光武也小声答道：“他们要反对，我就随时用马列主义的武器回击他们。”

“好，刚才拿错了，是这本噢。今天，我们的劳动任务是把路边的这些肥堆挑到油茬田里，挑一个方插十面红旗。”白队长吩咐道。

社员们没有什么反对的，他们拿起担子，自动地组成两人一组开始挑了起来。知青中，邓远航、洪光武他们是策划者，也积极地去开始挑肥。钟玉家、李晓星昨晚已有心理准备，也没说什么，只是钟玉家喊了声：“远航、光武，我们四人一起挑吧。”他们两人并没反对，四人便组成一个小组挑了起来。其他人对今天的做法都感到很突然，没遇到过这样子的做法，一时也不知道是好事还是坏事，也想不出什么话头去赞成还是反对，看人家贫下中农都已动起来了，也只有硬着头皮各自组成小组先挑起来。

很奇怪，今天大家的劳动积极性与以往大不一样，劳动任务完成得出奇的快。一些男劳力的畚箕里都是堆得尖尖的，扁担压得弯弯的。平时，劳动一会儿，就有人提出打打尖、歇歇脚，如果队长不同意休息，田里就有人站、有人看，闲谈的、问白的到处都是，想方设法喘口气。这会儿白队长叫大家休息，都没人同意。

一上午挑下来，贫下中农最少的是六面红旗，最多的是八面红旗；知青中最多的是向智勇他们三人组，每人得六面红旗，最少的是钟玉保和二愣一组，两人各得两面红旗，邓远航他们四人组每人各得四面红旗。

中午休息一会儿后，下午继续劳动，贫下中农们仍然同上午一样干劲十足，挑起担子飞奔，还哼起了小调，那肩上的担子随着曲调上下有节奏地起伏，两脚踏着小调的节拍矫健地向前迈去，看上去非常轻松愉快。

但钟玉保他们却吃不消了，挑了一会儿就想休息，但又不好带头喊休息。挑了一会儿，他把担子给二愣，叫他挑一会儿，自己用铁锹往二愣担子里装，这样轻巧些。可装了一会儿，腰又酸了，他就唆使二愣挑肥在路上碰到白队长时就说"累死了"，装走不动要跌倒的样子。

这办法果然奏效，白队长见二愣挑担子那种艰难的样子，便吹起了哨子，大声喊道："知青们都歇个脚，别的人要歇就歇，不歇就挑。"

知青们纷纷到几棵大杨树下找地方坐下休息，只有向智勇和邓远航还在挑着。向智勇想的是后天要到县农科所参加一个星期的农业技术培训班，这时，他想多挑点、多干点，把外出的时间补回来。邓远航没休息，他觉得自己比贫下中农落后太多，比向智勇他们还差不少，他想多挑些，尽量往前赶，最后能跟他们的差距小一些。可才多挑了两趟，钟玉家就喊了："邓远航，快来吃麻花，晓星请客，她妈妈来卖麻花了。"起初，他还不肯休息，被白队长硬劝住了："伢子，你们才挑的，不能把力气一下拼完，稍微悠着点，你们不像他们社员，多少年挑下来了，累不伤，你们一下挑这么猛，会挑伤了的，歇会儿，来，我也陪你们歇一会儿。"

于是，他们也来到大杨树下休息。李晓星见他们过来，从她妈妈篮子里又拿了四条麻花，给他们一人两条。邓远航只拿了一条说："你自己吃一条，我吃一条就够了，不饿，就是渴。"

"喃，这杯里的水给你喝。"李晓星把手里的玻璃杯递给他。

"哎，这个要。"说着接过杯子"咕咚、咕咚"地喝了大半，忽然想起人家还没喝呢，便递给她说："哎呀，快喝完了，你喝吧。"

"你喝，喝完我再去倒。"李晓星说。

"哎呀，晓星啦，你看你妈多关心人啊，给四条麻花子给我吃了，你就不能关心关心我，给点水给我喝啊？要不来给我捶捶腰，这个白娘子，想把我们革命知青一个个累死啊？"钟玉保闭着眼睛斜躺在路坡上，一边吃麻花，一边喊道。

"要捶腰啊？来，白娘子给你捶。"白队长听他叫苦，说着便走过去，对着他的腰用劲捏了一把，捏得钟玉保喊道："哎哟，我的星啦，你不能轻些啊。"白队长又是用劲一捏一拽，这下把钟玉保捏得大叫一声"我的妈呀"坐了起来。

“你刚才喊星，现在怎么又喊妈啦？”邓远航笑着说。

“他是喊妈快捏捏他的心。”方元本说。

在大家的笑声中，钟玉保坐在那里见是白队长捏他开始显得有点尴尬，后来很快醒过神来，觉得作为大队干部，作为革命知青，应该把今天的问题跟白队长说说，不能让这个文盲队长想一出是一出，背离当前革命的大方向，背离无产阶级正确路线。于是，他严肃地说：“白队长，刚才开玩笑归开玩笑，但当前的阶级斗争、路线斗争，我们绝不能忘！”

38

“咦，大保子啊，你刚才是不是捏疼啦？说的话叫人听不懂啊。捏一下，拽一下，跟路线有什么关系啊？”白队长问道。

“你不要瞎岔嘫。我是说你今天插红旗记工分有问题。”钟玉保说。

“插红旗倒插出问题来啦？那你意思是插黑旗、插白旗没有问题？”白队长继续问他。

“我不是说插红旗有问题，我是说你记工分有问题。”钟玉保说。

“哎，记工分就有问题，这样子记，就想把我们累死。”二愣帮腔道。

“你要快活啊，你躺到你爸爸功劳簿上睡大觉去吧。”白队长戗他说。

“白大姐，”他至今不愿喊她白阿姨，仍叫她为姐，“你不要激动，我们是跟你讲理喃。”钟玉保说。

“我不晓得什么理不理，我只晓得多大的碗儿吃多大的饭，不劳动者不得食，别的我不晓得。”白队长说。

“你这样搞是要把我们带到资本主义的道路上。”钟玉保说。

“话不能这么说，你这一说完全说反了。今个插几面红旗、记几个工分，完完全全是在我们社会主义的土地上进行的，没有在苏修、美帝的土地上进行，你怎么说把我们带到资本主义路上呢？”邓远航站出来替白队长辩护道。

“浪的，你这是把大家引导到追求工分的路上去，怎么没有问题呢？”钟玉保说。

“绝对没有问题，插红旗记工分是在过去点名册基础上的一种进步，是沿着社会主义大道奔前方。”邓远航回他道。

“屁的进步，这完完全全是倒退！是路线不对头！是工分挂帅的变种！是完完全全的资本主义！”钟玉保激动地说。

“怎么路线不对头啦？怎么是资本主义啦？你知不知道社会主义的分配原则是什么？”邓远航问。

“是什么？”钟玉保早把中学政治课上学的忘了。

“忘了吧？光武！翻马克思的书，翻《资本论》‘读’给他听。”邓远航其实知道答案，他故意不说出来，而要洪光武翻《资本论》读给他听，是想镇住他。邓远航也不知道《资本论》里有没有社会主义分配原则，只管把皮球踢给洪光武，由他负责回答，心想你不是干什么都喜欢把《资本论》带着吗？这回让你冒充一次大公鸡。

听到邓远航叫他翻《资本论》，洪光武心想他又带我玩了，《资本论》哪里有社会主义分配原则呢？但他很镇定，他打开《资本论》，又翻了几页说道：“《资本论》第二百三十五页倒数第三行上写到，社会主义分配原则是，各尽所能，按劳分配。”

“对呀，马克思说得很清楚啊，按劳分配嘛，就是按劳力分配嘛，就是像我们过去点名的做法，你只要来出工了，就按劳力分配。这可是马克思说的噢，不是我瞎编的噢，光武啊，谢谢你读的《资本论》啊。”钟玉保并不示弱，他认为洪光武从《资本论》里读的就是为他读的。

“你这是歪曲马克思主义，什么是按劳分配？他不晓得，光武，‘读’《资本论》给他听。”邓远航知道按劳分配怎么解释，他就是不想从自己口里说出来，因为他知道从自己口里说出来的就是块真金子，钟玉保也认为是假的，顶多承认那是铜的。但只要是“马恩列斯毛”著作上的，或是上级文件规定的，他都相信，绝没有二话。因而邓远航再次把皮球踢给洪光武。

洪光武也十分配合，他又说道：“还是第二百三十五页，倒数第二行写到：什么是按劳分配？按劳分配就是按劳动者劳动的数量和质量分配消费品，多劳多得，少劳少得，不劳动者不得食。”

邓远航又加上一句:“这下懂了吧?我们插红旗、记工分是按照马克思主义的要求做的,《资本论》中写得再明白不过了,简单地说就是叫按劳取酬嘛。”

钟玉保一时无话可说,他见他读的是《资本论》原著,既不敢驳斥,又找不到理由来反驳,但心里还是不服,嘴里又咕噜了一句:“反正,我、我看这记工分有、有问题。我现在说不过你们,我不跟你们说。晚上再说。”

下午一放工,大家说说笑笑往回走,他则一个人急匆匆地往大队部走。邓远航喊道:“大保,今天该你值日,你不快回去烧晚饭,跑大队部干什么呀?”

“大队有事,饭有二愣烧就行了。”说完头也不回一路小跑走了。

“他一到烧饭就偷懒。”洪光武说。

“到他和二愣值日这天,饭最难吃。”方元本也说道。

“按照你们刚才辩的,不劳动者不得食,他不值日烧晚饭,今晚不给他晚饭吃,按劳取酬嘛。”李晓星笑着说道。

“哎,说到按劳取酬,晓星,今个吃你一条麻花,还应该给你四分钱呢。”邓远航说着从口袋里掏出四分钱小角子递给李晓星。

“你这是什么人啊?不要!”李晓星带有一种央求似的拒绝他,心想,你千万给我个面子,不要让大家看到以为我是多么见钱眼开的人喃。

“拿着!”邓远航坚持要给,李晓星坚决不要,他便上前一步,把四分钱往她口袋里一丢。其实四分钱是小事,但邓远航觉得,人家妈妈一个人辛辛苦苦做点小生意,要养三个伢子,很不容易,不应贪人家这点小便宜。更重要的是,他觉得李晓星有追他的迹象,而自己则没有这想法,因而更应跟她把账算清楚,防止给她造成错觉。

他算得这么清不要紧,却给李晓星的心理打击不小,随着四分钱落进她的口袋,她的眼泪也落了下来。她把眼泪擦掉说:“你这人怎么这么瘆的呀?四分钱都跟我算得这么清。”

见李晓星眼里涌着泪花,邓远航又有点懊悔了,责备自己过于小心,不就是四分钱嘛,它能干什么呀?算这么清,真想得太多了,你吃了人家四分钱的东西,人家哪里就赖上你了呢?反而,你这样一结清,人家都不敢跟你交朋友了。想到这儿，他又来安慰李晓星："晓星，你不要多想，我没别的意思，我的意思是觉得你妈一个人辛辛苦苦把麻花做起来，又大老远地到处跑着卖，日晒雨淋的，就是想多少卖点钱，养你们三个伢子。你看一篮子麻花，大家吃了，一分钱不把，也不符合我们社会主义分配原则啊。再说，我一个人虽然只有四分钱，这么多人加起来就多了，都不把，你妈妈这几天就白干了。我也是刚才他们说按劳取酬才想起来的，我想要是不把钱，恐怕大家都把这事忘了呢。"

他这一说，大家也附和着："对，不说真忘了。喃，我吃三个麻花，一角二分钱。""是应该把，我吃了两个，八分钱。"个个都把下午吃的麻花钱付了。

李晓星手里捧着一把铅角子站在那里没有挪步，两眼直直地盯着手上的钱。邓远航见她这样又回头来劝她："不好意思，对不起，我真没有别的意思，就是想把你妈妈的辛苦钱收回来。走吧。"

"你以为你是干部家的有钱，瞧不起我们穷人，就你们能买东西给人家吃，我们穷人家的连请人吃个麻花、交个朋友都不行啊？四分钱你都要算这么清，要钱，要钱，都给你！"说着把钱全部往邓远航手上一放就走，一把钱哗啦啦全掉到了地下。

39

一把铅角子全撒在了地上，邓远航赶忙蹲下来拾钱。他一边拾一边想，怎么这些女孩子脾气都这样啊？好好的说发脾气就发脾气，怎么这么难处啊？要么今天这四分钱真的伤她心啦，可怎么就伤她心了呢，出劳力拿钱，吃东西把钱，这不是天经地义的事嘛，我怎么就不该把这四分钱呢，这跟干部家的、穷人家的有什么关系呢？他一时也想不明白，只顾坑着头拾硬币，就像小时候拾西瓜子。那时，父母受冲击，自己为了补家用在大热天里拎个小篮子拾瓜子，人家坐在凳子上吃着西瓜吐瓜子，自己蹲在地上拾着人家吐下来的瓜子，有时还受到吐瓜子人的戏弄，自尊心经常受到冲击，以致后来好长一段时间总感到自卑，直到上高中才逐步好起来。自尊心，对，自尊心！

四分小钱，却伤了她的自尊心！还是我不对，等会儿再跟她好好解释吧。其实，他才想通了一点，还有一点，他今天是不可能想通了，那就是女孩子那颗萌动的心，他一时还理解不透。

邓远航正想着，李晓星已蹲到他面前和他一起拾钱了。先前，她很生气，平时，她处处维护他、支持她，人家都以为他们穿一条裤子，一个鼻孔出气，现在他却当众把四分钱给她，让她觉得他是当众撕她的脸皮，当众揪她的心。因而，她一时性起，把手里捧的钱往他身上一摔，扭头就走。走了没几步，见他蹲在那里一个硬币一个硬币地拾，又觉得他这人也许并不是故意要伤她的，而是确实真想帮她妈把辛苦钱收上来的。想到这儿，她又回头，过来和他一起拾钱。她一边拾一边说："我不对，我不应该这样。"

"没有，是我不对。"邓远航说着抬头看看李晓星，见她眼里还噙着泪花，便又说，"我不是故意的，我真的是想帮你妈把钱收上来，看你妈大老远地把东西挎来，挺辛苦的，回去篮子空了，口袋还是瘪的，家里还有两弟妹要吃饭，你妈这么多年一个人带你们姐仨，真不容易，我心疼她才那样做的。你要理解噢。"

"你不要说了，看把我眼泪都说下来了。"她说着，眼泪真的一滴一滴地往地上掉。邓远航更不好意思了，觉得话又没说好，没把她劝高兴了，反把她的眼泪劝掉下来了。于是，他停止了拾钱，向她这边挪了挪，然后掏出手帕给她擦眼泪。李晓星接过手帕，不但没有把自己的眼泪擦止住，反而越擦眼泪流得越多，且抽噎起来。这让邓远航手足无措，不知如何是好。

李晓星抽了一阵，看到邓远航那窘迫的样子，"扑哧"一声又笑了起来。

见她笑了起来，邓远航也尴尬地跟着笑了两声，然后把拾起来的钱放进她的口袋，说："走吧，回去吃晚饭吧。"

李晓星站在那里，像是没听到他的话似的，眼睛只顾看着地上，一步也没挪。

邓远航见她这样，两眼又在地上扫了一圈说："没有了，一个也没有了，全拾起来了。走吧。"

"往这边走。"李晓星站在那里，用嘴向相反方向噘了噘，示意向大堤上走。

邓远航明白了她的意思,她是要他陪她到大堤上走走。从心里说,他不愿陪她到湖边去散步,他怕被别人知道又会生出许多闲话,但从现在的情境说,还是应该陪她去走走,已经无故地伤害她一次了,不可再第二次伤害她了,必须要听她的了。但他还是要先找个借口说说,看看她能否打消这个念头。于是,他说:"时间来不及了吧,不要让他们等我们吃晚饭。"

"早呢,今个二愣烧晚饭,钟玉保又不帮他,晚饭还不知道什么时候能吃到嘴喃。"李晓星说。她坚持到九龟湖大堤上去,她想把今天的伤心事变成高兴的事,即使不能向他表白埋藏在胸中的心事,至少可以有个单独说说话的机会,让心中不快的情绪排解排解。

"好,那走吧,陪你去看看傍晚的九龟湖。"说着就先向九龟湖大堤方向走去。他知道今天不陪她走走是不行的,如果拒绝她,以后在同一个知青点就很难相处了,她肯定要说他什么高高在上啦、目空一切啦、瞧不起贫下中农啦之类的话了。

果不其然,即使陪她了,她还是拿这个话题来说了:"你们干部家子女是不是都有一种优越感啦?"

"这个很难说,总的说应该有,但不同的人、不同的地点、不同的时间、面对不同的对象时,都会不一样。"邓远航与她相隔近一米的距离并排走着。

"还有这么复杂喃?"李晓星问。

"重要的还是要看人。你把我当干部子女,其实,我爸爸那干部也不算什么干部,就是个针尖大的干部,我从来就没想靠爸爸什么,我最怕人家喊我邓公子,我觉得那是在骂我。"

"骂你? 我们想人家叫公子还想不到呢。"李晓星看看他说。

"一些人喊我邓公子,我就觉得他们是在骂我只能吃喝玩乐、游手好闲,是个不学无术、碌碌无为的草包。人家喊我邓公子,我就发誓干什么都要靠自己努力,绝不靠爸爸走后门干什么事。"邓远航说。

"话是这么说,但事实上,你想不靠,人家还让你靠喃。"李晓星说。

"怎么讲?"邓远航看着李晓星问道。

"你看,平时大队、公社有什么好事都摊到你们几个人身上,有什么坏事就怀疑到我们几个人头上,这不是你想不想的事,父母的影响就一直盖在你顶上喃。你平时看我无所谓的样子,其实我还是很自卑的。”李晓星说。

邓远航平时是有点看不起人家,没想到她头脑中还藏着不少道理呢,更没想到这个漂漂亮亮、有说有笑的女孩还有自卑的感觉,便问:“自卑?我看你平时不自卑呀。而且你这种形象也不应该自卑呀。”

“你看不出来,其实我是自卑的。你看我跟你单独在一起就紧张,你没感到我说话都有点抖吗?”李晓星问。

“这不是自卑,这是紧张,男女单独在一起就会紧张,我也有点抖喃。”邓远航宽慰她说。

“是自卑。其实,我们的家庭你是晓得的,我妈妈的名声在街上并不好听,小时候我们姐妹跟人吵架时,人家总骂我们是破鞋养的,说我弟弟不叫李晓阳,叫钟晓阳,骂得我们抬不起头,走到哪里都好像有人指着我们说什么。我原来很恨我妈妈的,现在渐渐地不恨了。我几岁时,我爸爸就去世了,她一个妇道人家要养活我们,把我们拉扯成人,很不容易,我现在不恨她。但我恨钟玉保他爸,坐在台上讲话正正经经,可是在台下边把女人当玩物。当然,他也给了我们家不少好处,按理我应该感谢他才是,但我恨他,我恨他不光是跟我妈一人好,他好的女人多呢,所以,我就老跟他儿子大保子作对,他平时说什么,我都反对,就不支持他。我跟他姑娘家家也一样,你不要看我们平时一路来,一路去,住在同一个宿舍,表面上还可以,但心里对她也反感。我就觉得她挺像她爸爸的。你看,洪光武追她,她也不拒绝,也跟他好,但背地里她又在追你,想一手抓两条鱼。你说,我这是不是自卑?”李晓星也不管邓远航对她说的话有什么反应,只顾自己一股脑地往下讲。

听李晓星讲了这许多,邓远航很感动。他感动的是一个女孩子把自己心里的事全部讲给他听,而且还有家里的丑事,都说家丑不可外扬,可她却全部对他讲了出来,可见她是多么信任他。他一直静静地听她讲,没有插半句话,待她讲结束,他才说:“你把我说得眼泪都要冒出来了。”

“是同情我吗?”李晓星问。

“不是,是感动!”邓远航说。

“因为我家的丑事感动吗?”李晓星又问。

“不是,是为你的真诚感动!你让我看到了你的心。”邓远航说。

听了邓远航说的这话，李晓星却有点后悔了。

40

她想，你看到了我的心，可这还不是我心的全部。她后悔刚才没有把全部心扉向他敞开，让他知道自己的心，反倒把钟玉家暗追他的心事透露了给他，做了人家的交通员。她在心里问自己：我下面还可以说出来吗？不行，现在不适合说，说出来，如果被他回绝，以后就永远没机会了，还是再忍耐一下，看他下面说什么吧，如果有机会就表白，如果没有机会也千万不能急。

走着，想着，两人已走上了九龟湖大堤。看着那宽阔的湖面，心胸也顿时开阔起来，邓远航对李晓星说："我看你今天就像这九龟湖的水面。"

一听这话，李晓星心想，不好！你千万不要把我跟九龟湖比，我最怕人家用带"水"的语句来说我，我妈妈被"水性杨花"的帽子扣了多少年，千万不能再往我身上扣了。于是她赶忙截住他的话说："别别别，我难为你了，不要把我跟水比了，我一点都不像它。"

"像！你今天非常像！不但刚才像，你现在的态度更像！"邓远航一点都没理解李晓星的话意，还以为她是谦虚呢，"你现在这么谦虚不是更像九龟湖这宽大的胸怀吗？你看，你今天把你藏在心里多少年、从不跟别人说的话，向我敞开了，你这样的胸怀不是跟这九龟湖一样宽广吗？再说，街上许多人都瞧不起你妈妈，但你能谅解你妈妈的弱点，理解你妈妈的苦处，你这样的胸怀不是也跟九龟湖一样宽广吗？"

几句话把李晓星的眼泪又说出来了，她激动得一句话也讲不出来，她心里只是想到他是关心她的、了解她的，心里也是有她的，等她想起来这是一个向他表白的好机会时，邓远航接着的讲话又让她不敢表白了。

"这种宽广的胸怀非常值得我学习，在许多方面，我们都应该用九龟湖这种胸怀去面对。就拿你刚才说的这个追那个的事，我们的胸怀还不够宽。这个谈恋爱的事，对于向大哥、包大姐他们来说，我们要以宽广的胸怀支持他们，因为他们年龄大了。而对于我们来说，我们年龄还小，不要把哪个对哪个好些就说成哪个追哪个，其实，有时并不是那回事，我们应该把时间用在学习上，多学点科学文化知识。我们四个人不是有个学习小组吗？走，吃过晚饭，我们就开始学习，学习的时间一点都不能少。你放心！只要把学习搞好了，这个事不用追，到时自然就成了！你信不信？”邓远航最后还问了一句。

“我相信！”李晓星只好赞成他的观点。

“相信，现在就回去吃饭，吃过晚饭就学习。”邓远航说着便先迈开了向回走的步子，李晓星也只得跟着他走下九龟湖大堤。

吃过晚饭，他们四人学习小组正坐下来学习，钟玉保通知说要政治学习，还有重要精神传达。

人到齐后，邓远航发现钟玉保旁边坐着一个穿着黄军装的人，这个人好像很面熟，但一时又叫不出他的名字，再仔细看看，噢，想起来了：“你是何胜浪，退伍啦？也下放到龟岛啦？”邓远航脱口问道。

“你好，远航，我回来了，到这里不是下放，是来工作的。”何胜浪跟邓远航打着招呼。

“正好，大家来了，我先介绍一下。这位是何胜浪同志，最近刚转业到公社当人武部长，因黄满仓出事了，何部长又临时兼我们大队支部书记，明天公社来宣布，他今天先来看看我们知青，真是军人作风，让我们以热烈的掌声欢迎他、感谢他。”钟玉保说了开场白，算是把重要精神传达了。

接着他又说：“本来要请何部长、何支书先给我们做指示的，他领导谦虚，一定要等我们学习结束后再讲，那我们就先学习吧。今天白天，实际上是让我们也学习了一天。今天我们龟岛一队做了一件破天荒的事，就是插红旗、记工分，有人认为这是进步，是调动大家的积极性，还错误地认为这就是按劳分配，我认为这是倒退，我今天也跟你们辩论了好长时间，可是你们就是执迷不悟，还拿出《资本论》来压我。放工后，你们知道我干什么去啦？我也是去翻‘马恩列斯毛’的著作了，书倒没找到，但找到了一篇文章。”说到这儿，他把手上的报纸举起来向大家摇摇，“就是这篇，评论员文章，题目是《分清是非》。这个题目就很符合我们的实际，在这个问题上，我们有些同志不但分不清是非，还故意地混淆是非，把广大的人民群众蒙在鼓里，跟着他们走错误路线。下面，请李晓星把这篇文章读一遍，读完后再讨论。”说着，把报纸递给李晓星。

李晓星感到太突然，心想，你钟玉保今天怎么想起我啦？也叫我出出风头啦？可惜我还不想领你这个情呢。她知道读这篇文章是针对邓远航他们的，她觉得要是她读了这篇文章肯定会惹邓远航生气，因而她不愿读。还有个原因是事前没看一遍，如果读得结结巴巴，甚或读错一些字，那就不是出风头，而是出丑了。于是，她说：“钟主任，你叫我读，事先应该给我看一遍，你现在临时叫我读，我不敢，读错了不得了。”

“我找你了，放工后你跑哪儿去了？到处找找不到你。快读，快读，不要再讲价钱了。”钟玉保说。

他当众这一问，问得李晓星的脸唰的一下全红了。她低下头，不敢看大家，生怕大家看出她下午放工后和邓远航到九龟湖大堤散步的事。她用手把报纸向钟玉家那边推，低声求道：“家，你读吧。”

“好，不难为你了，看你脸红的，还不好意思呢，以后要加强锻炼。家家你读。”钟玉保说。

当钟玉家拿起报纸开始读了一段后，李晓星才敢把头抬起来看看。她想看看，钟玉保今天是不是变了一个人，怎么关心起她、对她好起来了？看看他，好像跟以往没有什么不同啊？那是为什么喃？是真的变得对我好，还是假装对我好，把陷阱让我跳呢？

此时，钟玉家已把报纸上的那篇文章读完了，钟玉保又开始讲话了。

“这下大家头脑应该清醒了。这篇文章讲的事跟我们生产队今天发生的事一模一样，也是挑肥，只是他们是按斤数记工分，我们是按方记工分。大家可以谈谈对这个问题的认识。”

会场里一片沉默，钟玉保催道：“每个人都要谈谈。”

还是没人发言。邓远航小声问洪光武：“快去把《资本论》拿来。”

“在这儿呢。现在他有党报了，《资本论》吓不住他了。”洪光武也小声说道。

“不是叫你拿《资本论》吓人的，是拿来给我们撑腰的，它在，我们就有必胜的信心了。拿出来，放到台面上。”邓远航仍然小声地说道。

洪光武从腿上把《资本论》拿上来，“啪”的一声往台面上一放，把大家的目光都吸引到了《资本论》上。

钟玉保见到厚厚的一本《资本论》“啪”的一声定在台面上，心里有点打不到底，但他看看何部长，又看看那张报纸，还是镇定了许多。他也不示弱，站起来，伸手从家家面前拿过报纸，连手带报纸也“啪”的一声拍到桌上说：“这报纸上说的是我们农村的事，但这上面全是上级的声音，我们要根据上级的指示谈认识。哪个先说，不说我点名了。”

“不用点了，我先说两句。”邓远航说道。

可当邓远航要说话时，钟玉保又拦了他一下，说：“且慢。”

41

“你就谈谈对我们生产队错误做法的认识，不要跟我们讲大道理了。”钟玉保挡了邓远航一下说。

邓远航被他这一打岔，先愣了一下，后心有不快，便坐在那里不吱声。

正等着他谈认识的钟玉保见他半天不说话，便催道：“怎么卡住啦？说啊。”

“要说的话被筐子罩住了，说不出来了，让他们说吧。”邓远航说。

一直在观察的何胜浪认为还是应让大家谈谈自己的认识，不要有什么限制，因而他打圆场道：“大保子刚才说的话，我理解是大家不要再把报纸上的内容说一遍，就谈自己的看法。远航，照你刚才想的说吧。”

“嗯，我刚才想说的是，我们生产队贫下中农要改变记工方式，报纸上也写到有地方要改变记工方式，还有没上报纸的地方也有要改变的，这么些生产队的贫下中农想改变记工方式，你们从中没看出一个问题吗？”邓远航问道。

“这有什么问题呀？说明跟我们生产队犯同样错误的人还不少，我们更要批判这种错误倾向。”钟玉保见大家都被他的话引导着在思考什么，便抢着说道。

“说得对,这么多人要改变记工方式,反过来不正说明我们现在的记工方式有问题,必须改变吗?白队长这样一改不是正顺应了这一潮流吗?”邓远航说。

“是这回事啊。”“确实要改变。”“不少人早有这个想法了。”“到底应该怎么改呢?”下边一片议论,好像赞成邓远航观点的还不少。钟玉保怕大家受他的话蒙蔽站到他一边,便说道:“又没哪个反对改!我们反对的是白队长这种改法!”

“白队长的改法好不好,从今天一天挑的肥不就看出来了吗?我们简单些,不用去量今天挑多少肥了,就我们知青自己比一下,今天挑的肥比以前挑得少的请举手。”邓远航说。

“没有人举手,个个都比过去挑得多。”李晓星这时也帮着说话了。

“白队长的记分好不好,不用嘴上说,看举的手就行了。”邓远航接着李晓星的话说。

“不对,白队长的记分就不对!”钟玉保一边说着“不对”,一边想着怎样驳斥他的观点。

“她这是坚持‘按劳分配’,有什么不对?难不成‘按劳分配’也是错的?光武,把《资本论》上的话再给他读一遍。”邓远航说道。

这个球踢给洪光武,洪光武不知怎么接。一个是不知道邓远航叫他“读”什么内容,二个是这时环境跟下午那时不一样了,现在向智勇来了,再在《资本论》里读出社会主义的分配原则,很容易就会被他揭穿了。洪光武故意一张一张慢慢地翻着《资本论》,头脑里却不停地思考着到底“读”什么。

“你就翻到讲资本主义罪恶的那一页,‘读’一句。”邓远航在一旁催他说。

资本主义的罪恶跟白队长的记工分有什么关系吗?洪光武想着,还是没“读”出什么。

“我看就不要翻了,马克思不会为你们讲话的。不会有什么了。”钟玉保说。

“有有有,第二百一十五项,第五行写到:‘资本主义的罪恶之一就是不实行按劳分配,残酷地剥削劳动者的剩余价值!’”被钟玉保一激,洪光武倒

“读”出了这一段。这一句话虽然前半句在《资本论》中找不到，但后半句在《资本论》中却能找到，他估计即使向智勇翻过《资本论》，他也不敢怀疑这句话是不是《资本论》中的。不过，洪光武“读”完后立即把书又翻了几页，装成还在找什么的样子，生怕哪个把他的书拿去看，露了马脚。

确实，开始向智勇觉得前半句话有点不像是马克思著作的句式，但听到“剥削劳动者的剩余价值”便打消了怀疑。他也没想说什么，只是想再看看、再听听，等等看情况的发展再说，因为他还没看出新来的何支书什么态度。

等洪光武把《资本论》上的句子“读”完后，邓远航立即就说：“你看，马克思都说了，不按劳分配是资本主义的罪恶，你不让白队长搞按劳分配，难不成要白队长搞资本主义那一套吗？”

“你、你不要瞎说，我没有叫白队长搞资本主义，你不要把屎倒扣到我头上。”钟玉保气得牙痒，又找不到什么话反驳。

“我看你就有这个罪恶用心，你倒有点像资产阶级的孝子贤孙了。”早对钟玉保怀恨在心的方元本一有机会就刺起他来。

“我也觉得他有这么回事。”李晓星为了表明支持邓远航，也说了一句。

她这一说，钟玉保不让了，心想他方元本说我还情有可原，因为我曾经踢过他爸一脚，但你这个小黄毛丫头怎么也来跟我作对呢？我看你长得不错，刚有点喜欢你，想跟你好，你却不识抬举，看我以后怎么收拾你。但他现在却没有表露这情绪，只是说：“晓星，我刚才叫你读报，你不读，现在瞎岔，你好好准备，后边还叫你发言喃。”

这时，在一旁看着的钟玉家，替哥哥着急了。她经常埋怨哥哥，自己又没本事说得过他们两个，偏偏老是要跟他们两个作对，你老老实实地干就行了，撩他们干什么噻，被人家说得哑口无言，丢不丢人啦？她想帮哥哥，又不愿让邓远航生气，这个场面老是让她左右为难。怎么办呢？这样吧，说句不疼不痒的话，点一点哥哥吧。于是她开口道：“远航他们说得对，社会主义就是要按劳分配，这个，刚才读的文章上也是赞成的，我也支持远航的这个观点。”

见妹妹说话，钟玉保以为肯定是帮他讲的，哪知又是帮邓小二子的。听她讲完，他心里就骂道：小炮子，不帮哥哥说话，却帮外人，真是吃里爬外。

可又一想，妹妹的话倒是像提醒自己到报上找根据。于是，他又拿起那篇文章来回地扫了一遍。噢，有了。他把报纸向大家挥挥说："我们并没反对按劳分配，我们讲的是要正确地用好这一原则。这一原则要建立在毛泽东思想指引的条件下，坚持政治挂帅。"

说着，他看了一下大家，然后把手上的报纸又扬了扬，继续说道："这篇文章讲得很清楚，现阶段党在农村的经济政策是根据党的基本路线和当前的具体情况制定的，目的是为了巩固无产阶级专政，防止资本主义复辟。'各尽所能，按劳分配'的政策有着鲜明的政治内容。它要求我们坚持无产阶级政治挂帅，为社会主义劳动，在这个前提下，按照劳动的数量和质量评记工分。"他不是说，而是又照着报上的文章读了一段。

没等他再往下读，邓远航抢着说："说得好极啦！白队长搞的插红旗记工分就是在坚持无产阶级政治挂帅的前提下，实行'各尽所能，按劳分配'原则的呀，没有什么错的呀。我们以前、今天以及今后都是在为社会主义劳动的呀？不信，我们再让大家举举手。今天是为资本主义劳动的举手。"

大家"哄"的一下笑了起来，但谁也没举手。

"你看，都没举手，显然白队长的做法是鼓励大家为社会主义劳动的。"洪光武合起《资本论》，替邓远航说了一句。

这一下，钟玉保又找不出白队长的做法有什么错了。他只好又拿起报纸看，又看到一段，觉得可以反驳他们，便说道："不要吵，不要吵，刚才家家读时，你们不认真听，这里有一段就是驳斥你们的。"

大家又把目光对向了钟玉保。邓远航则看着洪光武，用手向他面前的《资本论》指，示意他再翻翻，准备好反驳钟玉保的内容。

42

"'挑肥按斤记工分'的做法，表面上好像是执行'按劳分配'的政策，大家注意听，说得多好，'表面上好像'，就是针对我们某些人说的。下边又说：实质上是以工分报酬代替思想政治工作、取消思想政治工作。这样做，容易把人们引向冷酷地斤斤计较,不愿比别人多做半小时工作,不愿比别人少得一点报酬的邪路上去。看看多危险！小二子,你们还有什么话可说？我看你们应该检讨检讨了吧?”钟玉保读完一段,又点出邓远航的名,让大家感到这段文字就是针对邓远航写的。

因而,大家又把目光投向邓远航,心想他这下无话可说了,该服软了。

“《资本论》上有吗?”邓远航一时找不到合适的话回答钟玉保,便小声地问洪光武。

“有个球啊,本来就没有,你偏要叫我读。”洪光武也小声说。

“那你天天挟住《资本论》干什么呀？猪鼻子插大葱,装象啊?”邓远航小声说。

“那不行我们就替白队长认输吧,是缺少点政治挂帅。”洪光武小声说。

“放屁,你不要忘了,办法是我们那天晚上在她家吃晚饭时提出来的,要认输也是我们认,怎么推给人家白队长呢?”邓远航抬高了点声音说。

“哎,你们两个叽咕什么？大家都等你们表态呢,不吱声,我们就算你们承认‘插红旗记工分’是错误的了。好,我们就算你们默认了。李晓星,你刚才要说话的,你谈谈对这个问题的看法。”

“我、我,没、没什么看法。”李晓星正两眼看着邓远航他们,等待他们继续反驳,被他突然一喊,心里一慌,也说不上什么道道来,便推辞说。

“没看法,总有个态度吧,你是赞成还是反对?”钟玉保再问她。

李晓星觉得奇怪,今天变天啦？她向门外看看,没有啊,外边依然是淡淡的月光。怎么今天这么关照我呀？想不出个所以然,也想不出要说什么,便只说了两个字:“赞成。”

“赞成什么?”钟玉保又问。

盯上我不放啦？李晓星猜不透他什么意思,便又说:“你们刚才说的,我都赞成。”她这一说,大家都笑了

“你这是大年初一拜年啊,个个都说好啊。”何胜浪插话说。

“大家不要笑,我看她这句话很正确。她只能赞成,不能反对。你说,光武读的是《资本论》,她敢反对《资本论》吗？大保子读的是党报评论员文章,她敢反对党报吗？其实我还要说‘赞成’呢。”沉默了一会儿的邓远航,这个

时候来了灵感，他有话为“插红旗记工分”辩护了，他庆幸那天晚上没同意把“插红旗”拿掉，当时白队长嫌“插红旗”又麻烦又多余想拿掉，他劝她保留住了，现在成了为白队长辩护的武器了。

他继续说道：“我也非常赞成大保子读的内容，我感觉到党报的这篇文章就是为白队长‘插红旗记工分’写的。”

听他这么一说，大家都用疑惑的目光看着他。钟玉保心想，你就吹牛吧，这篇文章明明是批判你们搞工分挂帅的，你还死扛，我看你下边怎么收场。李晓星则有点兴奋，钟玉保关照她，邓远航赞扬她，更重要的是自己随便说出的话竟能对他有所帮助，她心里十分舒畅。洪光武却有点担心，他怕邓远航话说不圆，又叫他“读”《资本论》，因而，他为了打消邓远航这种想法，便拿起台子上的《资本论》准备把它放到台子下边去。

邓远航抬手按住《资本论》，让它继续躺在台上，然后又说：“这篇文章批判的是‘挑肥按斤记工分’，赞扬的是‘插红旗记工分’。前者，在挑肥与工分之间直接画了个等于号，没有政治挂帅；白队长的做法是‘挑肥’‘插红旗’‘记工分’，中间多了个‘插红旗’，这个‘插红旗’就是白队长的思想政治工作，是政治挂帅，是鼓励大家多插红旗，多为社会主义劳动，最后根据插红旗的情况记工分，又体现了在政治挂帅的基础上执行按劳分配的原则。这样的做法，不但不应该批判，反而应在全大队总结推广。”

话音一落，大家都鼓起掌来。钟玉保没有鼓掌，他还想找驳斥邓远航的办法，最后什么也没想出来，只好向何支书、向智勇求援。他说：“他这是强词夺理，智勇、胜浪二位大哥你们说呢？”

一直在观察思考的向智勇很赞成邓远航的分析，也认为白队长的做法很有道理，他觉得钟玉保有勇无谋，看问题的能力、水平都远不如邓远航，要叫他说实话，他支持邓远航。但何支书还没说话，不知道他的态度是什么，再加上也不能得罪钟玉保，因而他便也说了一通两边不得罪的话：“我也同意晓星说的话，就是赞成，其实你们说得都不错，我赞成大保子说的要在政治挂帅的基础上坚持按劳分配的原则，我也赞成远航他们的分析。”

其他几个人也大都这个态度。看看也没人批判邓远航他们，钟玉保最后只有请何支书说话了：“好，最后大家欢迎何支书讲话。”

“我还没正式到任，今天主要是听听大家的，刚才听下来，感到你们的水平都很高，我还要向你们学习呢。这个‘插红旗记工分’的事，我看这样，也不要批判，也不要推广，你们一队先做着再说吧。”何胜浪虽说没有肯定“插红旗记工分”的做法，但允许它继续存在，实际上也是支持了这种做法。

此后，白队长在队里一直坚持着这种做法，生产队的劳动效率确也得到了很大的提高。但后来发生的一些事，却再次让钟玉保抓到对这一做法批判的把柄。

这天早上上工，白队长给知青分派的任务有两项：一项是给最西边的两墒薄荷治病害，因为这两墒田比东边的田低洼，前几天向智勇就发现这两墒薄荷与东边田块不一样，这两块田薄荷叶子上有灰褐色的小斑点，他到书上一查，认为是薄荷斑枯病。临去学习时，他还把《薄荷种植技术》一书丢给邓远航，叮嘱他要天天观察薄荷的长势，发现问题，对照书本解决。前天他在县城学习时突然想起薄荷叶上生斑的事，便上街买了“200波尔多液”托人带给白队长，叫她抓紧安排防治。同时他又想起东边的薄荷虽然健康，但叶片不够茂盛，可能是这个月上旬那次施肥量不足的问题，于是，他一并带信给白队长，其他田块现在赶快要普遍施一次速效化肥。这也是白队长给知青安排的第二项任务。

她安排道：“方元本、二愣，你们两个知青带两个‘四类分子’治病虫害，给西边的两块田喷药。治完一块田插二十面红旗。方元本、二愣，喊你们呢，不带耳朵啊？你们两个先去工房拿药和喷雾器，东西在工房的东北角，你们听好了，千万要按瓶子上写的比例配药，不能多也不能少。去吧！”

方元本、二愣向工房去的路上，二愣还对方元本嘀咕：“这个老娘们，还瞧不起咱爷们呢，啰里吧唆的，凭爷们这文化水平还能错啊？”

把他们指派走了，白队长又说：“你们剩下的知青给东边这些田块的薄荷撒化肥，就是从我脚下这条墒沟分界，西边的两块田，由方元本他们喷药，东边的全部田块由你们撒化肥，一块田撒二十五斤尿素，撒一块田的化肥插三面红旗。化肥在知青点，各人去扛自己撒的化肥。还剩方元正，你今天把队里的脱粒机整修一下，马上要开始收麦子脱粒了。”

任务一布置完，白队长就到大队部去找新上任的何支书了。

43

她找何支书是谈群众自留地的事情。前些日子，她挨个儿问了生产队的社员，没有不要求把集体原来收上去的自留地再分给他们的，大家想各家还种原来的田，由他们自由种点东西，弥补家里口粮、花销的不足。

她刚到大队部找何支书谈了一会儿，邓远航就跟几个知青一起来找她了。

原来，邓远航回知青点扛化肥时突然对白队长今天布置的两项任务产生了怀疑，心想，她一个不识字的农村妇女过去连薄荷见都不见过，更别说种过了，她凭什么安排这个时候打药、撒肥呢？要是她指派错了，造成损失，她责任就大了。不行，不能让白阿姨犯错，还是去看看书。于是，他到宿舍把《薄荷种植技术》拿出来一翻，吃了一惊。心想，白队长险些犯下大错。

书上讲的是薄荷要在五月上旬施一次分枝肥，这时薄荷生长速度加快，叶片增多，开始分枝，需要大量养分，应该重施肥料。而到六月上旬叶片逐渐开始成熟，这时要看长势长相，适量补施一次保叶肥。长势好的不必补施，长势差的适量补施，我们这是属于长势差的应补施保叶肥，这次施肥宜用饼肥、人粪等长效肥，不宜用速效肥，以免前期疯长、后期早衰。但现在是五月下旬，离下次施肥期还有十天左右，即使因长势不好，现在要增加肥力，也只能施饼肥或大粪，而不能施尿素等速效肥。

看完书，他先让大家暂停扛化肥，然后和几个知青一起，夹着《薄荷种植技术》来到大队部找白队长重新安排。

他把书上讲的情况跟白队长一说，白队长也感到很吃惊："要死！我这不是爱薄荷，是害薄荷啦。可这也是向技术员叫人带信安排的呀，难不成他也会错？远航，你再看看书，是不是看错了。"

"千真万确，绝对不错，喃，你看，这块儿写得很清楚。"邓远航说着把书翻给白队长看。

"阿姨是睁眼瞎子，你看真了就行了，那你们就到各家茅缸里抬大粪沿着薄荷根浇，两个人一组，浇一块田五面红旗。远航，你再看看书，西边的那两块田打药错不错?”白队长重新给他们分派了任务，又担心药会打错，便再叫邓远航查书。

“这个不错，我跟书对照过了，是斑枯病，应该用‘波尔多’防治，不治会影响其他田块。”邓远航回答说。

“那好，你们去抬粪吧。慢，慢，等一下，你这书神呢，什么都晓得，你再帮阿姨查一下这本书，看把自留地再还给群众行不行?”白队长指着邓远航手上的书又问道。

“白阿姨，这本书就晓得薄荷，其他都不晓得，自留地它也不认识。他那本书才神呢，要问自留地，叫他读《资本论》给你听。”邓远航指着洪光武笑着说。

“那光武，你读给阿姨跟何支书听听，他还拿不准呢。”白队长说。

“白阿姨，他逗你喃，这本书也不晓得自留地呢。”洪光武也笑着说。

“你这么厚的书，还能不晓得自留地啊？你是不想读给白阿姨听吧?”邓远航仍笑着说。

“是啊，不要舍不得读啊，读出来，阿姨煮双黄蛋给你吃。”白队长求他说。

“好，不要吃双黄蛋了，我看你们是演双簧的。你们也不要逗人了，正好你们几个知青在这儿，白队长是跟你们说真的喃，她这个事，我想再听听你们的意见。白队长要把原来收上来的自留地再还给群众，我在部队这么多年，对地方上的情况还没了解透，不知现在形势允许不允许。这个事，群众要求强烈，但如果拿不准，又会成为一些人炮轰的靶子。远航，你们看行不行?”见他们很有头脑，何支书便向他们提出了这个问题。

“上次，白队长问过我和光武，我们都觉得应该还给群众。我以前在我爸爸那儿看到县里有个文件上讲是允许的，群众又要求这样，那就可以分。光武、家家、晓星你们说呢?”邓远航说。

“从理论上说没问题。”洪光武说。

“其他大队都有自留地，我们也可以有嘛。”钟玉家也说道。

“我也赞成分自留地，但这次分时，我们知青也应分一块，让我们自己长点东西。”李晓星说道。

“好,个个同意分,支书,就等你一句话了。”白队长对何支书说。

“既然群众都要求分,上边又有文件,那就先分吧。分的时候,也不要架高音喇叭喊,悄悄地分掉就算了。”何支书最后拍了板。

从大队部回来,邓远航他们向钟玉保他们转达了白队长的安排。听到任务变了,董一芬、包玲玲两个老知青就先去抬粪了。可钟玉保听说要到各家茅缸里舀大粪、抬大粪,就满心不高兴,然而嘴里又不好说出来,他怕人家说他有资产阶级思想,嫌大粪脏、臭,但他又不甘心就这么听邓小二子指派。于是,他开口道:“人家白队长开始安排撒化肥,这多好,你偏要放个屁也要去请示,没事找事做,难不成化肥没得大粪好?”

“化肥好还是大粪好,这不好说,就像你生病了,你说吃药好还是打针好?要看情况。现在我们队的薄荷浇大粪比撒化肥好。”邓远航回他道。

“我看你就是小资产阶级思想,瞧不起贫下中农。人家白队长几十年的种田经验,难不成就不如你个书呆子?你说把人家原来的计划变掉就变了?到底是人家的实践经验有用,还是你的书本知识有用?”钟玉保仍不罢休地说道。

“还是跟刚才的问题一样,不好说哪个有用,哪个没得用,还是要看情况。白队长是有实践经验,但她也没有种薄荷的经验,书本知识也是实践经验的总结,也不能把书本知识放到一边。”邓远航说。

“行,就按你说的做,但你要保证产量,到时出油少,你要赔偿队里的损失。”钟玉保又说道。

“这个我也不敢保证,你要是怕闻大粪臭,你就去扛化肥到田里撒去,我们正好四个人,两个人一组去抬粪了。”邓远航不想跟他再辩,便去拿扁担、粪桶。

“家家走,我们一组去抬粪。”洪光武拿着扁担和粪桶喊道。

“那我跟你一组抬。”李晓星对邓远航说。

“不行,剩我一个人,你们欺负我啊?这样,我们五个人一组,小星,你专门舀粪、浇粪,光武跟家家,我跟小二子,我们两组抬。”钟玉保见只剩自己一个人也不好弄,也不可能按照邓小二子说的,一个人去撒化肥,真要撒出纰漏来,也承担不起那个责任,因而只好加入他们的队伍。

开始抬空粪桶时,钟玉保对邓远航说:“你个子矮在前边,我个子比你高一头,当然在后边了。”显出一副关心人的样子。抬到茅缸边,他把桶一放,赶忙走到一边说:“我不是嫌臭,其实我跟贫下中农有着深厚的感情,我们家三代贫农,祖祖辈辈跟大粪打交道,不怕脏、不怕臭,我主要是那次车祸把胃子撞坏了,见到大粪就要吐。我不像有些人,真正小资产阶级思想,来抬大粪还穿着袜子。”

他这样一说,各人都向别人的脚上看,都在找那个穿袜子的人。

44

“你们看,贫下中农连鞋都没得穿喃,他还穿着卡布隆丝袜呢,你说跟贫下中农的差距多大?”钟玉保指着洪光武批评道。

几个人都一起盯着洪光武的脚看,站在他旁边的钟玉家也说道:“你也真爱打扮了,劳动穿什么袜子嘿?不是找话把人说嘛。”

正在用粪勺往桶里舀大粪的李晓星也讽刺他说:“人家城里的伢子,脚就是金贵,哪个想吃爪子,他这个洗都不要洗,袜子一扒,拿起来就能啃。”说得大家“哈哈哈”地笑了起来。

被两个女青年笑谝,洪光武的脸一下红到了脖子根,站在那里喘粗气。

“小星,你说得不对,他哪里是要把人啃的呀,他是怕把脚晒黑了,不得女人喜欢他了。”钟玉保的话又引起一阵笑声。

他这一说,洪光武承受不了啦,只见他往地上一坐,把一双鞋子脱掉扔到一边,又快速撕下两只袜子,赤脚站起来,把袜子在手里揉成一团,猛地往茅缸里一扔,拍拍屁股说:“这下你们满意了吧?你们看到了吧?我是坚决彻底地同资产阶级思想决裂了。”说完把两只裤腿向上卷了卷,赤着脚在地上走了几步,然后举起手中的《资本论》,又对着大家说:“这样,跟贫下中农靠得就更近了。你们也彻底决裂呀,把你们头脑中的资产阶级思想都扔进这个臭屎缸吧!”

被他这一逼，钟玉保也脱掉鞋子卷起裤腿，接着钟玉家也脱了，李晓星也脱了。最后只剩邓远航没脱了，钟玉保又把矛头指到了他身上："邓小二子，你成了资产阶级最后的、最顽固的堡垒啦。"

其他三个人也跟着说："脱吧脱吧，不要做顽固的堡垒了。"

邓远航本来不想脱，也不赞成他们脱，不是怕赤脚，小时候住在石龟镇上时，经常赤脚走路，问题是赤脚了，感情是不是就必然变成无产阶级的了？但现在这种情况下他如果不脱，就显得非常孤立了，因而，他想：脱就脱，但话还是要讲。于是，他一边脱鞋一边说："今天抬大粪是可以看出一个人与贫下中农的感情怎么样的，但与穿鞋关系不多大，贫下中农也穿鞋劳动呢，也不是脱了鞋、赤了脚，头脑中就是无产阶级思想了，就说明你热爱农村、热爱劳动、热爱劳动人民了。如果我们在抬粪时，怕脏怕臭，走到大路上见到熟人不好意思，那才是小资产阶级思想在我们头脑里作怪呢，才是瞧不起贫下中农呢。"

"好啦，好啦，脱个鞋这么简单的事，到你那里就变得那么复杂，做个事总要说上一大堆理由。好像哪个就有小资产阶级思想似的。"钟玉保不屑地说。

"好啦，不要再说了，桶满啦，你们抬吧。确实，跟劳动人民的感情也不是脱双袜子、脱双鞋子的事。"李晓星催他们快抬粪。

见粪桶满了，洪光武拿来扁担站在粪桶后边，让钟玉家在前边，两人抬起粪桶先走了。这边钟玉保拿着扁担迟迟不过来，直到邓远航喊他，他才拿着扁担过来。走过来时，他没到粪桶后边，而是先走到站在粪桶前的邓远航面前对他说："二子啊，老大跟你商量个事，你要能答应喃就答应，要是不能答应喃，就当老大没说。"

"什么事？你尽管说。"邓远航说。

"你看，上次车祸吧，我这腰、这胃子都撞坏了，我在后边吧，太重了，我腰吃不消，又老盯着粪桶里看，我胃又受不了。"钟玉保用一种平和低调的声音跟邓远航商量。

听说这个事，邓远航说了声"这好办"，就从钟玉保手里拿过扁担，走到粪桶后边，穿上扁担，说声"走"，便跟钟玉保抬起粪桶走了。

在前边走的李晓星看到他俩抬粪桶的架势很不服气，小个子邓远航在后边一手推着粪桶把子，一手拎着鞋子前后甩着向前走。前边的大个子钟玉保比后边的邓远航高一头，一手扶着扁担尖子，一手也拎着双鞋子前后摆着。两人肩上的扁担呈一个较大的斜坡，后边的人不推着粪桶，粪桶就直往邓远航这边滑，以至于粪桶到邓远航肩之间的长度只有扁担的五分之一，几乎贴到邓远航面前了。再看看前面，洪光武、钟玉家也是各自拎着鞋子，卷着裤腿、赤着脚抬着粪桶向前走。

看着这种场景，李晓星又好笑又好气，她学着在学校宣传队演过的快板样式说道："看，大黄狗跑了。大黄狗真正丑，咬着尾巴不肯丢；大黄狗真正拗，拎着鞋子赤脚走；大黄狗真正羞，抬粪高的在前头。"

"小星，来，来。"钟玉保把李晓星喊到面前问，"你骂哪个大黄狗喃？骂哥喃？哥羞什么？哥也会说，大黄狗不怕羞，宝玉床上铺，星星趴上头。哈哈哈……"

"你个死色噢，就知道讨人便宜。"李晓星见他近来对她态度特好，便没像过去一样地跟他摆脸色。

"哎，晚上公社放电影，放工后等我，我们一起去看电影。"钟玉保见自己说的玩笑话，她听后并没恼，便低声对她说。

"什么片子啊？"李晓星声音也不大地问了一句。

她没反对，且声音并不高，他觉得有戏，便又得寸进尺地低声说道："放工后，到大圩上等我。"

李晓星听他说这话，并没回答他，只是头一扭，加快脚步跑到了前边。

"哎，你看住些，走好喽，不能晃了，晃𡰪掉了。"邓远航见他在前边一走一晃，有点控制不住了，便喊了几句。

"好啦好啦，抓紧干，大家晚上还要看电影呢。哎，说起看电影，二子啊，老大又有事要跟你商量了。"钟玉保把头向后昂昂，尽量地对着后边说道。

"什么事，尽管说。"邓远航喘着气说。

钟玉保仍把头向后昂着说："今天公社放新片子，大家都想去看，知青点不能全走空了。你看……"

还没等他把话说完，邓远航就说道："噢，我晓得了，留人看宿舍，你们都去看,我留下。”

“好,好,那太好了,你真是高姿态,我代表大家感谢你。那我们快点走,抓紧干吧。”钟玉保说。

二愣他们防治病虫的一组人马也在按分工紧张地干着活。早上,白队长叫他们去生产队工场拿药时,二愣就对方元本说:“哎,快跑,公社今晚放电影,我们抓紧时间干,争取早点完成任务,一放工我们就回家,到街上洗个澡,回家吃过晚饭看电影。”

“好,听说是放《海霞》,我看过那个海报了,那个女演员真叫漂亮。”方元本说。

“哎,那你说,我们这儿就没有她那么漂亮的吗?”二愣问。

“我们这边啊? 我想想看,我们这块也有不少漂亮的,白娘子跟她差不多,就是老了点;钟玉家有点像,就是黑了点;李晓星也像,就是瘦了点;能超过她的还就要数关红琴了,可惜被人破了身,没有人家那种纯洁了。”

“那我们这儿的你一个也不喜欢,就喜欢海霞啦?”二愣问。

“海霞? 想想而已,那是天上的东西,是想不到的。现实一点,我还是喜欢家家,你呢?”方元本说。

“家家是我表妹,你要真喜欢,我帮你。我呢,我,我喜欢李晓星,到时候需要你帮忙时,你也帮我就行了。”二愣说。

两人你一言我一语瞎扯着,不知不觉已配好药水,背起喷雾器去喷药了。

45

两人把喷雾器背来,两个“四类分子”抢着拿喷雾器去喷药,二愣便给他们划定了地块,两人轮流喷,一人喷一块地。第一桶药喷完了,一墒地已喷完三分之二。二愣和方元本又去配药水,这样喷下来,大概总共要配三桶药水,工场西北角正好三瓶药,他们想,这白娘子算得还就精呢,买的药一瓶不多一瓶不少。

第三桶药水配好背来已快到中晌了,还剩三分之一的地没喷。他们俩见龙皮匠、范伪保长喷了一上午,看他们岁数也不小了,还有点头晕的样子,也不好意思再叫他们喷,便叫他们回去休息烧中饭。剩下的,他们两人一人喷一半,一直喷到下午一点多钟才结束。

回到宿舍,他们一人铲了一碗锅巴,舀了些茼蒿汤泡泡,一口气把碗里的锅巴嚼完,碗一丢,各人到宿舍拿个小黄包就回石龟镇了。

邓远航他们浇粪的这一组一刻不停地干,干到下午近六点了,也才浇了将近一半,明天加二愣他们几个一起再浇一天,差不多所有的薄荷田能浇完一遍肥。

因而,还有最后一桶粪没浇完时,钟玉保说:"远航、光武、家家,你们几个先收工回去烧晚饭,大家还要看电影,明天再干,吃过晚饭,你们可以先走,到公社帮我们占个位置就行了,我和小星把这桶粪浇完就赶去。"

路上,洪光武对邓远航说:"今天真是太阳从西边出啦,他留下来完成最后一桶粪的任务,好像还很少有这种高尚风格啊?"

"人都很难说,有时是人家没表现出来,有时是我们看错了,反正不能用老眼光看人。"邓远航说。

"也不能以小人之心度君子之腹。哎,远航,今个劳驾你回去烧汤饭,我要先到石龟镇上去买牙膏和其他一些东西,迟了人家要关门了,我先走了,辛苦你了。到公社时找我,看电影,我帮你占个位置。"钟玉家说。

"天快黑了,人家供销社要关门了,你一个女的也不方便,我骑自行车带你去,速度快些。"洪光武说。

洪光武骑自行车带着钟玉家走了,邓远航回知青点到每个宿舍敲了敲门,都没人,大概都已到石龟镇上去看《海霞》了,他就没着急烧晚饭,想再等等看,看看还有没有人留下来的,如有人再烧,否则烧多了没人吃,浪费掉了。于是,他一人先到宿舍,拿出小提琴练了起来。

钟玉保见李晓星把粪桶里的大粪浇完后说:"工具放那沟里吧,我带你到镇上吃晚饭,不然看电影就来不及了。"

"不行,不行,再迟,我也要到宿舍洗把脸、换身衣服,你这一天虽说也是抬粪,但总是离得远远的,身上没沾上臭味。这一天,就我前后跟看粪桶走,离屎最近，要往人堆里一坐，还不把人家熏死啊。”

“好吧，听你的。正好我也要拿个东西送给你。”钟玉保说。

“给我？什么东西啊？”李晓星有点惊异，他今天怎么啦？又是要陪我看电影，又是要送我东西。

“等会儿你就知道了。你到宿舍快点噢，不然来不及了。”钟玉保说着跟李晓星抬着粪桶回到了知青点。

李晓星在宿舍换衣服时，听到邓远航他们宿舍传出练小提琴的声音，不知是邓远航还是洪光武。换好衣服，梳洗完毕，她来到他们宿舍，推门一看是邓远航一人在宿舍练琴，便推门进去说：“怎么还没走？走，我们一起去看电影。”

“我今个不去看，都走了，知青点没有人，大保子主任留我看门喃。”邓远航放下小提琴说道。

“怕什么呀？知青点有什么值钱东西给人家偷啊？走，陪我去看电影不能啊？”李晓星说着就来拉邓远航。

“能陪，怎么不能陪你去看电影？你这么个漂亮女孩，人家想陪还陪不到呢。”邓远航说。

“那就走，不要光嘴上说。”李晓星抓着他的膀子就往外拉。

“不能，不能，今个不能，今个我答应大保子了，下次一定陪你。你快去看吧，要不时间来不及了。”邓远航说。

“你不陪我，那我就留下来陪你，陪你一起看门，我也不去了。”李晓星说着往邓远航床上一坐不走了。她并没忘记钟玉保还在等她，但有邓远航在，她还是更倾向于陪邓远航，而不愿意去陪钟玉保。

当他们在这里说着话时，钟玉保已到她的宿舍找过她了。见她不在宿舍，他就猜到了她在邓远航宿舍，因为刚才邓远航宿舍里的练琴声他也听到了，现在琴声停了，其他地方又不见她，那肯定在他宿舍啦。他在自己宿舍门外站着，两眼盯着邓远航宿舍，等了一会儿不见她出来，他便不耐烦地向邓远航宿舍门口走去。走到门口，听到里边说话声，他又向后退了几步。他站在那里不时地抬手看表，等得他实在沉不住气了，他快走几步，上去推开邓远航宿舍的门说：“你们在这儿啊？小星，你不快走，电影就要放了。”

“你去看吧，我不去了，我和远航一起留下来看门。”李晓星说。

“那怎么行呢？《海霞》那么美的影片，一个女孩不看那太可惜了。”钟玉保说道。

“不碍事，下次再补看也不迟。你去看吧。”李晓星说。

“我知道你心里很想去看，又想做好事留下来看门。小二子啊，你就忍心让小星心里遗憾啦？要不这样，为了让小星不遗憾，我留下看门，让你们两个去看电影。”钟玉保有点生气地说道。

“那好，远航，那我们快走。”李晓星听他说要留下，还没等邓远航表态就拉起他的膀子要向外走。

看着李晓星对邓远航那种亲昵的样子，钟玉保气得牙痒：“小二子啊，你还愣着干什么呀？你好歹表个态，留下来看门虽说是你今个主动要求的，好像不好意思说话不算数，不过，我不会跟你计较，下次说话算数就行了。”

李晓星也等邓远航一句话，他说留下看门，她就陪他留下，他说去看电影，她就陪他去看电影。可她没想到他却说了这么一句话：“我一个人留下看门就行了，你们两个快去看电影吧。不要让晓星真有遗憾。”

你个榆木脑袋不知我的心，还不让我“真有遗憾”呢，你不陪我去看电影，又不让我留下来陪你看门，你这是让我“真有遗憾”喽。李晓星坐在那里没动，心里想着这些话。

“小星，二子姿态这么高，你不能凉了人家的心啊。我们走吧。”钟玉保一边对李晓星说，一边举起握着的右手晃着。

最后，李晓星还是跟钟玉保走了。

他们走后，邓远航就到厨房烧晚饭吃，吃过晚饭又回宿舍，正要坐下来看书，何支书推门进来，后边还有个女的。

“怎么一个人在宿舍？他们人呢？”何支书问。

“今个街上放电影，他们都去看了，我留下来看门。哎，是小美姐，你怎么来啦？快坐坐，这边坐。”邓远航看清了何支书后边跟着的女人是丁和美，便一边回答何支书的问话，一边招呼着丁和美。

46

丁和美脸上的伤疤依然很明显，烧伤留下的皱褶占据了右侧半个脸，与左侧半边脸形成了黑白、粗细两个世界。这样的形象，一般人是不愿出入大庭广众下的，但她积极参加学习、开会、劳动，敢于把自己丑的一面暴露在光天化日之下。足见她淡然的心态、她远大的追求。

"人家现在是县里干部啦，现在调到团县委工作了。"何支书说。

"那怎么这么晚才来呀?"邓远航问道。

"噢，县里马上要派工作队下来，我今个到公社有事，顺便下来看一下，找个住的地方。"丁和美说。

"那好啊，就住我们这块儿，我们这块儿有不少空床、空房子喃。"邓远航说。

在一旁的何支书一边把手上的信递给邓远航，一边对他说："她就是来你们知青点找地方的，有空地方就行了。喃，这两封信，一封是范正利的，你回头给他；一封是你的，从省城寄来的信。你看是哪个寄给你的，怎么小萍写信问我，说写给你几封信，你都没回。怎么回事啊?"

"小萍也写信给我，要我把你现在的地址核实一下，问我你是不是招工离开龟岛大队了，还怀疑你失踪了呢。"丁和美也说。

邓远航一边拆开信，一边说："这是关姐的信。我也感到奇怪呢，下来插队之前给她回的信，这都几个月了，一封回信也没看到。"

"这就怪了，是不是你把地址写错了?"何支书问。

"绝对没有错，我写给她的地址很清楚，就是九龟县石龟公社龟岛大队第一生产队知青点。"邓远航说。

"是的，她叫我核实的就是这个。"丁和美说。

"是有点怪，这事你也不要管了，我到邮政所打听一下就行了，你这两天抽空给小萍写封信，解释一下。好啦，那我们先走吧。"何支书说着向丁和美说。

“那我们先走，以后见面的日子有的是，下次再谈。”丁和美说着随何支书走出了门。

看着他们走进了夜幕中，邓远航带上门，拿着范正利的信去后边的宿舍。路上，他自言自语地说：“蹊跷蹊跷，真蹊跷。”他蹊跷的是何萍浪的几封信，他竟一封也没收到，不是被哪个把信闷起来了，又是什么原因喃？上次住院时，她写来的那封信就蹊跷，还不晓得什么鬼呢，这鬼又来了。

邓远航来到范正利宿舍，只见他一个人正坐在小桌子旁刻着什么，便走过去看。这间宿舍里铺着三张床，是他们三个“四类分子”住的，黄麻子上次腿被打断了还在家养伤，龙皮匠今晚请假回家一趟也顺便看场电影，晚上宿舍里就剩范正利一个人了。

“你的信。刻章啊？给哪个刻的啊？”邓远航把信递给他问道。

“刻了玩，刻了玩。哟，家里来的信。谢谢你。”范正利一边说着，一边拆开信封。

“你这个刻的不是人名吗，好像四五个字，你这是篆字啊？”邓远航问道。

“嗯，是篆字，刻的是‘春眠不觉晓’。”范正利一边看信一边回答他。

“哪个叫这个名字啊？”邓远航问道。

“这是一句唐诗，刻起来自己看看。这是篆刻，不只是刻人名、刻印章的那种，它还可以收藏、欣赏。你来，我给你看几个。”范正利收起信，从床底下拿出箱子，从箱子里的几个纸盒子中拿出一个小纸盒放到小桌上，从小纸盒里拿出七八个长短、粗细不一的印章给邓远航看。

邓远航看到各个印章上都刻着不同的内容，字体也不一样，有篆书，有隶书，有楷书，还有行书，都是用石头刻的。他好奇地问：“我过去只晓得用木头刻章，狗骨头树刻章最硬，不晓得石头也能刻呀？”

“能啊，可以刻的东西多喃，有木头，有石头，还有骨头、砖头，包括铜、玉、牙等都能刻。”范正利见他感兴趣便给他介绍起来。

“那我想学，你能不能教我啊？”邓远航问道。

“你真想学啊，真想学，你先要回去认字、练字。”范正利说。

听他这话，邓远航心想，这个伪保长在三个“四类分子”中是最有文化的，平时也最老实，改造也最积极，自己对他印象也不错，按理说，他会教我的，但从他这话里似乎有瞧不起人的味道啊，叫我“练字”，是应该的，我们上学时，老师也不叫我们练字，现在写一手爬爬字，跟曲蛇找妈妈一样，难看死了，是应该练。字练好了写大字报、出专栏等都需要，但叫我“认字”，什么意思？难道我是文盲？

“你要想学，先把这个拿去，一个个认，一个个练，这是篆字和正楷字对照的，叫你‘认字’就是要认识这些篆字，晓得它的写法，叫你‘练字’就是天天用毛笔照着写。以后再教你怎么刻。学篆刻跟学其他手艺一样，要有一个恒心，和一个钻劲，哎，这个你比我懂，不用我费话饶舌的了。”范正利递给他一本帖子，想说些话指教他，又怕他想歪了，认为“四类分子”怎么可以指教一个革命青年喃，因而只点了几句，也不敢多说了。

邓远航接过那字帖一看，封面是用报纸糊着的，也没有帖名，翻开报纸糊的封面，里边前几页已没有了，直接从第五页开始的，纸也发黄了。可以看出，这个帖子陪伴主人的时间也不短了。

见他一直在看帖子没说话，范正利又说：“你回宿舍吧，不要被人看到你在这块儿时间长了，人家怀疑什么。”

“好，那谢谢你，以后请你多指导。”邓远航拿着帖子说。

“这话以后千万不要说，你尽管指示，千万不能对一个‘四类分子’说‘谢谢’‘指导’什么的，被人听到，你我都要倒霉。我看你是个好学的人，你以后多来，我还有你想学的。”范正利小心地说。

回到宿舍，他先把字帖放到枕头下边，打算等买了毛笔、墨汁以后再练。放好帖子，他拿出关姐的信看了起来。她在来信中除了感谢他给予她的尊重、帮助和鼓励外，还说了她现在的情况。她回去后，身体一直不好，精神抑郁，睡不着觉，到医院住了几天，现在出院在家开点中药继续调治。信上还提醒他不能放松学习，趁现在还年轻，多学点东西，以后总会有用的。

读完信，他拿出纸和笔给她写回信，可刚写下“关姐”两字就不想写了，写什么喃？跟她说病退的事吗？送她走时，答应帮她看看能不能搞病退，到现在一下也没去问也没去催，一点消息也没有；跟她说学习的事吗？她走后，他一次也没进过她的宿舍，更不要说拿她箱子里的书读了，也不知道这些日子，自己的时间花在哪里了，再不抓紧时间多学点东西，肯定要成为这个时代的落伍者了，那样，不但被这个时代瞧不起、被关姐瞧不起，连他们那些“四类分子”也瞧不起了。他决定还是暂时不给关姐回信，等过些天回县城把她病退的事问一下再说，现在还是给何萍浪写一封信吧。

于是他把写有“关姐”的这页纸撕掉，在新的一张纸上写上“萍浪：你好！”后，很快写好了两张半纸，主要是说没给她写信的原因和在农村插队的情况。他对她说，他插队以来认真参加劳动，积极参加无产阶级专政理论的学习，参加阶级斗争和路线斗争，为党做了一些应该做的事情。在谈到今后怎么做时，他写道：“今后要认真攻读马列和毛主席著作，研究一些问题，总结国际国内阶级斗争和路线斗争的一些经验，认真学好逻辑知识和哲学知识，积极参加一切政治活动，开展革命大批判，批判修正主义，批判资产阶级法权，批判资产阶级生活作风。在科学技术方面，争取多学一点，并且认真钻研一两种科学技术，掌握一切农活技巧和本地区农作物的生长情况。坚持写日记和读书笔记，记住列宁提出的‘学习，学习，再学习’的口号，做一个无愧于伟大时代的青年。”

写好后，他读了一遍，读完后，他把信撕了。

47

写好的信，又被邓远航撕了，他在心里责备自己，写的什么信？真是农村妇女的裹脚布，又臭又长，像是向大队、向公社写思想汇报，她要是看了这封信还不晓得怎么瞧不起我呢，还以为原来这么长时间不回信是不会写信，都抄的报纸呢。

于是，他重新写了一封短信，前面还是对这么长时间没写信做了解释，后边写他的生活和思想。他写道：“春节后来龟岛插队，真是到了一片新天地，这儿环境优美、土地肥沃、水产丰富、群众热情，一切都很好，住在知青点的十来个新老知青，来自不同的地方、不同的家庭，大家都很团结，处得像兄弟姐妹一样。劳动吃苦我不怕，我现在最怕的是不能静下心来学习。上学时，我们学的东西太少，下来后，跟我们一些老艺人、老知青比，我就像白痴，什么也不懂。现在什么都想学,但缺书缺老师,自己的恒心也不足。不过,你放心,我不会放松学习的。你在部队也要照顾好自己,好久没听你唱歌了,每当我站在九龟湖大堤上,两眼望着九龟湖时,耳畔就响起你的歌声,不知什么时候能再听到你的歌声。"

这第二封信写得不长,但他还比较满意。写好信,他看其他人都还没回来,便拿起《诗歌创作的基本知识》看了起来。

这时候,钟玉保和李晓星正在环岛大堤上拥抱着呢。

原来,钟玉保和李晓星到渡口时,渡船停在对岸,他们等了会儿,渡船没过来,钟玉保就对李晓星说:"看来,船工白大爷也不知跑哪儿鬼混去了,这会儿就是来,我们再渡过河,跑到公社,电影也放得差不多了。不如,电影不看了,我们沿着大堤走一圈,今晚就看你这个'海霞'了。"说着两眼还直勾勾地盯着李晓星看。

"又嚼白舌头了,我有那么漂亮吗? 你看得人家都不好意思了。"李晓星说着,把脸扭向了一边。

"还跟个新娘子似的害羞呢,你比她还漂亮喃,真的,我不是嚼白舌头,你随便叫哪个说,你要是不得她漂亮,我就把我这根白舌头嚼下去。"钟玉保朝李晓星吐吐舌头,发誓似的说。

"你不要嚼舌头了,把我肚子笑饿了,要不我们回知青点烧口饭,吃饱了肚子再听你嚼舌头?"李晓星劳累了一天,这时已饥肠辘辘了。

"这好办,请你看电影,还能不请你吃饭吗。喃,这块有饼干、鸡蛋、太妃糖、蜜糖水,哪能把你个美人饿住呢。喃,就在这块儿坐下吃点东西。"钟玉保指着堤坡下几块石头说。

"哪儿来的鸡蛋啊?"李晓星一边随着他在旁边的石头上坐下,一边问道。

"你不晓得啊,为这几个鸡蛋,我准备了几天喃。一连几天中午,你们休息,我不休息,到农民家买鸡蛋,今天中午又趁你们休息时,我把它煮好,就是为了今个晚上给你吃的呀。"钟玉保夸张地说。

这话一说,令李晓星心里一热,一股暖流传遍全身。她感到从出生到现在也没有人这么关心过她、爱护过她。她有点激动地说:"我,我真不晓得说什么好了。”

“你什么也不要说，你现在就负责吃鸡蛋。”钟玉保说着把一个剥好了的鸡蛋递给李晓星。

见李晓星吃了两口鸡蛋，钟玉保又递上蜜糖水说：“赶快喝口水，蛋黄子干呢，不要噎住。”

他这一句话、一个动作，让李晓星心头又是一热，她的心脏猛地跳了几下，喉咙一收缩，真的噎住了。钟玉保见此忙说：“快，赶快喝口水。”

李晓星接过水喝了一口，稍好些，不一会儿又“呃、呃……呃”地打起嗝来。

钟玉保见她连喝几口水，还是不停地打嗝，便站起来，走到李晓星背后，对着她的背轻轻地拍了起来。不一会儿，李晓星停止了打嗝。

“再吃一个鸡蛋，这下慢点吃。”钟玉保又剥好一个鸡蛋递给她。

“够了够了，一个鸡蛋够了，你吃吧。”李晓星推辞说。

“不行不行，一个哪里够啊，女孩子一定要把两个蛋都吃掉。”钟玉保仍把剥好的鸡蛋伸到她的面前。

李晓星感到盛情难却，便接过他手里的鸡蛋一边吃一边说：“你也吃噻，我来给你剥一个。”

“不用、不用，你吃饱就行了，我吃不吃无所谓。”钟玉保说。

“怎么无所谓？你吃过啦？”李晓星问。

“我天生有两个蛋喃，不能多吃。哈哈哈。”钟玉保说完，自己先笑了起来。

李晓星起初正要问“哪块儿天生两个蛋”，后见他笑起来，晓得他说的是下流话，便骂了句：“死相噢，尽瞎说，坏散了。”

“好，好，我也陪你吃一个。喃，你再吃几块饼干。”说着又把一包饼干递给她，然后一边剥鸡蛋一边说：“你恐怕以前蛋白子吃得多，蛋黄子吃得少。”

“为什话的呀？”李晓星撕开饼干的包装纸，拿了一块饼干边吃边问道。

“不然你的皮肤不会这么白的呀。像我这样子，脸发黄，从小蛋黄子吃得多，成了黄种人。”钟玉保说。

“又瞎编了，没有的话，我们都是黄种人。黄皮肤、黑头发，跟吃鸡蛋有什么关系啊?”李晓星说。

“有关系。你看你的手这么白,我的手这么黄。”钟玉保说着很自然地拿过李晓星的一只手放到自己的腿上,与自己的手放在一起比较起来。

“我这是传我妈妈,她的皮肤白。”李晓星说。

“那你夏天在外边劳动会不会晒黑啦?”钟玉保拉着她的手说。

“晒黑了好啊,说明我们跟贫下中农有感情啦。”李晓星说。

“不行,我不要你晒黑,我就喜欢看你白白净净的。我要给你买个草帽,夏天戴着晒不黑。”钟玉保仍拉着她的手说。

“黑,也黑不到哪里去。脸晒黑了,身上还是白的。”李晓星说。

“哎,你脖子是比手还白喃。”钟玉保放下李晓星的手,站起来看她的脖子,又说,“你这么漂亮的脖子,戴上我给你的东西就更漂亮了。”

“又骗人,什么东西,这么神啦?”李晓星不相信地问。

“当然神啦,不过只有抱住你这个脖子,它才神,到我这个黑脖子上就不神了。”钟玉保说着在她脖子上就势抹了一下。

“咯咯咯,护痒呢。我就晓得你骗人,就想趁机讨人便宜。”李晓星把头扭到一边说。

“不要着急噻,要着急,我们都能结婚生伢子了。我是骗人的人,是讨便宜的人吗?”钟玉保走到她头转过去的那一边,看着她的脸。

“尽瞎说,脸也不红。”李晓星说着又把头转向另一边。

“怎么不脸红呢,我的脖子都红了,我的心扑通扑通地跳呢。不信你摸摸。”钟玉保说着抓住她的手贴在自己胸口上。

李晓星把手一抽,骂道:“讨债鬼,丢手,心不跳,是死人啊?”

钟玉保见她有点生气的样子,便说道:“好,不闹了,我就让你见识见识这是个什么神。”说着,他打开黄军包,从包里拿出一件用丝线扣着的东西。他用手拎着丝线从后面绕到李晓星的面前,在她的眼前晃着。

48

李晓星看到眼前晃荡的东西,两眼发亮,脱口喊出:“玉龟！做什么呀?”只见钟玉保手里拎着红丝线,红丝线下面吊着只墨绿色的小玉龟,虽然是扁了些,但还是活灵活现。她想起了妈妈以前也有个,跟这个一模一样,好像是钟玉保爸爸送给她妈的。那是玉石雕刻而成的,破“四旧”那年,钟玉保带一帮红小兵到她家只破了香炉、亡人牌什么的,玉龟戴在妈妈脖子上没被“破”去,后来,一批大的红卫兵又到她家破“四旧”,一个红卫兵从后面看到她妈妈脖子上的红丝线,叫两个人一边架住她妈妈一个膀子,他自己从她妈脖子上把玉龟“破”走了。玉龟被“破”走,她妈妈伤心了好几天呢。

“嗯,玉龟！不做什么,给你的!”钟玉保仍拎着丝线在她眼前晃悠着。

“给我,为什么好好地要给我这个?”其实李晓星晓得男女之间互送东西是一种爱慕,过去送金银玉器就是定情了,现在不兴这些了,随便送支钢笔、笔记本什么的都可以算是定情了,因而她故意这样问道。

沉默了一会儿,钟玉保走到她的眼前对她连喊了两声:“我喜欢你！我喜欢你!”

“不要骗人了,你一个公社书记家的儿子,怎能喜欢穷人家的姑娘?”李晓星疑心重重地问道。

“你不了解我的心,我喜欢你,我就不管你的出身,不管你的家庭,不管你在哪里,哪怕是相隔刀山火海,我都要跑过去和你在一起。你相信我的决心吗?”钟玉保表忠心似的说。

李晓星为他这种精神感动,心有所动,但还是对他们之间这事半信半疑,觉得这份情感来得太快了,便说道:“我相信你能有这样的决心,但这是大事,我还是觉得我们不般配。”

“般配的,人家都说我们般配。”钟玉保说。

“哪个说我们般配？你说出来,看是不是我信任的人说的。”李晓星说。

“这个人,个个都信任的,就是向智勇。”钟玉保说。

“他说的话我信,他怎么说的呀?”李晓星问。

“他说,李晓星跟邓远航、洪光武都不般配,跟你钟玉保最般配。他说,你叫玉,她叫星,玉是地上的星,星是天上的玉,你们是天成的一双,地就的一对。”钟玉保说道。

“咯咯咯,说得这么像,添油加醋吧?”李晓星笑出了声。

“全是他的原话,没有半个字是我加的。”钟玉保说。

“他要是真这么说的,倒也蛮有道理的。”李晓星像是自言自语地说。

“真的,千真万确,不信,等他回来你问他。他还对我说,你要真正喜欢她,就要送她一块玉,让她挂在心上,就什么人也拆不开我们了。你看,这块玉也是他亲自选定的,我给你戴上吧。”钟玉保说着,两手拿着丝线往她脖子这边移过去。

这些话当然都是钟玉保瞎编的,向智勇根本不知道他有个玉龟。其实,李晓星只要稍微想一下,也能知道他其中的虚假成分,因为现在街上没有任何地方卖或是做金银玉器的,他们到哪里选定的呢?但她这时心已澎湃,脑已激荡,哪还有智力去判别真伪?因而,听钟玉保说给她“戴上”,她既没把脖子伸过去,也没表示反对,只是一动不动地坐着。

钟玉保见此,两手迅速越过她的头,把红丝线戴到她的脖子上,然后两手顺着丝线抹下来,抹到玉龟,用一只手撑开她的衣领,一只手拿着玉龟塞进了她的胸口。李晓星胸口感到一阵清凉,钟玉保的手却感到一股热浪,两人的心都一颤。这时,钟玉保顺势一把,将她搂在怀里。

湖里的水汽开始向上升腾,渐渐弥漫到大堤上,在他俩周边飘逸,像是给这对沉静在私情中的男女伴舞庆贺。

洪光武和钟玉家也正在薄雾中,从九龟湖大堤上向龟岛走着。

电影散场后,他们去拿自行车准备骑车回龟岛,可是到原来摆自行车的地方一看,自行车不见了。他们来回找了几趟也没见到自行车,他们等看电影的人都走完了,放电影的人也收拾好银幕、机器走了,他们又在全场找了一圈,仍然没有。洪光武说:“走吧,回去吧,肯定被人偷了,等不来了。”

两人披着雾气走在大堤上,谁也不说一句话。自行车被偷是很大的损失了,这儿的农民劳动一年,最后也赚不到一部自行车的钱。这么贵重的物件丢了，两人心里自然不好受，走了好长一段路，洪光武才打破沉默："算了，不想它了，说不定是哪个有急事借去用了，过几天也许能还过来呢。"

"你要早听我的，把车子放到我爸爸办公室去，就不会出这个事了，不晓得你怕什么。"钟玉家埋怨他说。

"不是怕你爸爸会说嘛，要是有前后眼，早知道车子要被偷，就算你爸把我骂得一塌糊涂，我也要硬着头皮把车子放那里。"洪光武说。

"你没做坏事，他好好地骂你干什么呀？"钟玉家说。

"我把他的宝贝女儿拐跑了，他不骂吗？"洪光武说。

"看你能的，你有什么本事把我拐走啊？"钟玉家说。

"拐走是假的，说真的，你爸爸要是看你跟一个男青年在一起，准会骂你的。"洪光武改口说。

"这又有什么呀，你是我们家邻居，又是同学，现在又插队在一块儿，一起来看场电影有什么事啊？我爸才不会骂呢。"钟玉家说。

"要是我爸看到了，准骂我们。"洪光武说。

"凭什么骂呀，又没做什么坏事。"钟玉家说。

"他会骂我们年轻人不珍惜时间，不把时间用在学习和工作上，却花在谈情说爱上，不长进！"洪光武说。

听他这么说，钟玉家推了他一把说："死过去，哪个跟你谈情说爱啦？"说后便向旁边跨一步，跟他保持一定的距离。

"开玩笑的，开玩笑的。不过说真的，你说我们年轻人到多大岁数才能谈这个事呢？"洪光武问道。

"反正现在不行，至少也要等个年把两年的，等自己各方面成熟些才能谈这些事。"钟玉家嘴上这么说，但她心里却早对邓远航有想法了，她想只要邓远航向她提出，她就不会受这个年限的制约，一准答应。

"我同意你的观点，但我还要补充一点，就是水到渠成，碰到合适的，也不要受这限制，桃子熟了，你都不让摘，等桃子烂了就没人愿意摘了。总之，机会来了，就不应该把机会放弃掉。"洪光武说。

"那毕竟桃子还没熟嘛，等熟了再摘也不迟嘛。"钟玉家说。

"真正的桃子熟没熟一看就知道，可是人怎么看得出来呢？"洪光武想让钟玉家说个标准出来,他好比照一下。

“这个一下子也说不出什么来,但要是看人的做事和说话还是能看出来的。”钟玉家说。

“那你从我平时的做事和说话看,我是成熟还是不成熟呢?”洪光武想从钟玉家那儿听到对他的评价,他想如果她说他“不成熟”,就追问她哪里不成熟,以便今后努力,如果她说他“成熟”,今晚上就直接向她表白“我爱她”,把事情挑明了。

49

钟玉家心想,这人今晚怎么啦? 这个问题我怎么回答? 我要说他“成熟”吧,他肯定又要讲谈情说爱的事,让我心烦,我要说他“不成熟”吧,他肯定又要追问“我哪里还不成熟啊? 怎么才能成熟啊?”更让我费神。

看她没回答,他又催问道:“你看我是熟还是不熟?”

“烧饭喃,熟不熟的,没熟再添把火。”钟玉家故意开玩笑说。

“我跟你说真的喃,我这个人成熟不成熟?”洪光武又问了一句。

“人啦,还可以吧。”钟玉家被他逼得说了句不算肯定也没否定的话。

“什么叫‘还可以’啊?”洪光武执着地逼她说出明确的答案。

“我也这样替你问过。”钟玉家心想,看来不说出个明确的,他今晚不会罢休了,干脆借李晓星的口来说出对他的看法吧。

“替我问? 问哪个?”洪光武不解地问。

“噢,我们那天闲谈,谈到你们几个人。谈到你时,晓星说你还可以,我也像你这样问了她。”钟玉家说。

“她怎么说?”洪光武继续问道。

“她尽夸你喃,说你有才气、有知识,理论水平高,脾气好,眼镜一戴,《资本论》一夹,像个大文化人、大理论家。”钟玉家一口气说了不少,说得洪光武喜不自禁。

“哈哈哈,过奖了,过奖了,我真有她说的那么好吗? 你同意她说的吗?”

笑过后,他还是要听钟玉家对他的看法。

“她说的时候,我就不住地点头,一直点到她说完。”钟玉家巧妙地答道。

这算明确的评价吗?洪光武想,也许这就是她自己心里的看法,是她出于一个女孩子的害羞没有直接表露出来,才借别人的口说出来的。这反而说明她心里有我,只有心里有我,她才不好意思那么直白。那么,我现在能向她表白吗?

“快跑,船在这边呢。”快走到渡口的钟玉家看到船在这边,便一边跑一边喊洪光武。洪光武被她这一喊打断了思绪,没来得及做任何表白,便跟着钟玉家跑上了船。

回到宿舍,洪光武一点睡意都没有。他先跟邓远航谈影片《海霞》的故事情节,后又谈起演海霞的演员:“你今天没去看电影是一大损失,不说那故事情节怎么吸引人,光看海霞那演员就让人饱了眼福。”

“漂亮啊?”邓远航一边看书一边随口问了一句。

“岂止是漂亮,简直是太漂亮了! 漂亮得一塌糊涂!”洪光武说。

“漂亮,那你什么时候把她娶来做老婆嘛。”邓远航开玩笑地说。

“说她漂亮,不一定要她做老婆。哎,我问你,你要是找对象,要找漂亮的还是找不漂亮的?”洪光武问。

“这怎么说呢? 首先,要晓得什么样的是漂亮的,什么样的是不漂亮的,各人眼中的漂亮也是不同的,不是说情人眼里出西施吗,我看漂亮的,你不一定认为漂亮,你看漂亮的,我也不一定认为漂亮。”邓远航说。

“好啦,你不要跟我绕来绕去了。我们现在就看实的,你说钟玉家漂亮不漂亮?”洪光武想试探他对钟玉家的想法,因而直截了当地向他提出这个问题。

邓远航不知洪光武提出这个问题的真实意图是什么,是要他说真话还是假话? 他吃不准,便说:“还可以,算是漂亮吧。你看呢?”

“我啊,我看她一般,七十分吧。”洪光武答道。

他的回答让邓远航感到有点出乎意料,邓远航晓得他平时对钟玉家有那么点意思,总是千方百计地要同她在一起,这时怎么对她的评价这么低的呢? 便问道:“你这个评价不太公平,你是不是讨厌她?”

“不！相反，我非常喜欢她。要说长相，她肯定不如海霞，要说做老婆，海霞肯定不如她。你要是叫我说心里话，我就是要娶家家做老婆。”洪光武向邓远航吐露了心思，在九龟湖大堤上他就想把这心思吐出来，没机会说出来，心里一直堵得慌，现在说出来，虽然不是说给钟玉家听的，但说给邓远航听也一样，他知道了，他就不会再跟自己争，他还会传出去，让家家知道他的心事，因而现在吐出来，也感到浑身舒畅。

“你想好了吗？你看中她什么呢？”邓远航从小跟钟玉家一起长大，一路同学、同劳动到现在，对她十分了解，认为她是个不错的女孩子，他希望她嫁给一个了解她且可靠的人，要让她幸福。因而，他想知道洪光武对她是一时兴起，还是真爱她这个人。

“我想了好久了，在高中读书时，我就想了，当然想好了。你问我看中她什么，咱们是兄弟，我今天就竹筒倒豆子，把我肚子里的话全跟你说了。我看中她有这样几点：第一点，是门当户对，这你都知道的，就免了；第二点，她勤劳善良，忠厚老实，作风正派，上进心强；第三点，她热情大方，善于团结同志，与群众关系好；第四点，她生活朴素，身体健康，能吃苦，不娇气；第五点，她不算漂亮，但也不丑，不算聪明，但也不笨。有这么多，你说我有没有想好，我了解不了解她？”洪光武像老师给学生写评语一样说了一大堆。

他口若悬河地说了这么多，让邓远航惊讶不已，他惊叹他对钟玉家观察得那么细致、了解得那么透彻，就连自己跟她同学那么多年也没有他分析得这么全面。不过，他对他说的第五点还有点疑问：“了解了解，是真了解。不过既然你说她不漂亮、不聪明，那你为什么不去找比她漂亮、比她聪明的人呢？”

“这很简单，不漂亮，我喜欢就行。像海霞那么漂亮，个个惦记着她，人家还怎么过日子？不聪明，也是好事，社会上呆子自有呆子福，聪明人吃亏的事多着喃。”洪光武讲述着他的恋爱理论。

“你这一说，把我说得都想去追家家了。”邓远航笑着激他说。

“朋友妻不可欺，我们是兄弟，千万不要因为家家反目成仇。你应帮我、成全我才是。”洪光武带有点警告的口气说道。

“跟你开玩笑的。我衷心地希望你们成功，需要我时，只要我能做到的，我义不容辞。”邓远航表态道。

“有情后感,到时请你帮我说说。你帮我,我也会帮你。你说,你喜欢哪个,我帮你去牵线搭桥。”洪光武爽气地说。

“我现在还不想考虑这个事,我们现在风华正茂,精力充沛,时间充足,我想用好我们这段青春年华,多学习、多实践,多为人类做贡献,让自己这短暂的青春过得更美丽、更有意义。”邓远航也向他亮明了自己的观点。

“这又不是矛盾对立的,谈对象又不影响学习、劳动,相反她还能促进你更好地学习,更积极地劳动。当然,你不愿谈,我不劝你谈,人各有志,这事由你自己定。”洪光武并不赞成他的观点,但也没说反对的话。

吹了灯,睡在床上,洪光武还在想今晚的事。他感到很奇怪,为什么“得”和“失”并肩而来,自行车离他而去了,钟玉家却正向他走来,难道正是因为前面的“失”才能有后边的“得”吗?就不能只“得”不“失”吗?

正当他在床上辗转反侧,睡不着觉,想着“得”和“失”的问题时,二愣和方元本正骑着他失掉的自行车在九龟湖大堤上向西前行着。

50

二愣和方元本完成喷农药任务后,早早就来到了石龟镇,他们各自回家看看,在家吃了晚饭便一起到公社门外看电影。他们正找地方坐的时候,看到洪光武骑着辆“永久”牌自行车,后边带着钟玉家过来了。方元本见状满肚子来火,他对二愣说:“这个小要饭的气我喃,我才跟你说,我喜欢家家,他就插一杠子,你说,不是打人脸吗?”

“治他这个小要饭的。”二愣说。

“怎么治?”方元本问。

“散电影时,我们先躲到大圩畈子下面,等他过来时,冲上去揍他一顿,揍得他不敢再找家家。”二愣出主意说。

“好是好,就是家家看到我们平白无故地揍他,肯定对我们印象不好,以后她哪里还肯跟我谈恋爱呢?”方元本担心地说。

“也是。要不你先把家家引过去，我去揍他。”二愣显示出一定要帮他把这事摆平的架势。

“还是不行，这个事一查就查出来是我们干的了，我们要来个神不知鬼不觉的行动。”方元本说。

“那怎么办？你说，我来办。”二愣坚决要帮他吐这口气。

方元本想了会儿，跟二愣耳语了几句，二愣点点头说：“好主意。”

于是，他们在电影散场前就离开座位，走出人群，来到洪光武停车的地方。两人一眼就认出洪光武的那辆“永久”牌自行车。方元本上去推着车子的龙头，二愣在后边一手略微带起一些车屁股，车子被推走了。

本来他们想，把自行车推出来，就把车子往哪个僻静处一扔，再把前后胎的气放掉，即使他们找半天找到了，那么晚也找不到气筒打气，只能推着车子回龟岛，让他们吃一夜苦。可车子推到僻静处时，方元本又有了新想法，他对二愣说：“把车子推到我家那块儿，我回家拿个东西把车锁开下来，我们骑到龟岛，把车子朝知青点外边一放，我们回宿舍睡觉，让他们跑回来。”

方元本回家拿了个像起子一样的东西，只是比起子尖，往车锁里捅，捕了好一会儿，“咔嚓”一声，车锁开下来了。两人骑上自行车沿九龟湖大堤往西走。到渡口时，渡船不在这边，他俩等了一会儿，方元本又有了新主意，他对二愣说：“现在也不早了，不如我们骑到龟集街去玩玩，明个上午在那儿玩一阵，下午回来。”

“好，听你的。”二愣说。

于是，他们又骑上自行车，沿着九龟湖大堤继续向西走。

骑到龟集街时，天才麻花亮。这龟集街是九龟邻县湖光县的一个县城，虽说是县城，也就是相交的两条街道，呈十字形。他们从东街进城，先在两条街道上骑了一遍，有几家饭店、茶炉已经开门，正在生炉火，准备做早点。街上人最多的地方是菜场，里边吵吵的，他们没进去。

逛了一圈后，天色已亮，方元本看到一个大一点的饭店，里边热气腾腾，便对二愣说：“跑了一夜，肚子早贴到脊梁心了，看看有什么吃的？”

他们把车子架到这个饭店门外，走进了饭店。找一个靠街的窗口坐下，可以一边看着车子,还可一边看看街上的热闹。坐定后,一个服务员过来问他们要什么,方元本问二愣:“想吃什么?”

“肉包子!”二愣想也没想就说道。

“好,两碗馄饨、四根油条、一笼肉包子。”方元本很熟练地对服务员说着。

等服务员走后,方元本问二愣:“你身上带钱没?”

二愣上下几个口袋摸摸,两手一摊:“一个角子都没有。”

“没事,我身上有几角钱喃。”方元本说。

“几角钱?你刚才要的东西恐怕要投两块钱喃,要不,我们少要点,把一笼肉包子去掉。”二愣说着把头向下低了低,生怕人家看出他没带钱。

“没事,吃,要吃还不吃个痛快啊,不要怕,有我喃。把身子挺直了,头抬起来,不要被人看出你那个穷酸样子,像我这样,没有钱,要让人看出很有钱的样子。”方元本提醒二愣说。

不一会儿,服务员端上了两碗馄饨、四根油条、一笼肉包子,一一放下后说:“同志,你们要的东西齐了,一共是一块八角二分钱,请付钱。”

二愣刚咬一口肉包子,一听这么多钱便停住咀嚼,手里拿着半个肉包子举在那里,头脑里在算账:乘乖,差不少喃,他方元本口袋里就是有八角二分钱,也还差块把钱呢。

“你这是什么饭店啊?我走南闯北,跑的码头多喃,人家都是吃过了算账,你这块儿倒好,我们一口还没吃,你就伸手要钱,你们开的是黑店啊?”方元本拿了个肉包子,咬了一口说。

“同志,人家是人家,我们是我们,我们这块儿都这样,东西上齐了就付钱。”服务员说。

“同志,你这里不是无产阶级专政啦?我告诉你,你上的这些不够我们塞牙缝的,我还要上的,上完一起把钱不行吗?你这样逼着要钱,像个黄世仁似的,真叫我气得吃不下去了。不吃了,我们一个都不要了,走路。”方元本说着把吃了一口的肉包子摔到笼里,站起来就要走。

二愣见他这样,也照他的样子,把吃了一半的肉包子丢进笼里,站了起来。

店里一个像是负责的人走过来说："算了，算了，同志，你们不要生气，这样子，你们先吃，吃过算账。"

"是的唉，都是为人民服务的，不是叫人民受气的唉。"方元本说着和二愣一起坐下来继续吃早饭。

"二愣，你说你这个表妹对我会不会有那个意思？"方元本边吃边装得没事一样与二愣闲谈起来。

"会、会，肯定会的，她对你印象好着呢。"二愣顺着他的话随口说道。

"印象好是好，可有什么办法撮到一起呢？"方元本问。

"这好办，我帮你们传个媒。"二愣说。

"这恐怕不行，这样一准撮不起来。"方元本说。

"能！没事的，她是我表妹，能不听我的呀，包在我身上，我回去就把你这事先办了。"二愣放下勺子，拍着胸脯说。

他越是说得这么确定，方元本越是觉得没戏。他知道，他们两家父辈矛盾是不小的，虽说没有深仇大恨，也还是有不少芥蒂的，而且现在他爸爸虽说是出来工作了，但并没有完全平反，而她爸爸则是公社的最高领导，她、她爸爸能同意吗？他摇摇头说："还得想个办法，让她看到我这人值得她喜爱才行，不然，光凭你跟她说，准是竹篮打水。"

"那怎么办？你说，我帮你去做！"二愣表态说。

"要是比文的，我不如邓远航、洪光武他们，但要是比武的，我还可以。"方元本说。

"那当然，我们那块儿数你的劲最大。"二愣拍马屁地说。

"看来只有这样了，什么时候你把她引出来，叫两个她不认识的人装着去强奸她，正在关键时刻，我出现，来一个英雄救美人。到那时，你再一说，准成。"方元本说出了自己的主意。

"高，实在是高。"二愣学《地道战》上的台词说了一句，然后又问："兄弟，吃得差不多了，这钱怎么办？"

51

“不要怕，你先外去推车子，到十字路口那儿等我，我算过账，随后就到。”方元本向二愣交代着。

二愣随即站起来向门口走去，刚走到门口，被刚才那个负责人拦住说：“你们钱还没付喃，请把钱算一下子。”

“我大哥还吃着喃，钱他付，我解个小便。”二愣说。

“不行，钱付了才能走。”那负责的说。

“我大哥在那儿，你们怕什么呀？总不能把我弊死了吧？”二愣说。

“不行，把你大哥喊来。”那负责的坚持说。

“喊就喊。大哥……”一声没喊到底，二愣真愣住了，他们吃早饭的那张桌子上早已没人了。

原来就在二愣起身向大门走时，方元本端着一只空笼向厨房走去，到厨房走后门溜了。他来到十字路口，不见二愣，朝饭店那儿望去，自行车还在门口，他知道二愣被逮住了，他不愿把二愣放那儿，自己一人溜走，便站在那儿等。等了会儿，他也想好了脱身的办法，便神态自若地走了过去。

走进饭店，看饭店几个人缠着二愣，他上前推开他们说：“你们干什么呀，土匪呀？又不是不把钱！”

“那钱喃，拿来呀。”那负责的说。

“妈的，你们这鬼地方土匪多、小偷多，刚才小便，就一会儿工夫，口袋里一张大团结被顺走了。”方元本说。

“那我们不管你，你找派出所去，我只跟你要饭钱。”那负责的拦住门口，防他们溜掉。

方元本想了一下说：“这样吧，把车子抵给你们，我这是今年才买的新车子，你们把一百二十块钱给我，我们回去拿钱，钱拿来，这一百二十块钱给你，我把车子拿走，我家就在东边的九龟湖农场。”

那负责的看看这两个大汉，又不愿多跟他们纠缠，再说，能骑得上这“永久”牌车子的也不是一般人家的，车子是崭新的，不过按原价给他钱肯定不行，假如他不来还钱，他不还是赚了吗？他车子骑了这么多天按原价卖了他也不吃亏，吃早饭的钱还是没付，我顶多落个车子的计划。想到这里，他说："这样吧，车子你也骑了不少时间了，我也不缺你这个车子，原价肯定不行，我只能给你押一百一十元钱。"

"一百一就一百一，反正明天我还要来拿车子的，你不要把我车子弄坏了，我这是崭新的噢。"方元本强调说。

那饭店负责的数了一百一十元钱给方元本，然后来拿车子，见车子没锁，便问："钥匙也丢给我呀。"

"钥匙刚才连钱一起被小偷摸去了，我还要把车子锁起来呢，防止你们把我车子瞎骑，骑坏了。"说着，"咔嚓"一下锁起了车子，又说："我明天带另外一把钥匙来拿走，把我车子看好啰。"

离开饭店，方元本对二愣说："看到了吧，钱是个好东西啊，没钱有多难，一块钱憋死英雄汉啦。"

"我以后有钱一定忘不了你。"二愣说。

"不是忘不忘的事，是想什么办法弄到钱的事。分给你四十块钱，今天的事，回去什么话都不能说，一点影子都不能露出去。"方元本一边数四十元钱给二愣，一边给二愣提着要求。

"绝对不说，我保证像电影中的革命烈士一样，严刑拷打都不说一个字。哥，你真够朋友。"二愣表态说。

"你晓得什么是朋友吗?"方元本问二愣。

"朋友啊？就跟我们两个一样，能谈得来、玩得来，又吃喝不分的，还能有事帮忙的。"二愣说。

"也不错。要我说啊，什么都能舍得给你的那个人就是你的朋友，钱、物品、计划、力气、荣誉，甚至于招工、上学的指标，都舍得给你的人，那才真正的够朋友。"

"那我以后跟你做这样的朋友。"二愣说。

"好，看以后吧，日久见人心。我现在要去买把斧头什么的，你要买些什么?"方元本问。

“我想买双球鞋。你买斧头干什么呀,准备跟人打架啊?”二愣不解地问道。

“没得事时,到九龟湖大堤上砍些树打打家具,假如将来跟钟玉家谈恋爱,有套家具在这块儿,可以吸引她,多打的也可以卖了挣钱嘛。”方元本答道。

两人一边说着话,一边在街上转着,转了两个多钟头,方元本买了套斧头、刨子、凿子、锯子等木匠工具,二愣买了双球鞋,然后两人坐去石龟镇的客车,中途在龟岛附近下车,回到了知青点。

当他们两人因不给早饭钱跟人家争执时,龟岛一队薄荷田里已集聚了不少人,看着西边两块的薄荷田气愤地议论着:“哪个心这么毒啊? 毁了这么多薄荷啊。”“破坏革命生产,肯定是阶级敌人的破坏。”“作孽啊,生伢子没屁眼子,出门遭雷打啊。”“一定要把这人查出来,把他批倒批臭,还要叫他赔偿队里的损失。”

白队长把几个队干部和知青喊到一边,坐在田埂上商讨这个事。她早上一来到田里,就发现西边昨天防治病虫的两块田薄荷全死了,不少叶子落到了田里,茎上剩有的少量叶子也都枯黄。看到这种情况,她先是吃了一惊,继而又害怕起来。她不晓得是药打迟了、打早了还是打重了。如果是这些问题,她都有责任,要赔,她也有一份。听着大家七嘴八舌的议论,她理不出个头绪,因而把几个头头脑脑召到一边商量。

“你们看看,头发着火了,急死人了。智勇又不在家,怎么出这个怪事的呢? 远航,你把书翻下子,难不成薄荷也跟鸡子、鸭子一样,发瘟病啦? 看有什么法子救。”白队长十分着急地说。

“还翻书呢,我看就是他翻书翻坏的,那东边田,人家叫施化肥,他要浇大粪,这西边的田,人家不要打药,他要防治病虫,看,出纰漏了吧,要赔,我看你邓小二子赔,这东边浇大粪的田,过两天还不晓得发不发瘟呢。”钟玉保首先发言,把矛头直接引向邓远航。

邓远航觉得这个时候喷药没有错,他清楚地记得书上讲这种情况是应该要喷药的,难道书上讲的跟我们这个地方不一样? 书上有没有讲不同地区不同对待呢? 如果有,那我真有责任了,叫赔也只有赔了。想到这儿,他说了声“我去拿书”,便向知青点跑去。

“大保子,这个瞎说不得用,不能赖人家伢子,打药是智勇叫人带信回来的,药水也是他叫人带回来的,昨天是我布置打的。”白队长为邓远航辩护道。

“白队长,你不要替他辩护,也不要把责任朝自己身上背。我怀疑不是打早了就是打迟了,这个不怪你,你认不得字,但是邓小二子认得字,书又在他那块儿,霸住不肯给别人看,他看到了又不说,大家说,这个责任不是他的,是哪个的呀?”钟玉保气愤地说道。

“昨天,白队长安排两个‘四类分子’打药,会不会是他们搞鬼,破坏革命生产呢?”洪光武表面上做出新的提醒,暗地里也是帮邓远航开脱。

“这也不是没有可能,最近阶级斗争新动向很多,不过,如果是两个‘四类分子’搞的鬼,也是邓小二子给了他们机会。”钟玉保仍坚持邓远航要承担责任。

不一会儿,邓远航跑来说:“查过书了,绝对没错,书上讲的,跟智勇安排的是一致的,出现这种情况,跟打药时间的安排没有关系。不信,你们看书。光武,你读给他们听。”邓远航把《薄荷种植技术》一书递给洪光武。

洪光武接过书说:“不用读了,哪个怀疑哪个看去。”

“贫下中农怀疑,你叫人家白队长睁眼瞎子看啦?”钟玉保说。

“我不怀疑,我信他们,他们看过就行了。打药时间不错,那是什么鬼气呢?”白队长问。

“会不会是药量配重了呢?”邓远航提醒说。

“我看有可能！问一下昨天是不是‘四类分子’配的药?”洪光武支持道。

白队长立即过去问龙皮匠和范伪保长。

52

白队长问过后回来说:“昨天一共喷了三罐子药,药都是花凌云、方元本在工房里配好了背来的,龙皮匠他们喷了两罐子,喷到中午喷完了两罐子,后来花凌云、方元本看龙皮匠他们头昏顶不住了，最后一罐子是他们两个知青喷的。”

“那肯定跟配药有关系，如果跟配药不得关系，两块田至少有一部分薄荷不会死，现在三罐子喷的薄荷全死了，那就是配药的问题。”邓远航分析说。

“放你的狗屁！药是二愣、方小三子配的，药瓶子上都有用药比例说明，他们都是高中毕业生，‘说明’上几个字，他们还认不出来啊，你也太小看人了。”钟玉保极力地为自己的表弟推卸责任。

“这也不是认不认识字的事，认识，有时也会弄错，我们上学时，不也是经常看错题，把题目做错吗?”邓远航坚持说。

“不要把脏水往二愣身上泼，那你怎么不说你把书看错的呀?”钟玉保说。

“有可能不是二愣配的，是方元本配的喃，他爸爸还没平反呢。”洪光武递了个台阶给钟玉保下。

“这说的倒也差不多，我赞成。要说破坏，方元本倒有可能，他爸爸虽然没戴‘历史反革命’的帽子，国民党的团长也跟历史反革命一样，曾经被我们批斗，一直对我们怀恨在心，他搞点破坏最有可能。”钟玉保接着洪光武的话说道。

“我们不要在这块儿空口说白话了，也不管哪个有可能，我们到工房查一下药水，再找他们两个问一下不就行了吗。”邓远航说。

提到问他们两个，大家都四处看看，发现两堆人中都没有他俩的影子，大家对他们两个就更加怀疑了。白队长问钟玉保：“他们上哪儿去了，有没有跟你请假?”

这时，钟玉保想帮二愣打马虎眼，但又怕他是跟方元本在一起的，心里直骂他这个不争气的表弟：你到哪里去，告诉我一声啊，查起来，我好帮你啊。我要说不晓得吧，也不是个事，人家听到肯定要说，住一个宿舍，又是亲戚，连到哪里去都不晓得，肯定两个人有矛盾呢。现在怎么办？不管那么多了，先帮他一把再说吧。于是，他说：“二愣跟我请假的，他说今个上午到公社卫生院把眼睛看一下，方小三子没请假。”

“那这样吧，保子、远航、光武，你们三个跟我去工房看一下，查一下药水瓶子再说，其他人抬粪浇薄荷。”白队长分派道。

他们四人来到工房，工房是土打的墙，门朝南，没有窗子，里面光线较暗，进去适应一会儿才能看清里边的物品。白队长进去一看，大喊道：“我的亲妈妈唉，吃了迷魂草喽，昏了头了。这两个刀杀的，他们把西北角的药用掉了，东北角的一瓶没用。”

“什么西北角、东北角啊?”钟玉保问。

“把两边的药各拿一瓶出来看看，里边看不清。”邓远航说。

白队长一手拎一只已开瓶的空瓶子，一手拎一只没开封的满瓶子放到门外的地上说：“这个是西北角的空瓶子，是除草用的，这个是东北角的满瓶子，是喷药水的。这两个瞎头鬼用错了啊。”

三人一看，明白了，昨天他们防治薄荷斑枯病，该用的“波尔多”药水，一滴没用，他们把三瓶“除草醚”当成治斑枯病的药水，全部喷到了那两块田的薄荷上，致三亩田的薄荷全部枯死。

大家把账一算，损失还是不小的。按最低产量和最低价格算，一亩地就算产四斤油，最低一等的价格就算四十元，三亩地薄荷，损失近五百元，抵四辆“永久”牌自行车，还未算三瓶“除草醚”和四个人工的钱。四人认为，赔，是肯定要赔的，至于赔全部、赔部分？是一个人赔、两个人赔，还是更多人赔？这都要等二愣、方元本回来，把事情问清楚才能确定。不过大家心里清楚，这么大损失，如果叫他们俩赔，他们一年就算白干了，但如果不叫他们赔，群众不会答应，对大家今后做事也没有警戒作用。

半天没讲话的白队长见他们把损失已算得很清楚了，便对他们三人说：“这个事把我气死了，我也不想再说了，等那两个该死的回来，大保子负责，你们三人一起找他们把事情弄清楚，看怎么处理，最后由队里定。我先去把这事跟何支书汇报一下。”

事情出这么大，钟玉保知道问题很严重，白队长走后，他首先想到的是怎么帮二愣减轻罪责或是把责任全部推到方元本身上。这要看二愣回来怎么说了，等他回来时，我给他递些个眼色，让他推说“药都是方元本配的”。不行，他要是把我的眼色想错了，或者递眼色被邓小二子、洪光武他们看到，那就真是骑驴扛麻包,自找麻烦了。干脆写个“你就说:药都是方元本配的”纸条,到时候找机会靠近他,把纸条传给他。行,就这么做。于是,他来到宿舍,写了张纸条,叠好,刚放进口袋,又拿出来,捏着纸条,做着向旁边塞的动作。做完后,摇摇头自语道:“也不行,动作蛮大的。邓小二子、洪光武那两个尖聪鬼,传条子肯定会被他们发现。”干脆叫家家以到舅舅家找他为名,把事情跟他说一下。

钟玉保到田里跟妹妹钟玉家一说,钟玉家也感到问题很严重,同意立即去把他们找回来,接受处理,但她不同意叫二表哥把事情推到人家身上,因而她对哥哥说:“去舅舅家喊他们回来,我马上就去。叫他把责任推给人家不好吧?”

“你不要傻了,现在,是救二愣要紧,哪里还管得了好不好喃?家里亲戚不救还救哪个啊?快去吧,我帮你跟白队长说一声。”钟玉保说着把妹妹向前推了一把,钟玉家便向渡口走去。

二愣、方元本从客车上下来,沿着九龟湖大堤向渡口走去。快到渡口时,方元本把二愣一拉,一起躲在一棵大树后。方元本指着渡口小声说:“看,机会来了,钟玉家一个人从船上下来了。”

“是的,是她,我表妹,就一个人。她一个人出来干什么呀?”二愣问。

“你管她干什么呀,到手的鱼不能跑了。”方元本说。

“你要抓她?”二愣问。

“呆相,在龟集的话忘啦?她肯定是到公社的,走,我们快走,抄近路,抄到她前边。”方元本说着,拉着二愣向堤下的小路上跑去。

在路上,方元本又指派二愣说:“你快去前边队里找个人去劫钟玉家,我跟在后边。哎,跟那人说,点到为止,不要当真,不要把家家弄伤了。”

二愣说了声“好”,便尥起蹶子向前边的庄上快速跑去。

这时,太阳已快到头顶,农民们也已歇工,九龟湖大堤上除了小鸟在树上窜来飞去外,就只有钟玉家一人在九龟湖大堤上自西往东走着。前边已到小秃子他们家了,她突然想起,她和邓远航、何萍浪住在小秃子家的那个晚上。那个晚上这个茅草屋里的笑声好像又在耳边响起了。多少年不见小秃子了,不知道他现在怎么样了。茅草屋已不如以前了,早破败得不成样子了,看来好长时间没有人住了。她走到门口去看看,门并没有上锁,难不成小秃子还在家?她推开一扇门,对里边喊道:“王石基,王石基。”没有人应。她正要带上门离开时,后边一个大汉抱住她,把她挪进了小秃子家的茅草屋。

53

钟玉家开始以为是小秃子,扭头瞥见那人用黑布扎着嘴和鼻子,知道不好,便用手掰那人箍住她腰的手,用脚踩踢那人的腿和脚,嘴里还不停地大喊:“抓坏人啊,抓坏人啊……”

那脸上围着黑布的男人把钟玉家挪进房里,还要朝东房里挪时,脚被钟玉家的脚一踩,没来得及抬起,一绊,向前一跌,趴在钟玉家身上。他迅速站起来,两手拉着钟玉家一边的臂膀就势一翻,把钟玉家翻成脸朝上躺在地上。然后他往下一坐,坐在她的肚子上。两手来解钟玉家的上衣纽扣,钟玉家与他扭打着,拼命地用手抓撕着他的手,用脚乱踢着。不一会儿,那围黑布的男人连撕带拽,扒开了钟玉家的两件上衣。钟玉家上身还剩一件半截护胸小内衣。那男人用手伸进小内衣里,在她隆起的胸部乱摸一阵后,用一只手抓住钟玉家的两只手,用另一只手把她的裤子往下扒。当把她的裤子扒到大腿时,他顺势往下一趴,整个身子趴在钟玉家的身上。

“你他妈的,滚下来,狗日的,我打死你。”就在这时,方元本大喊着冲了进来。他起初以为,他大喊后,那围黑布的家伙应该立即爬起来溜出门外,可他连骂了几句,那人不但不起来,还一边在钟玉家的胸部乱摸着,一边从自己裤裆里往外掏东西。

原来,那人也是个愣头青,他的欲望已完全被身下这个漂亮女孩的身体点燃,欲火正旺,死死趴在她身上不肯下来。方元本心想,叫你点到为止,你竟然真的搞起我心爱的人了,顿时像坐在火炉旁吃辣椒,火气直冲脑门,他放下手里的木匠工具,一个健步冲上去,猛地一脚踢过去,把那人从钟玉家身上踢到一边,然后先将钟玉家的裤子提起,再把她扶站起来,正准备帮她整理上衣时,那围黑布的家伙拿了把菜刀冲了过来。

方元本见状,右手把钟玉家往身后一拉,用身子护住她,然后,左手向上一挡,喊了声"住手",想阻碍那家伙的进攻。哪知那家伙欲火未及满足,又见来人不是二愣,也早已火冒三丈,要把气出在这个断他欲火的家伙身上,他完全忘记了二愣给他的交代,玩起了真的。他的菜刀往下一砍,方元本的手往上一挡,菜刀正好砍在方元本的手臂上。砍穿了衣服,砍破了皮肉,顿时,一股鲜血从方元本衣服的袖口里流了出来。方元本见此,骂了一句:"狗日的,眼睛瞎掉了,欺负到老子头上来了。"他拿起才买的斧头挥过去,只听"铛、铛、铛"的刀斧打击声,然后"叮当、叮当"几声,那个围黑布的家伙溜出了门。

见那家伙溜了,方元本转身关心地问钟玉家:"没伤着你吧?"

钟玉家听他这一句关心,又看他手臂处的血直往下滴,"哇"的一声哭了起来。哭了一会儿,她掏出自己的手帕一边抽泣着,一边帮他扎伤口止血,看着他的伤口,她的泪水不住地往下滴,和着方元本的血水一起渗在她的手帕上。

这时,二愣冲了进来问道:"怎么啦?怎么啦?"

"怎么啦?再迟一点就要出人命了。"方元本气冒冒地说。

"就怪你,要不是你,哪块能有这事!"钟玉家呜咽着说。

二愣听表妹这么说,心里打不到底,是方元本把事告诉了她呢,还是她识破了他们的计谋呢?看这样子,她肯定晓得这个事了,便连忙承认自己的不是:"都怪我,都怪我不好,怪我没跟他交代清楚,都是我的不是。"

钟玉家听他这样说,心想,他自己一进来都承认自己的错误了,就没有必要再把哥哥叫他推卸责任的话告诉他了,何况人家方元本这么英勇地救我,怎么好意思把责任再推给人家英雄呢?因而,她说:"药水怎么配,你没给元本交代清楚,这是你的不对,回去跟白队长承认错误,赔点钱就算了,不要再把责任推给别人了。这个回去再说,现在我们赶快送元本到卫生院。"

二愣心想,表妹这说的是什么话?什么"药水""赔点钱""责任推给别人",听不懂嘛,但好像不是"计谋"的事,恐怕是昨个打药水的事,不管了,有多大的事啊,先去卫生院,"配药水"的事回去再说。

他们直到下午三点多钟才从石龟镇出发回龟岛。方元本的左小臂被砍开四五厘米长的一个斜口子，缝了针，绑上了纱布，考虑到小秃子家那菜刀有锈，又给他打了一针破抗。

路上，钟玉家一直郁郁不欢，不愿讲一句话，她觉得自己的脸被丢尽了，传出去怎么见人？倒真要好好感谢方元本呢，不是他及时赶到，又英勇地与那流氓搏斗，那自己不是就成了第二个关红琴了吗？真是水不可斗量，人不可貌相啊。平时，他这个人不说多话，看不出来有多少水平，开会时，邓远航、洪光武他们说得多，他很少发言，但面对凶徒的菜刀他能挺身而出，这要多大的勇气啊！平时看上去有水平、有人品的邓远航、洪光武，在这种情况下，会为了保护我，迎着菜刀上吗？也许不会，也许会吧。哪个能做到把我看得比他的生命还重要呢？邓远航、洪光武没遇到这事，不晓得能不能，但人家方元本的的确确做到了。想到这儿，她用眼瞄了一下方元本，觉得他比邓远航、洪光武两人英俊高大得多。今个这事怎么向外边说呢，说得不好，我还有什么好名声呢？把当时的情景都如实说出去？不能，千万不能，那以后就没法见人了。那怎么说呢？

一路上她就这么想着，直到过了渡，快到知青点了，她才开口跟他们交代："今个这事，元本是英雄，回去我们要报告，要宣传表扬。事情的经过，我们就统一说那个家伙抢劫我，把我两手绑起来，拖进王石基家，掏我口袋里刚从爸爸那儿要来的十块钱。这时方元本回龟岛，从这儿经过，听到呼救声，冲进去与歹徒搏斗，被歹徒砍伤，最后赶走了歹徒，救下了我。然后又碰到二愣，我们又一起去追歹徒，追出去，歹徒已不见了。听清楚了没有？"

"嗯。"方元本回答了一声。

见二愣没吱声，钟玉家又说："二哥，我就怕你讲错了，我再把经过讲一遍，你听清了。"接着，她又把刚才自己说的经过再叙说了一遍，然后又问："二哥记住了吗？"

"妹，你放心，哥这下记得清着呢。"二愣说。

到知青点，首先看到他们的是钟玉保。他看他们个个没精打采，哭丧着脸，像是斗败的公鸡一样，垂头丧气，便讥笑道："唉呀，战场上打胜仗的英雄回来了嘛，我们得敲锣打鼓、鸣炮奏乐欢迎你们呀。你们两个都给我到会议室来!”他又指着二愣、方元本两人厉声喊了一句。

钟玉家见哥哥又是讽刺,又是发火,怕他不了解下午发生的事,会把问题搞复杂了,便上前小声对哥哥说:“哥,到你宿舍,我有话跟你说。”

钟玉保本来看到妹妹愁眉苦脸、眼带泪痕的样子就有点起疑,现在听妹妹眼含泪花地这样一说,更感到这事里有蹊跷,便对他俩说:“你们先到活动室等我,好好想想自己的问题。”说完便先向自己宿舍走。

到宿舍,钟玉保开了门,一边推门进屋,一边连续问了几句:“怎么回事?到底出什么事了? 是不是方小三子欺负你了?”

钟玉家没有回答,跟着一进门便把门关好,走到床边坐下,喊了声“哥……”往桌上一趴,便啼哭起来。

54

钟玉保见妹妹哭得伤心,先哄了几下,没有止住她的哭泣,又问了几声,妹妹仍抽泣不止,他断定是方小三子欺负妹妹了,便说:“你在这儿,我找他算账去。”

一听哥哥说这话,钟玉家连忙站起来拉住哥哥说:“不怪他,你不要去,你听我说。”于是,钟玉家一边抹泪,一边把下午在小秃子家茅草屋里发生的事原原本本地向哥哥吐露了出来。说完,又连续抽泣了几下,然后长叹了一口气,才停止哭诉。

听完了妹妹的叙述,钟玉保一拳打在桌上说:“哥替你报仇! 那人抓没抓住?”

“跑了。”钟玉家答道。

“长什么样?”哥哥问道。

“个子有二愣哥那么高,脸用黑布围着,看不到。”妹妹答道。

“行,我来,我非把这个狗日的揪出来不可。”哥哥说。

“你怎么揪?”妹妹问。

“我现在就到公社去找爸爸,发动全公社群众检举揭发,把这家伙揪出来!”哥哥说。

“那你是害你妹了。”妹妹说着,眼泪又在眼眶里打转了。

“什么话?”哥哥问。

“全公社一查,全公社都晓得妹妹的丑事,我见不得人,你跟爸爸也抬不起头来呀。”妹妹哀愁地说。

“那怎么办? 这口恶气不能不出啊?”哥哥有点烦躁地问。

钟玉家把跟二愣、方元本交代的跟哥哥说了一遍,然后又说:“那个流氓只有以后暗地里抓他了,现在先要把眼前的事圆起来,你跟何支书他们商量看怎么弄,最最紧要的是你要保证保住妹妹的名声。”

“放心吧,哥保证做到。”钟玉保向妹妹表态道。

钟玉保安慰好妹妹,就到大队部找何支书汇报这个事。他没有把真相说给何支书听,而是按照妹妹的要求,把事情说成抢劫,方元本为救钟玉家英勇负伤。

听了钟玉保的汇报,何支书犯难了,本来今晚在知青点开会,是要批评花凌云、方元本,并对他们做出处理决定的,现在他们成了与歹徒搏斗的英雄,再怎么说,你不能一面表扬学习英雄的英勇行为,一面又批评一个英雄,叫一个英雄赔偿薄荷损失呀。

吃过晚饭,何支书召集白队长等几个队干部和知青们在知青点活动室开会。他先叫白队长把安排花凌云、方元本喷药的事向大家说一遍。待她说完后,何支书说:“花凌云、方元本,你们两人说说,药水是不是你们配的?”

还没待他们俩说话,钟玉保就抢先说:“二愣啊,你不是跟家家说药水是方小三子配的吗? 你好好想想,把昨天哪个配药水的事说清楚。”他心想,方小三子已经是救人的英雄,把喷错药的责任全推到他身上,队里也不会处理他,也不会叫他赔钱的,因而,便用话暗示二愣。

二愣心想,元本对他太好了,他被扣在饭店,元本可以溜之大吉,但他不但没有跑,反而回头救他一起走,还分给他四十块钱,后来还是怪我不会找人,找个“二百五”,把他的手砍伤了,他也没怪我,我现在不能再把责任推给他了,我今个要让他看看,我够不够做他的真朋友。因而,他说道:“哥,我记得清着呢,药水是我一个人配的,跟元本一丁点关系都没有。”

听了这话，大家都感到意外，本来都以为是他们两个人一起配的药水，现在他讲出来，原来责任是他一个人的。

二愣的话更出乎钟玉保的心想，他心里暗骂二愣这个呆熊，本来叫他把责任全推给方小三子，你不推就罢了，你好歹也说是两个人一起配的，各人分担些责任也好啊，现在却说是自己一个人配的，把责任全揽到自己身上了，呆熊，你以为是功劳啊？他想不管这个呆熊了，可想到舅舅叫他照应二愣的话，他又开口说："二愣，你不要害怕，你平时脑袋瓜就有问题，老是记不清个事，这一怕，脑子更糊了，你冷静一下，好好回忆回忆，药水到底是你配的还是方小三子配的？"

"哥，不就是昨天才做的事嘛，还用得上什么'回忆'啊？我记得清着呢，我走进工房，到西北角拿一瓶药水打开，到门外咕咚咕咚地倒进喷雾器，再加满水，然后元本背到田里的，全是我一人配的，跟他一丁点关系都没有。"二愣怕大家不相信，便把配药的细节说了出来。

"他说的，我相信，除草药就放在西北角的。二愣，我问你，我叫你到东北角拿药水，你怎么拿西北角的药水？"白队长问道。

"门一开就看到西北角的药水，东北角有化肥挡住看不到，进去就拿了西北角的药水，没去看东北角。"二愣回答道。

"那你们怎么也不看看药瓶上面的字？都是高中生，看一下也不会出差错呀。"邓远航问道。

"里边乌黑，看不清，心里又惦着晚上的《海霞》，就没顾上那么多。"二愣说。

"那你晓得你们喷药的两块田的薄荷怎么样了吗？"邓远航又问。

"那肯定是两个哑巴睡一头，没得话说来。虫死了，薄荷活了呗。"二愣说。

"薄荷死啦！"几个人异口同声地说道。

"啊？虫没死，它们把薄荷咬死啦？"二愣惊讶地问。

"你们喷的不是药水，是除草醚。"洪光武告诉他。

"你一个人配的药，责任全是你的，你看怎么办喃？"邓远航问他。

"怎么办？赔呗！赔偿损失呗！"二愣心想，反正今天白得了几十块钱，全赔上去，就当没得着罢了，因而，他态度非常坚决地回道。

“你打算赔多少啊？”邓远航追问道。

“三十五块钱，够了吧？抵我爸一个月工资呢。”二愣心想，方元本给他四十块钱，买鞋子花掉两块钱，还剩三十八块钱，留三块钱花花，其他的都赔出去。

“‘三十五’？十个‘三十五’也不够，损失五百多块呢，这都是社会主义的集体财产喃，我们一分钱都不能让它损失呢。”邓远航说。

“啊？这么多，邓小二子，你诈人啊？”听说那么大的损失，二愣心慌了。他想，要早晓得损失这么大，他也不会做好人，把方元本的责任也背过来，更不会爽气地说赔了。

“他没诈你，这还是按最低限算的，事实上损失更大，当然全叫你赔，你也赔不起，赔多少，队里要研究一下。”何支书说。

“何支书，我能说句话吗？”一直没讲话的方元本开口问道。

“你说。”何支书说。

“浪的你还说什么呀？责任全让二愣背去了！”钟玉保不想让他说，气他刚才不替二愣承担一部分责任。

55

“这事我也有责任，药虽是二愣配的，但我应该再进去看看，或是把瓶子上的字看看，这是我的不对。我想，这个损失也不能叫二愣一个人赔，我帮二愣一起赔，我出五十块钱，绝不能让集体的财产受损失。”方元本平静地说道。

这话一出，让众人对他真是刮目相看，都觉得这不是平时见到的方元本，是一个全新的、高大的方元本。

首先是他二哥方元正觉得弟弟今天怎么变傻了，是不是跟二愣在一起，被他传染上傻劲了，人家已承认是他的责任，你还揽什么事？五十块钱，到哪里去找？

钟玉保兄妹也觉得他今天和往常不一样。钟玉保想，这方小三子平时看不出来，关键时候还蛮呔气的，这个家伙还可交。钟玉家想，这方元本今天已两次让她惊奇了，先前是拔刀相救，现在是掏钱相助，都显示出了可贵的品德。

邓远航也觉得很奇怪，平时喜欢单溜、不怎么愿意帮人的他，今个怎么慷慨解囊啦？是不是二愣帮他打架了？也不一定，要相信他，人是会变的，说不定他经过贫下中农这段时间的再教育，正在发生根本性变化呢，这也从另一个方面证明了上山下乡的必要。

感到他变化最大的是何胜浪支书，当兵前，他在公社当通信员，看到他时，总觉得这个伢子看人恶恶的，眼睛里藏着一种仇恨，当时觉得这个伢子以后弄不好能走上犯罪的道路，今个他做的事证明自己看走眼了，他从心里佩服他的品德，因而他说："我很赞赏元本这种毫不利己、专门利人的高尚品质，他这种行为感动了我。这个事我看这样，花凌云赔一百块钱，先缴现金五十块，余下的到年终决算时扣除，至于方元本嘛，他有这颗心就行了，钱就不要他赔了。大家看怎么样？"

支书都说过了，大家也就没什么意见了，也都表示赞同。

"如果没有意见，这个事就这么定了。下面请钟玉保汇报方元本与歹徒搏斗英勇负伤的事。"何支书继续说道。

钟玉保按妹妹说的，把今天发生的抢劫案说了一遍。大家一听，更是对方元本赞赏有加，纷纷赞扬他这种见义勇为的好品德。

听了方元本的这个事迹，邓远航深受感动。那年，大家学习丁和美时，他就想有一天自己要是遇到什么危险的事一定要冲上去，到时也成为丁和美那样的小英雄。十多年过去了，他也没碰到过类似的事。他想，这种事怎么我碰不到的呢？要是我碰到肯定也会冲上去救钟玉家，那时自己也会无上光荣，不过人家遇到了，冲上去了，还负伤了，确实不简单，应该大力宣传。因而，他首先发言道："我十分敬佩元本这种见义勇为的品行，面对凶残的歹徒、面对锋利的屠刀，他义无反顾地挺身而出，毫不畏惧地与歹徒展开殊死搏斗，这需要多么大的胆量啊！在生命受到威胁的情况下，他想到的不是自己，而是别人，这是多么高尚的精神啊！我们知青点出了这么个英雄，我们要学习宣传他的事迹，学习宣传他的精神，我们应该把他的事迹整理出来，报到上级，要在全大队、全公社，甚至全县宣传他的事迹。我表个态，我自己要带头学习他的行为，同时，如果需要我，我愿意积极参与整理他的事迹材料。”

“我也愿意。”洪光武举手说。

“我作为当事人，我想说几句。我非常感谢元本的相救，如果不是他挺身而出，我可能已遭遇不测。这种救命之恩，比什么都珍贵，我会永远记在心里，感谢一辈子。”钟玉家含着泪花说。

只有二愣心里很不平衡，自己是又受到批评又赔钱，他是又吃元子又沾糖，好事全他摊上了。看你以后对我怎么样，要是不好，我把你的事全抖出来。他还从心里笑其他人，平时一个个聪明绝顶，现在一个个都被蒙在鼓里，喊我“愣子”，我看你们一个个都是“愣子”，你们的脑子还不如我这个“愣子”呢。

方元本见二愣很烦躁，想说话的样子，怕他这个“愣子”不高兴，说话时说漏了嘴，把事情给败露了，因而他用一只手在下边轻轻地捏了捏二愣的大腿，一下把二愣捏得“扑哧”一声笑了起来。方元本心想：坏了，坏了，要把他个愣劲笑上来，哪个也拦不住他。怎么办呢？

“二愣，这是个严肃的事情，你笑什么呀？难不成你还瞧不起元本做的事？瞧不起，你也演一段英雄故事给我们看啦。”邓远航讽刺他说。

“我又不是不会演，我要是想演，比他演的还好呢。”二愣说。

“不是叫你演戏，演戏是假的，是叫你学习他这种精神，去干一回真的。”邓远航说。

“什么真的假的啊？就是一场戏，我们昨天看的《海霞》，漂亮是漂亮呢，一个个脖子伸得长长的，看得得劲呢，不也是演的啊？叫我演，我保证会演。”二愣津津乐道地谈着演戏的问题。

他这一谈演戏很随意，可把方元本急死了，他想叫他闭嘴，又不好说出来，再从下边捏他的腿，再把他捏笑起来，愣劲上来，他真能把昨晚和今天的事都说出来。他晓得二愣这个脾性，要说一个话题，他就死盯着这个话题说，人家再怎么改变话题，他还是在他开始谈的那个话题上转。就像现在说演戏，他下面说的话就很难离开演戏，这就是他的惯性。这可怎么是好？怎么把他这个惯性浇灭呢？有了，口袋里的东西，可以把他这个惯性扑下去。

“要说演戏……”二愣又开口谈演戏，才说出半句话，他台下的手被方元本的手握住，好像感到他把什么东西塞到了他的手心里了。他停住说话，慢慢地把台下的手张开，又慢慢地把目光向下移，对着手心一看，他脱口喊出个“钱！”字，然后用另一只手把钱捻开，数了一下，五张十块的，五十块！给我钱做什么啊？噢，是赔薄荷的钱，你方小三子真够哥们的。

“二愣，你刚才正说演戏呢，怎么不说了，说个‘钱’字干什么呀？没有叫你现在就赔钱呀，哪来的钱啊？”邓远航觉得很奇怪，怎么今天这么多人让他感到意外喃，说话做事都出乎他的意外。这二愣又有点不正常了，因而他就追问了他几句，想探个究竟。

“我，我要赔钱，不想演了，现在就赔，喃，五十块钱。”说着，他把五张十元的纸币递到何支书面前。

众人一下把目光聚焦在那五张十元的纸币上，看到的是真真切切的五张十元的人民币，不是用什么报纸、白纸充数的。然后大家又把目光聚焦到二愣的脸上，想看看他到底有什么神通广大的本事，一下变出这五十块钱的。这五十块钱，对于这个生产队来说，是一个强劳力干一百多天活所得的工分钱，而他二愣说拿，在几秒钟时间里就把它拿出来了，这还不让人感到神奇吗？

最紧张的是方元本，他是想拿五十块钱给他赔薄荷，让他心里安定下来，从而堵住他的嘴，但他是想叫他过两天交钱，不是叫他现在就把钱拿到台面上交出去，现在交出去，人家问你钱哪儿来的，你能回答好吗？特别是邓远航、洪光武这些尖聪鬼，好钻牛角尖子，你这个愣子怎么应付得了？今个的事要败在你这个愣子身上了。

最高兴的是钟玉保，他说：“好，雷厉风行，说赔就赔，一下子就拿出这么多钱赔了，爽气！好样的！”

最感叹的是白队长：“还是街上人有钱，我家老年们，整天在湖里放鸭，不要说一下子，十下子也拿不出这么多钱啦。”

最怀疑的是邓远航和洪光武，那钱一拿出来，邓远航就小声地问旁边的洪光武:“你感到奇怪吗?”

“嗯。”洪光武对此也有不少疑问。

56

他们了解二愣,他平时口袋里是不带钱的,即使是外出有事,需要备点钱,他口袋里也不会超过两块钱,这一下子拿出五十块钱,真是太阳从西边出了。他们虽然不能断定这钱来得不正当,但问他几句,把情况弄清楚还是可以的,于是,邓远航便问道:“二愣啦,你平时口袋里不放钱的,怎么今个发大财啦,一下有这么多钱的呀?”

“平时口袋里是没钱,今天不是要赔薄荷钱吗?跟家里要的。”二愣说。

“你们没回龟岛时,还不知道薄荷枯死了,你怎么晓得要赔钱啊,你不会是先知先觉吧?”邓远航继续抓住他的漏洞问道。

“这个、这个……”二愣吞吞吐吐地说不出来。

钟玉保见他答不出来,便替他打圆场:“这个不是很清楚吗?邓小二子,你不要吹堂灰找裂麻缝了,他怎么晓得的?是家家到他们家喊他们时告诉他的,这还有什么怀疑的吗?”

“就算是家家告诉了他,可赔多少钱是刚才何支书才定下来的,二愣,我问你,我不问别人,你怎么晓得要带五十块钱呢?”

“这个、这个,我也不晓得叫我赔这么多钱,我开始还以为三十多块钱就够了喃,哪晓得定下来赔这么多,我哪里晓得?我就带了五十块钱,再多我也没得了。”二愣回答道。

“你家真有钱啊,一下子能拿出这么多钱。你说实话,你这五十块钱是哪里来的呀?”洪光武心想,我爸爸一个月工资算高的了,可我们从来也没拿他们这么多钱啊。

“你们什么意思啊?我就不能有五十块钱啊?那就随你们怎么说,这五十块钱是我偷的,你们满意了吧?是我偷的,偷的,偷的方元本的。你们不信,问他。这下,你们快活了吧?”二愣被他们问得嫌烦了,说话也“愣”了起来。

“好啦，好啦，我们讨论的问题本来很清楚，但这回大家也不清楚了，你看，全走题了。当然，花凌云把五十块钱先赔了，这是很好的事嘛，至于他这五十块钱怎么来的，我们也不要多怀疑。”何支书看他们都离题万里了，便制止道。

“是的嘛，跟审犯人一样地审我，好像我这五十块钱是偷来、抢来的一样，你们要说出来我是偷哪个的、抢哪个的，我就佩服你们，我就把五十块钱给你们。”二愣继续说着他的愣话。

“好啦，好啦，我刚才已说过啦，我们现在讨论的是怎么学习宣传方元本英勇斗歹徒的事，刚才大家都已经做了很好的发言，这个事，我看这样，我们这两天把这个事迹材料整理好，这个由邓远航、洪光武两人负责。整理好后，先在大队广播上宣传，再分别报一份到公社和团县委。钟玉家、李晓星负责播音，并准备排些小节目，钟玉保、方元正准备好奖状、奖品，我们要开社员大会给他发奖，另外你们还要出一期专栏，宣传他的事迹。看大家还有什么意见？”在部队做过指导员工作的何胜浪深知培养典型、宣传典型的作用，现在一个活脱脱的典型摆到了面前，他理所当然要把这个典型用好。

“何支书，我想说几句，可以吗？”刚才一直在观察大家反应的方元本这时想说说心里的想法，便请求讲话。

“当然可以啦，你说。”何支书说。

“今个这个事，我觉得是瞎猫碰上死老鼠了，是被我碰上了，也不算什么大不了的事。其实我晓得你们其他人哪个碰上，都比我做得好。我想请求支书一件事，就是也不要整理什么材料了，就请大保哥在大队高音喇叭里说一下就行了，就不要把材料报到公社跟县里了，就这么一件小事，不值得上报了。”方元本觉得这事不能大张旗鼓地宣传了，报到公社、县里，万一有领导要求追查那歹徒，把这案子破了，那一切也就“破”了，因而他竭力请求领导不要把这事闹多大了。

“你这一说，就更显出英雄本色了。真正的英雄不是头昂昂的，而是非常谦虚的，像你这样，把这么英勇的行为看成是一件小事，正体现了英雄高尚的品格，我们更要认真学习，大力宣传。这个事就这么定了，大家分头准备。”何支书最后总结说。

散会后，邓远航和洪光武回到宿舍，总感到今个的事蹊跷得很，但又都只是怀疑，理不清事情的头绪。邓远航开始有点后悔了，他后悔刚才开会时表态要帮着整理事迹材料，这下真把任务落到他俩头上时，他又从心里不愿整理这个材料了，因为他心里对这个事疑问太多。他问洪光武：“你说这个材料怎么写？”

“怎么写啊？好写，先写个题目，然后写开头，再写正文，最后写结尾，这不就写好了吗？”洪光武也感到难写，便跟他开玩笑说。

邓远航说难写，是因为心手不一，手上写的，与心里想的不一致，当然写起材料来就别扭，甚至一个字也写不下去，既然你洪光武开玩笑说好写，那我就顺水推舟了：“那好，你把这个材料写一下，我出去一下。”

“哎，你站……”洪光武一声还没喊完，邓远航已“啪”的一声带上门，走在门外了。

他心里始终放不下这个事情，他认为钟玉家应该知道这事的底细，便出来想找钟玉家问问。

他刚到她们宿舍门口还没敲门，门就“吱”的一声拉开了，只见李晓星香气扑人地迎面而出。他问：“擦得这么香喷喷的约会去啊？”

李晓星刚开门见邓远航站在门口，先是一惊，心想，今个没听到喜鹊叫啊，怎么两个人都来到啊？他不是来约我的吧？要是约我那可就遭了，那一个还在路上等我，叫我去大堤呢。后来听他问话，心才定下来，原来他是另有所求，也好，省得我两头应付。见邓远航问，她便一边笑着一边指着钟玉家说：“哟，邓公子，我哪有福气跟人约会呀，喃，那一位才香喷喷地等约会呢。”

“怎么我一来，你就走，讨厌我啊？”邓远航也笑着说。

“给人家腾地方呀。我讨厌你？我再不走，人家就要讨厌我了。咯咯咯……”李晓星说着笑着，带上门，飘进了月光中。

“今个怎么有时间光临我们女生寒舍的呀？”钟玉家晓得他平时不到女知青宿舍，便故意问道。

“你今个吃苦受惊了，来看看你。”邓远航说。

“还看呢,平时都说关心人,就是会嘴上说说,倒是平时没说关心我的元本挺身而出,要不是他勇敢地与歹徒搏斗,你今个晚上恐怕是来看我的尸首了。真让人不可思议。”钟玉家嗔怪地说。

“你真以为你当时会有生命危险吗?”邓远航想问问当时的情况,没想到这一问却把钟玉家问火起来了。

“你幸灾乐祸呀,是不是我死了你就高兴了?要这样我就死给你看。”钟玉家十分恼火地说。

邓远航见她发火了,便不再吱声。钟玉家见他不讲话了,觉得自己话说重了,自己遭歹徒袭击,又不是他策划的,跟他发什么火噻。于是,她又说:“我不是说你,你不晓得我心里多难过,我就想发火。你说这个事怎么偏偏就摊到我头上呢?难不成我平时对人不好吗?”

“好,好,哪个不说你平时待人心好、心善啊?这个也是碰上了,偶然的事。上午要是你哥派李晓星去,那就是李晓星遭到袭击了。”邓远航安慰她说。

“是的哎,就怪大保子,他要派个男知青去,不是就不会有这事了吗?”钟玉家心里是有点对哥哥不满,偏要叫她去传话给二愣,要把责任全推给人家元本,这下不但没推成,二愣还全部承担了责任,又害了我。

“也不能怪大保子,他也是为了生产队的事,要怪还是怪那歹徒,他要是不起歹心,不是就没事了嘛。好歹你还没有什么损失,也真是万幸了。”邓远航说。

“怎么没损失啊?我的心、我的名声受伤害大着呢。”钟玉家说着又掉下了眼泪。

邓远航见她掉泪了,晓得触到她的伤心处了,便沉默了一会儿,然后又问:“方元本勇斗歹徒,制止了抢劫,你的钱还在,怎么名声会受伤害呢?”他想从中问出所以然来,便一步步地向深处追问。

57

这一个问题，钟玉家根本不想回答。这个事的详情，到现在只有元本、二愣、大保子以及那个歹徒晓得，其他人都不晓得。邓远航虽是她最好的同学，但她也不敢把详情告诉他。他现在还把我看得很高大，一旦他晓得后，在心里还不把我看成是低人一等啊？因此，她只是坐在那里流泪，一句话也没说。

见她不说话，邓远航觉得可能这件事远远不是现在公开的那样，可能还有不少情节钟玉家没说出来，或是不愿说出来，难不成她也遭受到跟关姐一样的伤害了？他不愿再往下想，但愿她受到的伤害不是那么大。因而他也不再追问“名声”的事，而是岔开话题说：“我倒也觉得很奇怪，这条路，我们走了多少年了，从来没碰到什么事，小秃子家，你记不得吗？小时候我们那次深更半夜还在他家玩呢，也没有过事，怎么这次大白天就出事了呢？”

“我也这么想，这个人胆子也太大了，那个地方离公社也不远，左右不远都有人家，他怎么晓得小秃子家没人的呢？”钟玉家擦了擦眼泪说。

“这么说，这个人事先看了地形，或是对小秃子家情况熟习，如果这样，那很可能就是认识小秃子的人干的。”邓远航分析说。

“这倒不一定，他家那个房子，破墙倒犀的，不管哪个外来人一看就晓得那房子好久没人住了。”钟玉家怕他去找小秃子，从而了解到更多情况，便把他的思路引向别的地方。

“我还是认为，这事情怎么看，也不像光是为了抢你几个钱啦，要是光想抢钱，他何必把你弄到房子里，在外边把你口袋里的钱一掏就跑，多方便。”邓远航又想触及更深些的问题了。

钟玉家还是把话向已公开的情节上引：“就是抢劫，他把我弄进小秃子家，就是为了多争取点时间把我身上的钱全搜出来，路上的人又看不到。”

“路上人看不到，那方元本怎么冲进去的，二愣后来又是怎么冲进去的？他们怎么像约好了似的，一个接一个地到小秃子家约会了？”邓远航又触到了更深的问题。

“你是说，元本他们共同谋划好了来伤害我的？邓远航，我告诉你，你就是心眼小，看不得人家元本成为典型、成为英雄人物，人家元本有一点进步，有一点成绩，你总要从反面看人家，认为人家是虚的、是假的，你只相信你自己是真的。”钟玉家又来了火气，说得邓远航心里也很不是滋味。

邓远航心想，这么多年同学，你和何萍浪是我最尊重的女同学，到头来，我在你眼里就是这形象，真让人寒心。我今个来找你也是为了把事情弄清楚，并不是搞方元本什么东西，你倒好，一口一个“元本”地替他辩护，昨天还“方元本”“方小三子”地叫着，今天怎么就叫得这么亲热了？莫不是你的脑子被伤害了？他就这么想着，半天没有说话。

钟玉家见他半天不吱声，觉得话又说重了，便又说：“我那是气话，也不是针对你的，你不要生我的气，你不晓得我心里有多难受，真跟猫抓的一样，我心里有火，没处发，只有对你这个老同学发，请你原谅。”

邓远航不想再问下去了，觉得再问也问不出个名堂出来了，每次问到关键时候，她不是打岔就是发火，叫人没法去深入了解。他想就此告辞回自己宿舍，但又觉不妥，如果现在就走，她还真以为我生气了，真是小心眼喃。于是，他顿了会儿，又问道：“我还是觉得，这个歹徒像是附近的熟人，要么认识你，要么认识小秃子，要么认识二愣和方小三子，否则，他不会用黑布蒙着脸的，蒙着脸就怕被熟人认出来。”

“这也不必然，现在公社文化站都有照相机，他就是外地人，也怕人拍下来，弄个通缉令一贴，他往哪里跑?”钟玉家也不管自己的理由站得住脚站不住脚，尽管说出来，把他的思路引过来就行。

这下真的想告辞了，他站起来正要说“你好好休息”时，钟玉家也站了起来，并且抢先说道：“你能不能陪我去看一下元本，不晓得他受伤的膀子怎么样了?”

时间已这么迟了，邓远航本来不想跟她一起去看方元本，怕他看到他们俩一起去看他，产生不着边际的猜疑，引起误会难以说清，后来想她是真诚邀请，也不大好拒绝，同时去了还可以从他们说话中了解更多的情况，便答应道：“好哇，陪你去。”

方元本弟兄俩的宿舍在最西边,紧挨着钟玉保和二愣住的宿舍。

钟玉家在前推门,邓远航在后边跟着。弟兄俩坐在各自床上看书。方元本正看着《木工基础》一书,见钟玉家来了惊喜万分,他们宿舍还从来没有女知青光临过喃。他连忙站起来迎她进来,把自己的床边掸了又掸说:"请坐、请坐。"然后又对邓远航做个手势,示意他坐他哥床上。

"膀子怎么样,还疼吗?"钟玉家关切地问。

"疼,还有点,不过,这倒也不怕,过几天肯定就不疼了。唉呀,谢谢、谢谢!这点小伤你还一直这么挂念。"方元本感谢说。

"听你的话里,好像还有什么怕的意思,说出来,我们保证帮你,你放心。"钟玉家向他表态说。

"对,你说出来,有什么事,大家都会帮你的。"邓远航怕他理解成就是家家和他两人,因而加上了"大家"两字。

"也没什么,就是怕发炎,怕得破伤风、败血症。"方元本刚说出"败血症"几个字,就把钟玉家一吓。

她说:"不要瞎说!不会的,已经打过'破抗'了,就不会得了,元本,以后再也不准说这个话了。"

虽然被钟玉家责怪,但方元本心里却很高兴。不准他说"破伤风、败血症",说明她心里疼他、在乎他,喊他"元本",说明她心里有他、尊重他。他想,他的计划就要一步步地实现了。因而,他显得十分激动地说:"好的、好的,听你的,我不说。"

邓远航觉得这两人是有点异样,他想从侧面问方元本一些情况:"元本,昨天你和二愣一起来龟岛的呀?"

"一起,噢,不对,我先从家里走的,他后走的,碰到那事后,我们三人一起到龟岛的。"方元本有点紧张地答道。

"你们是怎么晓得钟玉家被劫在小秃子家的呢?"邓远航问道。

"听到小秃子家有动静,我就冲进去了。"这些问题早在方元本脑子里考虑了多遍,因而他平静地答道。

"假如是小秃子家里人在家里发出的响声,你冲进去不是显得鲁莽了吗?"邓远航再问道。

“不鲁莽,到门口,我停下来向里边望了一下,看见一个大汉压在家家,噢,不是不是,看到一个大汉抓住家家两个膀子,我就冲了进去。”方元本又有点紧张地答道。

“那歹徒认识你和家家?”邓远航追问道。

“不认识!”方元本肯定地答道。

“你怎么晓得他不认识你?”邓远航抓住他的破绽继续追问。

“这,我也不晓得他认不认识我的。”方元本有点不耐烦地说。

“你与歹徒搏斗的斧头哪里来的?”邓远航又问道。

方元本低头从床底下抽出一把锋利的斧头递到邓远航面前说:“就是这把,在街上买的。”

“你干什么呀?你审问人家啊,走走走,元本,你休息,明天再来看你。”说着钟玉家和邓远航走出了门。走到邓远航和洪光武宿舍门口,钟玉家又跟他说了几句话,叫他以后不要对人那么盛气凌人的,那样会失去群众。两人正要告辞各自回宿舍,却被出来倒洗脚水的洪光武看到了。洪光武看见月光下的两个人正谈得火热,气得连水带脚盆一起倒了出去,然后又“砰”的一声关上了宿舍的门。

58

洪光武关上门后往床上一躺,心想,你邓远航真够朋友,我早就跟你说过了,我正在跟钟玉家谈恋爱,你倒好,当面信誓旦旦要支持我、帮助我,背地里自己却去跟她约会,你跟我争家家,你当面跟我说唉,我们是朋友吗?朋友之间就是争,也应该明争,而不应该暗斗唉!你这算什么朋友?把我捺在宿舍写材料,材料写好了还有你的功劳,在朋友吭哧吭哧写材料的时候,你却去采摘朋友的恋爱果实。想到这,他从床上猛地站起,一把抓起桌上的稿子,快速撕成几片,揉成一团向门扔去。

纸团扔出去正好砸在拎着脚盆从门外进来的邓远航头上。邓远航放好脚盆,捡起纸团,展开一看,是方元本的事迹材料,他便将撕成几片的材料在桌上拼在一起，然后对洪光武说：“你辛苦啦。真是快手啊，个把钟头，材料已写好啦。”

“我哪有人家手快啊，个把钟头，把人家的对象都抢到手了。”洪光武躺在床上说。

“你要这么想，也太小心眼了。”邓远航心想钟玉家还说我小心眼呢，这块儿躺着的个才是真真切切的小心眼呢。

“用双手把家家捧给你，心眼就不小了吧？抢人家对象，心眼倒比天宽呢。”洪光武反讥道。

“跟家家说几句话就不能吗？就算抢对象吗？要是这样，那世界上所有的男人不都是在抢对象吗？因为他们天天都会接触到女人，都有可能跟她们讲话。”邓远航反驳道。

“你不要强词夺理。你们在月光下，谈得那么火热，不是抢人对象是什么？”洪光武坚持着自己的判断。

“你不要瞎猜疑了，我告诉你，确实有人跟你抢对象，你再不下功夫，家家真要被人抢走了。”邓远航不想再跟他辩下去，便提醒他说。

“这个知青点，除了你，能跟我争家家的还没生呢。做小偷脖子上还要戴串佛珠，还装什么正经给我看呢？”被妒火燃烧着的人，往往会显得非常亢奋，随时会反击来自被妒者的任何言行。此时他们的大脑已被妒火烧成一腔糨糊，分不清优劣对错，思维被妒火烧成了一根直锥子，尖锐而不会转弯，根本听不进别人的任何分析，更听不进被妒者的任何辩解，只相信自己的一孔之见，只相信自己的分析判断。洪光武此时正是这样一个被妒火燃烧着的人。

邓远航晓得他现在是牵着不走，拉着倒退，跟你犟起来了，因而也不再接他的茬，先让他冷静一会儿再说。于是他“哗啦啦”地倒水洗脸洗脚，“吱”的一声开门倒水，又“吱”的一声把门关上，“噗”的一声把灯吹灭，然后“咯吱、咯吱”地翻了两下，躺在床上不动了。

西边邓远航的床上停止了“咯吱、咯吱”的声音，东边洪光武的床上却响起了“咯吱、咯吱”的声音。洪光武见灯也熄了，人也睡了，面对着满屋子的黑暗，他辗转反侧，毫无睡意。他下了床，“吱”的一声打开门，一束月光拥进来，挤走了屋里的黑暗。

屋外的世界在月光的映照下，显得那样的静谧、那样的安详。他在门前躺着的树根上坐下，抬头向天空望去，月亮在云彩中穿梭，一会儿被云朵遮掩，收起光芒，一会儿穿出云朵，散发光亮，显得那样从容、那样沉稳。望着望着，他头脑里的时光在这月光下慢慢地向后倒流，从刚才他俩的灯下夜谈，到他们并肩劳动，到中学共读，到小学砸泥，直到做“小要饭的”那时，一路流过，他慢慢地觉得刚才的言行有点过火了，确实不够朋友。他想，这一路过来，这么多年，他邓远航不但没跟我抢过什么，还帮了我许多，给了我不少呀，特别是在我落难，成为“小要饭的”那个时候，他不但不跟钟玉保站在一边欺负我、侮辱我，还把我当朋友，帮助我、关心我，我怎能这样对待他呢？是啊，难道就凭讲两句话，就能断定人家抢你对象？这不是太霸道了吗？

洪光武在床上“咯吱、咯吱”辗转时，邓远航并没有睡，他正想着用什么法子等他冷静了再说服他，正想着，见他开门出去，他担心他被气糊涂了，做什么傻事，想出去看着他，但他还是忍住没有立即跟出去。人虽没跟出去，但他的耳朵却竖得很长，紧张地监听着门外的动静，听到他脚步停止了，晓得他没有走远，便安心地等待着。过了一段时间，他觉得可以出去跟他交流了，便下床向门外走，走到门口，看到他上身穿个汗褡子，便又折回，到他床上拿了件春秋衫，走到他后边，帮他披在身上。

洪光武晓得是邓远航在后边帮他披衣服，他感到那月光像忽然变成了日光一样，有一些热量洒到了他的身上。但他没有表露出那种强烈的感动和感谢，而只是把身子向旁边挪了挪，让出了半截树根。邓远航走过去坐在他的旁边。两个人默默地看着月光。

过了好一会儿，洪光武先开了口：“今晚月亮这么亮，刚才我们要是坐在月光下，可能就没有那么多气话了。”

“对，房间里太暗，两人都说暗话，当然就闷得慌了。外边空气多好，让人心里多舒畅，心情宽畅了，什么话都不在话下了。”邓远航笑着说。

“是的是的，刚才在屋里说的暗话，你不生气吧？不怪我吧？”洪光武问。

“还是怪房间里太暗，一暗心里就闷，一闷心胸就窄，一窄就容不下事，也容不下话。我也会有这种情况。”邓远航仍然笑着说。

“是的是的，以后我们再有气就到阳光下说，那样更亮敞，心胸会更宽阔，装下的话和事会更多。还是你了解我，不管以后怎么样，我们永远是知心朋友。”洪光武也笑了起来。

“其实，你对我还不很了解，你要了解我，你就晓得真人不说假话，明人不做暗事，你就晓得我不会做那些偷鸡摸狗的事。你说我们永远是知心朋友，那你心中的知心朋友是什么样子呢？”邓远航问。

“知心朋友，就像你我这样，有话就说，有事就帮，有苦同吃，有福共享。我是这么想的，你看呢？”洪光武说了自己对“知心朋友”的想法后，又反问邓远航对知心朋友的想法。

“你讲的我赞成，但我还要加上些我的理解。什么是知心朋友？知心朋友就是晓得你一定会做什么事，晓得你为什么会做这个事，同时，不管你晓得不晓得他也会帮你做这个事的那个人；知心朋友就是晓得你喜欢什么东西，晓得你为什么喜欢这个东西，同时，不管你晓得不晓得他也会帮你拥有这个东西的那个人。按照这个想法，知心朋友哪能跟知心朋友抢对象呢。”邓远航跟他探讨着“知心朋友”的问题，并由这个问题又引到洪光武生气的事上。

“这样一想，当然不会，那样说也还是怪光线太暗，也只有在昏暗中才说出抢对象那昏暗的话来。不过，你之前在屋里说了一句话，我没问你，那也是因为屋里昏暗我没敢问，怕越问越暗。现在有月光在，我可以问了吧？”洪光武半真半开玩笑地说。

“月光下都不能问话，那还叫什么知心朋友？尽管问。”邓远航笑着说。

59

“还真有点不好意思呢。你刚才在屋里说，我再不下功夫，家家真被人家抢去了，这个‘人家’是指哪个？”洪光武不好意思地问道。

“这个人就在我们知青点。”邓远航说。

“谁？”洪光武又问了一声。

“方元本。”邓远航小声说。

“他？怎么可能？他有这个能耐跟我争家家？”洪光武继续问道。

“怎么不可能？我刚才为整理他事迹的事去问家家，后来又陪家家去看望方元本，我感觉他们之间有点不正常。”邓远航说。

“怎么不正常？”洪光武声音很小地问道。

“我感到有两个不正常。第一个不正常，我感到家家说到方元本时，她总是一口一个‘元本’，喊得蛮亲热的；第二个不正常，我一提到方元本，她就显得特别激动，对他的伤也特别关心，一提到他受伤，她眼泪就要往下掉了。”邓远航仍低声说。

“有这等事？他真要跟我抢家家？”洪光武又问。

“事情是跟你讲了，但我还是要告诉你，要把心放在月光下、阳光下，不要做那昏暗的事。”邓远航告诫他说。

“人家不跟我阳光，我跟人家阳光，不是吃死亏了吗？那就干脆退出来算了！”洪光武说着气话。

“我这是告诉你这个消息，你也不要把这个就看成人家跟你抢家家。”邓远航觉得光把刚才的事告诉他，还有点不妥，还应给他加上些解释。

“我请问，他这不是抢是什么呢？难道你只有看到他把家家绑走才算是他在跟我抢家家吗？”洪光武问。

“我还是不能赞成你说的那样。走，外边也凉了，我们回屋说吧。”邓远航怕在外边的说话传到其他宿舍，引起更大的风波，因而叫洪光武进宿舍再说。回到宿舍，他关上门继续说：“光武，我觉得，抢，这个字不能随便用。你要确定了这个东西是属于你自己的，你说人家抢还差不多。你跟家家谈恋爱，只有你晓得，我晓得，就连家家自己都不晓得，更不要说其他人晓得家家就是跟你谈恋爱了，既然大家都不晓得你们谈恋爱这个事，人家去找她谈人生大事有什么不可以呢？人家去追她，完全可以啊，怎么能指责人家跟你抢呢？”

“唉，我们这些人酸得很，肚子里没有多少知识，却有一种臭知识分子的架子，喜欢什么、反对什么，不敢直接表达，藏着掖着，转弯抹角，结果是人家在云里雾里，不知不解，自己也空空如也，一无所获。酸、酸、酸。”洪光武感叹地说。

“你也不要妄自菲薄，你人不像你说的那么酸，事也不像你想的那么糟。你要是真喜欢家家，就不要拱手让人，你就应该下点功夫去追她，只要你下点功夫，家家的天平还是倾向你这边的。”邓远航劝他道。

“唉，这事也真烦人，我也不是没下功夫，功夫也下了，她的反应好像就是不怎么强烈。我也无计可施，不知如何下功夫了。只有向你求援了，你说我怎么办？”洪光武叹息地说。

“化学老师说，反应不强烈，加催化剂啊。哈哈哈。”邓远航开玩笑说。

“人家跟你谈真的喃，你全跟我开玩笑。”洪光武说。

“你问我怎么下功夫，也真是向瞎子问彩虹，还真问错人了，我也没谈过恋爱，也没看过这方面的指导书，怎么告诉你？不过有些小说上也有点这方面的东西，比如要送她些她喜欢的小东西，跟她说些她喜欢听的话，多跟她在一起，慢慢地就谈上了。”邓远航自己没这方面的法子却找着法子应付着他。

“问你也确实是白问，这个事还是自己去钻研。好，你看着，我要是争不过国民党团长那个小子，我就枉是共产党法院院长的小子！哟，时间也不早了，你睡吧，我把这个抄一遍。”洪光武拿起桌上被他撕成条的稿子，向邓远航扬了一下说。

“哈哈哈，你这真是脱裤子放屁，自找麻烦。这就是耍小孩子脾气的代价，血的教训啊！哈哈哈，我睡觉喽。噢，还有一点得说说，就是你与方元本争，不能用损害对方、损害家家的法子，不然，会有更多血的教训，付出更惨重的代价。”邓远航先笑后又严肃地说。

第二天下午，队里开了群众大会，宣传方元本勇斗歹徒的事迹。大队里给他发了奖状，还奖励给他一本笔记本。又过两天，钟玉保爸爸钟大同书记送县工作组到龟岛时，为是否在更大范围宣传方元本的事迹与工作组产生了些分歧。

县里派驻石龟公社工作队一共二十八人，由邓远航爸爸邓仁礼任队长。二十八人中留公社四人，其余两人一组，分到十二个大队。今天，留公社的四人和部分公社干部分头送各工作组到大队，帮助所在大队开展“抓革命、促生产”运动。

团县委副书记丁和美是派驻龟岛大队工作组的组长。她到石龟一听说方元本的事迹就为之一振，心想，群众是真正的英雄，你看，这刚到群众中第一天就发现英雄，这真是一个英雄辈出的时代啊！作为一名团的干部，有责任把这种英雄事迹总结好、宣传好，让这种见义勇为精神在全县广大团员青年中生根开花，把这种花香飘到地区、飘到省里，让更多的人闻到她的芳香。

所以，当他们坐在大队部一听完这个事迹汇报后，她就抢先发言：“我感到我们石龟公社真是一个出英雄、出典型的地方，真是九龟湖后浪推前浪，一代一代强传强。多少年来，我们石龟公社为全县培养了很多典型，给全县人民群众提供了丰富的精神食粮。方元本这个事迹又是一个值得全县人民学习的英雄事迹。钟书记，我想说个建议，就是我们石龟能不能组织一个班子，把这个事迹很好地总结一下，然后在全公社开展学英雄活动，我们团县委大力支持，争取在全县团员青年中掀起学习方元本英雄事迹的高潮。”

“我赞成和美的意见。我们在部队时，领导们的一个很重要的工作方法就是培养典型，典型开路。各营各连争着出这个‘尖子’那个‘尖子’的，把战士们都引导到了部队的任务上。我们这儿现成的一个，就更应该好好培养，大力宣传。”何胜浪支书附和说。

了解整个情况的钟玉保担心宣传的范围大了，歹徒抓到了，真相清楚了，影响妹妹的名声，因而他对爸爸说：“这个事，我看还得研究研究，不能着急。”

钟大同听儿子话里有话，想等会儿把情况问清楚再说，也就没有呼应丁和美的建议，而是接着何胜浪的话题提起了要求。“典型开路，我们早就这么做了。你们龟岛就是我在县里工作时抓的典型，现在在地区也是挂上号的，叫你来做支书，又把和美她们工作组派给你，就是要你们团结一心、下苦功夫，把这个典型进一步宣传好、发展好，不要在你手里把我亲手树起来的这面红旗搞倒了。”

“那是，我向领导表态，人在红旗在，保证让您亲手树起来的红旗，在龟岛高高飘扬。”何胜浪立马表决心道。

“同时，再树起一面见义勇为的大旗，那就给钟书记亲手树的红旗锦上添花了。”丁和美又把话题转了过来。

“和美啊，你还年轻，不晓得阶级斗争的复杂性，这个事不能轻易地这么定下来。”见丁和美仍纠缠这事，钟大同有点不快地说。

60

本来兴致很高的丁和美被钟书记一说，脸唰的一下红了，她想不通，钟书记为什么不同意总结宣传方元本这个典型，事情已经很清楚，还有什么复杂性？想到这儿，她又叽咕了一句：“有什么不能定、有什么复杂的嘛？”

其实，开始听到这个事迹时，钟大同是想大力宣传的，但丁和美先表态了，他很不高兴，便不想对她的意见表态，后来听儿子说那话，觉得这里边还有扣结，就明确表示不同意丁和美的意见。这会儿听丁和美又追问了一句，他觉得还是要给她一个明白，因为他知道“县革会”黄主任很赏识她，她哥在部队又当连长了，将来还有用得上她的时候，因而也不能得罪她。于是，他平和地对她说：“和美，其实你的意见是很正确的，我之所以没当场同意，主要考虑这样几点：一个是这个案子还没破，歹徒没抓到，事情真相还有不清楚的地方；再一个是这个事涉及我的姑娘，在案子还没彻底搞清楚的情况下，我如果急于大力表彰方元本，群众肯定怀疑我是假公济私；还有一个很重要的问题，就是方元本爸爸是国民党团长，现在虽然出来工作了，但是事情并没了结，如果我们在没搞清楚全部真相的情况下，就大力宣传国民党团长的儿子，你说，群众会认为我们是站在什么立场上、为哪个阶级说话的？”

大家这才“噢”的一声，似乎是在赞赏钟书记的高见。丁和美也因此想通了：“哎呀，还是老领导见多识广，看问题深刻，以后我要向老领导多学习。”

“这个事情这样吧，既然大队已表彰了，我们公社也要表示个态度，一是公社奖励他五十元钱，这个钱连奖励带治伤；二是材料照整理，整理好放那儿，待案子破后，再做进一步的决定。”钟大同最后为了给丁和美一些面子，又做了两点决定。

这个决定传出去后，最感到愤愤不服的是二愣。他站在方元本他们宿舍里心里就直发毛，他想，方元本这个“英雄”完全是他帮出来的，他帮了人，人家得名得利得表妹，自己亏人亏心还亏钱，一年的工都白干了，这做的什么事、过的什么日子啊？想着这些，心里极不平衡，他猛地向眼前的小凳子踢了一脚，小凳子一下飞出了门外。

方元本见状连忙跑到门外拾起小凳子，又跑回房里，关上门，把二愣拉到床边坐下。然后从抽屉里拿出二十元钱递给二愣说：“兄弟，这功劳也有你的一份，这是奖励给你的。哥是不会忘记你的。你不是喜欢李晓星吗？包在哥身上，哥帮你。”他觉得二愣真是个愣里吧唧的人，他随时都可能把真相暴露出去。现在他有点后悔跟他合作做事了，以后一定要采取措施，治得他屁都不敢放一个。但这个时候哪里敢得罪二愣呢，只有哄着他了。

“那你什么时候也让我演个英雄救美人啊？呵呵呵。”二愣接过钱笑着问方元本。

“不要急，稍微等一等，要看机会。”方元本哄他说。

此后，二愣常常问方元本什么时候是“机会”，方元本还是叫他“不要急，再等等”，他自己倒是有不少机会与钟玉家接触说话，加深了两人的相互了解，一次也没给二愣找到与李晓星单独相处的机会，直到一个多月后，队里开始收割薄荷了，才好不容易给他逮到了机会。

薄荷收割季节，正是一年最热的七月中下旬。这时向智勇、邓远航按照从书上学到的知识要求，把开镰的日子预定为连续几个大晴天、烈日暴晒后的一天。一天的收割时间也只有四五个小时，必须在上午十点到下午三点之间收割，这段时间是一天太阳光照最强烈的时候，薄荷中的油被最大量地晒到了根的上部，可以获得最好的产油率。白队长也早早做了收割的准备工作，还给社员和知青分派好了以下任务：开镰的第一天生产队全部劳力参加收割，晚上以后全体知青只负责蒸馏工作，不再参加收割劳动。

万事俱备，只等烈日。7 月 23 日，烈日当空，最高气温 38℃，正是收割薄荷的好日子。白队长挑来两大水桶开水以及盐、白糖、清凉油、十滴水等防中暑物品，还请来大队赤脚医生坐诊到田头。各人自带草帽、毛巾等防暑用品，上午九点吃早饭，十点开镰，中午不休息，到下午三点收工。中途谁如有不适，可自行到树荫下休息，最后按收割的田块大小记工。

白队长刚布置完毕，一个十四五岁的小女孩就对白队长说道："婶子，不要给我记工噢，我割不过你们，我也不要工。"

"没把你算在内喃，你城里伢子，注意镰刀不要碰了自己就行了。"白队长说。这跟白队长说话的小女孩是黄老师的女儿。就是那年冬天下大雪，跟黄老师一起到公社要救济的那个小女孩，名叫黄洁青。现在在县中读初中，放暑假随她妈妈到老家来走亲戚，为了完成老师布置的作文，一定要跟她妈妈一起来参加劳动。

大家也都是第一次收割薄荷，带有一种新鲜感，也怀着一种丰收的期待，一下到田里，便有说有笑地快速向前推进。随着太阳光的升高，地面温度已达到五十多摄氏度，大家的劲头下降了，速度也慢了下来。烈日炎炎，热浪滚滚，人们清晰可见沟埂中弯弯曲曲向上攀升的热烟，田里的植物都被晒得蔫下了头，跟主人来看热闹的几只小狗趴在树荫下，伸着舌头，大口地喘着粗气。收割薄荷的人们早已汗流浃背，有年纪大的人陆续去喝了些糖水，然后再接着干，中学生黄洁青也早坐在大树下休息了，这边的知青们都在坚持着，还没有一个人去树荫下喝水。

生产队的妇女们劝他们道："伢子，歇歇脚，不能拼着干，有几天割喃。"

黄老师也说："耕牛不怕用千次，就怕一次累到死。你们年轻人该休息还是要休息啊。"

钟玉保则举起镰刀喊道："同志们，加油干啦，坚持就是胜利！谁狗熊谁英雄大家比一比啊！"

邓远航、洪光武嗓子也冒烟了，本想去喝点水，补充些水分，被他这一喊也不好意思去了，只是站起来，拿下脖子上的毛巾擦下脸，然后把毛巾拧一下。这一拧，毛巾里的水像下雨一样往下滴，两人相互伸了一下舌头，把湿毛巾往脖子上一挂，又继续割了起来。

到下午一点多钟时，终于有人坚持不住了，倒下了，这就是李晓星。昨晚，钟玉保又约她到九龟湖大堤，很晚才回来睡觉。今早起得迟，匆匆喝了一碗稀粥就上工了。割了一会儿，她就大汗淋漓，接着是又饥又渴，她早就想到树荫下喝口糖水，休息一下，可为了响应钟玉保的号召，支持他的工作，她只得忍耐着、坚持着。这时,她已没有汗往外流了,头昏沉沉的,眼睛一黑,腿一软,跌倒在薄荷田里。邓远航首先冲过去,抬起她的头,掐她的人中穴。钟玉家过来掐住她的虎口。钟玉保见状赶快跑过来推开邓远航,自己一手托住李晓星的头,一手掐她的人中,同时对邓远航说:"你那样拼命掐,想把人往死里掐啊?愣在这块儿干什么?快去端碗糖水来。"

邓远航见他那样使劲地把自己推到一边,倒真是愣了一下,想不通自己哪里做错了。他正要到田埂上去端糖水,白队长已端着糖水,带着赤脚医生过来了。不一会儿,李晓星醒过来了,她喝了碗糖水,感觉精神多了,便站起来要继续去割薄荷。白队长见她走路还有点打晃,便叫钟玉家和赤脚医生一起扶她回宿舍休息。

送走李晓星,白队长感到有点后怕,心想不能再出什么事了,不能为了高产,把哪个伢子的命送掉了,那无论是对组织,还是对他们的家庭都不好交代了。于是,她把所有人召集到田埂上来,强制大家到树荫下喝水休息。不一会儿钟玉家和赤脚医生回来了。他们告诉大家,李晓星已好多了,就是头还有点昏,是渴的累的,问题不大,躺一会儿就恢复了。大家一颗心也放了下来。一刻钟后,大家又走到烈日下继续收割。

方元本割到二愣旁边,对他说:"哎,李晓星一人在宿舍躺着,你的机会来了。白娘子家自留地里长有西瓜,你顺便摘一个,去看望她,跟她说些关心她身体的话,慢慢地她就对你有好感了。"

"机会倒是机会,可大家都在劳动,我怎么好走啊?"二愣看看正在挥汗割薄荷的人们,作难地问。

"这还不是小事一桩嘛。"方元本说着坑下头对二愣叽咕了几句,二愣点点头,在薄荷株里对方元本伸出大拇指,以夸他主意的高明。

61

割了一会儿,二愣突然扔下镰刀,往下一蹲,手捂着肚子"哎哟、哎哟"地喊了起来。方元本第一个跑过来大声问:"怎么啦?怎么啦?"

“我肚子疼得厉害。”二愣一脸痛苦地说。

大家又是一阵忙乎后，让他也回宿舍休息。

二愣向宿舍走时，开始还手捂着肚子，弓着腰，慢慢地往回走，待拐了弯，看不到大家了，他便甩开两臂尥起蹶子飞一样地向宿舍跑去。路过白队长家自留地，他走进西瓜田，挑来拣去，最后摘了一个最大的西瓜抱着就直奔李晓星宿舍。

知青点十分安静，只有几只鸡子用爪子在泥土里扒着什么，别无他人，同时又见李晓星宿舍门关着，他想，真是机会来了，她一定是在床上躺着喃。

他踮着脚轻轻地走到她的门口，用一只手指抵着门稍稍一推，没推动，里边插上了。他又慢慢地将耳朵贴在门上听听里边的动静，里边传来“哗啦啦、哗啦啦”的水声。洗澡？洗澡！二愣的心跳猛然加快了，跳得喉咙也发干了。他使劲地咽着唾液，想减轻喉咙的干痒，越咽，唾液越少，喉咙越干。他看看手里的西瓜，听听屋里的“哗啦啦”。嗯？怪事！嘴里的唾液又多起来了，多得不朝下咽，就要流出来了。他放下手上的西瓜，蹑脚走到窗前，贴着玻璃向里望，望到的只是自己的映像。她早已在里边拉实了窗帘。他朝门看看，发现门的下半截有条缝，便又蹑脚走到门口，侧过身，弯下腰，撅起屁股，低下头，左眼闭起，右眼贴着门缝向里看。里边用旧报纸糊住了，什么也看不见，只有“哗啦啦”的声音在撩他的心。他向四周看看，几只公鸡、母鸡在刨食，其中一只公鸡用爪子踩着一根细树枝，尖嘴在上面啄着什么。他走过去赶走公鸡，拾起它用过的枝条，走到门前就往门缝里捅。旧报纸被捅破，他再从缝中向里看，除了“哗啦啦”的声更响了，还能看到半只雪白的膀子。他的心痒痒的，口水滴滴的。这女人好精啊，躲在西南角洗喃，只看到她半只膀子，稍微朝东边门这边挪挪，不就看到全部了嘛，这个女人精，太精了。忽然，他有了新发现：后窗！那儿可以看到西南角，看你往哪儿藏？来到后窗，同样是大失所望，里边用旧报纸糊得严严实实，一条缝的机会都没有。他只有老老实实地回到正门。

“咚。”他敲了一下门。

“哪个呀？”里边停下“哗啦啦”问道。

“我。”二愣答道。

“你是哪个?”里边问。

“浪的听不出来啊?”外边也问。

“听不出来。”里边说。

“浪的,花凌云都不晓得啊?”二愣很不情愿地说出自己的“尊姓大名”,心想连我的声音都听不出,真不是个东西。

“噢,二愣啊,有事啊?”里边说。

“没事,送个西瓜给你吃。”外边说。

“不要不要,你给他们田里人吃,我喝点糖水就好了。”里边说。

“他们叫送的,你就留着吃吧。”二愣心想,要是这西瓜送不出去多丢人,因而他只好借用大家的名义。

“那好,你放在门外吧。你替我谢谢他们。”里边说。

唉!这是什么“机会”啊?你方元本带我玩的吧?连个完整的人影都没见到,只见到半只白白的膀子,听到“哗啦啦”的声音,说了几句无关紧要的话,难不成这就是谈恋爱?一点不快活、不舒坦!西瓜早放在门外了,人是走还是不走?现在就走,还谈什么恋爱喃?不走,对,就不走!我就坐在这块儿等!二愣坐在走廊的台阶上没有动。

过了一会儿,里边传来了拉插销的声音,他连忙站起来,抱起西瓜站到了门旁。

“哎呀,你没走啊?你真是个愣子,半天没吱声,我还以为你走了呢。”李晓星开门见到二愣说。

二愣看到李晓星上身穿着件白圆领衫,胸部挺挺的,下身穿着蓝布大裤头,露着两条雪白的大腿,目瞪口呆地抱着西瓜定在那儿了,一句话也说不出来,过了好一会儿才在心里长长地倒吸了一口气。

“你还愣着做什么呀?进屋坐吧。”李晓星说着先进了屋。

“嗯。”二愣答应着,抱着西瓜进了屋。进屋也不知坐在哪儿,便仍抱着西瓜站在那里看李晓星。

李晓星去端澡盆要把洗澡水倒掉,端了两下端不动,便喊道:“愣什么神啦?也不晓得来帮人家一下。”

“嗯。”二愣随手把西瓜往旁边的床上一放,连忙过来,端起澡盆就往门外走。倒完洗澡水,回来把澡桶戗在墙角。

“你劲真大,我平时都跟家家抬的。”李晓星夸他说。

“那是的,知青点,没人比我劲大的,以后你有什么重活,我都帮你做。”见李晓星夸他劲大,他也得意了起来。

“好,那难为你了。不过以后女人的洗澡水、洗脚水,你不要帮着倒。”李晓星从床上搬下西瓜,掸掉床上的泥说。

“为什么呀?”二愣不解地问。

“女人的洗澡水、洗脚水又脏又臭。”李晓星说。

“不臭啊,我刚才还闻到香味呢,我欢喜闻呢。”二愣说。

“男人倒了女人的洗澡水、洗脚水就低女人一等,一辈子都要听这个女人的。”李晓星说。

“那我就跟你倒洗澡水,天天跟你倒,年年跟你倒。洗脚水脏,我闻着香,我看着欢喜。”二愣说。

“呵呵呵……那你一辈子都要听我的呀,我叫你往东,你就往东,我叫你往西,你就往西,要服服帖帖的。”李晓星笑着说。

“嗯,那你就试下子,看我听不听你的。那你说,你叫我往哪块?”二愣认真地说。

“真听吗?”李晓星问。

“真听!哪个不听,出门就被雷劈死。”二愣坚定地答道。

“那好,站起来,往南,往南,再往南,去割薄荷。”李晓星觉得时间不早了,割薄荷的人也快要回来了,怕这个愣子愣劲上来,在这块儿做出傻事,被大保子看到就不好了,因而顺势就赶他去上工了。

听到她的口令,二愣真的站起来按照她喊的走了,一直向南,向南,走出了房门,没有半点懈怠,最后叫他“去上工”,不是离开她了吗?那还有什么戏?恋爱还没谈呢。他不愿离开,但又不能不听她的话,便一直向前走,走到厨房,他蹩了进去。

李晓星见他走了,一个人在宿舍里暗自好笑,心想,真是个“愣子”,这么好哄,大保子也真是,叫什么人不行,叫个愣子来送瓜,万一他愣劲上来,欺负我,看你心疼不心疼?她一边想,一边拿只条把低头扫地,嘴里还哼起了革命歌曲。正扫到门口,见一双大脚立在门口,她抬头一看,“我的妈呀”一声尖叫,条把也掉到了地上。

62

原来,二愣正拿着一把菜刀站在门口。

“花凌云,你、你没上工啊?你要干什么呀?你把我吓死了。”李晓星也不敢喊他“愣子”了,叫了他的大名,声音还带点抖地问他。

“我、我把你吓住了,我还有事没做呢。”二愣说。

“做、做什么事?”李晓星朝后退退,警惕地问。

“我、我给你剖西瓜喃。”二愣说。

“那你进来剖吧。”李晓星也不敢再指派他什么,只是顺着他。

二愣提刀走进屋里,用手在西瓜周边抹了几下,然后“咔嚓”一声,西瓜分成了两半。“妈的,生的!”他提着菜刀,两眼看着两个半边瓜说。

李晓星没跟他向里走,仍站在门口,怕万一愣子毛起来,她好夺门而逃。这会儿,听他说“生的”,她远远地看了一眼那两半瓣瓜,白子白瓤,像个瓠子。要是在先前,她又要骂他“这个愣子,把个瓠子当西瓜”,可现在他手里拿着把菜刀,她不敢造次,便劝他说:“不熟就不熟,你的心意我领了,不是说千里送鹅毛,礼轻情意重吗?你是大热天送西瓜,瓜生情意重啊。”

“真情意重啊?”二愣转过头来问。

“嗯,真有情意。”李晓星回道。

“那我再去摘一个大的熟的,让情意更重!”二愣说着提刀向门口走来。

“什么情意不情意的呀?二愣你不是肚子疼吗?在这儿吵什么啊?影响晓星休息啊。”这时,钟玉保走了进来,才让李晓星的心放了下来。

三点钟收工时,白队长又把晚上熬薄荷的人分成两班,第一班邓远航、洪光武、钟玉保、钟玉家、李晓星、花凌云六人,从下午五点干到第二天早上五点,这一班由蹲点干部丁和美负责领导,邓远航负责技术;第二班向智勇三个老知青和方元本兄弟共五人,由何支书负责领导,向智勇负责技术,从第二天早上五点干到晚上五点，此后轮班，每班干十二个小时。

邓远航他们早早吃了晚饭便上工熬薄荷了。大家也都是第一次熬薄荷，谁也没有经验。邓远航只是多看了几遍书，此前与向智勇一起研究了几次。叫他负责技术，他的心也是拎拎的，颇为紧张，生怕出不了油，或是出油率过低。但他也不好再推辞，上次白队长叫他当生产队会计，他已推辞过一次，这次不能再不给白队长面子，更何况，你毕竟还有一本书指导着，你要叫不识字的白队长负责技术那不是强人所难嘛。

来到蒸馏锅旁，他合上《薄荷种植技术》，把它放到旁边的凳子上，然后叫大家往大锅里加水。加到一多半时，他跳进锅里，站在蒸格上，叫大家把薄荷秸秆递给他。他接过大家送来的薄荷秸秆头尾相互交错地一层一层往上堆。装到一半时，他说："停一下，停一下。大保、二愣，你们两个重量级的进来踩踩实。"踩实后，再叫大家往里装，装到快满时，又叫他俩踩一遍，然后装成一个小山头，盖上盖子。他走到锅膛前烧着了膛里的煤炭，并很快把火烧旺了起来。这时，天已黑了下来，炉膛里的火映照在邓远航的脸上，把他的脸变成了一个圆圆的火盆，两只眼睛变成了火膛，冒起了两堆小火苗。

大家见火已烧着，没什么事了，就随便往地上一坐，吹起牛来。首先是洪光武开口说话："乖乖，远航这下成了薄荷专家了。"

"他呀，他学的多呢，什么小提琴、画画、刻章、下棋、赤脚医生，都快成百家了。"钟玉家也跟着夸了几句。

见钟玉家夸邓远航，洪光武便心有醋意地说："那不一定，专家就是要钻一行，像我钻研《资本论》那样，他这样见一样学一样，顶多是个杂家。"

"那人家至少已是个薄荷专家了。"李晓星也夸起了邓远航。

钟玉保制止她说："你不要被他锅内锅外爬几下唬住，这个哪个不能啊？专家不专家，不是吹出来的，要看出不出油，出多少油，他那个小尿管子要是尿不出油来，他顶多是个烧火专家。"

二愣想坐在李晓星旁边，被表哥抢了先，他觉着没趣便回了宿舍。过了一会儿，他又来了。这会儿，他不是来顶班的，而是替方元本传话的。他把钟玉保喊到一边低声说："哥，方家兄弟喊你去吃夜餐喃。"

"不是吃过了吗，怎么还喊去吃？"钟玉保问。

“他说他崇拜你，想跟你交朋友。还叫把家家、李晓星一起喊去。”二愣说。

“她们女的就不要去了，把光武喊着。再说都走了，邓小二子又会叫起来了。走吧，我们先走。”钟玉保对二愣小声说过后，又大声地说：“你们几个在这儿坚守岗位，光武，走，我们几个到田里去转转，防止阶级敌人做什么坏事。”

他们前脚走了一会儿，钟玉家因刚才例假来了，肚子疼，下身难受，裤子也脏了，想回宿舍去洗一洗，可既不好意思跟邓远航说，又不好意思走，不能叫人家远航一人在这儿熬薄荷嚟。

李晓星晓得家家难受便到炉膛前跟邓远航说：“家家肚子疼，叫她回去，她不好意思回去。”

“啊？那你赶快送她回去。再喊大保子跟光武他们过来，这块儿马上要有事做了，很快就要撇油、加水了。”邓远航说。

李晓星送走钟玉家，黄老师带着女儿黄洁青也过来了。黄老师来告诉邓远航：“远航，上次你说的事有眉目了，你赶快通知那个女知青，叫她在省里医院弄一份病情证明来，好帮她搞病退。”

“真的呀，那真难为你了。明天休息我就写信告诉她。”邓远航一边往炉膛里铲煤一边对黄老师说。

“不要说那客气话了，姑娘还有事找你呢。”黄老师说。

“二子哥，你帮我把这篇作文看一下吧。”黄洁青说着把手上的本子递给邓远航。

“来，铲子把我，我来替你添煤，你到上面马灯那儿帮她看一下，这是她这次下乡的最大任务呢。”黄老师边说，边从邓远航手里拿过铲子，边推了他一把。

邓远航与黄洁青到上面蒸锅旁的马灯下，打开作文本看起来。她写的作文题目是：烈日下的汗雨。看到这个题目，他就觉得不错，便问黄洁青：“题目是老师出的，还是你自己起的？”

“自己起的。”黄洁青两只眼睛盯着邓远航说。

邓远航继续往下看。看完后，他把作文本合起来递给黄洁青说：“好，看完了,拿去。”

“你帮我改改吧。”黄洁青没有接作文本。

“我怎么改?”

“笔在这儿。”黄洁青把笔递给他。

“怎么下笔?”

黄洁青拧开笔套,把笔身递给他。

“还是没法下笔。”

黄洁青左右看看,跑过去把一只小方凳端到他面前,让他把作文本放到上边改。

“还是没法改。”

小姑娘有点急了,装着生气地说:“你不想给我改就算了,我就是写得再差,你好歹也在上面动几笔啊,让我晓得差在哪里呀?哪怕写一个字,也让我心里好受啊?”她心想,二子哥今天怎么啦,拿起翘来了,头这么昂?这么难服侍?是不是他一个人在这儿劳动,不高兴?或是犯什么错误了,罚他一个人在这儿劳动?

63

见黄洁青生气了,邓远航又翻开作文本,说:“好,我给你写个字。”说着,在“烈日下的汗雨”旁写了个“甲”字,然后抬起头又说:“你二子哥是惭愧唉,你写的比我写的强多了,你叫我怎么改?就是没法改嘛?”

“呵呵呵,二子哥也会夸人了,不是我妈帮你开后门,你拍我妈马屁吧?”黄洁青笑了起来。

“你二子哥是个顶天立地的汉子,不好的东西,刀架在脖子上也不会说一个‘好’字。我最讨厌拍马屁那副嘴脸,也厌恶忘恩负义那种小人。当然,你妈帮我忙,我会记在心上,不会挂在嘴上。”邓远航说。

“跟你开玩笑,你就喜欢上纲上线,你看你严肃的样子,呵呵呵。那你要说‘忘恩负义’,我还多心呢,那年大雪天,我和我妈喝你一碗粥,我还不晓得什么时候还你情呢，你是不是要我像林道静对余永泽那样地还情呢？”黄洁青笑着说。

“哎呀，才多大点，还没发育喃，也晓得这些事？好像比我还成熟呢。”邓远航说着看看她的胸部，一看脸红了，说漏嘴了，她已经发育了，胸脯已鼓得蛮高的了。

“瞧不起人啊，就不能比你成熟啊？《青春之歌》我早看过了，哪个不晓得这些事啊？不就是男的对女的好，女的对男的好嘛。”黄洁青说。

邓远航觉得眼前这个小女孩很纯洁很可爱，其实不懂爱情是什么，读了一本《青春之歌》就成了“爱情专家”，也敢对爱情说三道四了，纯粹是一种单纯的表现，不能跟她瞎说，因而他问：“你喜欢看大书？”

“嗯，我还看过《林海雪原》《艳阳天》《金光大道》。”黄洁青说。

“那你还想看更多的大书吗？”

“嗯。”

“那好，这是关姐宿舍的钥匙，这把是她宿舍木箱子的钥匙，里边有一些书，一次只能拿一本出来，拿出来不能说在哪里拿的，就说跟我借的。”邓远航掏出钥匙，边说边把钥匙递给她。

“嗯。那我拿本书来陪你，不然你一个人在这儿多孤单。”黄洁青接过钥匙说。

“不用，他们一会儿都来了。”邓远航送走了她们母子俩，又站到炉膛口添煤、顶灰、出渣，忙开了。

不一会儿，分油器中流出了混合馏出液，流到撇油器里。慢慢地撇油器里的液体涨到了出油管，上层的薄荷油一滴滴地滴到玻璃瓶里。邓远航长长地舒了一口气，这个过程终于成功了。他根本不要他们说“薄荷专家”的名字，那个名字让他脸红，他就是想证明一下从书上看来的东西管用不管用。他拿起凳子上的《薄荷种植技术》亲了一下，自语道：“难为你了，老师，你才是专家喃。”

“哪个是专家？怎么你一个人在这儿？他们人跑哪儿去了？也太散漫了！”丁和美下午去公社开工作队会议，开会时不放心熬薄荷的事，因而一散会就奔这儿来了。过来看到邓远航一个人忙上忙下的便气愤地问。

“噢,他们三个男的说去巡逻了,看有什么人搞破坏,两个女的身体不舒服,我叫她们回去了。”邓远航一边添煤一边说。

“什么巡逻呀,现在形势一片大好,还有什么坏人敢搞破坏啊?还不是找借口不晓得躲在哪块儿玩呢,就欺负你一个老实人,你也不要老蹲在炉膛边,热死了。上来凉快凉快。”丁和美关心地说。

“不行不行,书上讲的,熬薄荷烧锅炉要身不离炉膛,勤添煤、勤出渣、勤顶灰,在锅内沸腾之前多加煤,火要烧旺,让锅内的水很快产生蒸汽。开始出油后,加煤要少而匀,用温火把薄荷茎叶里的油慢慢蒸出来。”邓远航像背书一样对丁和美说。

丁和美从上面走到炉膛口,拿毛巾帮他擦掉脸上的汗说:“你也真是,熬薄荷也像上学读书一样,背得滚瓜烂熟。”

“过去在公社长大,也晓得一些农活,虽然不会把小麦说成韭菜,但这次插队真正地沉下来,才知道自己什么都不会,不虚心向贫下中农学习,真是一事无成。”邓远航说。

“你还是小时候那样,一点都没变,学什么会什么。不像我们这个脑袋,是猪八戒他奶奶的脑袋,笨死了,学什么总走神。真羡慕你们年轻人。”丁和美用钩子钩着炉灰说。

“你才多大呀,就说我们年轻人了。”

“哎呀,比你大好几岁呢,看我这样子,快成老奶奶了。”

“不要充老啦。小时在你家牛棚听小二刘说大书长大的,我还不晓得你多大吗?哎,说起小二刘,你晓得他现在在哪里啊?”

“老早听说他是右派分子,好像在什么农场劳动呢。”

“不晓得什么时候还能再见到他。”

“你要见他干什么呀?”

“跟他学东西啊,他肚里东西多呢。”

“千万不要跟他多接触,见到也不要说认识,不然会影响你的政治生命。”

“不碍事,好坏我还能分清。”

“路线斗争很残酷,稍有不慎,站队站错了,说叫你的政治生命结束就结束,毫不留情！你还是谨慎点好。”丁和美告诫道。

邓远航没有再答话,他觉得多少年没见到她,她有没变的地方,也有变化不小的地方。没变的是她认真负责和吃苦耐劳的精神,变化很大的是她的思想,好像“左”了不少。因而他不想再谈这个话题。看着炉膛里的火苗,他突然想起那年冬天,她妈妈想通过他找爸爸弄点救济布给丁和美做新衣服的事,那时他找爸爸,爸爸没给他批条子,他当时就定下来以后长大了拿工资时给和美姐买件花褂子。于是他说:“和美姐,我还差你一件礼物呢。”

“差我礼物？什么礼物?”

“差你一件花褂子,小时候我答应长大后有能力时一定给你买件花褂子。”他把小时候她妈妈要救济的情况说给丁和美听。

丁和美听了眼泪流了出来。她也记得她妈妈请他跟他爸爸要救济这个事,她还记得后来钟玉保给她送几斤山芋干的救济条子,在后草堆把她推倒要欺负她的事。就是那天晚上,一场大火断送了她爸爸妈妈的命,把她的容貌也毁了,让她永远失去了一个女人的自信。至今她也没搞清楚那场大火是怎么烧起来的。丁和美擦擦眼泪说:“你真把我感动死了,姐谢谢你心里还想到我。花褂子就不要买了,心里有姐,姐就非常感谢了。姐现在也拿工资了,也有能力买了。”

“不行,一定要买。这不是几个钱的问题,这是一个人说话算数不算数的事,再说我那等于是对你妈妈的承诺,我不能失信。”

“那不还是小伢子时候嘛,说的话多呢,哪能都算数喃?”丁和美想钟玉保那时不也是对她海誓山盟的吗？现在怎么样,看都不敢多看她一眼。

“小伢子说话也要算数,我一定要替你买一件花褂子。”

“你不是还没拿工资嘛,等拿了工资再说吧,姐领情了。”

“我有工分呢,我今年工分也不少呢,到年终结算时,怎么也得分个百把块钱呢。”

“一个工分才几分钱,到年底你能分几个钱？分几个钱那是你的辛苦钱,你买点东西吃吃,长身体呢。”

“你不要说了,我一定要买。要不这样,你说你哪天结婚,我买了作为结婚礼品送给你。”邓远航这句话一说,再次把丁和美的眼泪说了出来。

64

丁和美又流眼泪是为她的容貌伤心，脸上留下这伤疤，哪个男人愿意看一辈子？这辈子看来也结不了婚了。她对邓远航说："你看姐长成这样能结婚吗？现在寺庙、尼姑庵早被破'四旧'破了，要不然我早就去当尼姑了。"

邓远航晓得又说到她的伤心处了，心里直怪自己口无遮拦，这会儿听她说要做尼姑，更觉愧疚，不该说"结婚"不"结婚"的事，引得她伤心。于是，他劝她道："我觉得你不能这么说，被人家听去恐怕要批斗你了。你看尼姑，那是被破的'四旧'，比右派还厉害呢，小二刘你都不准我靠，你还要做尼姑，那你早没得政治生命了。"

一句话又把丁和美说笑了起来："我那是跟你说的，在外边我不可能说，也不可能做的。"

"其实，你自己不要看不起自己，你原来长得就很漂亮，只是后来为了救集体的财产才留下伤疤的，但你的心灵更美了。再说，萝卜白菜各有所爱，有人爱相貌，有人爱心灵，人们首选的还是心灵美，每个人都会找到自己的归宿，像你这样心灵美的人更有人崇拜。"邓远航说起了大道理。

听了这话，丁和美既高兴又忧伤，高兴的是理论上是这样讲，忧伤的是实际上有几个人这样做？你邓远航这大道理讲得头头是道，但就我这样的人要你选择，你选不选？但她并没有问这些问题，她晓得如果现在当面问他这个问题，他一定很尴尬。因而，她只问了一句："萝卜白菜，那你喜欢的是萝卜，还是白菜呢？"

"我呀，我这人不挑食。萝卜，我喜欢吃，白菜，我也喜欢吃，只要没得毒，我什么都喜欢吃。"邓远航笑着说。

"贪多就是毒，贪食的鱼儿易上钩，小心被人钓去噢。"丁和美也笑着说。

"真要有人钓，我就让她钓去，哈哈哈。和美姐，这一锅薄荷熬得已差不多了，马上快出锅了，他们怎么到现在还不来呀？"邓远航说。

"你怎么晓得这一锅差不多了？"丁和美问。

“你看那分油器蒸馏液里漂的油花比绿豆还小了，就说明薄荷茎叶中的油被我蒸得差不多了，再有一会儿，油花比芝麻还小时，就可以熄火出锅了。”

“噢，你观察得还蛮细啊，那你去喊他们，我在这儿看着。”丁和美从邓远航手里拿过铲子说。

钟玉保、洪光武、二愣他们借口说是去巡逻，实际是到方元本宿舍喝酒了。下午放工后，方元本就拿了两只大盐水瓶去打了些散酒，买了些猪头肉、花生米等一些下酒菜到宿舍。等知青点其他人吃过晚饭，他又做了几个菜。菜做好后，正好二愣过来，便叫二愣喊熬薄荷的几个人来喝酒。他拿到公社的奖金后，就一直想请他们一起插队的县里的、公社的几个知青吃顿饭，虽说是有县里的，有公社的，但过去都是一起在石龟镇长大的，年龄也接近，大家玩得来，因而想请到一起聚一聚。更重要的是他想请钟玉保兄妹，跟他们套近乎，好进一步发展关系。

他把宿舍里的桌子横过来摆，又到二愣宿舍，把他们的桌子搬过来，把两张桌子接起来，人坐在两边的床上，然后把菜全端上桌摆好。

“来、来，两边床上坐。哎，远航和家家她们没来啊？”方元本见只来了三个，便问了一句。

“她们女的又不会喝酒，不要她们来了，邓小二子，他现在是烧火专家，烧火呢，走不开。”钟玉保说。

“那你们吃，我去替他。”方元本二哥方元正说。其实，他非常不愿意跟钟玉保一起吃饭，更不愿跟他喝酒。他看到钟玉保，眼前就浮现出父亲被批斗的情景，就想起父亲胸口被踢的那一脚。

“你去不行，他那个烧火要技术喃，不要最后出不了油怪到你头上。”钟玉保拉着方元正说。

大家坐定，方元本拿出盐水瓶给各人倒好酒说：“来，我们先喝一口，大家随便吃。”

两杯酒下肚后，大家互相敬酒。方元本先端了一杯酒站起来敬钟玉保：“保哥，我先敬你一杯。”一杯下肚后，他又端起一杯对钟玉保说：“我刚才喊你保哥，我觉得不够亲密，我再敬你一杯，你能不能允许我就叫你‘大哥’？”

“好啊，上次你仗义，救了家家，我正要结交你这个兄弟喃。”钟玉保也端起酒杯站起来说。

方元本喊了声“大哥”后把杯中酒一饮而尽。

方元正在一旁看着很不高兴，心中埋怨弟弟，忘了父亲的仇也就罢了，你也不能认贼作兄呀？

但方元本心中并没如哥哥想的那样，他想到的是钟玉保爸爸是公社书记，据说将来还能提，以后兄弟俩招工还得靠他这棵大树呢。更重要的是，如果要跟家家谈恋爱，他这一关非过不可，因而，他得千方百计攀上这棵大树。

几圈酒敬下来，大家都有点晕乎乎的了，说话嘴也打嚅了。方元本又端了一杯酒站起来对大家说：“我、我提议，我们一起敬大哥一杯酒，他以后就是我们的大哥了。”敬过后，他看看盐水瓶里还有酒，便说：“这样，还剩这么多酒，你们三人每人倒满一杯，我和大哥把剩下来的分掉。”说完，他先给光武、二愣、二哥的酒杯倒满，然后拿来两只小碗，把瓶子里的酒平分了。

这几个人中，钟玉保酒量最大，他喝了这么多酒，虽感到头昏，但还能控制住自己，其他人都趴在了桌上，只有方元正因喝得少最清醒。

钟玉保离开桌子先走出了宿舍。出了门，他见家家她们宿舍灯亮着，便推门走了进去。“你们怎么回来了？家家怎么会躺在床上啊？”

“你妹妹肚子疼，我送她回来歇下子，等等再去。这边坐。”坐在床上的李晓星见钟玉保来了，一边让座一边说。

“肚子疼，我那块儿有药，拿两颗给她吃。”钟玉保说着就往门外走。

“哎，不用不用，女伢子肚子疼你治不了的，过一会儿就好了。”李晓星拉住钟玉保说。

“到底是女伢子宿舍，又香又干净。”钟玉保用鼻子嗅了嗅说。

“才洒过花露水呢。看我这手上还沾了不少呢。”李晓星把手伸向钟玉保说。

钟玉保凑到她手上闻了闻说：“嗯，真香。哎，我们该到薄荷锅那块儿去了，要不邓小二子又要骂人了。家家睡着了，就让她睡吧，我们帮她把活干了。走，我们先去。”说着与李晓星走了出去。

这边趴在桌上的几个，洪光武只是歇一会儿就能站起来了，虽有点晃，但还能走。他帮方元正把方元本抬到床上睡，又把二愣抬回他宿舍的床上，再帮着收拾好桌子后才离开。

他出了方元本他们的宿舍，就一直朝灯亮的地方走，走到家家宿舍，以为是自己宿舍，便推门进去，关上门，走到桌子前，吹灭了灯，扒开蚊帐，衣服也不脱，就往床上一躺。

65

“啊……”洪光武躺下去压到了钟玉家，钟玉家从睡梦中醒来，一声惊叫。这一叫，把洪光武的酒也吓醒了许多。他晓得不好，不但进错了宿舍，还上错了床。他怕她再惊叫，把周围的知青引来，将他拿下，他就是再翻《资本论》也说不清了，便一把将家家的嘴捂住。

黑暗中家家的嘴被捂住，使她更加惊恐，她以为又发生上次在小秃子家遭强奸的事了，便拼命地挣扎，两手乱抓，拽住他褂子的口袋一下把他的上衣撕坏了，她两脚在床上乱蹬，蹬得床“咚咚”地响。洪光武见她这样，怕声音越弄越大，索性全身往家家身上一趴，压住她，不让她动。然后小声在她耳朵边说：“家家，是我，我是光武，是我不好，我酒喝多了，走错门了，看到灯亮，以为是我宿舍，就进来了，我向你赔罪。”说着把捂钟玉家嘴的手松开，想听她说原谅的话。

“放屁……”家家正要更大声地怒斥他，嘴又被他捂住了。

洪光武刚一松手，见她大喊，便又赶快把她的嘴捂上，仍然在她的耳边小声说：“我不是故意的，真是酒喝多了，跑错了，眼睛又近视，又喝酒又近视，眼睛一模糊，就看走眼了，我认罪，我赔礼。”说着再把捂她嘴的手挪开。

“流氓……”家家又大声骂道。

洪光武再次捂住她的嘴，再次贴着她的耳朵说：“我不是人，我不好，全是我的错，我罪该万死。”说着，他感到靠她脸颊的手指潮了，他知道她哭了。他接着说：“我该死，请你不要生气，我不会把你怎么样的，我不会欺负你的，我把手松开,你不要大声喊,那样把大家喊来,对我们都不好,我们不要吵,有话好好说,小声说。我松手了。”说着松开了手。

“滚下来!”被松开嘴的家家低声而狠狠地骂了一句,像是咬着牙,从牙缝里挤出来的几个字。

洪光武赶忙从家家身上滚到一边。

“滚下去!”又是一声低而狠的骂声。

洪光武立即起身坐了起来。

“滚一边去!”再一声低骂。

洪光武赶快坐到了一边的长条凳上。坐到凳上,他觉得离家家远,小声说话,互相听不到,便又坐到家家床边说:“真对不起,我错了,我向你认罪,我绝对不是故意的,确实是走错了。”

“就认为你走错门了,我灯点着,进来你看不到房间不一样啊?我们的帐子是蓝的,你们的帐子是白的,白痴才看不出来呢。”

“确实没看出来,要是看出来就不会出这个事了。要是不喝酒就能看出来了,都是酒麻的。”

“放屁,就算你没看出来,帐子一掀,里边躺着个大活人看不出来啊?”

“进帐子前我已经把灯吹了,哪里能看到你躺在这块儿呢,再说,我眼睛又近视,又没戴眼镜,真没看到。”

“你是瞎子啊,看不到啊?而且灯灭了,外边的月亮这么亮,你看不到啊?”

“是是是,我承认我是瞎子。”

“流氓!”

“不是,这个我不敢承认,我绝对不是故意的。不信,我把心给你看都可以。哟,衬衫都被你撕坏了。”洪光武正要指心口给她看,发现衬衫坏了,心想,唉,没偷鸡被说成偷鸡的,还损失了件衬衫。

“活该!你不是流氓那就是阿飞,捂住人家的嘴,趴在人家身上,不是流氓是什么呀?”

“那不能怪我,你乱喊乱叫乱抓乱蹬,我怕把别的知青引得来,把我当成黄支书抓起来,到哪儿洗冤去?哟,脖子也被你抓破了。”洪光武提到她“乱抓”就感到脖子有点疼,估计是被抓破了,唉,损失了衬衫还流了血。

“活该!哪个叫你用那么大劲的呀,捂得我喘不过气来,把我嘴捏得生疼。”

“唉,对不起,我认罪,酒劲上来了,都是酒闹的。”

“认罪认罪,我看你一点都没认罪。做了坏事,不是推到酒身上,就是推给近视眼,你哪里承认一点错的啊?说近视,人家远航也近视,人家也没做坏事,说喝酒,我哥也喝酒,他也没做坏事呗,你就是不承认自己错。”

“我错,都是我的错,以后再也不喝这么多酒了,你看,伤害了你,又害了我自己,人家还说‘得不偿失’呢,我一点没‘得’,‘失’倒不少。”

“你失什么呀?”钟玉家本来想问他怎么没“得”,趴到女人身上那么长时间不是“得”,是什么?但话到嘴边还是没好意思说出来。

“我失什么啊,我是失名失衣又失血,还没处去补偿。”

“你褂子坏了好补,我的损失你怎么补?”钟玉家觉得他确实不是故意的,刚才的气也已消了大半,口气也缓和了不少。

“好补,只要你同意,我愿意补偿你。”洪光武见她气消了许多,便又开始动心事了。

“我同意什么?”

“家家,你让我说实话吗?”

“不听实话,还听假话吗?”

听家家这样说,他胆子也大了起来,正好借着酒劲、趁着黑暗,把心里话向她表白出来,也许坏事能变成好事呢。于是,他说道:“那我就说给你听。其实,说心里话,我从上高中时就一直暗恋你了,每天我就想看到你的面貌,听到你的声音,看到、听到,我一天都高兴,看不到、听不到,我一天都难受。插队以后,我从心里爱你,我愿意一辈子关心你、保护你,我愿为你付出一切,把一切献给你,永远不变心。家家,你答应我吧!”

钟玉家没有吱声。

洪光武见她没吱声,以为她睡着了,便凑到她脸上去看看。钟玉家用手一推说:“去去去,看什么看啊?又想什么鬼心事啊?”

“没想什么鬼心事,我刚才说的,你听没听啊?那都是我的心事。”

"听了。"

"听了,你同意啦?你要是同意了,刚才压住你的损失就好补偿了。"

"怎么补?"

"你同意了,我们就可以谈恋爱,谈了恋爱,我们就可以结婚,结婚后,我让你天天压住我,不就补偿了吗?"

"去你的,不要脸,是真流氓。"

"假流氓,夫妻之间哪能称流氓呢?"

"去你的,你走吧,我累了,我今个没劲跟你谈这些。"钟玉家也没说原谅他,也没答应他,只是给他下了道逐客令。洪光武也不好再赖下去,只好离开。

钟玉保与李晓星两个人搀着手,向锅炉那边一路走一路说笑。半路上,走到工场时,钟玉保说:"时间还早呢,说不定邓小二子的油还没出来呢,到那块儿坐也是坐,我们不如到草堆那块儿坐一会儿。"今晚不知怎么的,不知是天热的原因,月光的原因,还是酒精的原因,钟玉保总感到体内有一股冲动让他难以克制,他说去坐坐是假,想把她引到草堆那儿排解排解他的冲动是真。

66

今天已是农历六月二十多了,天上的月亮虽已不圆,但斜挂在西天也还算亮堂,工场上被照得物物分明。麦子才收一个多月,生产队的麦草还没分给群众,几个大草堆就堆在工场上。两人来到一个草堆旁,钟玉保抬头看到月亮太亮,便拉着李晓星来到侧面月亮照不到的地方。他把根部的草拽一些出来,又从草堆上拽些麦草下来,把地上铺好麦草,然后拉着李晓星背靠着草堆坐了下去。

"你手指好香,再给我闻闻。"钟玉保拿起李晓星的手放到鼻子下嗅了一会儿,然后逐步地把她的手向上移,移到他的脸上,把她的手往上一贴,贴了一会儿,他便没话找话说:"你刚才说,女伢子肚子疼我不能治,什么话我不能治呀？吃两颗药不行吗？”

“不行，跟你们肚子疼不一样。”

“那是什么肚子疼啊？”

“有的女伢子例假来了，会肚子疼。淌出来了就好了。”

“什么例假，还淌啊？”

“女人的月经。”

“那你有没有啊？”

“没得还叫什么女人啦？”

对女人的例假、月经问题，钟玉保其实一肚子清楚，他只是明知故问，想在这昏暗的月色中浑水摸鱼，达到他的目的。这不，他就一步步地向下走了。他说：“那你要是肚子疼，我就能治。”

“你本事大得很呢，你怎么治？”李晓星两眼看着他说。

“我有祖传秘方，专门治你李晓星的肚子疼，不信，你疼给我看看。”

“那我现在就肚子疼了，你怎么治？”

“我给你治。”钟玉保说着，左手一把搂过李晓星，右手在李晓星的肚子上来回捏着，捏得李晓星在他怀里“呵呵”地笑着。

“呵呵呵，不疼了，好了，好了，呵呵呵，不疼了，不要你治了。”李晓星笑着说着挣扎着。钟玉保停止了他“祖传秘方”的医治，把李晓星紧紧地搂在怀里，两个手捂住她的胸部。

“我上次给你的那只玉龟你戴没戴呀？戴着能避邪呢。”钟玉保说。

“戴着呢。”

“戴在哪儿喃？”

“在这儿喃。”李晓星指着胸口说。

“我看看，在不在。”钟玉保说着腾出右手，拉着她衣领的一角向下看去，“看到了，在窝里呢。我拿给你看。”说着，他丢下她的衣领，将手从衣领处伸了下去，“抓到了，两个月不见，长大了。”他晓得，他抓的不是那只小玉龟，他抓的是柔软的东西，抓得李晓星闭起了眼睛。抓了一会儿，钟玉保一下把李晓星翻转过来，推倒在刚才铺的麦草上，把自己的身体压了上去。

工场的草堆里传来“哼哼叽叽”的声音，去喊人来出锅的邓远航经过这里马上全身汗毛直竖，他心里有点紧张，不知那是小狗的叫声还是小孩的哭声。借着月光，他循声找去，接近那“哼”声的地方时，他停住了脚步，以草堆为掩护，伸出头向那“哼”的地方看去。月阴处，草堆根，一个穿着海魂衫、绿军裤的大男人趴在草上运动着，那好像是大保子，那海魂衫、绿军裤是他平时最爱穿的标志性服装。月夜里，他趴在草上，难不成是找什么东西？不对，不是趴在草上，下边还有一个人，只露出个头来，像是个女的。他又向前几步，看清了，那上边的确是大保子，那下边的确是个女的，长辫子，但看不出来是哪个。

看到这种龌龊事，他觉得很晦气。他没有到知青点喊人，又一口气跑回了熬薄荷的工地。到了工地，他见分油器中只有书中逗号那样的油花了，便熄了火，打开蒸锅的盖子冷却一下，准备出锅。丁和美见状问他道：“人呢？”邓远航没有回答，而是径直到炉膛口熄灭，然后又走到蒸锅边扳着敲杠移动锅盖，锅盖揭开冷了会儿，他又搬来凳子，拿起叉子站到凳子上就往锅里叉。

丁和美见邓远航一个人默默地做着这些动作，觉着有什么不对的地方，便扭头去知青点喊人。转身才走几步，迎头撞上了钟玉保和李晓星气喘吁吁地跑来了。

“你们跑哪儿去了，不来劳动，叫人家一个人在这儿顶着。”丁和美生气地问。

李晓星蹩在一边不敢吱声，钟玉保喘着气说：“她突然肚子疼，我带她找赤脚医生去了。”

站在凳子上正用叉子从蒸锅里向锅外叉秸秆的邓远航听他说这话，便停下手上的活，想抬头看看说这话的人脸红不红。他看到李晓星两条长辫子虽还有形，但已蓬松，顶上的头发也乱了，看来，那下边的女人就是她了。钟玉保倒看不出哪块乱的，上身海魂衫系在下身的绿军装里整整齐齐。因为光线暗，又离得远，他根本看不到钟玉保脸色的变化。他想，他钟玉保对丁和美睁眼说瞎话，应该会脸红紧张的。而事实上，此时钟玉保一点不紧张，脸色一点也没改变。他早有准备，早想好了回来如何解释。

邓远航想下去凑近看看他的脸色，摸摸他的心口，他不相信他一点羞色愧意都没有，如果真没有一点羞色愧意，今晚就把他们刚才的事给抖出来，撕破他的伪装,看他还狡辩不狡辩。想着,便要从板凳上下来。

“二子,对不起,我们来迟了,叫你一人受累了。来,你歇会儿,我来叉。”钟玉保说着一手要扶邓远航下来,一手要拿他手上的叉子。

邓远航推开他的手说:“算了吧,你带她‘治肚子’,也累了一晚上了,你歇着吧,我不累。”说着使劲地从锅里往外叉秸秆。

钟玉保这时的脸上反倒火辣起来了,他觉得邓远航这话里有话,难不成刚才的事被他看到了?怎么可能呢?他跟丁和美一直在这儿熬薄荷,他又不是千里眼、透视眼,站在这里能穿透树木、房屋、草堆,看到几百米外的工场。他邓小二子平时说话就是这样尖酸刻薄,话里不带点刺不出口,这会儿大概也是如此吧?于是,他回应说:“你也辛苦,在这儿陪丁大美女说一夜话。”

这话一说,严重地刺激了丁和美,她立即骂道:“你看你死不要脸的样子,遭炮铳的,你讽刺什么人啊,美女、丑女你心里没得数啊?还要我把救济条子的事说出来啊?”

“哎呀,大姐大姐,我不对,我不对,我该死,我这个臭嘴,我该打。”钟玉保边说边打着自己的嘴巴。

“哪个也保不准自己一辈子就不得弱点,你以为你就十全十美啦?我丑,我怎么啦?我这疤是为集体落下的,是高尚的疤、光荣的疤,你瞧不起这个伤疤就是忘本,就是资产阶级思想,就是站在资产阶级立场上污蔑、谩骂革命群众。”丁和美提高了嗓门激动地说着。

“大姐大姐,我不对,我不好,我已承认说错了,我再打几下,你消消气。”钟玉保一边赔不是一边又在自己嘴巴上打了几下。

“我晓得,你嘴上服了,骨子里不服,不服,我们明天可以开干部会、知青会,把这个问题摆开来谈,把这个事情的是非辩清楚。我们可以把你爸爸喊来一起辩,我不怕丢丑。”丁和美声调平和地说。

“大姐,好大姐,千万不要开会,我服了,我真服了,从内到外服服帖帖,我永远永远不会再说这话了,不信我可以赌咒,哪个以后再说就是狗……”钟玉保后边的“日”字还没说出口,丁和美就说:“不需要你这么低级趣味。”

人家原来一个实实在在的美女,因公突然破了容颜,成了丑女,这是非常痛苦的,况且那场大火还是你钟玉保引起的,可以说是你灭了人家的父母、毁了人家的美丽,你钟玉保不但不同情她,反而去揭人家的伤疤,刺人家的痛处,简直猪狗不如!邓远航心里这么想着,便决定也抖一抖他的丑事,让他也无地自容一次,替和美姐出口气。

67

邓远航决定揭钟玉保的丑,替丁和美出气,于是他把叉子插在秸秆上,摆出要跟他斗一气的架势说:"大保子,我问你,在这个朦胧的月夜里,是在月光下说话辛苦喃,还是在月影里运动辛苦啊?"

这话一说,钟玉保的脸整个儿红到脖子根,只是被昏昏的月光掩盖着。他想,他这是什么意思呢?是晓得还是不晓得草堆里的事呢?他最后认定,这邓小二子不晓得草堆旁的事,他是在诈他,"月影里运动"肯定是说我带晓星找医生的事,不怕他,他肯定不晓得。但,也不能不防他,他一个人在这儿干了一夜,心里正有火喃,这时千万不要惹他,刚才不经意中把丁和美惹火起来,自己已没法招架,再把他惹恼了,信子点着了,他炸起来更要人命了。因而他装可怜地说:"二子兄弟,上学时你作文就写得好,你看你说话跟写作文似的。要说是说话辛苦,还是走路辛苦,我看说话不苦。不是说站着说话腰不疼吗?要这么说,当然李晓星辛苦啦,她肚子疼走那么远的路,吃了药也不休息,夜深人静地还来上工,你说她多辛苦,你看她那脸色,蜡黄蜡黄的,痛苦着喃。李晓星你过来,给二子兄弟看看你的脸色。"

"你不要叫她过来,这锅里的秸秆热把她烫了。"邓远航心想,你倒会拿人家女的做挡箭牌嘛。

"不让她过来,那你过去。让我来叉几下。"钟玉保说着把邓远航从凳子上拉下来,抢过叉子,站上凳子干了起来。

虽然光线不强,但靠近看,邓远航还是能看清李晓星的脸的。她脸色红润,双眸明亮,透露着内心的兴奋和激荡,没有一点病态的样子,只是垂着头,蹙着眉,像是一个做错了事的孩子等待着大人的训示。见到李晓星这模样，邓远航心软了，他佩服钟玉保利用女人做挡箭牌这一手。面对这柔弱、酸楚的挡箭牌，他不能再抖他们的丑事，如果抖出了，他钟玉保可以无所谓，人家李晓星脸往哪里搁？不是逼人家跳九龟湖吗？那自己不也成了杀人犯了？算了，不能图一时之快，把李晓星也伤害了。因而，邓远航放弃了把他们在草堆旁的事抖出来的念头，让她保持住她那红润、美丽的容颜吧。

然而，两个月后，李晓星并没有保持住她的红润，而真的变得蜡黄、消瘦了。她真的感到肚子不舒服了，常常感到恶心，吃点东西下去就要吐，而且例假也不来了。她成天愁眉苦脸的，怀疑自己得了癌症，非常恐惧，缠着钟玉保，要他带她到省城大医院去治病。

钟玉保被她缠得很烦，他说："你一天到晚胡思乱想，哪来那么大的病啊？明天批你半天假，你先到公社卫生院去看下子。"

"那你骑车送我去。"李晓星十分需要他的陪伴。

"不行，现在抓革命、促生产形势这么紧，昨天，昨天爸爸才做过动员，批'三资'运动才刚刚开始，我怎么能离开火热的战斗，陪一个女人去看病呢？再说，我已向党组织递交了入党申请书，党组织正在考验我，我现在骑车带你去公社，群众看到怎么说，说我们小资产阶级思想，不抓革命，却把时间花在谈情说爱上，你想断送我的政治前途啊？"

"那你就忍心叫我一个人走啊？要像家家上次那样，碰到坏人怎么办？"

"那就叫二愣护送你去。"这话说出来，钟玉保又觉得不妥，二愣也是一堆干柴，万一在路上愣劲上来，占了她便宜也不是个事，因而他又加了句："叫家家陪你，叫二愣护送你们，还不行吗？"

第二天上午，二愣听玉保哥说叫他护送李晓星去公社卫生院看病便有点欣喜若狂了。他过来跟方元本说这个事："我说昨个晚上手气这么好的呢，要什么牌来什么牌，真是天赐良缘，还是我保子哥关心我。你看这个机会怎么样？"

"我看有些机会，但也不大。"方元本说。

"你怎么这么说？"二愣眼睛盯着方元本问道。

"她两个女的，你一个男的，既说不了话，又动不了手。"

"怎么说？"二愣仍盯着他问道。

“动不了手，还不明白吗？你不能当着钟玉家的面去搂她、亲她噻。说不了话，三个女人一台戏，两个女人一夜话，她们俩说话，你插不上去。”

“那怎么办？”

“得找人做媒。”

“那你帮我做媒，我不会忘了你的。”

“我不行，她不会听我的，我去说了反而把你的事败了。”

“那怎么办？”

“找你保子哥帮你说媒，她听他的。”其实方元本早看出钟玉保与李晓星有那个意思了，他知道二愣是追不到李晓星的，他没那能耐跟钟玉保争对象，之所以撺弄二愣去争李晓星，就是想把水搅浑，让他弟兄反目成仇。

“好，就按你的法子办。我保子哥待我好得一塌糊涂，他肯定会帮我忙的。我下午回来就找他。”二愣说完去护送李晓星了。

钟玉保说“抓革命、促生产”形势很紧张，确实很紧张。他父亲钟书记昨天亲自来布置了任务，进一步动员广大干群深入推进批判资本主义倾向、批判资产阶级法权思想、批判资产阶级派性的批“三资”运动。他现在的任务是要把龟岛大队的批“三资”运动搞得轰轰烈烈，搞出点名堂来。他想找个人帮他整理材料，工作组丁书记在“说”上还可以，但“写”不行，有些事可以听听她的意见，但让她整理材料肯定不行。她带来的那个组员也不行，他整天跟邓远航他们打得火热，叫他来整理材料无疑是在自己身边安排了个敌特。看来只有洪光武合适了，他文章写得好，头脑也灵活，整理材料不在他的话下，更重要的是他胆子小，稍微吓他一下，他就不敢向外界透露半个字。就是他了！

中午休息时，他把洪光武喊到自己宿舍对他说：“光武，哥平时对你怎样？”

“真像大哥一样。”洪光武知道他有什么事要叫他做了，因为他太了解钟玉保了，他这个人总是这样，一到求人时，他就会尊称人家，跟人家称兄道弟，比如喊我“光武”“兄弟”，喊邓远航“远航”“二子”等等。不求你时，就喊人家的诨名，比如喊我“小要饭的”“千斤顶”，喊邓远航“邓小二子”等等。

“你也打了入党申请书，哥提醒你在当前的运动中要站稳立场，要冲锋在前,这样才有机会加入中国共产党。”

“那是,我会的。”

“为了在这场运动中搞出点名堂,向党组织献一份厚礼,我们要搞些材料,你做材料员。”

“我听你的。”洪光武想,这有什么难的,无非就是写些大批判文章,到时书上抄抄、报上抄抄就成了,况且,弄好了,到时我跟他妹妹谈恋爱,他不但不会反对,反而会帮助我。

“那好,晚上吃过晚饭你就到我这儿来,这个事,我们悄悄地先做起来再说,暂时不要跟别人讲。”

68

傍晚时分,二愣和钟玉家先回来了,李晓星没跟他们回来,她想回家休息两天。二愣一回宿舍就想跟钟玉保谈说媒的事,他今天护送李晓星,真如方元本分析的那样,动不了手,说不上话。一路上,家家和李晓星挽着膀子紧紧地靠在一起,针尖大的缝都没有,两个人叽叽咕咕不晓得谈什么东西,到卫生院还不让他进医生办公室,就叫他站在外边等,看过病也不跟他说得的什么病,问她们,就说一声“不得病”。他一路上只好光想自己的事,就是下午回去怎么跟保哥开口说提媒的事。可这会儿见到保哥却无从说起,紧张得把一天想的话都忘了。

“你怎么一个人回来了,她们呢?”倒是钟玉保先开口了。

“家家回宿舍了,晓星回家了。哥,我、我想……”

“晓星什么病啊?”钟玉保急切地问。

“不晓得,她们没说。哥,我、我……”

“你真没用,去了一天,连个什么病都不晓得。”钟玉保完全不理睬二愣要表达什么,只顾顺着自己的想法说。

“噢,想起来了,她们说‘不得病’。哥,我……”

“浪的,你早说噻。不得病,不是很好嘛!你,我、我的,想说什么呀?”听说李晓星没得病,钟玉保才问二愣想说什么。

“哥,我想跟你说个事。”

“说,什么事?包在哥身上。”

“我想让你跟我说个媒。”

“说媒?好事啊,我们二愣有用了,能成家立业了,说,看中哪个姑娘了,我包你成。”

“我晓得哥喜欢我,找你准成。”

“那是。你说,是哪个姑娘?认识的不认识的我都保证你成功。”

“哥,你一定要帮我啊。”

“快说,哥还有事呢,哥一定帮你。”

“哥,我说出来,你要不帮我办成,我就跳九龟湖了。”二愣转了一大圈还没说出个名字。

“浪的你再不说,我就不帮你了。”本来坐在自己床边的钟玉保,站起来走到二愣面前不耐烦地说。

“我说,我说。李、李、晓星。”

宿舍里一阵沉默。要是别人这时说“李晓星”,钟玉保早一个嘴巴子打过去了,哪个真是吃了豹子胆了,敢跟老子争女人?可这是兄弟唉,不是一个巴掌能解决问题的唉。钟玉保站在那里看着二愣的脑袋瓜,想看看他这个脑袋里装的到底是木头还是石头。看了会儿,他走回自己的床边坐下,从抽屉里拿出一支香烟抽了起来。他想,这个二愣是绝对不会想出跟哥哥争女人的法子的,肯定是邓小二子这个家伙在背后搞鬼,他这一招很阴毒,既可以牵制我的精力,让我不得时间去整理他们的材料,又挑起我们兄弟之间的矛盾,让兄弟成为仇人,毁损我们钟家的声誉,让大家看我们兄弟争妻的笑话。邓小二子,你好阴险啊!你看着,浪的这个账肯定要跟你算的,但现在不算,今个我得先把二愣哄好。

见钟玉保坐在那里只顾抽烟,不说话,二愣着急了:“哥,你反悔啦?不帮我啦?”

“帮,哥保证给你说个好老婆。”

“那你明天就去找李晓星说。”

“李晓星你不能找,我帮你找个好的。”

“哥,我就要李晓星,哥,我天天想着她,我眼一闭,头脑里全是她。”

“她长得不好看,哥帮你找个比她好看的。”

“哥,她才不丑呢,白白净净、漂漂亮亮,哥,我就喜欢她一个。”

“她有病呢,有大病呢,癌症,会传染你呢。”

“哥,她不得病,到卫生院看过了。哥,你就答应我吧。”

“你的眼光也太差了,她家是镇上的,说起来还是乡下人,九龟湖农场那边漂亮女孩多呢,都是哥的同学,哥过几天去帮你找个城里的。”

“哥,城里的不好,才难服侍喃,我就要她这个乡下的,会做事,又会疼男人,才好喃,享福呢。”

钟玉保已黔驴技穷,他那二愣的愣劲上来,就是一根筋了,再怎么说下去也无法说服他了,便说:“快吃晚饭吧,他们喊了,吃过晚饭再说吧。”

“吃晚饭就吃晚饭呗,吃过晚饭你要答应我。”二愣最后还嘟囔着。

吃过晚饭,钟玉保没有回宿舍,他怕二愣再纠缠他,便叫上洪光武到大堤上去了。

他妹妹钟玉家来他宿舍找他,想把李晓星的事告诉他,顺便问一下他晓不晓得李晓星谈恋爱的事。走了几个宿舍都没人,静悄悄的,只有方元本宿舍里传出“咔嚓、咔嚓”的声音,她便推门进去,只见方元本在用斧头砍木头,一个五斗橱的框架已立在旁边。“你在干什么呀?打家具啊?”

见钟玉家进来,方元本赶忙丢下斧头,用手把床边掸掸,请她坐:“这边坐。打家具,打一套家具。”

“打家具干什么呀?”

“为一个人。”

“为大队何支书?听说他在找对象准备结婚。”

方元本摇摇头。

“为公社赵书记?听说他小弟要结婚了。”

方元本又摇摇头。

“那是为李晓星打的?”她想,李晓星的对象是不是他呢,如果是他,他现在打家具,正好他们结婚用嘛。

但方元本还是摇摇头。

“那我就猜不到了,如果不保密,你就说吧。”

“是为你。”方元本两眼看着钟玉家说道。他不想再遮遮掩掩的,他想痛痛快快地表达出来就算了,不管她什么反应他都认。因而,他说话时就一直目不转睛地看着她的脸,看这张脸上到底写出的是“好”还是“不好。”

“为我?我这个人有什么值得你送这么大的礼物?”钟玉家边说边走到五斗橱框架那边,一边看一边摸一边说,“没想到你还真心灵手巧呢,样式、做工都有模有样的呢。”

“你刚才的话,要让我高兴几天呢。你的表扬,就是动力,虽然要打几个月,活又苦,但有你的表扬,我一定把它打好、油漆好,以一套漂亮的家具向你献礼。另外,在样式上,我也想听听你的意见,我还可以改改。这是凹凸型的,不晓得你喜欢不喜欢。”虽然没得到钟玉家的首肯,但听到她的夸奖,方元本情绪高昂、信心十足。

“这个我也不懂,就是觉得蛮好看的。我还有事,我先走了。”钟玉家觉得他情绪不太正常,不想陷入他的是是非非里,便告辞了。

“等一下,等一下。”方元本边喊边走到自己的床头,拿出一个本子,走过来指着五斗橱框架对钟玉家说:“这个大礼全部打成还要几个月,现在先送你一件小礼物。”说着用双手把笔记本呈给钟玉家。

钟玉家接过本子翻开一看,里边写着“奖给勇斗歹徒的好知青方元本”,她连忙合起来递给方元本说:“这是组织上奖给你的,它记载着你的光荣,你留着纪念吧,我不能把你的荣誉拿走。谢谢!我走了。”

“别忙别忙。”方元本拦下钟玉家说,“我的荣誉是和你连在一起的,没有你就没有我的荣誉,我的荣誉就是你的荣誉,因而这个本子是奖给我们俩的,不要分我的你的,拿着,你也许会常常记起我们并肩战斗、同斗歹徒的那一幕。”说着又把本子塞到钟玉家手里。

69

钟玉家过去对方元本没什么印象,经过这段时间的接触,她觉得他这人挺聪明,挺仗义,手又巧,腿又勤,好感在不断增加,印象还是不错的,但与邓远航、洪光武他们比,他的实诚还不够,尤其是与邓远航比,与他相处没有与邓远航相处让人放心。钟玉家手捧方元本的笔记本左右为难,接受不好,不接受也不好。从心里讲,她不想接受,把记录着别人荣誉,记录着自己羞愧的东西留在身边,是件令人不快的事。不接吧,他刚才话在那里,肯定要骂我忘恩负义,弄不好还能把我丢丑的那一幕添油加醋地宣扬出去。算了,一本笔记本也不能证明什么,收下就收下吧。于是,她没有再推托,收起笔记本,说了声"谢谢",便离开了。

路过邓远航宿舍时,听到里边有动静了。她没有推门进去,而是回到自己的宿舍,放下本子,拿起今天在镇上买的苹果向外走。走到门口,她又回头,放下苹果,拿起本子,撕掉写有"奖给……方元本"的那页纸,然后拿着本子、苹果出了门。她想,自己的年龄说大不大,说小也不小了,虽不急着结婚,但确定个对象也是可以的,否则,整天不是这个来找你,就是那个来缠你,你不答应,就说你眼光高啦,瞧不起人啦,要找个干部啦,什么乱七八糟的话都有。确定一个,人家的心也就死了,也就不会来烦你了,就会风平浪静了。要确定,当然是远航啦。从小一起长大至今,几乎天天在一起,从没红过脸,吵过嘴,我心里有他,他心中也有我,老早就有人说,我们是天生的一对,只是我们一直没把这事挑明而已。不过,这段时间,何萍浪常给他写信,她以前对他也有意,不知她是否抢先一步挑明了呢。想到这儿,她急忙推开他宿舍的门。

"又在看什么书啊? 光武不在啊?"钟玉家问。

"哎,家家,来,床上坐。他们去忙抓革命去了,我在这儿没事,随便翻翻。我们年轻人还是要把心定下来多读点书。"邓远航说。

"今个上街,看到有卖苹果的,带几个给你。"钟玉家说着把苹果放到桌上。

“哎呀，这么好的水果你们女孩吃的好，把血脉通通，皮肤长得白嫩，我们男的弄点藕、萝卜、山芋吃吃，把气顺顺就行了。”

“书上不是这么写的吧？喃，下次在书上看到什么有用的记在这本子上给我看。”钟玉家说着把笔记本递给邓远航。

“哎，这本子好像在哪儿见过啊？噢，想起来了，这不是大队奖给方元本的吗？你怎么送给我？”

“公社供销社这种本子多喃，一大摞子喃，难不成工人老大哥专门只给他造了一本，说你聪明，你有时候也很傻。”

“我是很傻，老是看不到路上的小石子，常常被绊跌跟头。”

“你又傻了，你这不是傻，是近视。你应该去配副眼镜。”钟玉家说。

“一个农民，戴什么眼镜啦，假充大公鸡。”

“哎，我们这些知青也真是的，身体太差了，只怕连农民都当不好呢。”

“怎么啦？”邓远航觉得她话犹未尽，便问道。

“两个近视，两个受伤，两个怀孕。”钟玉家用手指数着说道。

“这怎么讲？”

“你跟光武两个近视，元本跟我哥两个受伤，关姐和晓星两个怀孕。”

“不要瞎说，她们俩都没怀孕，说出去，人家的名声就完了。”

“哪个瞎说啦？关姐怀没怀孕你晓得，晓星怀没怀孕我晓得，我今个跟她妈带她一起去的卫生院。”

“真的？”

“千真万确！”

“那要是真的，就要替人家保密，不能外去说了。她打算怎么弄呢？”

“还能怎么弄？刮呗。又不晓得是哪个的，高压线喃，哎，不是你再跟她有什么关系的噢？”钟玉家半真半假地试探着他。

“别人不了解我，你还不了解我吗？如果是我，我会立即跟她结婚，对她负责。”邓远航激动地说道。其实，刚才钟玉家一说到李晓星怀孕，他就知道是她哥哥钟玉保作的孽，他清楚地记得两个多月前熬薄荷的那个月夜，在工场大草堆旁的那一幕。他现在只是不便说罢了，因为还不知道钟玉家的态度。

“你不要激动嘛,我这不是跟你开玩笑的嘛。我还不晓得你嘛,你怎么可能做出这种事呢。哪个不晓得,你是个严肃的人呀。”钟玉家想,这时倒是向他表明自己心事的好时机,但怎么说呢,总不能直接说“我喜欢你,我要跟你谈对象”吧?女孩子主动说这些话多羞啊。还是从侧面先问问,看他的反应吧。于是她又接着说:“你刚才说你是个农民,你就甘愿一辈子当农民?”

“怎么说呢?上山下乡,就是叫我们下来当农民的,不过,就是当农民,我们也要当个有知识的农民,用我们的知识建设社会主义新农村,让龟岛发生翻天覆地的变化。”

“又跟我讲大道理了。我们学的那点知识有什么用?种薄荷就是个教训,要求种薄荷是我们知青提出来的,开始的账算得叫人喜欢呢,结果怎么样?人忙得要死,李晓星差点热出病来,到后来还是油量少、油质差,卖几个钱还不够成本钱呢。还不如当时按你说的养鸭赚钱呢。”

“话也不能这么说。如果我们把地方选好,不在低洼地种,再把人为减产因素去掉,种薄荷还是能赚到钱的。”

“我是说,我们的知识少得可怜,凭我们在学校上的‘农业基础知识’课是当不了有知识农民的,我们需要深造。哎,据说马上有招工、参军指标了,这也是个学习的机会,你就一点不想?”

“想还能不想?我什么工作都想干,但每次就一两个名额,这么多人等着,省里来的老知青都七八年了,有的还有病,这些人年龄也都大了,许多人还不敢找对象,你怎么好意思去跟人家争呢?”他上次帮关姐把病历交给了黄老师,他想如果办成,这就先占一个名额了。

“哪个又没限制他们找对象,难不成这些人不想谈?”

“都是人,想还能不想?关键是找了对象就更难招工回城了,有限几个名额总不能给他一家两口子吧?”

说到对象的事,她觉得机会来了,停了会儿,她说:“那我问你,你要到谈这个事的时候,你心里的她是个什么样子的呢?”

“我呀,我……”邓远航正开口回答钟玉家的问题,被二愣推门进来打断了。

“你们在这儿呀，我到处找他们人，他们不晓得都躲到哪儿去了。表妹，你来，我找你说个事。”二愣吃过晚饭就回宿舍等表哥再谈说媒的事，等了一会儿不见他回来，便出去找，找了一大圈，也没见到他个人影，才垂头丧气地回知青点。回来推了几个门都没人，到这宿舍才看到他们。他想：也好，表哥不肯帮忙，找表妹也一样。于是他把表妹钟玉家拉到她宿舍，把门关上，凑到她跟前，两眼直盯住她说：“大妹，哥请你帮个忙行不行？”

“帮什么忙？这么急吼吼的，人家没得事啊？”钟玉家对二愣把他们的谈话打断非常生气，因而也就没给他好脸色。

“你行不行？”二愣也不管表妹什么脸色，一心只想把自己的事办成。

“我还不晓得帮什么，怎么晓得行不行？”

“你行不行？”

“你说！”

“行不行？”二愣坚持得到她肯定的回答才能说他的事。

本来，钟玉家被他从邓远航那儿拉出来就很不高兴，现在又见他这样累赘，早烦了，便不好气地说了声“行！”

70

二愣高兴地说：“好，还是大妹爽快。我想请你给哥牵个线、提个媒。”

“好啊，那我就有嫂子啦，嫂了是哪个啊？说出来，我好帮啊。”钟玉家问。

“喃，就是这个床上的。”二愣指着李晓星的床说。

“李晓星？”钟玉家吃了一惊，难不成是表哥作的孽？

“嗯。”

“你跟她有关系？”

“嗯。”二愣不晓得这个“有关系”是指什么，以为是指以前认识、接触过之类的事，便做了肯定的回答。

见二愣这么快承认了他俩的事，她还有点怀疑，就又试探了一句：“我说今个怎么派你送她去看病的呢，而且一路上，你看她时的那眼神就不正常。那好，你们已经有关系了，我做个现成媒就行了。”

“嘻嘻，是现成媒，现成媒。”二愣笑着直点头。

“没想到表哥点子还不少喃，行，你等着，我保证把你这事办成，然后你跟舅舅、舅妈说一下，就准备发喜糖吧。”钟玉家想，已生米煮成熟饭了，赶快撮合一下，把事情办了算了，免得看出肚子被人家说风凉话。

钟玉保吃过晚饭，本来约好在宿舍等洪光武谈批“三资”一事的，后来为避免二愣的纠缠，他把洪光武拉到大堤上，坐在他同李晓星约会常坐的那块大石头上。他对洪光武说：“光武，我觉得公社布置批‘三资’太英明了，非常必要，开展‘以阶级斗争为纲’教育，简直就是针对我们龟岛提出来的。你赞成我的观点吗？”

“赞成，一百个赞成。”

“光武，我们都是要求进步的知识青年，在这次运动中，立场坚定，表现得好，组织上会对我们负责，我也会对你负责。其实，你的心事瞒不了我，我早就看出你对家家好了，我不反对你们交往，需要的话，我还会帮你一把，但你要用好的表现说服我和我爸，让我们同意。”

“那感谢不尽，我一定好好表现，听你的安排。”洪光武原来以为钟玉保不知道他倾慕家家，一直担心将来他会阻挠他们的事，现在听他这样表态，既感到吃惊，又感到高兴。吃惊的是这事他早就知道了，只是一直没说，高兴的是他不但不反对，还答应帮忙，他当然要帮他把事做好啦。

“我今个找你来，就是和我一起排一排我们龟岛的‘三资’有哪些表现。”

“好，我坚决拥护。”

“那我先说，你呢，一个，听着看看像不像，二个，把它记下来，便于以后把材料整出来。”

“那再好不过了，我准备好了，你说。”洪光武说着拿出本子，拔出钢笔，做出记录的架势。

“我们先把‘三资’的事说出来，然后再排是哪些人搞的。你看噢，这第一件事，就是搞‘工分挂帅’，他们搞的‘插红旗记工分’，就是地地道道的工分挂帅，就是要把群众引导到追名逐利的资本主义道路上去，晓星割薄荷中暑，二愣用除草醚打死薄荷，就是‘工分挂帅’的罪证。你说呢？”

听钟玉保点到“工分挂帅”，洪光武一边记一边犯嘀咕，当时在白队长家，是自己先提出这个问题的，经邓远航修改，白队长同意实行的，后来那次钟玉保组织学习报纸上批“工分挂帅”的文章，自己也是配合邓远航用《资本论》为“插红旗记工分”辩护的，这里的责任自己往哪儿开脱呢？总不能自己整批自己的材料、革命革到自己头上吧？但现在已上了他的船，先跟着走再说吧。因而，听钟玉保问他意见，他显得有些迟疑地说：“这，这，这个你说了算。”

钟玉保看出他有点犹疑，便说：“我晓得你心里担心批到你头上，这个你尽管放心，你当时读《资本论》是被迫的，是被人利用，这个我们是要分清的。那么，搞‘工分挂帅’的应该是白娘子和邓小二子，你把这两个人记下来就行了。你说呢？”

“好，好，好的，记下了。”

“第二件事是他们给群众分自留地，本来自留地已经收归集体了，资本主义的尾巴已经割掉了，他们又把它接起来，让资本主义在我们龟岛泛滥成灾，你看群众的家前屋后都长些什么呀，什么竹子、芝麻、绿豆、黄豆、韭菜、棒头、西瓜等等多呢，五花八门，纯粹是资本主义那一套，严重破坏了‘以粮为纲’的正确路线，我们要选择一个日子，在全公社，甚至于在全县带头把这些‘资本主义尾巴’割掉，铲除掉龟岛资本主义的土壤。你说呢？”

“好啊，太好了。”洪光武嘴上这么说，心里却在说，如果这些就是资本主义，那你就是资本主义头了，你吃的东西比这些多得多喃。

“哎，你不要光说好啊好的，你今个也把《资本论》翻出来读一段，证明证明我的观点。”

“哎呀，今个你拉我出来急了，《资本论》没带，要不我回去拿去？”

“不用，不用，以后还是要随身带，它是无产阶级的法宝，我们要说的什么事都能在上面找到理论根据，下次我也搞一本带着。你看这分自留地的人是哪几个呢？我看有白娘子，听说邓远航也参与了，是吧？”钟玉保问道。

洪光武心想，当时白队长提这个事时，我和邓远航都说按政策可以分，但我们又叫白队长征求群众意见、请示大队再干的，并不是我们决定的，我和远航是没有责任的。因而不赞成他的观点，就没吱声。

“我晓得你碍于朋友的面子，不好意思揭发他，你不吱声，就对得起他了，也说明肯定有他，把邓小二子名字记上。还有何支书，他在这个问题上也是要负重要责任的，这个事没有大队支书的同意，白娘子一个生产队小队长是不敢做的，把何胜浪也记上。你说呢?”钟玉保想利用这次运动把何支书搞倒，一是因为他妹妹何萍浪写给邓远航的信遗失了，他查了说是他钟玉保做的，还说了他几句，因而钟玉保对他很不满；二是趁这个机会把他搞倒，腾出支书的位置，他可以坐，虽然还没入党，但也快了，估计在搞走他之前，能批下来，那时就正当时了。

“好的，都记下了。”

“你看还有什么事？你想想丁和美有什么问题？再想想。”钟玉保对丁和美也不快活，不仅是因为少年时他想抱她，她没给他抱，更主要的是她处处对邓远航好，向着邓远航，替他说好话。

“噢，说起割‘资本主义尾巴’还有个事，就是方元本在宿舍打家具的事，他用的木料不少就是这个大堤上的树，用集体的树，营造个人的舒适小窝，这是很严重的资本主义倾向。”洪光武也想借机公报私仇，把他的情敌给灭掉，把他批倒批臭，看他还有什么资本跟他抢家家。

“好，把这个记下。我想起来了，可以整丁和美搞资产阶级派性的材料，她整天跟何支书、白娘子、邓小二子几个人在一起，搞小团体，就是资本主义派性。把这个记下来。另外，我再次严肃地要求你，你记的这些材料千万不要把别人看，特别是邓小二子，你跟他一个宿舍，半个字都不能向他泄露。也不要在你们宿舍整理材料，整理材料时到我宿舍这边整。”

两人商量好了已是晚上十一点多钟，回到知青点，大部分宿舍灯已熄了，只有邓远航和钟玉家宿舍的灯还没熄。洪光武回到自己的宿舍，钟玉保则进了妹妹钟玉家的宿舍。

71

洪光武回到宿舍,邓远航还在看书。邓远航见他回来便问道:“到哪里去啦?这么长时间鬼影子都没见到。”

见到邓远航,洪光武就脸红,心里就有一种愧疚。他不敢正视邓远航,眼睛盯着桌上的苹果问:“哪儿来的苹果,我可以吃吗?”

“你自己的,你怎么不能吃?”先前邓远航晓得钟玉家来送苹果和笔记本是对自己有意思,他也晓得自己在家家心里的位置远高于洪光武在她心里的位置,他只要向她去表白一下,她就会成为他的恋人。但一是因他对她还没有那种非她莫娶的感觉,二是因他与洪光武有言在先,在他们关系没有说定前,他不能向她表白,也不能接受她的表白,因而今晚家家送给他的苹果、本子,他都打算向他说是家家送给他洪光武的。

“你做梦呢啊?我自己的东西我都不知道啦?”

“人家送给你的。”

“谁?”

“还能有哪个?”

“家家?是她?”洪光武说话的声音都抖了,他怕邓远航说不是,他企望他能给他一个肯定的回答。

“嗯。”

“啊!苹果,我的苹果,我亲爱的苹果。啪,亲一个。啊,我亲爱的苹果。”得到邓远航肯定的回答,他双手捧起苹果举到上方,抬起头左看右看,然后闭上眼睛,把苹果拿到嘴边吻了一口,又把它捂在胸前。

“这还有呢,叫你把对她的爱记下来,将来给她看呢。”邓远航把本子递给他说。

“啊!本子,我亲爱的本子,我一定用最华丽的辞藻、最美好的语言打扮你、装饰你,让你物有所值。”洪光武一手捧着苹果,一手拿着本子,把它们一起按在胸口自语着。他想,今天是个好日子,不仅家家给我送来定情物,而且她哥哥也表示了认可,爱情的大门在今天为我敞开了,我一定好好珍惜她、爱护她,决不让她失望,一定让她感到选择我是她这辈子最正确的决定。在胸口按了一会儿,他睁开眼睛,放下苹果和本子,打开自己的抽屉,拿出一支崭新的钢笔,打开门,向钟玉家宿舍哪边望望,见灯已熄了,又进屋关上门,走到桌前,拿起笔记本前后翻了几遍,看一个字也没有,然后问邓远航:"她有没有留什么话?她什么时候来的?"

"吃过晚饭不一会儿就来了,在这儿等你好长时间呢。"

"就你们两人,她很长时间没走?"洪光武话中带着点酸味地说。

见他有点醋意了,邓远航赶忙说:"也没有多长时间,她见你不在,坐都没肯坐,只说了一句话就走了。"

"什么话?"

"她叫我跟你说,交朋友一定要诚心待人,只有诚心待人才有美好的结果、幸福的未来。"邓远航觉得他们今晚在外边鬼计鬼计的这么长时间,回来还不愿说干什么的,恐怕有鬼,便生造了一句钟玉家的话,想让他说出个一鳞半爪来。

"她说我是个不诚实的人了?"

"人家也没说你不诚实,人家就是告诫你对朋友要真诚。"

"我对朋友哪里不诚啦?"

"人家也没说你对朋友不诚,人家就是告诫你对朋友要说实话。"

"我什么时候没说实话啦?"

"家家晓得你今个晚上这么长时间不露面,你又不说实话,人家还不怀疑你在哪儿鬼混了一夜啊?一怀疑,那两人还不吹啦?"

"那你要给我证明噢。"

"我也不晓得你干什么去了,我瞎证明,不是害家家吗?"

"那我告诉你,我和钟玉保到九龟湖大堤了。"

"两个男的又不谈恋爱,到那里干什么呀?"

洪光武又去开开门,头伸外去左右看看,然后回来吹灭了灯,凑到邓远航旁边低声说:"我告诉你,你千万不要说出去。他要在这次批'三资'运动中整你们材料呢。"

“我又不是干部，只是个小知青，有什么错误能让他整的？”

随后，洪光武小声地把他和钟玉保在大堤上谈的事跟邓远航说了一遍，最后还加上一句：“我够朋友吧？你千万千万不能说出去。”

钟玉保与洪光武分手时，看到妹妹宿舍的灯亮着，便直接进了她的宿舍。他想问问妹妹，李晓星到底得了什么病？晚饭前问二愣，他说没得病，没得病为什么不回知青点，而要回家休息呢？他不放心来问问。

“她怀孕了！”

“啊？怀孕啦？”这是钟玉保没想到的。

“嗯。怀孕了，已两个月了。”

“她打算怎么弄？”这是钟玉保最关心的事情。

“一个大姑娘怀孕，还能怎么弄？刮呗。”

“悄悄地处理掉，那最好了。”这是钟玉保最想要的结果。

“那是肯定的，哪个大姑娘怀孕不想悄悄地解决掉？哎，哥，你晓得那男的是哪个？”

“哪个？”这个问题对于他来说再简单不过了，但他还是要故作不知。

“二愣！”

“啊？二愣？他承认了？”妹妹的答案完全出乎他的意料，他怎么也没想到她李晓星脚踩两条船。

“嗯。”

“这个王八蛋，我饶不了他。”说着回到了自己宿舍。他没想到李晓星一边跟自己说爱呀情的，一边又把同样的爱献给另一个人，更没想到的是那另一个人竟是二愣，是自己的亲表弟，真把钟家的脸丢尽了，弟兄两个争一个女孩，这要被多少人戳脊梁骨喃。

二愣从家家那儿回来，心里特别高兴，一躺到床上很快就带着微笑进入了梦乡。他站在大堤上望着九龟湖里的波浪一层一层地向前推去，忽然，从浪花中升起一个美女，白白胖胖的，像是李晓星，又不全像。他只在心里喊了声“晓星”，那美女便踩着浪尖走到他的面前说：“我不是晓星，我是龟女，我是来跟你结婚的。”说着用那双美丽的手握着他的双手，并把他的两手握得紧紧的，让他的手在颤抖。然后又抱住他的双脚，同手一样，也是越抱越紧，让他的身体感到了温暖。接着是用双手箍住他的嘴巴，同样是越箍越紧，让他觉得心怦怦地要跳到了嘴里。最后，她把整个身体都压到了他的身上，越压越重，压得他感到气喘不过来。他想推开她，手被她握住，挣不开；他想用脚蹬开她，脚被她抱住，脱不了；他想喊她下来，嘴被她勒住，张不了。突然，他身上的美女变成了一块大石头，慢慢地向下挤压，挤得他血管膨胀，终于承受不住，把血管挤成一个个针眼，鲜血从针眼里向四处喷射，使他万分惊恐，猛地往起一坐，从睡梦中惊醒。

72

钟玉保气冲冲地回到宿舍时，二愣已鼾声如雷。平时，二愣打鼾就是把屋顶掀掉，他也无所谓，他就把那鼾声当成催眠曲，听着听着便安然入睡，可今天，这鼾声越听越刺耳，越听越钻心。他抽了两支烟后，摔掉烟屁股，拿出绳子，绑了他的双手，捆了他的双脚，又用毛巾扎住他的嘴巴。这样折腾，二愣还没醒，他又用大头针刺他的肚子，刺了几下，才把他刺坐起来。

二愣见一个人拿大头针在自己肚子上戳，又见自己的手脚都被扎住，怀疑自己还在九龟湖大堤上，被那个像李晓星叫龟女的缠住，这个正在戳他肚子的就是那个龟女变的。他使劲地甩了几下头，睁大眼睛盯着戳他的人看了好一会儿，才终于认定，这不是九龟湖大堤，这是在自己的床上，这戳他的不是龟女，是他的表哥钟玉保。

钟玉保见他用疑惑而又带点怒气的眼神盯着他，便对他说："我可以把你嘴上的毛巾撕下来，你不准大声喊叫，晓得吗?"见他使劲地直点头，钟玉保便解开了他嘴上的毛巾。

"哎哟喂，我的妈呀，闷死我了。"二愣张大嘴巴深深地喘了几口气，然后又说，"哥？你是龟女，还是哥?"

"什么龟啊、哥的？浪的你做你的美梦去吧。"

"哥，你拿大头针戳我肚子干什么呀?"

"浪的你肚子里全是坏水，我帮你放出来。"

“我哪里坏啦?”

“浪的你把哥的东西碰坏了。”

“没有啊,你不在,我一下都没碰你的东西啊?”

“不是东西,是人!”

“人,哪个人? 你不在,我就找过大妹,在她那块也就是说几句话,也没碰过她一下。”

“不跟你噜苏了,我就问你还敢跟晓星来往吗?”

“刚才家家大妹已答应我去说媒了。”

“放屁,以后不准你再跟她来往,不准你碰她一个指头! 听到没有?”

“为什么啊?”

“我告诉你,她是你大哥的! 以前的事,看在你是我表弟的面子上,我就不追究你了,从今天开始,以后想都不准想她一下!”钟玉保揪住他的耳朵对着他的耳朵狠狠地说。

“浪的不想就不想呗,你把我松开噻。”二愣无奈地说。

过了两天,李晓星没有回来,钟玉保着急了。他不知道她是不是已经到医院去处理了,如果处理了,当然就放心了,但要是没有处理呢,肚子鼓起来就不得了啦。他想叫妹妹去看看,怕她说不好把晓星说急起来闹出矛盾来,因而最后还是决定自己去一趟。如果她没处理,就说服她赶快处理,如果她处理了,就买点东西去看看她。

下午一收工,他骑着自行车就到公社去了。钟玉保到公社先到他爸爸办公室。见到爸爸,他没有跟爸爸说自己把人家肚子搞大的事,而是问爸爸他入党的事怎么样了。爸爸说:“快了,快叫你填表了。”

“到现在表还不晓得哪一天填,那不是还要等到猴年马月啦?”钟玉保觉得党员就是公社党委批的,还不是你书记一句话的事嘛,连你都不晓得什么时候填表,肯定你没为儿子说话,故而有点生气地说了句。

见儿子不高兴,钟大同教育他道:“乖瓜啊,心不能这么躁,做事要顺理成章,和你一起的那么多知青,为什么你先入党人家没入党,群众会比较、会议论的。再说县工作队驻在这儿,小二子爸爸又是队长,做事更不能搭桨,更要有个正当理由去说服人家。我可以让赵书记过两天把表格送给你填,你能不能保证这段时间里有好的表现,没有坏的影响?"

"我能。我保证在这次批'三资'运动中冲锋陷阵,逮几个大鱼给你看看。"接着他便把他准备整"工分挂帅、分自留地、打家具、搞派性"等资本主义倾向的材料向爸爸做了汇报。

一听完儿子的汇报,钟大同就表态支持儿子说:"好,儿子有眼光,这都是这次运动的活靶子。你能把这些问题揭露出来,入党,只是个小问题,更重要的是你还可以担当龟岛大队支书的重任。不过揭露这些问题一定要注意方法,不能打击面太大,把自己孤立起来。那个白娘子确实太嚣张,以为有几分姿色就狂得不得了,该批她,其他人不要作为重点,小二子顺带点一点就行了,不能太过。我还要告诉你一个消息,爸爸可能要到县革委会当副主任了,这段时间你千万千万表现要好,千万千万不能出什么事。这样子,过三天,公社安排到你们那儿开批'三资'现场会,如果你表现突出,我就叫赵书记他们把表格带着,让你火线入党。"

"行,我保证表现突出,你放心,你儿子还有两下子,也不是一般的人。"钟玉保和爸爸谈了会儿,在公社食堂吃过晚饭,向爸爸告辞后便到李晓星家。

李晓星正在堂屋里一边听广播一边打毛衣,她妈妈四寡妇在纳鞋底。见钟玉保进来,两人高兴地起来让座。钟玉保坐到晓星旁边,只问了几句话:"吃过啦?晓月、晓阳呢?去医院治过啦?"李晓星也简单回答几句:"吃过了,到东边看电影了,不治。"两人便不再吱声。四寡妇见两人在堂屋里也不说话,就让他们到北屋里去坐。

到了里屋两人还没说话,钟玉保就一把抱住李晓星,把李晓星抱坐在床上。抱了会儿,钟玉保又把她推躺到床上,自己往她身上一趴。趴了会儿,他腾出一只手,揭开李晓星衣边往里边伸,李晓星推开他的手,又把他掀翻到一边,躺在那里嗔怪地说:"这么多天问都不问人家,心里哪块儿还有我啊!"

"不是正搞运动嘛,忙批判材料,一刻都捞不到歇。到卫生院看过了,你害什么病啊?"钟玉保躺在那里故意地问她。

李晓星侧过头看着他,感到很奇怪,他真的不晓得我害的什么病啊:"家家没跟你说啊?”

“嗯。”钟玉保含糊地应了声。

“害什么病呀？就是熬薄荷那天夜里,你给我治肚子疼,把我肚子治鼓起来了。”李晓星怕他不认账,先没说怀孕。

“那我再给你治治,我保证给你治好。”钟玉保想,上次在草堆给她治轻了,倒治出伢子来了,这次跟她治个狠的,把她肚子里的伢子治掉。说着便又翻身趴到李晓星身上。李晓星又把他推了下去。钟玉保躺在那里没有再动。他本来看到李晓星,内心就有一种冲动,到里屋来想满足一下自己的欲望,没想到她不配合,还这么冷淡,又想起二愣也抱过她,心中顿时产生一种厌恶,进屋产生的那种欲望顿时转化为气愤。他躺在那里阴阳怪气地说:“我晓得,有人治你肚子疼比我高明呢。”

“你这是什么屁话?”李晓星侧起身对着他责问。

“我是说有人叫你害肚子鼓的病喃。”

“不是你,是哪个？你说！你还是个男子汉吗？你不承认就算了,你还污我清白。”李晓星担心的事终于来了,他竟然做了事不敢承担,把责任一推了之。还不光是推卸责任,还把一桶屎扣到我的头上。说着,眼泪一滴滴地往下滴。

73

“你不要以为我说了玩的,或是以为我不晓得,我告诉你,是二愣他自己亲口承认的。”钟玉保说。

李晓星一听他说“二愣”这个名字,简直肺都要气炸了,他压根儿碰都没碰我一下,真是天大的本事啊,就能让我怀孕啦？再说,我就是配不上你这个干部子女,我也绝不会跟他那个愣子上床啊？你把我当成街上要饭的啦？把口饭就能跟人的呀？气得她躺在床上光流泪不说话。

钟玉保见她半天不吱声,认为她是心里有鬼没法辩解了,肯定背着他跟二愣做了那事,心里骂李晓星是个婊子,但又不敢说出来,说出来怕她跳起来没法捂。现在对爸爸、对自己是关键时期，无论如何不能让她闹出乱子来，得把她稳住，把她肚里那炸弹给拆掉。于是，他侧起身，用一只手擦擦她的眼泪说："二愣的事，我也不追究了，你明天到卫生院去把伢子刮掉，我们俩还跟以前一样好。"

李晓星起身猛地推开他的手，把他推到一边说："你走吧，我这病跟你没得关系，跟二愣有关系，我不会去刮胎，我就把这个伢子生下来，看是个愣子还是个痞子！你走吧。"

事情不解决，他哪里敢走？尽管也有二愣一份，但自己这一份也是千真万确的，是逃脱不了的，因为我爸是公社书记，她就赖上我了，我怎么办？不能毁了我跟我爸的前途啊。他躺在床上没动，也不说话。李晓星正要再赶他走，堂屋的门响了，来人进门就问："儿子喃？"

是爸爸？钟玉保一骨碌坐起来，他来找我？他怎么晓得我在这儿？难不成他晓得她怀孕了？他正要下床外去看，被李晓星一把又拽躺到床上。

外边堂屋里四寡妇说："儿子看电影去了。这边，这边，今天就辛苦你了，我们到这边锅门口，那边我大姑娘睡觉呢。"

"睡觉，我看看跟哪个睡的？"

"死鬼，跟伢子开什么玩笑？当心雷劈你。这边，这边。"一阵拉扯声后，堂屋安静了下来。

钟玉保心情愈发复杂、凌乱，弟兄两个争一个女人，还弄得怀孕了，现在父子两个又好上母女两个，这是什么事啊？他躺不是，坐不是，站也不是，在小屋里来回走了几趟，然后走到坐在床边的李晓星前边，两手搭在她的肩膀上说："明天去医院处理掉，好吗？"

李晓星把他两个手臂从下往外一打说："你走吧，跟你没关系，叫二愣找我。"

钟玉保恨不得掐死她，但这只是心里的气话，是绝不可能做的。他晓得这样僵持下去，炸弹就有可能起爆，爸爸在锅屋，等一会儿他真要过来看看，四寡妇是拦不住的，因而不能在这里久留，必须尽快离开。他长叹了一口气，从口袋里掏出五元钱塞到李晓星手里，便迅速而轻巧地来到堂屋，轻轻地拉开门，溜了出去。

邓远航收完工见钟玉保骑车到公社了，认为他到公社去不是汇报整“黑材料”的事，就是处理李晓星怀孕的事了，不管他干什么，我们不能坐以待毙，不能等着人家来收拾，得跟他们透个风，让他们有所准备啊。想着，他便出门去找白队长。还没出知青点，前面就有人喊道：“哎哟，远航，远航，几年不见，不认大哥啦？”

待那人走近，邓远航看清了，原来是王石基：“秃子，你怎么到这儿来啦？”

“都成大人啦，还喊秃子呢。我来砌房子。”秃子说。

“到这儿？哪家砌房子啊？”

“全公社就你们龟岛没有电了，今年年前要给你们架线送电，我们来砌个配电室。这龟岛太落后了，点小煤油灯，你们这些城里伢子怎么过的？走，到你宿舍，我今个特地带瓶酒、带几个菜来慰劳你的。”

猪头肉、猪口条、猪耳朵、花生米、变蛋、茶干、萝卜干、韭菜、腌黄豆等七八个菜摆了一桌。邓远航说：“我去把光武喊来。”

“光武是哪个？”

“你不记得啦？那年你偷杀生产队母猪，工宣队长来判你，把‘偷杀老母猪’错写成‘偷杀老母亲’，被他发现，又上台救你的那个‘小要饭的’。”

“‘小要饭的’也成了知青？看来我要做个好瓦匠，小学水平还不行呢。”

“不行就学呗。人家也不是真要饭的，他爸是省里的下放干部。”

“噢，那赶快请他来，我告诉你啊，多个朋友多条路，这些人将来都会有用的啊。哎，那你再喊个女同学来。”

“喊哪个女同学。”

“钟玉家，钟玉家在不在？”

“好，我去喊他们。”

四人坐定，小秃子倒酒：“七八年没见了，今个我们聚到一起高兴高兴。我和远航、家家认过兄妹，还有萍浪。光武也不是外人，他是我的救命恩人，我今天要好好敬他两杯。来，都满上。”

“秃子，不能一锅煮，要分个三六九等，你和光武两个人会喝酒，你们倒满，我和家家都不会喝，就倒一点。”邓远航拦住他说。

“远航，几年不见，你还是没变啊，我尊重你的意见，不过我要告诉你，在社会上混，不会喝酒就像瓦匠不会砌墙、木匠不会拉锯，都是基本功啊，我今个不强求你，但你以后要把酒量练出来，练出来你就晓得它的好处了。来，大家先喝两杯。”说着带头喝了两杯酒。

“不要听他吹牛，不会喝很好，你也不要练，照样进步。我哥会喝酒呢，酒量大呢，不也就是这么回事啊，也没什么不得了的进步。你不会喝，就少喝些。”钟玉家呷了一口酒后劝邓远航说。

“家家，话可不能这么说啊，你没听说‘喝酒越喝越厚，要钱越要越奸’喃？钱不能赌，酒还是可以喝的，再说喝酒不是一瓶两瓶、不是一次两次就见作用的，它就像九龟湖结冰一样，越冻越厚的。”

“秃子，事情都不能说得那么绝对，喝酒对身体、对交朋友肯定有好处，但也不是越多越好，或是次次都好，我也听说过‘酒肉面前知己假，患难之中兄弟真’的话，我们几个当初成为兄妹，都是落难时候，大家相互鼓励、相互支持形成的交情，那年我爸爸被关在公社林场批斗，我妈妈被下放到龟岛来，我没处去，你把我带到你家，房子虽破，但感到温暖。家家从家里偷来米和咸肉，那天我们四人吃的那顿饭多香啊。正是要过年的时候，我妈妈又生我小弟，没有肉、没有鸡蛋，你看到了，深夜和疤子一起把队里的老母猪杀了，背十多斤肉送来给我们吃，不是光武，你差点就被押到牢里去了。这种感情是多少酒都喝不来的啊。”邓远航说得激动起来，眼眶里竟冒出了泪花。

其他三个人也低头不语。“好啦，苦日子也过去啦，我们还是享受现在的好日子吧。来，我再来敬救命恩人两杯。”两个人各喝了两杯后，小秃子又说：“有酒不往非礼也，你再回我两杯。”

“是‘来而不往非礼也’，好，我回敬你两杯。”洪光武举起酒杯站起来说。

喝完两杯后，小秃子说：“管他是‘有酒不往’还是‘癞儿不往’，都一样，人家原来喊他喝酒，现在他自己‘有酒’了，跟人不来往了，他不是癞儿皮是什么呀。不管是癞子、辣子，都不是我，我是秃子，我讲礼。来，远航，我敬你两杯。远航，这个酒，你一定要倒满喝两杯，我们什么感情啊，从小一起卵子拖塘灰长大的哎。”说完自己先把两杯酒喝了下去，拿着空杯子对着邓远航。

74

见小秃子拿着空酒杯站在那里，邓远航说："秃子啊，你坐下，我喝。"说完喝了一杯，正要喝第二杯时，被钟玉家拦住："远航，你不能喝就少喝一杯，意思到了就行了。"

"远航，这么多年没见，还有一个没有变化的你晓得吗？"小秃子问。

"什么？"邓远航问。

"你把这杯喝掉，我告诉你。"小秃子说。

"不要睬他，他就是骗你把这杯酒喝下去。"钟玉家继续拦住他。

在一旁的洪光武不高兴了："家家，你拉住人家的手，难看不难看啊？人家秃子哥是来会多年不见的朋友的，哪里多喝一杯酒就能把人喝死啊？"

"好啦，好啦，这杯酒我喝掉。"邓远航说完喝下了一杯酒。

"好，到底是患难之交。我刚才想说的多少年没变的是什么，你晓得吗？说出来，我自己都吃醋。"小秃子笑着说。

"你是老鼠嫉妒猫夫妻，吃的哪门子醋啊？你快点说出来就得了呗。"洪光武不耐烦地说。

"什么没变呢，就是家家始终护着远航这一点没变，不但没变，还更厉害了，我看她倒像是他老婆了，真叫我跟喝了一坛子醋一样，哈哈哈。来，喝酒，我敬你们两个一杯，恭喜你们俩。"小秃子说着笑着，又端起酒杯敬他两人。

小秃子说这话时，邓远航在下边用脚踢他，示意他不要说了，但他酒劲上来了，根本收不住了。小秃子说出了这些话，洪光武脸色就青了，坐在那儿不吭声。见小秃子要敬他俩酒，洪光武把杯子端起来往桌上一蹾，然后拿起筷子大口地吃菜，什么人也不看。

邓远航见状，便向小秃子推辞道："秃子，你不要光顾喝酒，我也没那么大酒量陪你，我们这么长时间没见了，我们多谈谈。你说，你学了这么多年瓦匠，满没满师呢？"

“那还能不满师啊，不但满师，我也成了大师傅，明天来头十个人都是我的徒弟，都听我的。”小秃子说。

“徒弟要不要给你进贡呢？”

“那是当然的，逢年过节，给我进贡酒、蹄子什么的，也没什么值钱的，发不了财。”小秃子说。

“那徒弟要学不会，或是墙砌歪了，你打不打他们？”

“那是当然的，三年学徒，三年吃苦，我也是被师傅打出来的。再说，严师出高徒，师傅不严，也带不出什么好瓦匠，瓦匠做的活，房子砌不好，人家会骂他的师傅的。哎呀，不要光说我了，我们还是喝酒吧。家家，我单独敬你一杯酒吧，不管你跟远航的关系什么样，我还是要说，小时候我从心里喜欢你，哈哈哈。”小秃子说着站起来把一杯酒喝干。

“不喝了，不喝了，时间也不早了，来日方长，我们下次再聚。”邓远航想赶快结束酒席，以防小秃子酒喝多了说些不着边的话，把洪光武的火撩起来。但这时尽管他宣布散席了，还是迟了，洪光武已妒火中烧了。

“真是没文化，大老粗，无聊至极，庸俗至极。”说完把酒杯往地下一摔，开门走出去，并随手把门“砰”的一声关了起来。

“我大老粗，大老粗不盖房子把你冻死。”小秃子气愤地说。

“他今个怎么啦？跟个气球似的，一碰就炸。”钟玉家不解地问。

邓远航心想，还问呢，都是为了你呀。他心里这么想，嘴里则说：“没事，没事，都是酒闹的。”

噢，想起来了，上次光武跑错门，爬到我床上，也是酒喝多了，看来这酒还是不能多喝。钟玉家边想边和远航一起把小秃子送走了。

钟玉保从李晓星家溜出来，心里真是像调味瓶一样，酸甜苦辣咸什么味都有，羞愧、忌妒、担忧、惧怕齐堵于胸。在九龟湖大堤上，他把车子一架，面对着九龟湖使劲地吸气、呼气，连续做了十几下，想把心里的气理顺，也没大作用，心里还是堵得慌。他又使劲地拍了几下脑袋，想使头脑在清醒中想出个万全的办法来，让他们父子的声誉不受影响，更不能让人抓住把柄，影响他们父子的政治前途。可使劲地想了一路，也没理清个思路。直到过了河，踏在了龟岛的土地上，他才想出了办法，做出了决定。

回到宿舍，二愣已在鼾睡中了。他捏住二愣的鼻子，想把他搞醒。二愣猛地坐起：“龟女，我没碰龟女，怎么又要绑我？”

“醒醒、醒醒，哥有事找你。”钟玉保轻轻地拍拍他的面颊说。

“哥，我没碰晓星，我保证永远不碰晓星，一句话都不跟他讲，看都不看他一眼，不要绑我了。”二愣口气坚决地说。

“哥现在让你碰了，让你天天碰她！浪的你今个不碰就要绑你了。”

“哥，你让我糊涂了。浪的前个我碰她，你绑我，今个我不碰她，你还绑我，我碰不是，不碰也不是，横竖你要绑我，浪的你把我绑了扔到九龟湖里算了，我变成一只乌龟，比这个日子还自在些呢。”二愣无奈地说。

“浪的前个是前个，今个是今个，前个不让你碰是对的，今个让你碰也是正确的。”

“我横竖都不对，你横竖都正确，浪的你叫我怎么做人啊？”

“不说那么多了，浪的我就问你碰不碰？”

二愣不知他哥是什么意思，前个碰了绑，今个不碰绑，假如明个又变成碰了绑，那不是还要绑吗？他拿不准到底是碰好，还是不碰好。他心想，有一条我应该记住，就是记住听人家讲的“朋友妻不可‘骑’”，朋友的都不能“骑”了，那兄弟的就更不能“骑”了。于是，他回答道：“兄弟妻不可‘骑’，晓星是你的，表弟我永远不碰。”

“不碰？浪的我就绑了！”

二愣把两手两脚向前一伸说：“浪的你绑吧，绑死我，我也不碰，把我扔到九龟湖把龟吃，我也不碰，坚决不碰！”

钟玉保晓得他的愣劲上来了，你越硬，他越坚持，八匹马也拉不回头。看来，“绑”已失效了，只有来软的了，慢慢跟他谈，让他绷紧的愣劲松弛下来。于是，他开口道：“愣子，我爸是你姑丈，你爸是我舅，是吧？”

“这还不是秃子头上的虱子，浪的明摆的嘛。”

“这些年，我爸对你家怎么样？”

“那好得是一塌糊涂。我爸的供销社主任还是你爸安排的呢。”

“你哥大愣那年查何萍浪她爸出事是哪个帮他的？”

“是姑丈叫公安局假装带走他，后来把他安到别的公社，再后来又找人让他当兵，现在回来又帮他安到县城工作了。"二愣感激地说。

"那你将来想招工，还是当兵，还是推荐上大学？"

"浪的我们中学都没读好，还上什么大学？当兵，还是当兵。"

"浪的当兵要开后门的唉，哪个帮你啊？"

"当然是姑丈啦。"

"可是，很快，你爸的主任做不成了，浪的也就没人帮你开后门当兵了。"

"为什么呀？姑丈得什么重病要死啦？"

"浪的你才得重病要死呢！我是说，如果你不答应碰晓星这一切就没有了。"

"啊？"

75

被钟玉保一步步引导，二愣的愣劲已松下来了，可他怎么也想不通"开后门"跟"碰晓星"有什么关系。因而他问："我想不通，这有什么关系？"

"关系大呢。你想，你以前碰晓星，碰出问题来啦，邓小二子他爸是工作队长，想借这个问题整我爸，浪的要是把我爸书记整掉了，一切也就没了。"钟玉保无中生有地说。

"碰出什么问题啊？"二愣不解地问道。

"浪的把她肚里碰出小伢子来啦。"

"我就帮她倒洗澡水时，手碰到了她肚子一下，浪的肚子里哪块就有小伢子啦？"二愣虽不知道女人肚子里的伢子是怎么产生的，但他也不相信他无意中手碰了一下她的肚子，她就能有小伢子。

听二愣这样讲，钟玉保晓得错怪李晓星了，她跟二愣根本没有发生那种关系，那就不让二愣去碰晓星了，我回去向李晓星赔礼道歉，我们俩还和好如初，行不行呢？钟玉保想起晚上在她家那情景，摇摇头，觉得为时已晚，她现在已铁了心不肯去刮胎，坚决要把伢子生出来，去赔礼还有什么用？干脆将错就错，让二愣碰到底，尽快跟她结婚，即使他俩不结婚，只要造成二愣与晓星谈恋爱的事实就行。可这样，他又不甘心，从心里讲，他还是喜欢李晓星的，把心爱的人拱手让给表弟，心里酸溜溜的。但是，不这样又有什么好办法呢？算了，好姑娘多的是，失去了还会有，但父子俩的政治前途失去了就永远失去了，何况晓星又没离开知青点，想见还是可以见到的，男子汉，不要儿女情长了，该放弃的要坚决放弃。于是他对二愣说："女的才洗过澡，男的碰她肚子，浪的你一碰，她肚子里就有小伢子了。你现在继续跟她搞对象，我和家家帮助你，谈个把月，你们就可以选个日子结婚，最好就在元旦。"

"啊？这么快呀，新房、家具什么还没有呢。"

"革命知识青年结婚就要办个革命化的喜事，一切从简，以后靠自己的双手慢慢地创造出来。"

"那好，我答应你碰她，可她要不给我碰怎么办呢？浪的你得帮我。"二愣终于答应了表哥的请求，但又不晓得怎么去碰，只好又请求表哥。

"浪的这个你尽管放心，我帮你安排好。"

第二天一早，钟玉保对妹妹说："二愣这个事，我们还要帮他泥好，毕竟是兄弟，你去找李晓星做做工作，能刮掉劝她紧快去医院刮掉，拖下去人家都难看。如果她不肯刮，就劝她跟二愣结婚，告诉她二愣多么喜欢她，都快得相思病了。结婚后，许多事情我们可以帮她，马上招工，我们帮她找人招上去，就是将来她妹妹、弟弟的安排，我们都帮到底。你尽量把话跟她说清楚，不行再找她妈妈做做工作，一定要做好。这次洪光武送你去。"

"不能换个人啦？"

"换哪个？"

"叫远航送我去。"

"不要远航、远航的叫这么亲切，我告诉你，你们不合适，不要想那虎头心事了。洪光武去还有任务。他把你送到公社，你叫爸给他找个地方写批'三资'的材料，然后你一人去找晓星。"

交代过后，他来到向智勇宿舍。"向哥，看书喃？"

"哎，大保，来，这边坐。一大早来有事啊？"向智勇合上书迎着他说。

"送包烟把你抽抽，我昨天晚上在我爸办公室顺带的。"说着掏出一包九龟湖香烟递给向智勇。

“哎呀，哎呀，还是保弟想着哥啊，知道哥这两天断顿了。哎，在你爸那儿有没看到招工指标下来啊？”

“快了，怎么？你想招工走？”

“我暂时不想走，我想让包玲玲招工回省城，她父母身体不好，要人照顾。你能不能跟你爸说说？”

“没得事，你向哥的事就是我的事。哎，那可是挺漂亮的一个姐，你怎么为她求人啦？你们俩该不是……”

“不瞒你，她是我对象。”

“你们隐藏得蛮深嘛。”

“没办法，这些男女之间的事吧，本来是很正常的，可一套到我们这些政治上要求进步的人身上，你就得小心翼翼，他要找你碴儿，你再正常的恋爱，他也会说你有作风问题、思想意识问题，更不要说叫女朋友未婚先孕，什么打胎、引产，那等于断送男方的政治前途、女方的社会地位啊。”

听向智勇这一说，钟玉保打了个寒战，心想幸亏叫妹妹去处理了，要不然怎么得了。不谈这个了，谈得人分心。于是，他说：“向哥，有个事跟你商量下子。”

“你客气，商量什么？你吩咐就是啦。”这个节骨眼上，他巴不得天天为这个公社书记儿子做事呢，以换取女友包玲玲的回城指标。

“后天，公社要在我们龟岛开批‘三资’现场会，我想批这样几件事。”接着他把“工分挂帅”“分自留地”“打家具”等事一一跟向智勇说了一遍，然后又问：“你看这个事先批哪个？把哪个作为重点？以什么形式批？还有什么问题，你给出出点子。”

从心里讲，就这几个问题，向智勇很不愿替他出什么点子，觉得钟玉保“左”得离奇，没事找事做，我们龟岛要成为什么批“三资”的典型噻，批“三资”就批吧，我们龟岛人从思想上批就行了，还牵扯出事、牵扯出人来干什么噻？他不同意钟玉保的做法，但又必须帮他去出点子，又必须围绕着他提出的问题去替他想办法，因为他和包玲玲命运的改变还指望着他爸爸呢。

见向智勇不吱声，钟玉保又抛出了钓饵：“这次弄得好，你也有机会呢。”

“机会？什么机会？”

“如果成功，何支书不受处分，至少调走，到时支书这个位置空缺，你是党员，不也是一个机会嘛。”

“理论上是有机会，实际上也不一定。你也一样可以当支书啊?”向智勇兴趣有点被调动起来了，但他还要试探一下，他钟玉保想不想这个位子。

“我要当也只能先当个副支书啊，跟你后边学习。你放心，我不争这个位子，我还不是党员，就是过两天入党了，哪有一入党就当支书的？不谈这些了，这些都好办，到时我跟我爸说说就行了。关键是要有突出表现，我们还是一起研究批判会上的事吧。”

最终向智勇还是围绕着他的要求说了些想法，帮他出了些主意。从向智勇那儿出来，钟玉保就根据他们商讨的方案开始去安排了。

昨晚，因小秃子来，邓远航本来准备去找何支书、丁和美、白队长的却没去成，今天一早起来，他比钟玉保出去得还早。他先来到丁和美宿舍，门没锁，人不在。他又来到白队长家，白队长也不在，她男人说丁组长喊她到大队部了。他又来到大队部，要找的三人都在呢。原来，昨晚上钟书记跟儿子说过到龟岛开批“三资”现场会，儿子走后他就找赵书记安排了，安排后，他到四寡妇那儿，赵书记就开始落实他的指示了。公社连晚派通信员到龟岛通知何支书，让他先准备，后天赵书记亲自带人去布置并检查。何支书也连夜通知他们今天一早到大队部商量事情，来，都来得很早，可谁都是像捉刺猬，没个下手处。

76

邓远航进来，像是给他们带来了灵感，让他们的思维活跃了起来。

“哎，远航你来得正好，帮我们出出主意。你要叫我这块搞个什么生产现场会，我还有个抓头，你叫我搞批‘三资’现场会，我真是和尚的头，一点法子都没有，都是泥腿子，你叫哪个发言？白娘子，要么你上台批去。”何支书说。

“好，到时我带把斧头，带‘三支’木棍，上台劈去，保证不用一个时辰，把

‘三支’木棍劈得干干净净。”白队长的话把大家说得大笑起来。

“你上台劈‘三支’木棍，只怕一支没劈完，就让钟书记气得把你先劈了。”何支书笑着回了她一句。

“他又不是没劈过姑奶奶，姑奶奶是块钢铁，能把他的刀劈卷了。”白队长不屑地说。

“哎，玩笑归玩笑，事情还要做，既然公社把任务交下来了，我们还是要想法完成。我看不如叫他们几个知青先准备发言，等赵书记来再确定什么人上台发言。”丁和美看到远航受到启发，并做如上提议。

“也好。远航，你也准备个稿子，到时上台发言，准备充分些，到时出出彩，扩大影响，我们好把你入党的事报上去。”何支书赞成丁和美的想法，并也想让邓远航露露头。

“发什么言啦？”邓远航问道。

“肚肠子发炎，拉稀。”白队长开玩笑说。

“你拉倒吧，后天叫钟书记来跟你治肚子发炎，哈哈哈。不开玩笑了，不开玩笑，肚子真笑疼起来了。远航，你不要见外，我们这些大老粗就是这样。是这么回事，公社后天要在我们龟岛开批‘三资’现场会，叫我们准备呢，你说怎么准备？无非就是找人准备发言呗，你文化水平高，好好准备个发言，争取一炮打响。”何支书向他做了解释，并再次提出要求。

“对，远航，把这次机会抓住，好好准备发言，争取入党。”丁和美鼓励说。

“恐怕早有人准备好发言了。”邓远航说。

“昨个晚上才来通知的，我今个早上就跟你们几个说的，全大队没别人晓得了，怎么会早准备好了呢？”何支书不相信地说。

“是的啊，神人啦？哪个啊？”丁和美、白队长也不相信。

“钟玉保。”邓远航说。

“他？他怎么晓得准备的？”丁和美问。

“上次动员后他就准备了。”邓远航说。

“那就让他重点发言就是了。”何支书说。

“他的发言，只怕你们听了不高兴。”邓远航说。

“怎么啦？我是第四支，批‘三支’还能批到我白娘子头上来？”白队长又开起了玩笑。

“不要打岔，让远航说。”何支书说。

“就批你呢。”邓远航说。

“他个龟孙子，要劈姑奶奶，姑奶奶先把他劈了。”白队长大声说。

“你不要喊噻，喊有什么用？远航你说，他批什么？”何支书说。

“主要是两件事，一个是‘插红旗记工分’，他认为是‘工分挂帅’，他把它当成资本主义倾向批的。”邓远航透露说。

“这个‘插红旗记工分’，你们上次不是在知青点辩过了吗？大家都认为是正确的呀，他后来也没提出反对啊。”何支书说。

“当时他是表面服，内心不服。这次正好形势需要，他又重新拾起这个话题，还是他过去的论调。”邓远航说。

“那第二个呢？”何支书问。

“第二个是分自留地问题，他也认为是资本主义倾向。”邓远航说。

“他这样批到底想干什么喃？”丁和美问。

“是唉，批‘三支’就批‘三支’呀，他要批我们生产队干什么呀？我恐怕他是豆腐里挑骨头，是想找茬的。”白队长说。

“他要找哪个的茬喃？”何支书问。

“他是要整一些人，通过整这些人制造轰动效应，捞取政治资本，然后把这些人整下去，自己踩着这些人的肩膀爬上去。”邓远航说。

“那他是要整我啦，在龟岛，白娘子那个位置他恐怕看不上眼，和美那个位置是他下一步的目标，只有我这个位置还能让他想爬一爬。”何支书说。

“他只要不怕我这个针尖大的位置戳屁股，我马上把这个位置用双手送给他。”白队长说。

“也不全是这样为位置，他这个人，要整的是两种人，一种人是挡在他前面的人，妨碍他前行，他要整；还有一种是不跟他一路的，向别的方向走的人，他看着不顺眼，他也要整。在他要批的这两件事上，批‘工分挂帅’，批的是白队长和我，批‘分自留地’，批的是何支书、白队长和我。这是两件主要的事，还有批方元本‘打家具’，还有把我们三个，加和美工作组两个，五个人一起批的，说是搞‘小团体’，是资产阶级派性。”

“这个龟孙子,真是吃蝎子长大的,一肚肠子毒汁。”白队长说。

“光在这块儿骂也不得用,我们不能屁股上扎气袋,在这等着人家臭批啊,也想想办法怎么对付啊。”何支书说。

“我看,他是铁匠铺里生了锈的砧子,欠打,干脆姑奶奶叫人先把他牙打掉了,叫他上台说不了话。”白丽红说。

“要不,我们排发言时,不把他排上去,让他上不了台,你们看行不行?”何支书问。

“只怕排哪个发言,大队定不了。他昨天去公社,晚上就通知在龟岛开现场会,说不定,这会就是为他安排的呢。”邓远航分析道。

“还是我找他谈一次,叫他对事不对人,批‘三资’的现象,不要点哪个人的名字。另外,我再从工作队这条线看看,去向远航爸爸汇报一下,看他们队部有什么意见。”丁和美说。

“看来,他是早有准备,公社支持他,我们也难以阻止他,只有按和美说的先试试看吧。最后大不了干部拿掉,回家种田呗。”何支书说。

“我现在就不想当这个针尖干部了,哪个要就趁早拿去。”白队长说。

“没那么严重,还没到那个时候,你们情绪也不要这么低落。到时我也争取上台发言,为这几个事说理,降低他批判的效果。最后,要真的不行了,一切由我来顶,你们放心,你们也不要揽事,你们一个泥腿子、文盲,你们晓得什么资本主义、资产阶级啊?全是我这个‘知青’出的主意。‘插红旗记工分’是我给白队长出的点子,‘分自留地’是我告诉白队长县委有文件,说可以分的,‘小团体’是我喊你们的,责任都是我的,我什么干部也不是,他还能把我‘知青’撤掉,剥夺我当农民的权利啊?”邓远航觉得他们三人文化都很低,能有今天也真不容易,把他们一竿子抹到底,真叫人家永世不得翻身了,自己应该替他们承担一些,因而上面的话都是他的肺腑之言。

77

三个人听了邓远航的话都感动得只顾盯着他看,一句话也说不出来。

最后还是何支书先开口说："远航，你是个有大前途的人，我们不能影响你今后的前途。我是支书，队里出了事应该由我承担责任。我在部队学的驾驶，实在不行，我再重操旧业，到哪块找个驾驶员工作就行了。"

"不行，不行，那你何必呢？我不是跟你们客气，我承担责任比你们有优势。你们承担责任，伤得会比我重。毕竟我爸还是工作队队长，他就是不说话，其他人整我，也得看看他这个老书记面子吧？"邓远航分析道。

"话也是这话，不看僧面看佛面，他有这尊宝剑可用，但也不一定非用不可。我看还是按和美的意见先办，走一步是一步。"何支书最后定了调。

丁和美刚从大队部回到宿舍，钟玉保就跟进来了。"哎哟，丁书记，一早你和邓小二子都不在，跑哪儿上早工去啦？"

"远航早上也不在知青点啊？那他跑哪儿去啦？"丁和美不想让他知道他们在一起的，便故意问道。

"哪个晓得他呀，这家伙鬼呢，不晓得整天干什么，眼一眨就不见人影了。"

丁和美想，怎么这么巧的？说要找他，他就送上门来了，不过，看他这样子，也是来找我有事的，还是先让他把事说出后，我再见机而行。于是，她问："一大早来，有事吗？"

"有啊，跟你领导汇报工作呢。"

"谈不上汇报，那你就坐下说吧。"丁和美拿个凳子给他说。

"是这样的，公社后天要在龟岛开批'三资'现场会，叫我做重点发言。"

"定下来啦？我还不晓得嘛。"丁和美故作不知地说。

"昨晚才定的，通知马上就会到。"

"那是好事啊，你可以表现表现啦。"

"我有些事吃不准，请你帮着把把关，到时也要请你支持呢。"钟玉保按照向智勇给他出的主意，要争取工作组的大力支持，这是第一步。

"你很聪明的，什么事还需要我把关啦？"

"不是说智者千虑总有一失嘛。这样的，我发言想重点批判发生在我们龟岛的资本主义倾向。"

"都有哪些呢？"丁和美问。

“有白队长、邓小二子的‘工分挂帅’，何支书、白队长、邓小二子的‘分自留地’，方元本的‘打家具’，你看这几件可不可以批？”钟玉保故意漏掉了丁和美他们搞“小团体”的事。

“真要听我意见吗？”

“当然，就是专门来听你意见的。”

“依我看，这几件事，都是可左可右的事情，看你怎么去说，说左就左，说右就右，可批可不批，你实在要批也可以，但我劝你把队里人的名字去掉，就批这几件事，不要点人家的名字。”丁和美乘机说出自己的要求。

“哎，不行！不点名就缺乏火药味了，攻击力也就不强了。”

“雷锋说过，对待同志要像春天般温暖，对待敌人要像严冬一样残酷无情。最猛的火力要用来攻击阶级敌人，攻击帝国主义反动派，他们是什么？他们是党支部书记、是小队长、是知青，都是革命同志唉，你攻击他们，你站在什么立场上了？你叫我怎么支持你？”

“那对他们的资本主义倾向，也不能听之任之啊？”钟玉保口气有些缓和。

“这种倾向可以批判，跟点不点名关系不大。”丁和美也退了一步说。

钟玉保觉得一时半会儿也说服不了她，不能跟她在这儿缠下去了，自己还要准备其他事，不如先答应她，争得她的支持再说。于是，他说：“好，那听你的，就不点名，我就批判他们‘三资’的事，那到时你一定得大力支持啊？”

“好，我一定全力支持。”丁和美没想到他的工作这么好做，很快就答应不点名了，因而自己也就爽快地答应支持他了。

吃过早饭去上工前，钟玉保又跑到大队部找何支书，他还得争得何支书对他的支持。在何支书这儿，他汇报了批“工分挂帅”“打家具”“搞小团体”三件事，故意漏掉“分自留地”的事，并且主动对何支书说：“我只是批判这几种现象，不点名，请你支持。”

“这是当前的政治大事，我作为大队支书还能不支持吗？不过我听说你批判的内容还有‘分自留地’的事，你刚才说的怎么没得啊？”何支书问。

听这话，钟玉保一惊，同时又比较尴尬。他觉得好像他们已经晓得我发言稿的内容似的，要这样，那是怎么透露出去的呢？是不是洪光武告诉何支书的呢？不会，他没这个胆子。最有可能是他的材料放在宿舍，被邓小二子偷看了，是邓小二子到何支书这儿告密的。这家伙真阴险啊，直接在后边拆我的台了。不行，这个时候还不能过早地暴露目标，必须打消何支书的疑问。于是他说："噢，原来是有的，后来他们说，县里有个文件说可以分的，你们也是按文件来的，就是错，也是上面的文件错，跟你们没得什么关系，我就把这个事拿掉了。"

"既然这样，我推荐你在现场会上发言，明天公社赵书记来，由他最后确定。你回去好好准备吧，把材料写好，到时不要读得结结巴巴的。"何支书心想，他还不像那种不听人劝的人，虽说他要批的几件事都是拿不上台盘的，但他也不是胡搅蛮缠的，毕竟这几件事做得不很美气，一些人也有意见，更何况他一个公社书记的儿子要在现场会上发言批这几件事，还不是三指捏田螺的事吗？因而也就顺水推舟答应了他的要求。

钟玉保一连攻克两个堡垒，赢得了支书和工作组组长两人的支持，喜不自禁，加上洪光武回来交给他一份完整的发言稿，更让他情绪高涨、得意扬扬。但妹妹家家的汇报却又让他掉进了冰窟窿。

"她把你骂得狗血喷头，死也不同意你的安排，就是跳九龟湖也绝不会跟二愣结婚。"钟玉家对哥哥说。

"那你至少动员她先要把肚子处理掉啊？"钟玉保说。

"她也坚决不肯处理，说就要把伢子生下来，看到底是个愣子，还是个痞子。"

"那你没找她妈妈做工作？"

"找了，她妈这个人你不晓得吗，不晓得什么人给她撑腰，虽是个寡妇，平时在街上还蛮有势的呢。她跟我阴阳怪气的，说什么，我们伢子是正经伢子，哪个作的孽，哪个要负责到底。又说伢子大了，不听妈的了，劝不住了，你还是找她自己。反正不管不问，一推干净。"

"这个老东西，那年在她家破'四旧'时，就横得不得了。"

"哎，哥，她和她妈好像都对你意见大得不得了，是不是你有什么把柄握在她们手里啊？"

"我有什么把柄在她手里啊？不要瞎猜，不要听她瞎说。你说哥这种人能跟她一个寡妇家的伢子有关系吗?”

“不得把柄,那就不要管她,不要费劲劳神的了,让她生,让她闹去,最后坏名声的是她自己,跟你没得关系。”妹妹说。

78

“我的妹妹唉,我怎么能不管不问呢?舅舅把二愣交给我,现在二愣出了这事,我怎么向舅舅交代呢?”钟玉保对妹妹说。

“那怎么办?要不请邓远航去跟她说说,她听他的话呢。”钟玉家早上跟哥哥说要邓远航送她到公社,一个想在路上跟他交流一下个人的事情,二个也是怕自己说服不了李晓星,请他帮着一起说说,因为她凭女人的直觉看,李晓星对他还是有意思的。早上哥哥没同意,现在她又提出来。

“哎呀,我的菩萨妈妈,千万不能让他晓得,你不晓得他邓家跟我们钟家有矛盾啊?他正愁没有整我们家的话柄呢。”

“那是过去上辈子的事了,人家不是对我们蛮好的呀,从来也没整过我们,倒是你整天防备人家,还有什么仇要结下去啊?”

“你女孩子不懂,君子报仇十年不晚,你看他平时对我们没仇没怨的,他都闷在心里呢,一旦抓住我们家什么把柄,他是不会罢休的。再说,就是邓家和钟家不结仇,但还有竞争啦,我是钟家的长子,总不能眼睁睁地看着他爬到我们上面,看着他邓家比我们钟家兴旺吧?”钟玉保教育妹妹说。

“我不管这些,我只晓得冤家宜解不宜结,反正我信任他,我还是照样跟他来往。”

“来往可以,你可千万不要像晓星这样做傻事噢!”钟玉保告诫妹妹说。

“说什么话呀?我就是像晓星一样,人家也不会像二愣那么不检点的!你还是想想二愣的事怎么办吧,晓星明个下午来呢。”钟玉家提醒哥哥说。

晚上,钟玉保想把发言稿读一读也读不下去。先是二愣一直在旁边叨叨,不住地问:“哥,你帮我去跟晓星说没说啊?”

“没看我这两天忙嘛,家家已经给你去找过她了。”

“那她怎么说,答应跟我结婚啦?”二愣急切地问。

“快了,还要再说说,你耐心地再等几天。不要吵,我要看材料了。”

二愣躺在床上静了会儿,两眼看着钟玉保在埋头读稿子。他的心还是在李晓星身上。他想,得回家一趟,这么大的事得告诉爸爸妈妈,让他们早点准备,不要人家晓星答应了,我们家还没准备好。日子定哪一天呢,得问问表哥:“哥,晓星要是答应了,日子是我们家定,还是她家定?”

“一起定。”

“那是过年前好,还是过年后好?”

“你问李晓星去。”

“她来啦? 那我去。”说着下床就走了出去。

钟玉保明知李晓星不在,他去找不到,但也没拦他,巴不得他离开,让他自己一个人安静地读稿子呢。这洪光武也太文了,一会儿引用法家的话,句子短,字难认,读不顺;一会儿又引用《资本论》里的话,句子长,一句读下去,气都喘不过来。偏偏头脑里又满是晓星的肚子、肚子、肚子,驱之不散,挥之不去。过一会儿,稍微心定一些,二愣又推门进来,空咚一声往床上一躺。

“骗人! 明天下午才来呢,叫我白跑一趟!”

“明天下午来很好,你这事,我们已帮你做了媒,你要跟她结婚,你自己不出面不行。明天下午,你到渡口那边去接她。她看你来接她,心里自然就高兴,你再把这个送给她,她会更高兴。”钟玉保一边说一边从抽屉里拿出一个金戒指递给二愣。

“这是哪来的? 哥,这是‘四旧’呢,送给她,她会不会当成‘四旧’交到公社去,把我当成牛鬼蛇神抓起来游街?”

“不会的,破‘四旧’都过去十来年了,还说什么‘四旧’啊? 记住,这个东西,只要她是个女人她就喜欢,你把她,她就喜欢你了,就同意跟你结婚了。过了渡口,下船时,你就把她抱起来,一直抱到知青点,大家就都晓得你们要结婚了。那就行了。”钟玉保指点他说。

“呵呵呵,还是哥帮着我,那我明个吃过中饭就到渡口那边等。”

“好,你现在好好睡觉吧。”钟玉保催他赶快睡觉,好让他安静地看稿子。

很快二愣就带着与李晓星结婚的期盼进入了梦乡,传出了鼾声。

钟玉保终于没人纠缠了，可读了不一会儿，二愣的鼾声让他一个字也读不下去，他气得把稿子一推，脱了鞋也躺到了床上。躺下也睡不着，耳边是如雷的鼾声，脑中是如鼓的肚子，心中是如日的前途，辗转反侧，直到天明。

第二天下午，原来是公社赵副书记来查“现场会”准备情况的，后来，县委宣传部听说了，要派人来参加，钟大同书记觉得这是个宣传石龟镇的好机会，要好好利用，便亲自带队来检查现场会的准备情况，并对现场会的有关事项做最后定夺。

何支书向钟书记汇报了准备情况：一是安排向智勇、邓远航、钟玉保三个人准备发言，二是两个“四类分子”站台陪批，三是会场设在一队工场，已经布置写标语、插彩旗。

钟书记听了汇报，觉得太平了，起不到什么示范作用，便说：“现场会、现场会，你让我们看什么现场呢？这次批判会主题就是批判资本主义倾向，割资本主义尾巴，你要让别的大队支书看到，这个资本主义尾巴是怎么被割掉的。他们回去要照着你这个样子也回去割尾巴。其他人看看，有什么想法。向智勇，你说说，你是省里下来的老知青，见识多，说说有什么想法。”

向智勇听钟书记喊他发言，他觉得机会来了，此时露两下子，一定会给下一步的前途打下好的基础，因而他打算把昨天跟钟玉保说的在这儿说给钟书记他们听，但转念一想，不能，钟玉保也在这儿坐着，我如果把话都说了，显示了自己的水平，但前途肯定就完了，钟书记不会再提携你了，因为你站得太高，把他儿子压得太低了。于是他说：“书记您刚才‘现场会、现场会，就是让人看现场的会’的一句话通俗易懂，言简意赅，让我们懂得了许多，我从心里佩服老书记的水平。至于我的想法，主要是在玉保启发下形成的。昨天我们两人商量现场会的事，他的想法非常符合当前斗争的需要，不愧是老革命的后代，路子正，办法多，火力猛，我有的还学不上，还是欢迎玉保给大家说吧。”说着他自己先鼓起掌来。

钟玉保对向智勇的做法非常感激，他没有把想法说出来，不是他真说不出来，而是他把机会让给了他，以后一定要在爸爸面前为他多说说话。

“噢？保子还有这水平啊？好，保子，那你就说说。”钟书记对儿子说。

听爸爸叫他说，他这才开口说道：“我认为这个会应该这样开：第一个程序是看现场，我们有两个现场，组织二三十个劳力，一是铲除自留地上的竹子、果树、蔬菜等资本主义尾巴，全部收归集体，种上麦子；二是没收知青点方元本的木匠工具和所有家具，坚决打击资本主义倾向。”

何胜浪支书听了，从心里直骂钟玉保：这个龟孙子，搞这么大动作竟然瞒着大队党支部暗地里做准备，把大队党支部放在了什么位置？把他这个支书又放在了什么位置？你把贫下中农家前屋后辛辛苦苦种的庄稼铲掉了，你哪里是割资本主义尾巴，你是在割贫下中农的生命线，做伤天害理的事啊！

钟玉保根本不知道何支书在心里骂他，他只看到爸爸和赵副书记那赞许的目光，因而他继续说道：“第二个程序是发言，发言不要太多，有两个就够了，刚才何支书说的三个人，邓远航是搞‘工分挂帅’的策划人，不适宜上台发言。”

何支书听了这话，在心里又骂开了：这个龟孙子，心蛮毒的，本来安排远航发言可以为几个事辩解辩解的，这个权利又给他这个龟孙子剥夺了。

“第三个程序是公社书记讲话，最后散会。”钟玉保在满屋掌声中结束了他的发言。

“我看还不能散会，还得加一个程序。”钟书记在儿子结束发言时说道。

79

“会议到这个时候还要掀起一个高潮，还得加一个程序。”钟书记说。

大家感到这个现场会已开的可以啦，已很完备啦，还要加什么程序呢？大家不清楚，都用疑惑的目光看着钟书记。

“我看还要加一个‘火线入党、火线提干’的程序。批‘三资’，批判小生产，割资本主义尾巴，就是当前阶级斗争的战场，谁在这个火热的战场中积极参战、敢拼敢斗、功劳卓著，我们就在这个战场上、在第一线发展党员、提拔干部。”钟书记强调说。

钟书记他们在这儿检查现场会准备情况时，丁和美喊邓远航一起到公社找远航爸爸、驻石龟工作队队长邓仁礼,汇报公社在龟岛开现场会的情况。两人走到离公社不远时,听到九龟湖大堤下有女人的哭泣声,两人循声找去,湖边一个女人边抽泣着边往水里走。两人近前一看才知是李晓星,便赶忙冲下去把她拖了上来。两人把她拉到坡上坐下,想问问为什么事的。坐下后,丁和美怕一个男的在这儿,李晓星不好意思开口,便叫邓远航上大堤等她,她独自来问李晓星。可问了半天,她只是哭,什么也不说。最后丁和美只好说把她送回家,她又不肯回家,说要回龟岛知青点。丁和美想,不能让她一个人走,她一个人走,在路上再有个三长两短的,那就不好交代了。两人一起把她送回去吧,又耽误向工作队汇报工作,干脆这样吧:"远航,你陪晓星回龟岛,我去汇报工作,路上小心点噢。"

邓远航掉头陪李晓星回龟岛。其实,邓远航知道李晓星要投九龟湖的原因,那肯定是为她怀孕的事。上次钟玉家就告诉过他晓星怀孕了,他也知道那个致她怀孕的人是钟玉保,但他不知道他们之间到底打算如何处理这事,从她要投湖的情况看,应该是他们为处理这个事发生冲突了。一路上,他见她泪眼蒙蒙的,也不知怎么跟她说话。倒是李晓星先开口了:"看我好笑吧?"

听她说这话,邓远航朝她看看说:"看你这样,我心里难过,怎么笑得出来?"

"你难过什么呀? 跟你又没得关系。"李晓星问道。

"怎么不难过啊? 这么一个漂漂亮亮的女孩,要结束自己年轻的生命,一定有很大的痛苦,而我作为一个男子汉,不能帮你解除痛苦,让你打消轻生的念头,你说我心里难过不难过? 现在龟岛的'抓革命、促生产'工作又是那么火热,我们都希望你和我们一起劳动、一起战斗,建设美丽的龟岛,可我一时又说服不了你,你说我心里难过不难过?"邓远航向李晓星诉说着心里的难受,李晓星一边听一边擦着眼泪。

"最让我难过的是,那次吃你一个麻花,硬要给你四分钱,引你生了好一会儿气,当时我就发誓,下次吃你十个麻花,一分钱也不给你,可是你真要投九龟湖那个了,我十个麻花一个也吃不到了,你说我难过不难过?"

这下不是把李晓星眼泪说掉下,而是把她说得"扑哧"一声笑了起来:

“去你的，人家心里难受死了，你还开玩笑。”

“我晓得你心里堵得慌，你跟我说说，把心里的难受吐出来，心里就好受了。”邓远航动员她说出心里的不快。

“唉，怎么说呢，也怪我贪财，他一个玉龟就把我的心给买去了，你说我贱吧？”李晓星说。

“说明你不看重财物，看重的是感情。”

“是啊，我是重感情，我能为他献出一切，可他呢，他把我的感情当狗屎，他一切都为了向上爬，哪个影响他向上爬，他就把人当狗屎，一锹铲了甩多远的。”

“他不是对你感情很深吗？他不会甩你的吧？”邓远航问。

“感情深，也比不了他名声重要。他何止是甩我啊，简直是当便宜货送人了。”

“啊？有这等事？”

“简直是污辱人啦，远航，你晓得他把我送给哪个啊？你再也想不到，他要我跟二愣结婚。你说不等于是杀我吗？还有更卑鄙的手段，他为了促我跟二愣结婚，先污蔑我跟二愣有关系，说我肚里的伢子是二愣的，我不处理掉，不跟二愣结婚就影响他们父子俩的前途，你说天下哪有这么卑鄙的人，你说我还活着干什么？”李晓星一把眼泪一把鼻涕地哭诉着。

待她情绪稍微稳定了些，邓远航说：“好死不如赖活着，再怎么说，活着还是好。这个时候，你也要想得宽一些。钟玉保这个人还是重感情的，他对你也是不舍的，他说那些话可能也不是他心里话，是一时的气话。”

“真的吗？那些真是他说的气话吗？”李晓星希望那真是他说的气话。

“是的，是气话。你想，他一个公社书记的儿子，跟你说个事你不答应，他有自尊唉，自尊心受到伤害，什么气话说不出来呀？”

“真的吗？”

“真的，哪个人都是这样，我也经常说气话，还伤人。”邓远航以自己为例，让李晓星相信钟玉保的感情。

“那我现在怎么弄呢？”李晓星问。

“你从心里讲，你现在想不想跟他和好如初？”邓远航问。

"能和好,当然最好了,不晓得他肯不肯喃。"

"你是不是这辈子就打算跟他过一辈子了?"

"远航,你不了解女人,这个话叫我怎么跟你说呢?"李晓星有点不好意思说,但停了会儿,她还是说,"远航,你记住,一个女人要是把贞操给了你,她就是打算跟你过一辈子的人。"

"噢,我晓得了,你愿意跟他结婚。"

"嗯。"

"那你这样,你今个到龟岛后,找他心平气和地谈一次,把你的想法说出来,就是要在过年前把婚结了。"邓远航说。

"那他要是不同意怎么弄呢?"李晓星缺乏信心地问。

"那也有办法。"

"什么办法?"

"他不仁,就不能怪你不义。你是先礼后兵的,责任全在他。见过面后,他如果不同意,你也不跟他吵,也不要说你下边要干什么,就是跑回宿舍,往床上一躺睡大觉,任何人问你,你都不要睬。明天公社在这儿开现场会,开会前你先朝台边上一站,把肚子朝上挺挺让他看到,估计你这一站,他就开始掉魂了,可能他就会来找你,如果答应跟你结婚,你叫他到白队长那儿说一声就行。如果他不睬你,或是不答应你,你就开口说话。"

"我说什么呀?"

"你就说,'我有话说,我跟钟……'就行了,说话声要大一点,估计还没等你说出'玉保'两字,他就过来喊你姑奶奶了,答应跟你结婚了,你还是坚持叫他跟白队长说一声就行了。"

"他要是还不同意呢?"

"你就继续往下说,'我跟钟玉保有了小……',就这样一个字一个字地慢慢说,他肯定要睬你,答应你的。"

"要真如你说的这样,到时请你喝喜酒。"李晓星说。

邓远航为她出这些点子,从内心讲还是矛盾的,也是没有办法的办法,不得已而为之。一方面,他鄙视钟玉保,同情李晓星;另一方面,他同情何支书、白队长,想用李晓星去牵扯钟玉保的精力、扰乱他的思路,从而让他在批判会上降低攻击力。

他们一路走着，一路说着，根本没注意渡口处一双愤怒的眼睛正射着他们。

80

那个用愤怒目光射向邓远航和李晓星的人正是二愣。他站在渡口处虎视眈眈地对着他俩，邓远航提醒说："注意，二愣好像不正常。"他俩放慢了脚步，眼睛盯着二愣，慢慢地朝渡口走。

哪知二愣远远地喊道："邓小二子，你磨叽什么呀？李晓星是我对象，我就要跟她结婚了，不准你碰她！"

听他这一喊，李晓星的眼泪直往下流，同时边说边往坡下走："那我还不如死掉算了呢。"

邓远航拉住她说："你跟他计较什么呀？他是个愣子，说的是愣话。你在这儿等着不要动，我先过去看看他要干什么。"说着独自一人向渡口走去。快走近二愣时，他就开口试探道："二愣，你一人在渡口有什么事的呀？"

"有什么事啊？就有这事的！"说着一拳打过去，正中邓远航的眼眉，打裂了眉骨处的皮肤，鲜血从眉间流出，淌到了脸上，滴到了衣服上。远远看着的李晓星一声尖叫，二愣被这声尖叫喊得傻眼了，惊呆了，不动了。只见李晓星快跑过来，一边用手绢捂住邓远航的眉角，帮他止血，一边怒斥二愣："你愣里吧唧的干什么呀？愣种！流氓坯子！想坐牢啦？"

二愣在一旁，目光呆滞，嘴里不停地重复着："他碰我女人，他碰我女人。"

"哪个是你女人啦？回去问你妈去，有人养没人教的东西！癞蛤蟆想吃天鹅肉，痴心妄想！"

过河时，二愣被骂得完全像个断了藤的黄瓜，蔫头耷脑地坐在那里，两眼看都不敢看李晓星一眼，船到岸时，也不敢跟着他们下船，坐在那里看邓远航把李晓星扶下船，上了岸，走了头十米远了，他才下船上岸远远地跟在后边，哪里还敢按表哥说的一下船抱起晓星就走，一直抱到知青点？

李晓星一到知青点，就到钟玉保宿舍找他，一看门锁着，就回自己宿舍等。一直到广播里播晚间新闻了，钟玉保才回知青点。回到知青点，他没有回自己宿舍，而是直接到妹妹宿舍来见李晓星，因为钟玉家老早就给他报过信，说李晓星回来了，急着要见他呢。

一进她们宿舍，他支走妹妹，然后坐到李晓星旁边问："回来啦？身体怎么样啊？"

"母子平安，就是差点气死！"

"不要气啦，都过去了，现在形势一片大好，还将越来越好。明天的批'三资'现场会将宣布资本主义的死亡，将成为我们革命知青冲锋陷阵的战场。你正好回来，明天看看我的表现。"钟玉保天花乱坠地把李晓星引向政治形势，以避免她没完没了地谈怀孕的事，他只要把她稳到明天晚上就行，那时火线入党、火线提拔已结束。

"我相信你明天表现一定会好的，但我还要看看你现在表现怎么样？"李晓星则要把话题引到他要谈的主题上。

"现在？现在当然很好了。"说着看了一下门口，见没有动静，便一把搂过李晓星，顺势往床上一推，就亲了起来，还不停地说："想死我了，想死我了。"亲热一番后，李晓星推开钟玉保坐起来说："一点不羞，被人看见。"

钟玉保也坐了起来，拉住李晓星的手，从口袋里掏出一枚金戒指套在她的食指上。李晓星缩回手，拔下金戒指递给钟玉保说："重戴，应该戴在中指上，结过婚才可以戴到无名指上。"

钟玉保接过戒指，并没有把戒指戴在她的中指上，而是仍把戒指戴到了她的无名指上。

李晓星见状，以为他又戴错了，就没有把手抽回来，两眼看着钟玉保，示意他重新戴到中指上。见钟玉保没有反应，她便问了一句："就这样，不变啦？"

"嗯，就这样定了，不变了。"钟玉保点头说。

"同意我们俩结婚啦？"李晓星怕他不理解戒指戴在无名指上的意思，便挑明了问他。

"嗯。"钟玉保又点点头。

"同意你钟玉保跟我李晓星结婚啦?"李晓星怕他把"我们"理解成她和二愣,便又清楚地点了两个人的名字。

"嗯。"钟玉保还是点了点头。

李晓星一下扑到钟玉保的身上,头埋到他的脖下抽泣起来。钟玉保搂住她问:"我这样对你,还不高兴吗？又哭什么喃?"

"我高兴,我这是激动的,我爱你。"李晓星抬起头说着便亲了上去。两人亲热一番后,李晓星问:"那我们的日子定在什么时候呢?"

"这就要看你啦!"

"看我干什么啊？我有什么权定啊？应该叫你妈妈托人跟我妈妈定啊。"

"那个我晓得,到时会到你家提亲的。我说看你,是看你什么时候把肚子里的东西刮掉。"钟玉保明白地对她说。

"我不刮,我要留着他。"

"不刮,就不能结婚。先刮胎后结婚。"

"结过婚再刮。"

"先刮后结!"

"先结后刮!"

两人都非常坚决地表达着各自的观点。语句越来越短,声音越来越狠,最后各自沉默,谁也不愿讲话。

李晓星担心的是胎刮了,人被他甩了。她想他这个时候信誓旦旦的,到时候,她肚里一空,他就翻脸不认账了,一脚把她踹得远远的,说不定又要踹给二愣了。

钟玉保想,还是先稳住她再说,只要她明天安稳一天,以后随她去,她就是把伢子生到大街上我也不问,到时我死不承认,朝二愣身上一推,她就无计可想,我现在还有事呢。于是,他说:"我们现在争下去也没意思,好歹你爱我,我也爱你,这就行了。其他事,也只是说说,都还没定,我们各人再想想,后天我们再定。"说着拉开门走了。

他回到自己宿舍把二愣一顿臭骂:"没得用的东西,叫你把她抱回来,怎么让她走回来了？送给你碰，你都不敢碰，你还有什么用？”

“哥，我看到邓小二子碰她呢！”二愣报告说。

“什么时候？”听二愣这样说，钟玉保醋意上来了。

“他跟她从公社回来，一路上有说有笑，搀她上船，搀她下船，晓星用自己的手帕给他擦血，靠那么近，好像嘴还靠嘴呢。”二愣胡乱说着。

钟玉保醋意大发，骂道：“你真没用，晓星被人欺负，你吃干饭的呀？”心里则在骂李晓星和邓远航，骂李晓星水性杨花，什么人都亲，早晚把她踹掉；骂邓小二子不道德，欺负朋友妻，明天批判会上非点他名不可。

“我没有吃干饭啊，我上去啦，我就一拳把他打个倒栽葱，眼睛打淌血了，恐怕淌有一碗血呢。”二愣得意地说。

“啊？你打伤他啦？恐怕有祸在后边呢！”钟玉保说。

81

二愣打伤邓小二子，钟玉保认为要有祸出，是因为他觉得邓小二子吃了哑巴亏，明天又批判他，他还不破罐子破摔，想出多少点子来跟我们闹啊？

他的担心不是没有道理，邓远航现在正在白队长家，和丁和美、白队长一起商量着明天的事呢。丁和美到公社找邓队长，邓队长已到县里开会去了。她又急急忙忙赶回来向何支书汇报，何支书又把钟玉保他们明天要铲除自留地上庄稼的事告诉丁和美，叫她找几个人商量看怎么弄，他自己则要接待钟书记。这样，他们几个才来到白队长家看看有什么办法。自留地上的庄稼都长势喜人，这些庄稼都是群众自己买的苗、挖地种下去的，此后浇水、施肥、除草都花了不少人力、物力，眼看着就有收成了，却要把它们当作资本主义尾巴割掉，不是伤天害理嘛。

“这个龟子子，多恶啊！好好的庄稼，他要铲，作孽啊！不行！绝不让他铲！他要是铲我们的庄稼，我就拿把菜刀站在那儿，哪个铲，我就砍哪个。”白队长做出向下劈的手势。

“不能不能，白姐，这样他们会把你抓起来，当牛鬼蛇神来批斗，要是出现流血事件,或是再死个把人,那就是不得了的大事了。”丁和美反对白队长的想法。

“那怎么弄?不能眼睁睁地看着他们把一家家的庄稼给铲啦?远航,你不要光愣在那块,你也出出主意噻。”白队长说。

邓远航还不晓得,他们还有这一手,他还以为就是开个批判会就算了的,那样子有李晓星出场,钟玉保批别人也就没什么劲了。现在又要铲群众的庄稼,这个“尾巴”割得蛮狠的。怎么办?像白队长那样硬抗肯定不行。那只有让了,但全部让,那么些好庄稼被糟蹋,也实在让人心疼,群众就指望自留地上那点东西来弥补口粮的不足,贴补些家用喃。批判会已箭在弦上,群众一点不让,公社绝不会让,群众全部都让,天理也不让。那只有以小让换大让了,首先得做通白队长的思想。因而,他问白队长:“你是不是想把群众自留地上的庄稼留下来?”

“你这个伢子,又不傻,怎么问这个的呢?这还要问吗?你白姨急得要拼命了,不就是要保住群众的那些庄稼嘛。”白队长说。

“那我问你,你为了保住群众的庄稼,自己做点牺牲愿不愿意?”邓远航问。

“你白姨这百十来斤的段子都愿意牺牲了,还有什么不愿意的?你尽管说,不要绕弯子了,叫我做什么?”白队长急切地说。

“你家自留地上长的是山芋吧?再有二十来天也能起了。现在被铲掉就是长得小些个,损失些产量。我想让你家自留地作为批判会的现场,让他们铲掉算了,因为你家自留地是会场旁边的第一家,先动手的肯定是你家。”邓远航说。

“让他们铲可以唉,关键是铲了我家的,能不能保住群众的?他们肯定是铲了我家的,再铲第二家、第三家的,一家一家挨着铲下去,最后还不是铲个精大光啊?”白队长说。

“我认为铲了你家的就够了,你要是一家不把他铲,他把各大队的支书喊来看现场,什么也看不到,他钟书记绝不会让的,就是再难,下再大的力气,他也一定要铲的。现在铲了一家,各大队支书也看到了割资本主义尾巴就是这样割,也就行了,也不必一家一家地费劲劳神地去铲了。”邓远航说。

“你说得倒轻巧,公社书记又不是你当,哪个像你这样同情群众啊?他钟家父子能听你的吗?”白队长问。

“那好办。这还要你白队长出马。”邓远航说。

“只要能保住群众的那些庄稼,要我这个老太婆做什些,我就做什些。”白队长表态说。

“你有两件事,一件是今个晚上你通知妇女和老年人,明天上午,你叫所有妇女和老年人排在你家自留地与第二家自留地之间,铲庄稼的人要是看到她们,就停止再铲第二家去开会了,那就行了,要是他们想穿过去铲第二家,叫她们上去缠住铲的人就行了。”邓远航这是从过去红卫兵“拆石龟寺、砸石龟塔”的事上受到的启发。那时红卫兵要拆要砸,街上的一些妇女和老人听说了,就把寺和塔围起来,让红卫兵下不了手,后来还是弄了个调虎离山计才把寺、塔拆了。今天他借用这个办法就是想让那些铲庄稼的人下不了手,保住群众的庄稼。

“你这样子做,是不是有点不地道?”丁和美担心地说。

“什么地道不地道?他们铲群众的庄稼才不地道呢?要说不地道,也是他们先不地道的,我们是被他们逼的。远航你说还有第二件事是做什么?”白队长说。

“第二件事是,你这个时候站出来说话。你就说,庄稼长这么好,很快都要收了,先留着它们,我向公社保证,有了收成全归集体。就行了。”

“哎,还是你脑子灵光。我现在就去通知奶年们去。”白队长说着就走。

第二天上午,为了下午能顺利地没收方元本的工具和家具,防止出现流血事件,钟玉保来到方元本宿舍对方元本说:“主席台桌子坏了,跟你借把斧头和凿子去修一下。”

“这还用借吗,拿就是了,要不,我去帮你们修一下。”方元本说。

“噢,不麻烦你了,小毛病,我自己来。”钟玉保拿走斧头和凿子,心放了下来,要不然冲突起来,这家伙拿斧头乱舞,不死人也伤人,那这个现场会就不成功了。这下他没有利器,也就不怕他了。

下午开会。原定下午一点钟开会的,因龟岛地处偏僻,其他大队的人赶到这儿开会很不方便,因而人来得稀稀拉拉,直到下午两点二十分,会议才正式开始。大家先到知青点,看钟玉保带人没收方元本的木匠工具和家具。

方元本见钟玉保带有头二十个戴红袖章的,后边还有那么多干部模样的人来到知青点,不知是干什么的,见他们直奔自己的宿舍,便上去拦住说:“哎,你们这么多人找什么啊?”

“找什么啊?就找你!方元本,你是不是偷偷在宿舍打家具?”钟玉保问。

“我没有偷偷的啊,大家都晓得的啊。”方元本说。

“承认就行,你晓得啊,这是资本主义倾向,我们今天就是来割你这个资本主义尾巴的,上,工具、家具全部没收。”钟玉保手一挥说。

一帮戴红袖章的听钟玉保喊“上”,便围过来。方元本则两手一伸挡着门口,大喊道:“工具是我花钱买的,家具是我休息时间打的,打起来我自己用的,又不卖,凭什么没收?”

“你个国民党团长的儿子,不好好接受贫下中农再教育,在宿舍偷打家具,走资本主义道路,还有理啊?我再问你,你这木材是哪里来的?”

“九龟湖大堤上的。”方元本回答说。

“大堤上的树是谁的?”钟玉保问。

“大家的。”方元本说。

“大家的,你为什么拿来为自己打家具?”钟玉保再问。

钟玉保这一问把方元本问得一时讲不出话来了。

82

钟玉保的问话只是让方元本停了片刻,不一会儿他又辩解说:“保子哥,你没听说过吗?外国有个加拿大,我们中国有个大家拿,大家都能拿,我为什么不能拿?再说了,大家的,就是每个人的,这里头就有我的一份,我拿我的一份又怎么不能的?”

“方元本!你犯下大罪,不接受批判,还嘴硬,不要跟他啰唆,上,全部没收!”钟玉保说着又把手一挥。

戴红袖章的一拥而上来控制方元本。

方元本见他们来武的了，也不示弱，他边迅速退到屋里边喊道："我跟你们拼了，我劈死你们。"进屋找斧头没找到，才想起斧头和凿子上午已被钟玉保借去了。原来如此，这个阴棍上午就做好准备了，卸了老子的武装，把老子骗了，老子还准备帮他修主席台呢。

方元本正到处找斧头时，已被几个大汉揹趴在地下。方元本的反抗激怒了钟玉保，心想第一仗就被这个家伙搅得不顺气，便气愤地说："也不没收了，给我砸！"说着自己先拿过借来的斧头对着五斗橱、大站橱一阵猛砸。趴在地上的方元本看着自己辛苦几个月、承载着他希望的家具，在钟玉保手里几分钟就变成了一堆柴火，心痛不已，欲哭无泪。

邓远航不知道现场会还有这一出戏，他站在人群里看到方元本宿舍里在争吵，想去帮方元本说几句话，人家利用休息时间打几件家具自己用，这是什么资本主义尾巴？他想把洪光武喊来翻《资本论》给他们看，读给他们听，什么叫资本主义，可左右前后看看，洪光武的鬼影子都看不见。这时，见钟玉保用斧头砍砸那些家具，他试试地要冲进方元本宿舍去阻止他，没收就没收呗，没收了不管哪个用，它还能派上用场，你砸碎了多浪费啊！那也是财产啊。他想冲进去的动作被丁和美看到了，丁和美拉了一下他的衣服低声说："不要瞎来！"这一提醒让他冷静了下来。他想，你一个人的力量怎么能抵挡得住他们？瞎冲瞎撞不但于事无补，还把自己一起搭上了。

这个时候，方元本宿舍里的人已朝外走，钟玉保喊道："把这些木棍搬到厨房当柴火，我们今天不但割了资本主义的尾巴，还要把资本主义的尾巴烧掉，烧得无影无踪。好，搬完我们就转移战场，到白娘子家自留地铲除资本主义尾巴，向资本主义进行更猛烈的开炮！"

大家来到会场西边的白队长家的田里，一群老人、妇女站在田的西边观望着，白队长在田里已开始挖山芋，旁边站着的老人中有嘴快的说："白娘子，你损德啊，还有头二十天你不能等啊？把这么小的山芋子挖上来，人吃还是畜生吃啊？"有的说得还难听呢："丧德噢，把山芋孙子吃了，去赶死啊？"一些妇女则帮着把挖出来的小山芋往竹篮子里拾。

听了老人的这些话，看着白娘子挖出来的小山芋，戴红袖的队员们都感到不好意思去铲那些山芋,大家都是农村人,庄稼不成熟就结束它的生命,不是天灾就是人祸,人为糟蹋是要遭到上天的报应的。因而,大家已不像刚才砸家具那么有精神了,都提着铁锹往后退缩。

钟玉保见状,心想不妙,看现场才让人看了一个现场,第二个现场也不能只看她主人一个人动啊?刚才第一个现场虽有阻力,但革命的声势更强大,炮火还是很猛的,战果也是很辉煌的,到这里,还能哑火啊?火力应该更猛啊!于是,他喊了会口令,整起了队伍:"站队!立正,稍息。现在向资本主义继续开炮,铲!"戴红袖章的队员们才走进田里,一锹一锹地挖起来,尽量地给主人家起出完整的山芋。

白娘子家自留地里的山芋很快挖完了,钟玉保再次把队伍整好,然后对着那群老人、妇女们说:"大爷、大娘们,让一下,我们割资本主义尾巴,这是革命的正义行动,你们看热闹可以,不能挡住我们的路。"喊了好一会儿,那群人就像石雕一样一动也没动。有胆大的妇女说:"保子,大娘裤裆下面空着呢,从这儿走吧。呵呵呵……"引得全场开会的、看热闹的都笑了起来。

那妇女的骂声、大家的笑声让钟玉保气急败坏,他手一挥大喊一声:"给我往前冲!"队员们哪里是冲啊?只是走过去,走过去就当了俘虏,被老人们、妇女们缠住了。戴红袖章的队员也不敢用力挣脱,怕用力伤了老人,他们承担不起,因而都任由老人、妇女缠着。

钟玉保又要挥手,被白队长按住了手。白队长朝前走几步,对着开会的干部说:"钟书记、赵书记、支书、干部,你们看,庄稼长这么好,不收上来多浪费啊。还有些日子就收了,就宽限这几天,我向你们保证,等庄稼成熟了,收上来全部归集体所有,颗粒归仓,一根资本主义尾巴都不留。"

下面的人立刻呼应她的请求。邓远航带头又鼓掌又喊道:"好,这个好,既割了资本主义尾巴,又保住了社会主义的庄稼。"说完还在下边不断地说:"这个好,在理,两全其美……"以影响周边的人。

其他人也纷纷地说:"好,这样不糟蹋粮食。""我看可以,反正收归集体就行了,不一定非铲不可。""够了,现场也看了,我们也学到了。""是啊,资本主义的尾巴,我们回去也晓得割了。"大家说的都是赞成白队长意见的话。

一直在一旁观望的钟大同感到也不能硬坚持下去,如果不听大家的意见，坚持一路铲到底，气势是出来了，但对他儿子的下一步则不利。今天现场会，他从开始就做观摩者，在一旁观察，一是想看儿子处理现场问题的能力到底怎么样，二是看看到底儿子在龟岛的威信有多高，三是看看哪些人支持儿子、哪些人反对儿子的。现在看来，儿子的冲劲和魄力还是有的，但考虑问题还是不细不全，碰到突然出现的情况，处理起来不够冷静，缺乏办法。他总体觉得儿子今天前边的表现还是可以的，完全可以火线入党、火线提拔。现在的现场阶段应该收场了，绝不能这样僵持下去。于是，他亲自出马，走到前边对大家说："本来还想让大家看更多的现场，由于时间关系，下边的现场就不看了。不看，不等于是不割资本主义尾巴。白队长的话和邓小二子的话都说得很好，我们既要割资本主义的尾巴，还要保护社会主义的庄稼，公社党委相信白队长的保证，把资本主义尾巴割得一根不剩。下边到会场开会。"

会议本来应由龟岛大队何支书主持，钟书记觉得他在批资本主义倾向上态度不够坚决，便改由公社赵副书记主持。第一个发言的是向智勇。主持人一宣布发言人姓名，在大家鼓掌时，主席台左右两边一男一女同时向台上走去。其他大队参会的不认识他俩的有些丈二和尚摸不着头脑，不晓得男的是向智勇还是女的是向智勇。龟岛参会的人都笑了，他们笑的是喊向智勇发言，李晓星也陪着跑了上去。向智勇走到话筒旁开始发言，李晓星则从前台走到后台，就站在后台边上像是看热闹的，站在那里不动了。

83

钟玉保在台下看到李晓星上去先是一惊，心想她上去干什么呢？后看到她站在后台那儿不动了，便慌了神，真像是怀里揣着二十五只老鼠，百爪挠心，坐立不安。他在下边向后台的李晓星拼命地招手，示意她下台来。可是她不但没下来，还做出两手叉腰的姿势，向台下挺起肚子。钟玉保心想坏了，她不是得神经病了，就是来拆我台的，因为昨晚上没同意她先结婚后刮胎的要求。下边的人有的笑、有的议论，声音盖过了向智勇发言的声音。睬还是不睬她？干脆随她去，人家又不晓得她是来戳我蹩脚的，丢丑的是她。不行，时间、地点都不对，还是要睬她。我马上到台上发言，她要在台上喊，把我们的事说出来怎么办？熬薄荷那天月光下的“现场”也在这工场上，那个大草堆还在，她要带大家看那大草堆，开我个“现场会”，那不但今个批“三资”的现场会塌了台，我们父子俩的名声也要被她败坏了，得赶快处理。于是，他喊上旁边的白队长一起绕到后台，把她拉出台问：“你到底要做什么喃？”

“做什么，你晓得。”李晓星说。

“我不晓得，你说，我答应你！”

“我要你当着白队长的面说过年前先结婚后那个。”李晓星不愿把“怀孕”的事让更多人晓得，便用“那个”代替了“刮胎”。

钟玉保听李晓星要他答应“先结婚后刮胎”的事，气得七孔冒烟，在这个节骨眼上来逼我，她选的时机多毒啊！我不相信她有这个头脑，说不定她背后有什么人教唆她呢。先不管这些，先管眼前吧，先把她弄到位置上再说。于是，他对她说：“好，你回到位置上，我说。”

李晓星心想，到位置上说就到位置上说，又不怕你跑掉。到了位置上，她对他说：“你说过年前先跟我结婚后那个，当着白队长说。”

钟玉保哪里肯说？他对白队长说：“白队长，现在这个任务交给你，看住她，不准她再朝台上跑。我到后台去准备了。”

白队长听李晓星说“结婚”，头脑里问号已经不少了，又听说“那个”，更是疑问满胸，不晓得这两人在闹什么。看钟玉保刚才答应说，现在又不说，更觉得这里边问题不一般。这会儿又听钟玉保叫把她看住，难不成这个伢子真疯掉了？趁钟玉保去准备不在这儿，她问李晓星：“伢子，出什么事啦？”

李晓星眼里冒着泪花说：“我怀孕了。”

“啊？是他？”

“嗯！”

这下白队长晓得怎么回事了，他钟书记儿子快活过了，又不要人家，天下哪有这样作孽的？她应该找他负责。于是，她对李晓星说：“伢子，我不看你了，你去找他。”

李晓星也没去找钟玉保，还是从前台上走到后台站在那里。这下不是不动，而是对着幕后喊道："钟玉保，我……"下边的话还没出来，已被钟玉保拉出了后台。

"姑奶奶唉，姑奶奶，你不要再闹了，我答应你，全答应你好不好？你回到位置上去。"钟玉保说。

"好，到白队长那块儿说去。"李晓星说。

来到位置上，钟玉保又闭着嘴不肯说了。见他不肯说，李晓星又抬屁股要走。钟玉保拉住她说："姑奶奶唉，我说。"

"对着白队长说。"李晓星要求道。

"白队长，我和晓星过年前结婚，先结婚再那个。"他终于按照晓星的要求对着白队长说了这句话。不过，他心里想，先说出来，把今天糊过去再说。

"伢子，男子汉一言既出，驷马难追啊，不是说了玩玩就算的啊，你要对人家负责到底啊！"白队长说。

钟玉保上去发言时心绪已乱，再加上一直没有时间把洪光武写的稿子完整地读一遍，现在在台上读起来断断续续，自己都不晓得稿子里批判的是什么，只晓得一会儿读的是毛主席语录，一会儿说的又是法家思想，还有大段大段《资本论》上的文字，对他提出来要批的几件事只是一带而过。他实在读不下去了，又不甘心放弃批判龟岛的资本主义倾向。因而，他干脆离开稿子说道："最后，我还要批判发生在我们龟岛的两件事。一件是'分自留地'，这是白队长、邓小二子研究，何支书同意的，这是彻头彻尾地挖社会主义墙脚，把广大贫下中农朝资本主义道路上引。还有一件是'插红旗记工分'，这是白队长、邓小二子一手搞出笼的，表面上看起来有红旗，实际上是拉大旗作虎皮，是与'政治挂帅'对立的'工分挂帅'，抬一桶粪、割一块麦都跟工分挂钩，是为了把广大群众引导到不问政治、追求工分的资本主义道路上去。在这种工分的刺激下，有的知青为了多拿工分，把除草醚当成农药用，使集体几亩薄荷全部死亡，损失惨重。打倒资本主义，把资本主义批倒批臭。"

钟玉保发言时，坐在下边的邓远航心想，你点名吧，你瞎说吧，下边等我上去发言时，一定让大家知道事情的真相，让大家晓得那样做的道理，同时也为何支书、白队长他们把责任承担过来。钟玉保发言结束，邓远航从口袋掏出稿子抬起屁股，准备上台发言时，赵副书记则说："发言到此结束，下边让我们以热烈的掌声欢迎钟书记做重要讲话。"邓远航定住不动了，原来何支书安排的三个人发言，现在怎么变成了两个人？他一点都不知道钟书记他们把他的发言取消了。他很失落，心想不让他发言就不让他发言，至少要通知他一声啊，也好让他有个其他准备啊。正想着，台下听众一阵骚动。他向台上看去，钟书记没讲话，白队长刚才还在下边坐着，不知什么时候已在台上了。

"我批判两句，头一句，大保子批得对，他批之前，我们能吃饱呢，吃得都长胖了，跑不动了，那真是百斤重担能上肩，一两的笔杆子提不动，成了大老粗了，这样下去不好。现在铲了自留地，我们要少吃点，长瘦点，那真是大雄宝殿上炸鞭，来精神了，这样可以多长社会主义的庄稼。"白队长说了一段，下边一阵笑声、一阵鼓掌。

"还有一句，俗话说，男子汉，敢承担。我白娘子也不输男子汉，自己闯的事自己担。大保子说的'分自留地''工分挂帅'都是我搞的，跟何支书、邓远航一点关系没有，你们要批判就批判我。"大家又是一阵掌声、一阵议论。

等钟书记做重要讲话时，下面还在议论着白队长。谈着她保护别人、勇于担当的人品，评论着她说话的朴实和幽默。坐在台上的何支书有很多感慨，他责备自己一个军人出身的书记，还不如一个农村妇女，不但不敢帮他们出点子，连一些程序都不敢跟他们说，钟书记来了，他紧张地一直跟着钟书记，生怕钟书记怀疑他去通风报信、出谋划策。坐在台下的邓远航则是非常感动，上次他说他出来为他们担责，当时何支书跟他争，白队长不吱声，他也没再说什么，只是想必须自己出来，因为他俩没根没底当上个支书、队长很不容易，为了群众的利益被撤职太可惜，以后也难以东山再起，而自己还年轻，又无职可撤，理应为他们担责。但此时两个争的男子汉一个没上，倒让人家一个文盲、一个妇女、一个三个伢子的母亲上去担责，他又惭愧又感动。

84

钟书记的重要讲话结束了，到了最后一个程序“火线入党、火线提拔”程序，钟书记跟赵副书记说：“跟你商量一下，最后还是由我来宣布吧，有些东西还要有点改变，回去再补开党委会确认一下吧。”

“这还要什么商量啊？您是书记，您说了算。”赵副书记说。

本来公社已研究好了火线入党和火线提拔的都是钟玉保，由赵副书记宣布的，但钟大同最后还是改变了原来的决定，确定由自己来宣布。因为他想：从今天的表现和会场气氛看，还不能按照原来的方案宣读，那样大家会议论纷纷、闲话四起，反而有损我们钟家父子的形象，有的人会不去看我儿子在这场批判中的表现，实际上要是他们记住了儿子今天的表现，他们就会认为发展他入党，提拔他接替何胜浪任龟岛支部书记是合适的，但别有用心的人不会这么看，他们会看他的家庭背景，认为他有个当公社书记的爸爸，他入党、提拔都是他爸爸的功劳。因而，为了避免把大家的目光集中到他的身上，他临时改变了方案，由原来只有钟玉保一人改成了几个人，并且也改变了原来让钟玉保一步接替何支书任龟岛大队支部书记的决定。

赵副书记主持道：“最后一个程序：火线入党、火线提拔。下面让我们以热烈的掌声欢迎钟书记宣布公社党委决定。”

邓远航想，“火线入党、火线提拔”这个程序以前在书上看到过，那是在战场上，战斗非常激烈、非常艰难的时刻，为了鼓舞士气，褒奖有功人员而采取的现场激励措施，可今天这和平时期加这个程序有必要吗？今个又会是哪几个会火线入党呢？我们县城和石龟镇来的知青中，我、洪光武、钟玉保都打了入党申请书，大队支部已讨论过了我的入党问题，已准备向公社党委上报材料，而他们两人，大队支部还都没讨论过，今天会叫我火线入党吗？他摇摇头，不会的，爸爸虽说是工作队队长，这两天在县里开会，人不在这儿，哪个关照你？再说了，就是爸爸在这儿，他也从不为儿子说半句话。邓远航正在想着时，钟书记已在宣布了。

“根据在批‘三资’运动中的表现，我现在宣布第一批火线入党的名单，随着运动的深入展开，还将有第二批、第三批火线入党的同志。第一批火线入党的名单是：董一芬、钟玉保、洪光武。请大家以热烈的掌声祝贺他们。”原来就是钟玉保一人火线入党，现在他加上了董一芬和洪光武。董一芬打入党申请书，钟书记是知道的，她的材料老早就报到公社了，因为她一次也没去找钟书记进行思想汇报，钟书记也就一直压着没批，这次为了陪陪钟玉保，让她一起算个数。洪光武打没打入党申请书，他不知道，他爸爸是省法院的下放干部，有朝一日这些人还是要回去的，主动关照一下人家的儿子，将来人家心里会有数的。再说，这次保子的发言稿也是他写的，不管写得怎样，还是有支持儿子工作的心的。至于邓小二子，这次是肯定不考虑他的，今个现场会他不但不支持儿子，还在后边瞎起哄，退一万步说，就是他支持儿子，也要把他压几批，让儿子多跑几步，才能让他起步。

邓远航听到“火线入党”的名单没有自己，脸唰的一下全红了。开后门！他心想，完完全全是“人情入党”，哪里是“火线入党”？董一芬入党，他没意见，人家插队七八年，无论是品德还是劳动表现，都得到群众的赞扬。但钟玉保、洪光武入党，他不服气。钟玉保劳动拈轻怕重，品德还十分低下，把女知青肚子弄大了都能入党，那龟岛上的乌龟都能入了。洪光武虽说表现不错，但与贫下中农感情不深，常常脱离实际。他们能入党，我为什么不能入？后门！后门！后门！

白队长看他这样，心里为他打抱不平，但嘴上还是安慰他：“伢子，小时候胖不是胖。以后的日子长呢，哪个胖哪个瘦还不晓得呢，不要计较他们多吃这一口奶。”

“下面，我再宣布第一批火线提拔的名单，在宣读这个名单前，我先宣布一下处理意见，鉴于龟岛出现的‘分自留地’‘工分挂帅’‘私打家具’等严重的资本主义倾向，决定何胜浪不再兼任龟岛支部书记的职务，回公社专心抓人武工作，撤销白丽红龟岛一队队长的职务。火线提拔的名单是：向智勇同志任龟岛大队党支部书记兼龟岛大队革委会主任，钟玉保同志任龟岛大队党支部副书记兼龟岛大队革委会副主任，董一芬同志任龟岛大队革委会副主任，洪光武同志任龟岛大队一队队长。”钟书记原来安排的是钟玉保任支部书记,后来考虑到刚宣布他入党,就做支书,大家一定意见很大,所以临时决定叫向智勇做支书,钟玉保做副支书,过一段时间再做正的,让他有个过渡期,这样不至于下面意见很大。

尽管他这么想,但私下里群众还是意见很多,不少人认为他钟书记在龟岛创造了一个全国第一:就是一宣布入党就当支书,后门开得也太明显了。后来不知是谁为他们父子各编了一首顺口溜,并很快在石龟公社流传开来。

说钟大同的是:"石龟有个钟大同,女人伢子在心中,没日没夜进洞房,生下龟子坐龙床。"

说钟玉保的是:"龟岛钟玉保,是个大草包,割尾开大炮,发言瞎胡闹,本该再调教,老子等不了,入党三十秒,提拔当领导。"

人们对他父子的不满由此可见一斑。但因为这两首顺口溜的流传,龟岛又兴起了新一轮的波浪。

本来人们说这两首顺口溜时都是前后看看,避着他们父子和相关人的,流传了个把多月了,也没事,后来不知是哪个好事者,把这两首顺口溜用笔写在一张"经济"牌烟壳子上,花八分钱,从县城的邮局寄给了钟玉保。钟玉保收到这封信,读到这两段顺口溜气得牙痒,要是平时,他早就组织人调查了,但这次没有。一是当上副支书、副主任要显得稳重些,二是现在也没时间处理,得赶快处理结婚的事。

上次开批"三资"现场会时,他曾当着白队长的面答应李晓星春节前结婚,一个多月来,他又多次找李晓星谈,要她去处理掉肚子里的孩子。今天晚上,吃过晚饭,他又把李晓星约到了九龟湖大堤上。

他坐在坡下的大石头上,把李晓星搂坐在自己腿上。"星,我这么爱你,你还怕我甩了你吗?"

"怕!一天不结婚,一天都怕。"

"那你还是不信任我,我现在是党员,又是干部,还能说话不算数?答应你的就一定会兑现。"

"你不要提党员干部了,我还是信任你这个人,我相信你上次当着白队长的面说的话一定兑现。"

"还白队长呢,她早已被撤职了,她现在是农民。以后少跟她来往,跟她后边能学坏了,这个女人骚得很呢,尽偷人呢。”

“你怎么晓得的,你又没看见。”

“我爸跟我讲的,他也叫我少跟她来往。”

李晓星心想,你爸哪是好人啦?没听人家说“没日没夜进洞房”啊?说不定你爸跟她也有一腿,怕你去碰她呢。心里这么想,嘴里是绝对不敢讲的。她只回答说:“那些臭男人就是这样,把女人拼命磨到手,快活过了,反过来就说人家什么贱啊骚啊偷人啦之类的坏话。”

“哎,不谈这些了,我跟你说正经的,我们过年还是结不了婚。”钟玉保说。

85

听了钟玉保说的“还是结不了婚”的话,李晓星猛地从钟玉保腿上站到地上说:“才说共产党员说话算数的,现在又不算数了。”

“不是不算数,你听我说嘛。”钟玉保说着又把李晓星拉到自己腿上,“算数还是算数的,只是时间来不及。家里什么都没准备,家具没打,新衣服没做,新房没有,你说不能就这样把你带回家吧?人一辈子就这么一次,把你这个大美人娶回家,怎么也要风风光光、热热闹闹的嘛。”其实,他心里根本就没有结婚这事,他也没告诉父母,筹备事宜何从谈起?他说这些就是想让李晓星同意推迟,从而把肚子里的伢子打掉。

哪知李晓星不吃他那一套,她说:“我是穷人家的孩子,穷日子过惯了,我什么都不要,就到公社领个结婚证,在我们知青点腾间宿舍做新房,叫我妈妈来烧几个菜,请知青们吃一顿就行了。你政治上不是要求进步吗?结一个革命化的婚,正合你心意啊。”

“是要求进步啊,现在结婚就影响我进步啊。”

“笑话,结婚怎么影响你进步啦?要求进步的人都不结婚,都独身啊?骗三岁小孩子去吧。”李晓星又从他腿上站起来,向湖边走去。

李晓星走到湖边蹲下,用手舀水向前边湖里的月亮浇去,连续浇了几下,水中那圆圆的月亮变成了打碎的玉盘。

钟玉保跟到水边关心地说:“水这么冷,你还在这儿弄水,小心手上冻出冻疮。来我给你焐焐。”说着拉着她的臂膀把她拉站起来,把她弄水的那只手握在自己双手里。然后顺着李晓星刚才提到的进步,从政治上来劝她说:“你看,我们年龄还不大,恐怕结婚证还拿不到呢。再说,现在都提倡晚婚,你说一个共产党员、一个共产党的干部不带头,还怎么进步啊?明年就有可能当正支书,这么早把婚一结、伢子一生,那还当什么支书啊?”

李晓星挣脱出双手,又蹲下继续不断地用手舀水向湖里浇,不让湖里的那个月亮圆起来。这些日子,她很疲惫,心很累。她觉得她这段时间一点脸面没有得到、一点实际效果也没有收到。今个钟玉保的话倒引起了她的反思,此前他也找了好多人做她的工作,她都没松口,今天,她有点想松了。毕竟带肚子结婚也不是什么光彩的事,更重要的是你现在逼他结婚,能逼出好日子过吗?即使他口头答应结婚,而实际上来个逃避结婚,到时候婚结不了,肚子里的伢子大了又处理不了,大姑娘生个伢子还不是自己丑嘛。刮胎可以,得给他提些条件。于是她说:“其实,我也不是胡搅蛮缠的人。”

“我晓得,你是世界上最贤惠、最通情达理的人,不然,我怎么能这么爱你,这么喜欢你呢?”

“不要给我穿高木屐子了,我还没说答应你喃。在我答应你之前,你得答应我两个条件。”

“你说,你说,别说是两个,就是二十个我也答应你。”钟玉保见有转机,赶忙做出表示,防止她把话再收回去。

“你要答应我,两年之内跟我结婚,同时就结婚的事,你要写个保证书给我,还要找个保人,这样我才能放心。”

“好好好,我答应,我以党员的名义保证,你放心,那你明天就去公社卫生院刮胎。”

“这么急做什么啊?等你完成两个条件我再做。就是做,也不能在公社卫生院做,你不嫌丑,我还嫌丑呢。你得送我到县医院去做。”

“好说好说,到时叫我妈妈送你去。走,我们现在就回宿舍写保证书。”钟玉保拉着李晓星就往回走。

回到宿舍，二愣已鼾睡。他俩蹑手蹑脚地进了屋，走到桌边。钟玉保拿出纸和笔说："你说，我写。"

这时二愣的鼾声没有了，他听到"写"什么，便睁开眼睛，一看是表哥和李晓星便又闭上眼睛，故意打起了鼾。

"我保证在两年内跟李晓星结婚。保证人：钟玉保。1976 年 1 月 7 日。"李晓星一字一顿地说，钟玉保一字不落地写到了纸上。写好后，李晓星拿起来读了一遍，然后对折再对折，放进了自己的口袋，抱住他的头亲了一下说："还要找个保人噢。你想找哪个啊？"

"你说找哪个就找哪个？"

"我说找你爸作保，你能啊？"

"我们龟岛的，随你说。"

"那就叫你妹妹。"

"自己妹妹保了不算数。"

"那就叫邓远航。"

钟玉保立即说："他更不行了，他自己保不住自己呢。不要说了，那明天就叫向文书做保人吧。"李晓星点头同意了他的意见。

李晓星离开后，二愣猛地朝起一坐说："哥，你把我卖掉啦？你答应叫我跟李晓星结婚的，你怎么又跟她结婚啦？"

"哎哟，吓我一跳，你没睡着啊？"钟玉保说。

"还睡着呢，睡着了被你们抬撩到九龟湖里还不晓得怎么死的呢。你说，你现在是干部，什么女人找不到，偏要跟你弟抢个寡妇家的姑娘？她有什么好看的？瘦得像个麻秆，哪块儿配得上你啊？你还是让她跟我结婚吧。"

"哥巴不得叫她跟你结婚呢，哥跟她说过多少次了，她就是不同意，叫我也没法想。"

"那你也不能答应跟她结婚啦，你写保证书给她，她就更不肯跟我结了。"

"那叫我怎么弄啊？我只能先写给她再说，那就是一张纸，能说明什么呀？你如果追到她，那就是一张废纸，不影响你跟她结婚。"钟玉保宽慰他说。

“你叫我一个人追她，怎么能追到手？你还要帮我想个办法，像上次方元本追家家妹那样。”

“什么方元本追家家？”钟玉保听出不对头，便问道。

“没有、没有什么。”二愣晓得说漏了嘴，便赶忙否定。

“没有？不想跟哥说是吧？那你就跟大头针说。”钟玉保边说边拿根大头针伸到二愣的眼前。

“噢，别戳别戳，眼睛戳瞎了，晓星更不肯跟我结婚了。”二愣一边把头向后仰，一边用两手挡着伸过来的大头针。

“我叫你不肯说，我叫你不肯说，我戳死你，我戳死你！”钟玉保边说边用大头针戳二愣挡过来的手。

“哎哟、哎哟，我说，我说。”二愣被戳得直叫，实在忍不住了，只好把方元本设计救家家的事全部说了出来。

86

听二愣说出“方元本救家家”的真相后，钟玉保气不打一处出。他想：他方元本原来是个假英雄啊！幸亏爸爸英明，当时丁和美要把他塑造成典型在全县宣传，被爸爸制止了，要不然真闹个大笑话了。这个国民党团长的儿子，真跟他爸爸一样狠毒。想到这儿，他问二愣：“你怎么想起来帮他的？”

“他答应帮我跟晓星牵线，我就答应帮他了，都是朋友，互相帮个忙。”

“帮忙帮忙，你不睁眼看看帮哪个，你帮他差点把你妹妹害死了。这个龟儿子，我饶不了他。”

第二天早上，一个重大新闻让知青们沉静在悲哀中。这天早晨特别冷，昨夜下了一夜雪，外边一片白。邓远航他们在被窝里多赖了会儿，正准备起床，从广播喇叭里传来了哀乐，定神一听，是总理去世了。

“光武、光武，快起来，总理去世了。”邓远航声音发抖地喊道。

“啊？真的啊？”洪光武从被窝里伸出头问。

"嗯。你听,广播里在播哀乐。"邓远航说。

洪光武坐起来听到广播里播出的哀乐和讣告,说了声"不得了",便伏在床上哽咽起来,继而泣不成声。邓远航也悲然泪下。

吃早饭时,许多人都泪痕未干,眼睛红肿。

"向支书,我觉得我们应该在这里布置个灵堂,表达我们对总理的哀思和怀念。"邓远航提议道。

"不如把灵堂设到大队部去,让全大队干部群众都去吊唁。"洪光武说。

"我赞成,我们来扎两个花篮献给总理。"钟玉家说。

"你们还要扎些小白花、做些黑纱,发给群众。"邓远航说。

"好,我同意你们的意见,等马上到大队部我来布置。"向智勇支书说。

"向支书,这个事不要草率决定,一个呢,这纪念活动要看上面的决定,我们再安排,再一个呢,白花、黑纱不能做得太多,多了浪费,我们这个地方的风俗是家里死了人才戴白花、黑纱呢,我们不能强迫群众戴白花、戴黑纱。在这紧要关头,我们要绷紧阶级斗争这根弦,防止阶级敌人浑水摸鱼。"钟玉保说。

他这么一说,大家都不敢讲话了。钟玉保"大帽子"在手里举着,谁也不想顶撞他。

然而,邓远航不服气,在这个悲痛的时候,怎么能阻止群众的哀思呢?于是,他站起来说:"事情还没做,你先把个帽子给人家戴。哪个强迫啦?强迫哪个啦?我们的总理是人民的好总理,我相信我们龟岛群众对总理的感情,他们一定会自发地缅怀总理。我们也不能做违背群众意愿的事。"

"小二子,你不要忘了,我们必须和上级保持高度一致,我们要保持高度警惕,绝不允许有人把水搅浑。"

结果,灵堂也没设、花篮也没做,只是邓远航他们几个知青在大队部和知青点贴了几张"周恩来总理永垂不朽""人民的总理人民爱""周总理永远活在人民心里"等标语。

晚上,李晓星拖着钟玉保要到向智勇宿舍让他在保证书上签下保人的名字。

钟玉保说:"你就不能等几天啊?现在大家都沉浸在悲痛中,哪有心事忙这个啊?”

“我等得及,他等不及,要不就把他生下来算了。”李晓星指着肚子说。

“好,好,但你在门外等一下,你把保证书给我,我找他,不要像拿结婚书似的,两个人一起出场。”钟玉保找借口说。

“你要玩鬼怎么办?”

“这鬼怎么玩啦?我还没学会呢,你教教我。”钟玉保说。

“你趁人不注意自已签向支书的名字。”李晓星担心地说。

“这怎么可能喃?我俩的笔迹你又不是认不出来,放心吧,我保证叫他签下:保人向智勇。”钟玉保说着进了向支书的宿舍。

“哎,保子,有事啊?”向智勇问道。

“一件小事。有人跟我打赌,看我能不能写个这东西给李晓星,赌只老母鸡,到时请你喝老鸡汤。你在上面签个字,老母鸡就到手了。”钟玉保对向支书说。

向智勇看了保证书说:“保子,我比你大几岁,我得提醒你,这个玩笑开不得啊,万一人家认真起来,你是要兑现跟人家结婚承诺的啊。”

“不会的,她看不上我的,她已跟二愣谈恋爱了。我们只不过开个玩笑,老母鸡到手,玩笑就结束了。”钟玉保解释说。

“但是你这保证书在人家手里呢,到时候只怕鸡子吃下去了,骨头吐不出来啊。”向智勇仍在提醒他。

“没事,到时我有办法,顶多老鸡汤不喝,我也不会把保证书给她的。只等你写五个字:保人向智勇。”

“保人,那是旧社会的东西,我就写:证明人向智勇吧。”

李晓星拿到向智勇签了字的保证书,比钟玉保送她金戒指时还高兴,她也不顾被人看到,就在走廊上抱住钟玉保吻了起来。

此时,邓远航和洪光武则在宿舍默默地听着中央台的广播。听完有关悼念周总理逝世的消息后,他们拿出一张周总理的画像贴在墙上,边上用毛笔画成黑框,在黑框的上方贴上一段白花。两人先后站在总理的画像前致默哀、三鞠躬。

仪式做完后,邓远航先是两手托头躺在床上,两眼微闭似睡非睡,继而坐起来拿出笔和纸，写下了一首纪念总理的小诗："冬日冰雪飞，寒夜巨星坠。龟湖雄浪起，神州战鼓擂。"

"哎，你这诗写得好，我也来写一首诗缅怀总理。"洪光武拿出纸和笔坐在被窝里思考着。

邓远航看他半天不动笔，便说："把《资本论》拿出来，看有什么可抄的。"

"你还不要笑话我，我还真把《资本论》拿出来看看呢，虽说没得抄的，但我看到它就来精神，就有灵感，就像李白的酒、鲁迅的烟一样。"说着，他真把《资本论》拿来放在了旁边。

"有了吗？"

"不吵，有了。"说着在纸上写下："九龟湖上雾茫茫，船行浪上寻方向。总理精神破迷雾，湖面处处闪金光。"

两人也没学过写诗，因而也不知道写得怎么样，合不合格律，只是要把心中的情感向外发出来，便你一首、我一首地写着。一人写了四五首，觉得越来越像顺口溜了，才罢笔休息。

过了几天，洪光武把这些诗拿给钟玉家看，钟玉家很感兴趣，便抄了几首。过了春节，回省城过节的知青回来也带了不少省内外干群写的一些悼念周总理的诗歌，很快悼念周总理的诗歌在各知青点传播开去。

87

不几天何萍浪、关红琴都从省城来信，告诉邓远航省城纪念总理的情况，说省城的学生、工人和解放军战士在市中心广场举行了悼念总理的集会，集会后拉着"打倒大野心家、大阴谋家张春桥"的大幅标语在主要街道游行，还在所有经过省城的列车上刷写这幅标语，向全国传播。何萍浪在信中附后还抄了几首悼念周总理的诗歌，并提醒他不要把这些诗歌传外去，自己读读就行了，平时不能太露头，要注意保护自己。关红琴在信的最后感谢他帮她办病退，劝他也要赶快找机会招工、当兵或是推荐上大学，不要在那儿浪费青春了，要有干大事业的理想。又告诉他，她现在找了个工作，在一家小食店炸油条，不管怎么样也是个自食其力的人了，还说他要到省城来，请他吃油条。

邓远航看完信，看到请他“吃油条”，“扑哧”一声笑了出来，以为我们贫下中农没吃没喝喃。叫我干大事业，自己则在干“炸油条”的“小事业”，对人有什么说服力？确实，“炸油条”的名称，对于一个美女来说，似乎不大雅，但那毕竟是省城的一份工作啊，多少人争不到呢。他读完她们的信，感想最多的是自己闷在这小岛上，不知道外边的斗争还那么激烈，他想要是自己在省城也一定会参加那场悼念总理的游行集会。以前还想在这小岛上扎根一辈子，读了她们的信，觉得过去的想法太幼稚。龟岛太小，一种走出龟岛的欲望从邓远航心里萌发起来，他急切地想到更远更大的地方经风雨、见世面。他又看了一遍两人的来信，心想就这小岛上这么风平浪静、死气沉沉的，还叫我注意喃，哪有什么要注意的啊？谢谢你们了。

可形势的发展完全出乎邓远航的意料，又一场风波正在龟岛形成。

上次的几件事，钟玉保一直咽在心里没有处理。一件是方元本设计救家家骗取荣誉的事，另一件是关于他们父子俩的顺口溜的事。他一直等有个正当理由和恰当的机会去处理这两件事。这下机会来了，昨天在公社开会布置清查“反革命政治谣言”，今天就有了战果。

方元本下午从省城回来，吃晚饭时就跟大家说起了在省城的见闻：“省城中心广场到处是花圈、挽联、标语和诗歌。”说着从口袋里掏出几张纸往桌上一放说，“看，我还抄了些挽联和诗歌呢。”

在方元本谈见闻时，钟玉保出去了。回来时，他带来了两个民兵把方元本带到大队部看管了起来。

晚上，审讯时，方元本没做任何辩解就承认了传播省城情况的事实，因为那么多知青听到他说的，还有那几张抄着诗歌的纸，是推脱不了的，但他始终不承认传播政治谣言。他说：“我讲的都是真实情况，是我亲眼看到的东西，怎么能说是谣言呢？”

“这个我也不跟你辩了。这样子，你只要说出在我们龟岛还有哪个写这些诗、传抄这些诗的，说出编我和我父亲顺口溜的人，我就放了你。”钟玉保对他说。

方元本听说可以放掉他，便说："你把支烟我抽抽，让我想一下子。"他前一阶段从他妹妹钟玉家那里也抄过诗，但如果把家家交出来，心里说不过去，这是出卖心上人的行为，再说就是我把他妹妹说出来他也会不相信，反认为我是耍花招。还是不说，那说哪个呢？说二愣，他更不信，二愣哪有抄诗写诗的水平？那只有邓远航、洪光武了，这两个人都有可能抄诗、写诗。两个都说出来，还是说一个？邓远航平时不歧视我，对我也蛮关照的，不能说他。洪光武平时趾高气扬，瞧不起我们兄弟，还跟我争家家，就把他交出去。于是，他把剩下的烟抽了几口，把烟屁股扔掉说："我看到洪光武又抄诗又写诗的，至于那两段顺口溜，我想肯定也是他编的，你想他既然会写诗，顺口溜还编不出来吗？况且这顺口溜去年我就听他说了。"

"就他一个？"

"就他一个！"

"邓远航没抄诗、写诗？没编顺口溜？"

"没有！我可以回宿舍了吧？"说着站起来要走。

"回去？你做梦呢！你还有一个事没交代就想走？"

"一件都没有了，我全说出来了。"

"没有？你对我妹妹做过什么事？"

"我从心里爱家家，我追她，跟她谈恋爱，她也喜欢我，我没有做对不起她的事。你要不嫌弃，我就做你妹婿，保证一辈子爱她，保证她一辈子幸福。"方元本向钟玉保诉说着他的心事。

听他说这些话，钟玉保火冒三丈，上去一拳打在方元本的脸上，把方元本打得向后退了两步，刚站稳，钟玉保追上来又是一拳，把方元本打倒在地，然后上去一阵拳打脚踢，嘴里还骂道："你妈的龟孙子，做梦去吧。现在让你尝尝我们的拳头！"

方元本终于交代了去年设计英勇救家家的事。交代完，他躺在那里想，肯定是二愣这个龟儿子出卖的，等老子出去再说，这个仇不报，我就跳九龟湖，誓不为人！

审过方元本，钟玉保把他交给两个民兵看管，自己则回到知青点。他把洪光武喊到活动室问道："光武，我平时对你怎么样，你心里应该有数。我希望你支持我的工作,争取立功受奖。"

"那是一定的。"洪光武应道。

"那你跟我说说诗歌和顺口溜的事。"

"诗歌,平时也写了几首,写得不好让你见笑了,不过我的特长不在诗歌,我的特长是在研究马列主义,特别是在《资本论》上,你要不相信,我就背几段给你听听。至于顺口溜,我从来不说更不写,我觉得那是没文化人随嘴说说的东西,我还瞧不上眼呢。"洪光武跟他吹了起来。

"我不是叫你说这些,你说说跟邓远航一起抄诗、写诗的事。"

洪光武没吱声,他不想又被邓远航骂叛徒,便坐在那儿搓手心。

"光武啊,我可是对你们区别对待的啊,我要不是把你当妹婿看,早把你跟方元本关一起了。你不说可以,但我可能就永远不承认你这个妹婿了,马上就叫家家跟你断绝来往。"

"你真把我当妹婿看啦?"

"当然啦,要不早把你关大队部去了。都是自家人,你说吧。"

洪光武只得把与邓远航一起写诗、抄诗的事跟钟玉保说了一遍,最后说:"那两段顺口溜恐怕不是他编的,不像他的风格,那肯定是没文化人编的。"

"那你看顺口溜像哪个编的呢?"

"如果要是龟岛人编的,我倒觉得有一个人有可能。"

"谁?"

"白丽红。"洪光武肯定地说。

"为什么是她?浪的你不会是随便找个替死鬼来为邓小二子开脱吧?"钟玉保有点不太相信。

88

"怎么可能骗你喃,你听我说给你听噻。她有几点可疑,一个是她平时喜欢说俏皮话,这符合她的风格;二个是她没文化,这符合写顺口溜人的条件;三个是她的队长职务被撤了,心里对你们父子有怨恨,这符合她的动机。”

“唉,你这分析得对,必是她无疑了。这样,你把邓远航抄诗、写诗传播谣言的事和白丽红编顺口溜谩骂领导干部的事写下来,写的时候,你跟他一起抄诗、写诗的事就不要写了,不能把你也卷进去。”钟玉保交代道。

见叫他写下来,他觉得比较棘手,白纸黑字留给他将来会有麻烦,假如被邓远航看到,那我铁定要被他骂成叛徒了,以后也没脸见他了,想想还是没写。

“你写,不要有顾虑,我会给你保密的。”钟玉保动员道。

洪光武还是没动笔,他想,说是保密,写的材料又不是你一个人看,只要再有一个人看到,这密就保不住了。

“你写把我,我再写个东西把你。”

“写个东西把我?写个什么东西把我?”洪光武感到奇怪。

“我写个保证书把你。”

“保密保证书啊?”洪光武心想,那有什么用?

“结婚保证书。”

“结婚保证书?”

“我给你写个保证以后家家跟你结婚的保证书。”钟玉保已有写结婚保证书的经验了,觉得这个东西很有用,能拿住人,便想出以结婚保证书来换他的揭发材料。

洪光武晓得他写的什么结婚保证书没多大价值,根本控制不了钟玉家的心,保证不了钟玉家非他不嫁的问题,但有个总比没有的好,况且看他这架势,今天不按照他的要求把材料写给他,他不会罢休的。因而便答应了他互换“文书”的要求。

写完材料,钟玉保强调:“回去不能透露半个字,等你们睡觉,我来带人,到时我敲三下门为号。”

洪光武答应着,怀揣着“结婚保证书”惴惴不安地回到宿舍。回到宿舍,他觉得对不起远航,如果他要被大保子他们抓起来审问、拷打,那怎么得了?很可能马上就要来抓他,现在只有帮他做点事来弥补弥补吧。于是,他说:

"喝水吧？来，我帮你倒一杯。噢，不，我这儿有麦乳精，我来给你冲一杯。"

邓远航眼睛跟着他的动作，一直看着他，觉得他被钟玉保喊出去一会儿，回来就不一样了，从来没这么热情过嘛。

洪光武冲好麦乳精端到邓远航面前说："小心烫噢，慢点喝。"

邓远航仍然盯着他看，洪光武到哪里他的目光就跟到哪里。

洪光武躲避着他的目光，随手拿起《资本论》翻起来。书翻了几页，什么也没看下去。他觉得宿舍静得吓人。"哎，宿舍怎么这么闷啊？是不是要下雷暴雨啊？吹一下，透透气。"说着，他打开了窗户。不一会儿，他又关上窗户说："还是关起来吧，外边寒气蛮重的。"

邓远航还是一句话不讲，还是用目光盯着他。洪光武又"哗啦、哗啦"地翻了几页《资本论》，仍定不下心来，又站起来说："你洗脚吧，我帮你倒洗脚水。"说着起身过去拿水瓶、拿脚盆，往脚盆里倒热水，倒好热水，把远航的洗脚布拿来，放进脚盆，用手试试水温说："正好，来洗吧。"

洪光武帮邓远航倒好洗脚水，邓远航没说声"谢谢"，也没去洗脚，而是继续盯着洪光武。洪光武被盯得如芒在背，便带着央求的语调说："求你不要盯我了，把我盯得像个贼似的。"

"说贼就是贼，做贼必心虚。出卖朋友也犯不着又倒麦乳精，又倒洗脚水啊？"邓远航这才开口说话。

他这一说话，洪光武就撑不住了，忙走到邓远航床边，带着点哭腔说："你都知道啦？我全跟你说了吧，我不说，憋也要把人憋死了。"于是，他把刚才钟玉保找他的情况全跟邓远航说了。最后还说："要不，你逃走吧，说不定他正去喊民兵来抓你呢。"

"睡觉睡觉，我又没犯法，抓我什么理呀？"说着拉灭了电灯。

拉灭了电灯，他并没睡，连衣服都没脱，两眼看着黑暗。待洪光武睡着后，他悄悄地起床，轻轻地走了出去。他原来对洪光武是很信任的，做什么事都不瞒他，可这几次，他的表现太令他失望，三番五次地出卖朋友，这次不得不防他一防。不过，他想不通，过去他当"小要饭的"时候，能挺身而出救朋友，现在为什么屡屡出卖朋友呢？变化怎么这么大呢？

其实他也没什么大变化，他自己清楚，少年时救小秃子是为了食，现在把你供出来是为了情。“食”和“情”都是人的欲望，还有“权、色、财、名”等等，当其中一些欲望强烈到你不能控制时，你会做出超出常规的事来，有时候连自己都不相信自己会那样做。因而，人必须要能驾驭欲望，而不能被欲望驾驭，否则就会失败终身、痛苦终身。

邓远航从知青点出来，外边的雾很浓，且带着丝丝寒意。他摸黑敲开白队长家的门，白队长正安顿三胞胎睡觉。他告诉她，她被人诬说是编“钟玉保父子顺口溜”的人，钟玉保可能要抓人报复，叫她赶快躲一躲。然后，他又回到知青点，先到工作组宿舍，把洪光武说的事又跟丁和美说了一遍。

丁和美听完后说：“这个事查是要查的，但他不会把你们怎么样的。”

“你相信他？不要有什么幻想了，他可能顶多把我看起来，不敢把我怎么样，但他不会放过白队长，他很可能对她下毒手。”

“那怎么弄？”丁和美问。

“至少你不能让他一个人处理这个事，你们要参与，防止他胡来，还要向公社工作队报告。”

“那好，我来处理这事。你怎么办？是不是离开龟岛躲一下？”

“我有办法，你先去管白队长。”邓远航说着出了丁和美的宿舍，又敲开了向智勇的门。

“远航？这么晚了有事吗？”向智勇边关门边问道。

“有两个问题搞不懂，来请教你。”邓远航说。

“不要客气了，我还要向你请教呢。我们一起商讨吧。”

“有道数学题搞不懂。你看：两列火车，一列客车长200米，一列货车长250米，两车同时在平行轨道上行驶，如果同向而行，而且货车在前，那么客车从货车后面赶超到货车前面的交叉时间是15/4分钟；如果相向而行，两车相遇的交叉时间是15秒钟，求两车的速度。”

向智勇思考了一会儿，又拿笔在纸上画了会儿，最后说：“做好了。这样：设客车和货车的速度分别为x米/分和y米/分，$15/4(x-y)=450$；$1/4(x+y)=450$。求得：$x=960$米/分，$y=840$米/分。”

89

“哎呀，还是你们这些老三届的毕业生厉害，基础打得牢，我们也是高中生，学得比你们差多了。正好我还有个思想问题请教你。”其实，刚才这个题目邓远航在宿舍已做起来了，这会儿拿来问他，一是找个借口过来避避难，防止在自己宿舍被钟玉保来个瓮中捉鳖，再一个也是想看看他的数学水平怎么样，将来如果需要也好多个求教的地方。

“哪里，我也是麦芒掉进针眼里，碰巧了。”向智勇谦虚地说。

“我还有个思想问题，这些日子一直在我心里游荡，抓扯着我，我想要请教你。就是我们这些知青到底怎么样才能干出一番事业，报效国家?”邓远航说出了自己心中的问题，他知道这个问题很大，很难用简单的几句话给出满意的答案，而且不同的人会有不同的回答，他只想听听向智勇的回答，看他能否解开他心中的疙瘩，也看看他的答案与别人有什么不同。

向智勇听了这个问题，比刚才解数学题思考的时间更长，即便这样，他还是没有一下子就接触到答案，而是又反问他的想法：“你这个问题，我平时在头脑里也闪过，闪过就让它过去了，没有像你这么留心，更没有静下来思考思考。你容我再想一下，不过你能不能先说说你的想法呢？我们就作为讨论吧。”他知道在知青点邓远航是个有头脑的人，他的聪明程度和思想境界远高于钟玉保，如果在战争年代，邓远航一定是个用最小的牺牲获得最大胜利的指挥员，而钟玉保则是个花了很大代价也难获胜的败军之将。但现在这个时期，不计损益、不论成败，还能看出谁的高低呢？要谈做干部，他钟玉保现在是个大队副支书，那人家邓远航至少应做公社副书记，才是两人水平的大致差距呢，可人家现在连小队长也不是。这些问题能解决吗?

“向哥，我对你们省城来的知青是非常尊重的，你对我在学习科技知识方面有很大影响，我对你们从来都是敞开心扉的，你要我说，我就说心里话。开始插队时，我真真切切地抱着接受贫下中农再教育、到广阔天地干一番事业的决心下来的，开始也下了功夫，吃了不少苦，就是希望大家团结奋斗，把龟岛建成九龟湖上最美丽的岛屿。但后来一些人、一些事总是一而再,再而三地不断磨平、磨凹你的理想,让你就像在螺螺壳里生活一样,不知东西南北。”

“哪些事呢?”向智勇问。

“你看,关姐的事,人家也是抱着一腔热血千里迢迢来插队的,哪知道那么一个美丽的姑娘被残忍欺凌,尽管她现在病退回城了,但那种伤痛将永远成为她心中的刺,难以去除,让女知青人人自危,挫伤了她们的积极性。再如,那天那场所谓的‘割资本主义尾巴’,简直就是一场闹剧。中央有精神、县委有文件规定农民可以有自留地,在龟岛却惨遭铲除,挫伤了农民的积极性。又如‘火线入党’,明摆着是陪衬他钟玉保的,可陪就陪呗,你撤掉一个全国最小、在群众中威信最高的小队长的职,有损公社的形象,也挫伤了要求进步青年的积极性。”

“这些事,我跟你的观点差不多,但请你理解,我不能去硬顶,事实上硬顶也是没有用的。这就启发我,要干一番事业,你就要当干部,当哪一级干部,就可以在一定的范围里施展你的才华,干出一番事业。”向智勇顺势说出自己要走领导干部的路去干事业的想法。

“这种干事业的路子好是好,但也要有两个前提,比如说你如果提拔到公社去了,龟岛由钟玉保做支书了,你说他能为龟岛干出什么事业?领导干部本身要硬,这是一个前提。再有,你做支书了,你想干一番事业,你的想法很好,但上边不让,下边捣蛋,还是干不成,因而,上级领导开明、下面干群支持,这是第二个前提。”邓远航并不完全赞同他的观点,因而对他的观点进行了分析和补充。

“说得好!那你也应向这个方面努力啊,争取做一个单位,或者一个地方的领导,在这个单位、这个地方干一番事业,不就是报效祖国吗?”向智勇劝邓远航和他一起走这条路,他认为,如果他们俩共同负责一个单位或地方,一定会配合默契,干好一番事业的。

“不过,我走这条路机会不成熟。”

“为什么?”

“对于我来说,机会不成熟,最主要的是自己底子薄、知识少、见识浅、水平低，你不要以为我谦虚，这是我的实话，读书太少，经事不多，这样不管走上哪个岗位都干不了大事，就是做一个农民，也做不出名堂来。再就是在这里缺乏公平的机会，你总是逆风逆水，你下死了劲撑船，走不了几步，人家坐在顺水顺风的船头，转眼已过万重山。”邓远航分析给他听。

“那你爸爸也是干部，就不能帮帮你吗?”向智勇一直未搞清，远航爸爸为什么就不能像玉保爸那样提携儿子?

“有其父必有其子，你看到我这样不想指望走后门的人，不就晓得我爸爸是个什么样的人了嘛。”

“那你今后到底想干什么呢? 招工、当兵，还是继续当农民?”

“这些我都想干，又都不想干。”

“这怎么讲? 你到底想干什么?”向智勇不解地问。

“这几样，至少是现在这种状况下我不想干，我不想高中毕业就选择职业，我最想的是上大学，读过大学，无论干什么职业我都愿意，那时才有干一番事业的基础。”邓远航回答说。

“我被你说得心动了，我也有上大学的想法了。”向智勇附和道。

在邓远航进入向智勇宿舍不久，钟玉保就带着四个民兵来“请”邓远航到大队部了。他轻轻地敲了三下门，洪光武起来开了门。

在黑暗中，两人站在门口对着话：

“人在吗?”

“在!”

“在哪里?”

“在床上睡着喃。”

钟玉保手一挥，示意两个民兵进去把邓远航带到大队部，他自己则带着另两个民兵直扑白丽红家。

到白丽红家，白丽红不在家。白丽红男人带着三胞胎睡觉，问她男人，白丽红到哪儿去了，她男人说：“下晚就出去了，也不回来烧晚饭，不晓得死哪块疯去了，到现在鬼影子也没见回来。”

钟玉保从床上抓过一个不知是几凤的小女孩问：“说，你妈妈在哪块?”小女孩“哇”的一声哭了起来，很快那两个“凤”也跟着“哇”地哭起来，三个

"凤"哭成一片,甚是凄惨。

钟玉保他们丢下小丫头,把里里外外、家前屋后搜了一遍,也没见白丽红的踪影。这时,去抓邓远航的两个民兵也急匆匆地跑来喊道:"钟支书、钟支书,邓远航不见了。"

90

"窝熊!睡在床上都被他跑了,你们还能干什么革命?"钟玉保训斥道。

"不是的,他根本就没在床上睡觉。"其中一个民兵说。

"洪光武怎么说的?"钟玉保问。

"他说,他看着邓远航拉掉电灯、躺到床上睡觉的。"

"屋里搜没搜?"

"搜了,知青点都搜了。"

"那人呢?我不相信都变成鬼啦?走,再去搜!"钟玉保一边吼,一边带着几个民兵又回知青点,前前后后搜了个遍,也没搜到。最后他跟洪光武强调:"邓小二子一回来,你就到大队部报告我。"

"走,跟我到九龟湖大堤!"钟玉保命令道。他突然想起白丽红家的鸭棚就在九龟湖边,平时夜里是她男人住那儿看的,今夜既然男人回来了,那她一定在鸭棚那儿,说不定邓小二子也在那儿,到时抓个奸夫淫妇,那战果就大了。

他们来到大堤,大堤上被大雾笼罩着,手电筒照出去,只是一条不长的光柱。好不容易找到鸭棚,熄掉手电筒,想悄悄地靠近鸭棚,把他们捉奸在床,可走没多远,一个民兵"扑通"一声掉进了鸭塘,顿时一塘的鸭子"呷、呷、呷"地叫个不停。

"混蛋,快,扑过去。"几个人打开手电筒直扑鸭棚,扑进鸭棚,里边却一个人也没有。鸭棚是两间小草棚,一间做锅屋,一间是储物室兼卧室,里边除了放些少量的饲料外,就只能放一张床,平时看鸭子的鸭倌就住在这里。也用不着搜,小棚一眼就看个透彻。手电筒光照在床上,钟玉保看出了问题,被子是凌乱的,上去一摸被窝还有余温,他心里有数了。四个民兵在周边搜了一下,陆续回来报告说“没有”。

钟玉保大声说:“没有,我们就回去吧,这么大的雾也没法找,明天白天再说吧,跑得了和尚,跑不了庙,他们跑不出龟岛。走!”

没走几步,钟玉保小声吩咐两个民兵伏到大堤上守候,他带着另两人则打着手电筒,唱着“大海边来,沙滩上……”回大队部了。

到大队部,刚抽完一支烟,两个民兵已把绑着手的白丽红带了回来。钟玉保把她关到另一间办公室里,出来问那两个民兵:“就她一个?那一个呢?”

“就她一个。就这一个也费了我们很大的劲,跟个泼妇似的,乱抓乱踢,看我脸上被他抓的。”那个民兵指着自己的脸说。

“噢,你们辛苦了,马上请你们喝老鸭汤。现在你们再去看看,说不定那一个也回到鸭棚了,如果鸭棚没有,你们就在那儿一直埋伏,直到喊你们为止。”然后,他又掉头对另两个说,“你们两个到她家鸭棚里逮个鸭子回家烧烧,等我审完了白娘子,我们几个值夜班的去吃夜餐。”钟玉保吩咐完四个民兵,便回到关白丽红的办公室,开始审问白丽红。

钟玉保还没问,白丽红已开口了:“深更半夜,把姑奶奶请来干什么呀?肚子饿啦?想吃奶啦?快把姑奶奶绳子松了。”

“你个臭娘们,你以为你有几分姿色,尾巴就翘上天啦?还想用色相来腐蚀革命干部啊?老子不吃你那一套!”钟玉保把桌子一拍说。

“哟,跟姑奶奶拍桌子啦,称老子啦?回家去问你老子去,问问他,喊不喊你老子?”

“我操你奶奶的,你跟我老实交代,你为什么要编顺口溜来污蔑革命干部?”

“你说清楚,姑奶奶平时说的顺口溜多呢,什么时候污蔑革命干部啦?”

“你说给我听听,你平时都说些什么顺口溜?”

“想听啊?那姑奶奶说给你听:女人辛苦苦难当,黑咕隆咚摸山墙;鸡叫头遍早饭好,鸡叫二遍忙梳妆;鸡叫三遍水满缸,鸡叫四遍一趟秧;天亮下田到天黑,晚上还要磨口粮;脚踏磕箩手拖线,身上趴个夜哭郎。还有:家住湖荡不怕风，湖里荡里有粮仓；有心跟哥进洞房，齐心合力斗波浪。还有……”

“我问你有没有说我和我爸的顺口溜？”钟玉保催她说正题。

“有啊，亲帮亲，邻帮邻，乌龟王八瞎传情。”白丽红暗示他父子俩都是乌龟王八。

钟玉保忍住气想把她引到他们父子的顺口溜上：“你有没编过‘龟岛钟玉保’的顺口溜？”

“真是肚脐尿尿，你把姑奶奶水平抬高了，我文盲水平哪能编出个顺口溜啊？我都是吃人家的剩饭。”

“骚货！一肚子坏水！你不说是吧？我看你肚子里还有多少坏水，我今个给你放得一滴不剩。”钟玉保说着朝白丽红走过去。

“你爸、你妈，你一家都是骚货！”白丽红并不示弱，也反过来骂钟玉保。

钟玉保走过去先“啪”的一个耳掴子打过去，然后一边说“我叫你嘴硬，我看你肚里有多少坏水”，一边解白丽红的夹袄，解完扣子，掀起内衣，露出雪白的肚皮。这时，白丽红抬脚猛地一蹬，正中钟玉保的肚子，把钟玉保蹬得向后退了两步，坐在了地上。

钟玉保恼羞成怒，爬起来，解开她的扎腰带，把她的秋裤抹到脚跟，用她的腰带连秋裤把她两脚绑了起来。然后站起来说：“你刚才蹬我肚子，是吧？我也叫你的肚子闻闻我脚底板的味道。”说着猛地一脚踢向白丽红的肚子。白丽红“哎哟”大叫一声弯下了腰，用两只绑着的手护着肚子。

“你还会喊哎哟喃，疼喃，我看看哪块疼，我给你揉揉。你不是说你的肚脐眼会尿尿的嘛，我来看看。”钟玉保边说边摸她的肚子，抠她的肚脐眼，然后又猛地一拳打过去，打到了她的乳房。白丽红又“哎哟”地大叫一声，抬起两手又护住胸部。

“哎呀，打错了，你看我这眼线瞄的，怎么这么不准的呢。哎哟，怎么又疼到上边来啦？难不成你水平又提高了，用奶子尿尿了？来，我给你揉揉。”说着伸手进去猛地一捏，把白丽红捏得“啊”地惨叫一声，侧身跌倒在冰冷的地上，浑身发抖。

“哈哈，你看，这下你肚子里的坏水流出来啦。”钟玉保指着她的裤裆说。先前她的秋裤被钟玉保扒下来，下身只剩一件大裤头。刚才肚子被一踢，这会儿倒在地上被冷气一逼,小便把裤头浸湿了。

“来,我帮你把裤头脱掉,这又骚又潮的穿在身上多难受啊。要不叫个民兵来给你这个洞堵起来,不让坏水往外淌?”钟玉保边说着边弯下身子来扒白丽红的裤头。

他刚把她裤头的带子解下来,门外响起了“咚咚咚”的敲门声。“哪个啊?来得正好,今个让你们开开眼界尝尝鲜。”钟玉保说着,丢下白丽红,走过来开门。

门一开,钟玉保愣住了:“你?这么晚,你来做什么?”

91

“我来看看,你这样虐待一个贫下中农,你还是人吗?”丁和美边说边帮白丽红提起裤子,解开绳子,并把她扶到凳子上坐下。本来,邓远航跟她说了情况,她立即就出门准备去大队部了,可刚出门,钟玉家又来喊她,说李晓星肚子疼。她又到她们宿舍去看看,一直耽搁到现在,让白丽红受这么大罪。

“她不是贫下中农,她是散布反革命政治谣言的现行反革命,我们绝不能对她手下留情。”钟玉保为自己的行为辩护着。

“就是按你说的那样,你也不能虐待她呀?解放军对俘虏还不虐待呢,何况是对一个农村妇女呢?”丁和美反驳道。

“我又没虐待她,我只是在审问她。”钟玉保开始抵赖了。

“没虐待?你对一个妇女,又绑人家手脚,又脱人家衣服,你还要怎么弄才算虐待?”丁和美以进来看到的事实继续批驳他。

见钟玉保抵赖,白丽红七窍冒火,真想走过去扇他几个耳光,可手脚麻木,一点力气没有,她只是喘着气对丁和美说:“他是个流氓,比他爸爸还流氓,他还踢我肚子,摸我肚子,抠我肚脐,捶我奶子,捏我奶子,扒我裤头。这个龟子子,真是个抽大烟的水烟袋,满肚子毒啊。”

“你哪里像个党员啊,你不是人噢,做出这种事,不是跟畜生一样吗?”丁和美瞪着他说。

“她又骚又臭,死不认罪。”钟玉保狡辩说。

“她又有什么罪啊?”

“她编我爸和我的顺口溜,污辱革命干部,革命干部反戈一击,也让她尝尝被‘污辱’的滋味。我这是让她长些记性,以后再也不要去污辱人。”钟玉保振振有词地说。

“她编你们什么顺口溜啦?”丁和美问。

“就是‘石龟有个钟大同’和‘龟岛钟玉保’两个顺口溜。”钟玉保说出两段顺口溜的第一句。

听到这两个顺口溜,丁和美差点笑出来,她忍住笑说:“这哪里是她编的啊?去年,我在公社就听有人说了,编得还蛮有水平的,编这顺口溜的人至少也是个初中毕业的噻,她大字不识一个,她平时说人家编的还可以,自己哪有水平编这个噻。你看你尽诬赖好人。”

“是她编的,洪光武有证明材料在这块儿,你看。”钟玉保拿出洪光武写的材料给丁和美看。

“我没编!我长这么大也没编过一个顺口溜。”白丽红说。

丁和美拿过材料,一共两张。她看到一张是写白丽红编顺口溜的,还有一张是写邓远航写诗、抄诗传播政治谣言的。看到是洪光武写的,她觉得洪光武有点可怕,平时看他文质彬彬的,手不离《资本论》,背地里却这么阴暗,以后得防他一手。她边看边说:“我看材料,你倒杯水来。”她趁他转身倒水时,迅速把写邓远航的那张纸放进自己的口袋,然后扬着那张写白丽红的纸对钟玉保说:“拿去,无用的废纸一张。这个材料也不能证明是白姐编的,他只是分析了可能性,是一种推测,并没有肯定是白姐编的唉。要说可能,你也可能,我也可能,你只凭这种可能,就把白姐折磨得这样,你必须做出检讨。走,白姐,我送你回家。”

“让她跑了你要负责的噢,邓小二子已经跑了。”钟玉保无奈地说。

邓远航并没跑,丁和美在大队部救白丽红时,他正从向支书那儿离开,回到自己宿舍。他只是玩了个小计。他认为钟玉保绝不会怀疑他在向支书宿舍,退一步说,就是他到向支书宿舍搜查了,也不敢放肆地对他动手动脚,搞刑讯逼供,这也可以避免皮肉之苦。

他一回到宿舍,洪光武就从被窝里探出身子问:“你跑哪儿去了?刚才钟玉保带四个民兵来抓你呢,还到处搜查,没抓到你?你没碰到他们?”

“没有看到他们啊?我就在知青点没走远啊?”

洪光武奇怪地说:“知青点就这么鬼大的地方,他们几个人也没搜出来,真是一群窝囊废。”

“听你这口气,是不是想他们把我抓起来,打不死,至少也打个残废啊?”邓远航刺他说。

“哪里哪里,我们是同甘共苦的,怎么想你被他们抓住呢?我是佩服你用兵如神哎。”

“好了好了,不要给我戴高帽子了。睡觉睡觉。”邓远航往床上一躺说。

此前喊睡觉,你邓远航没有睡,趁我睡着了,你悄悄地开溜了;这下,我洪光武不能睡,等你睡着了,我得完成我大舅子交的任务。

不一会儿,邓远航那张床上响起了鼾声。洪光武轻轻地掀开被,一点点地移下床,摸黑向门口走去。

洪光武想出去完成钟玉保交代的任务,摸黑下床去开门。可还没到门口,只听“咣啷啷……”一长声,接着就听邓远航在床上说:“天也快亮了,犯不着这个时候再去告密了。那天晚上写诗的情况,我日记上都写得很清楚,我写的诗,你写的诗都抄在日记本上呢,吃早饭时,我会当着大家的面把他们看,把我们两人写诗的情况跟向支书说清楚,你就不要这么急了。”

“哎,你把我想哪儿去了,我怎么会去告密,我是外去解小便,你把两个脸盆放在这路上干什么嘛。”洪光武说着真走出去解小便了。他今个解小便还不像以前走几步到池塘边尿,而是特地就站在走廊上向外尿,还故意尿得哗哗啦啦的,让邓远航知道他不是说假话的。

撒尿?见鬼去吧!你就尿得像炸小鞭,我邓远航也不相信,你开始不是想去告密的?要不是我睡觉前把两个脸盆放在中间,你早悄悄地溜去报告了。

“远航,你不要傻,千万不要把日记本拿给人家看。那样不但你自投罗网,还把老弟我也牵进去,于己于人都不利的事,何必做喃?”洪光武解过小便进屋“哗”的一下插上门,又对邓远航说。

“写几句悼念总理的诗又不犯王法,我不怕,你怕什么?”

“噢,不行不行。你不怕可以,你是平民百姓一个,抓住你有什么?我不怕不行,我是党员,又是队长,他们会处理我的。要不这样,干脆你现在逃走,到哪里避避,躲过这个风头再说,要是不愿跑,我觉得你还是不要把日记拿出来,你就说你一人的情况就行了,不要牵涉别人了。”洪光武劝他说。

不提党员,邓远航还不来气,一提党员,他真八肚子来气。你不就是那狗屁“割尾巴火线”入的党吗?你们跟总理、江姐、雷锋这些党员比比,你们也能算党员吗?不要给共产党抹黑了。他喘着粗气对洪光武说:“光武啊,我多少年不喊你‘小要饭的’了,你晓得我现在心里怎么想吗?我现在真希望你还是那个‘小要饭的’,而不是‘割尾巴火线党员’。”

“你不要老揭人家的伤疤嚜。”洪光武不快地说。

“不揭你的伤疤?我只怕你好了伤疤忘了痛!我看你做‘小要饭的’要比这个‘割尾巴党员’高强多了。你看你做‘小要饭的’时,多正直、多诚实?多善于帮助别人、多敢于维护正义?你看看,你现在当个‘割尾巴党员’,就畏首畏尾、自私自利,出卖朋友、逃避责任,你说你到底图的什么?”邓远航继续说。

92

邓远航一席话说得洪光武陷入了沉思。我真变成如他说的那样了吗?有一点变,但也没全变。变主要是在对待他时体现得多些。这段时间,因钟玉保要求,搞他邓远航是多了些,但我也是没法子唉。想到这儿,他说:“远航,这段时间,有些事是对不起你,但我也是被动的、不情愿的,不是我自己要那样子的。你问我图什么?你心里不清楚吗?不就是图家家吗?家家在我心里占的位置太大了,我和她这个事定不下来,干什么事都没兴趣、没精神,就像要得大病了一样。你看,今晚的事也就是为了换这个保证书。”说着,他掏出口袋里的一张纸,递给远航。

邓远航接过那张纸,拉电灯开关,电早已停了。他打开手电筒照着看了一遍,是钟玉保给洪光武写的保证,保证他和钟玉家结婚。看完后,他把纸扔过去说:“你认为这个保证有用吗?现在已不是封建社会了,可以搞包办婚姻,父母都不能干涉子女的婚姻,他保证有用吗?那就是一张废纸。光武,人一生有很多追求,但不管追求什么,都不能丧失人格。追一个女人是非常正当的事,但绝不能因追一个女人把一个堂堂正正的男子汉,变成一头阳奉阴违没有人性的猪,到那时候那女人一定也会拒绝这头猪的。你说家家是喜欢那个堂堂正正的男子汉,还是那头阳奉阴违的猪?”

此后,洪光武一直到天亮都没有睡着。他的脑中像是一团被扯乱了的丝线,让他理不出个头绪,一会儿是钟玉保的强势,一会儿是钟玉家的强磁,一会儿又是邓远航的底线,搅得他心烦意乱,让他不知该向哪儿走是好。

第二天早饭前,丁和美到向支书宿舍,先向他汇报了钟玉保查“反革命政治谣言”时,把白丽红、方元本打伤的事,然后提出:“我们必须要向公社做一次汇报,对打人的事要予以处理。”

听说两人被打伤、白丽红还惨遭污辱的事,向智勇非常气愤,从心里讲绝不能容忍这类人和事,恨不得立即开除他党籍,但因为牵涉到公社钟书记的公子,他犹豫了。他对丁和美说:“你认为,这个事汇报到公社后,公社会是什么态度?”

“不管他们什么态度,我们要把真实情况、我们的意见让他们晓得,他们处理不处理是他们的事。”丁和美说。

“把这个事汇报上去,我告诉你几种可能性:一种可能他们认为不是事实,是虚假的;二是可能认为有人移花接木,陷害钟玉保;三是可能认为坏人袭击钟玉保,钟玉保自卫致对方受伤;四是可能认为没有那么严重,钟玉保追查‘反革命谣言’心急,一时失手,擦伤了坏人的皮肤。这四种可能,无论哪种可能都达不到你的目的,弄不好还伤了你和我,与其这样,你说汇报到公社有意义吗?这样吧,让我考虑一下,早饭后再定吧。”向智勇分析给丁和美听,丁和美也没更好的办法处理这事,只得离开了他的宿舍,等他想出好法子来。

丁和美走不一会儿,钟玉保也来汇报了。

“向支书啊,昨个把我弄了一夜,苦吃死了,不过战果还不小。逮到两条,漏网一条,全是传播‘反革命政治谣言’的。”钟玉保得意地说。

“好,那你辛苦了。哪三条鱼啊?”

“方元本、白丽红、邓远航,不过邓小二子跑了,这是我的疏忽,不过,他跑得了和尚跑不了庙,早晚抓住他。”

“都有证据吗?”向智勇问。

“都是铁板上钉钉的事,跑不掉的。方元本是被当场抓住的,他自己亲口说的,这儿还有他在省城抄的几张纸。”他把口袋里的几张纸掏给向智勇,接着说:“你看,还有洪光武揭发白丽红、邓远航的证明。”

向智勇把手上的材料大致看了一下说:“只有方元本和白丽红的,没有邓远航的啊? 你不能把邓远航也算在里头啊?”

“有,在里边呢,你一张一张翻。”

向智勇一张一张翻了一遍说:“你看,是没有。”

钟玉保又从他手里拿过那叠纸,一张一张地放到桌上,又一张一张地拿起来,确实没有。他把那叠纸全部放到桌上,又把身上几个口袋翻了个遍,还是没有。“我的疏忽,昨个忙了一夜,外边又下大雾,黑漆马乌,什么也看不见,可能在路上掉了,回头我再找找。”

“保子,我们两个人的感情你是知道的,我说话你听吧?”

“听,那肯定听你的。”

“当哥的要提醒你,一个提醒是没有真凭实据的,不要抓人。这三个人,邓远航没有证据,你不能抓他。”

“我有证据的,丢了,我马上去找。”钟玉保辩解道。

“至少你现在手上没有,现在不能抓,等有了抓也不迟嘛。”

“好,听你的,那就先不抓。”钟玉保想,就是现在抓也抓不到,还不晓得他躲在什么地方呢。

“还有白丽红。洪光武这个材料只是推测,她也不能抓。”

“嗯,没抓,已经放回去了。”

“第二个提醒是,你是党员,又是干部,抓来的人,别人打,你不能打。”

“我没打,一个手指都没动。”钟玉保拍着胸脯说。

丁和美来汇报说钟玉保把两个人都打伤了，而他现在连碰一下都不承认，汇报到由他爸爸做书记的公社去，会有好结果吗？不会的！向智勇早就预料到情况不会那么简单，当然，他绝对相信丁和美说的是真话，钟玉保说的是假话，但他知道，在这个公社，他当事人只要不承认，错误就是别人的。所以，目前，多一事不如少一事，不报比上报的好，看情况再说吧。

“没打就好，如果打了，也是一时气愤，跟我说一声，我也好帮你把事圆一圆啦。”向智勇想变个法儿让他承认打人了，可他就是不承认，坚持说：“大哥，你不相信我吗？我确确实实一个指儿没碰，我要碰我会跟你说的。”

“那好，吃早饭去吧。”

两人刚进活动室的门就都看到了邓远航正坐在那里吃早饭，向智勇觉得跟平常一样，钟玉保却感到很意外，他一直认为他至少跑到县城了，没想到他还在这儿：“咦？你怎么在这儿吃早饭的啊？”

“奇怪！我天天在这儿吃早饭，你叫我到哪儿去吃啊？”邓远航反问道。

“你昨晚跑哪儿去啦？我到处找你找不到。”钟玉保舀了一碗稀饭坐到他对面边吃边问。

“找我有什么好事啊？请我吃夜餐啊？唉，你还是不成心找，一顿好夜餐没吃成。我一直在知青点的啊？”邓远航答。

“浪的你就长个吹牛的嘴巴，我们五个人前后找了几遍，鬼影子都没看到，你不是吹牛是什么呀？”钟玉保驳斥他说。

“不信，你问光武啊！再不信也就算了。不过，你们五个人找我，不是吃夜餐，那一定是抬个很大的礼把我的吧？”邓远航说。

93

“是的，有大礼呢。你等着，有一副绑绳要送给你呢。有人说你写诗、抄诗，传播‘反革命政治谣言’，你怎么说？”钟玉保扯到了正题。

“有人也说你、你爸、你妹都抄诗歌呢，不会都是在散布‘反革命政治谣言’吧？”邓远航抵着他说。

“你血口喷人，诬陷好人，我有证据，你有证据吗？”钟玉保见他说出他家三个人在散布“反革命政治谣言”，气愤地把筷子往桌上一拍说。

“你拿证据，我就拿得出证据！”邓远航也不示弱。

倒是钟玉保有点心虚，他把洪光武写的证明材料弄丢了，一时拿不出证据，又担心他真的掌握了爸爸、妹妹的什么情况，在这儿当面一抖，那就不好收拾了。但他看到洪光武在这儿吃早饭，他的精神又来了。他对大家说："大家说说，哪个看到邓小二子抄诗的，哪个读过他写的诗的？"

他这一问，刚才还吵吵有讲话声的活动室安静了下来，只听到一片喝粥声。钟玉保见大家都不讲话，就点道："光武，你跟他一个宿舍，你最了解他，你先说说。"

大家仍然低头喝粥，眼睛则斜过来看洪光武。邓远航端着碗对着旁边的洪光武，一边吃粥一边看着他。洪光武只是埋头喝粥，像是什么也没听到。

“光武，浪的喊你说话呢。”钟玉保见他没反应，便又催了一句。

“说什么？”洪光武抬起头问。

“说邓小二子有没有抄诗、写诗。”钟玉保耐着性子说。

大家停下喝粥，都不吱声，只是把目光都转向了洪光武。邓远航则喊了声："好像有个‘小要饭的’跑过去了。"

“没，没看到。”洪光武说过又埋头喝粥了。洪光武早上起床时，还是跟邓远航说好不要带日记本，什么也不要说，等看情况再说。这会儿，他先是奇怪，你钟玉保手中握有我写的材料，你直接出示就是啦，为什么还要我说呢？难道他把材料丢了？后是惊醒，听到邓远航说“小要饭的”，知道他是在警告自己，同时，又让他想起两人的夜谈和他的夜思。因为这样的心理，他顺着邓远航的喊声，做了如上回答。

“浪的，你是没看到要饭的，还是没看到他写诗？”钟玉保对他的回答很不满意，便又问了一句。

“都没，没看到。”

大家又低头喝粥了，邓远航则张着嘴巴看着他，难不成当年那个“小要饭的”又回来了。

见洪光武说出否认的话，钟玉保气不打一处来："浪的，那保证书喃？"

"什么保证书？"洪光武一边吃一边问。

"就那个……那个结……的保证书。"钟玉保想说出"结婚保证书"来给他增加压力，可又说不出口，就这么含混地说了一句。

"没，没有。"洪光武头也没抬地说了一句。

钟玉保莫名其妙，昨晚，他开始虽不愿揭发邓远航，但后来在"结婚保证书"的吸引下，他还是写了揭发材料，一夜过来，他怎么啦，被邓小二子灌过迷魂汤啦？怎么一点记性都没有啦？看来再问下去也问不出个名儿堂了，便不再问，也不说话。他快速地喝完粥，收起碗筷，到宿舍推出自行车直奔公社而去。

钟玉保离开知青点后，向智勇、丁和美、董一芬等大队、工作组干部研究认为，鉴于方元本已被打伤，逃跑的可能性很小，且其本人需要治疗和休养，便到大队部放了方元本，让赤脚医生给他治了伤痛，叫他哥哥把他背回了宿舍。处理完这事，丁和美也去了公社，向公社工作队汇报龟岛的情况。

钟玉保到公社是向他爸爸求援的，看龟岛几个事下一步到底怎么处理。钟大同听了儿子的汇报后，先把儿子狠狠地批评了一顿，批评他遇事不冷静、不圆滑，处理问题太粗暴、太没经验，打伤了人，留下了人家追究的把柄，播下了仇恨的种子，今后不得不花许多精力去防范他们。批评过后，他说了对几个问题的处理意见：对方元本，只能追究他传播谣言的事，对他设计救家家的事，因为涉及家家的名声，只能睁一只眼闭一只眼了；对白丽红，完全搞错了对象，那些顺口溜肯定不是那个文盲编的，回去向她赔礼道歉；对邓远航，有事实根据才能搞他，没有充分的证据，千万不要动他，要动他，就要把材料搞好。

丁和美到公社向工作队邓队长他们汇报了龟岛的情况。队部的几个队员听了情况后非常愤慨，都要求把钟玉保职务撤掉，再交公安局处理，至少拘留他几个月。邓队长要求他们冷静一些，派两个队员与丁和美一起回去取证，把材料整好报上来。

钟玉保回到龟岛搞邓远航的材料，结果搞出了邓远航、洪光武、钟玉家、方元本四人参与抄诗、写诗的情况，只好如实报公社和工作队。很快丁和美她们整理的钟玉保打伤两人的材料也报了上来。经公社和工作队一起研究,决定送邓远航、洪光武、钟玉家、方元本到县里参加为期一周的学习班,改造思想;决定给予钟玉保党内警告处分,责成他在龟岛群众大会上做深刻检查。

钟玉保检查时,白丽红大闹会场,强烈要求公安局把他抓起来坐牢。钟玉保怕事情闹大,请丁和美去做拦停。白丽红坚决要钟玉保写个保证书才肯罢休。钟玉保没法,为了尽快过关,散会后,他给白丽红写了一张纸条:我承认打过侮辱过白丽红同志,白丽红同志今后如果因为这次挨打留下后遗症,我负责到底。最后写上日期,签上自己的名字递给白丽红,白丽红又让丁和美作为证明人签了字,才把纸条收起来,算是暂时了结了这场恩怨。

这次风波就这样算是过去了,后来大家一起经历了抗震救灾、悼念毛主席、粉碎"四人帮"等大事。在这些大事上,大家还是齐心协力、团结一致的,没起什么波澜,但在这些大事过后,面对各自的前途问题又兴起了更大的波澜。

龟岛知青终于再次迎来了盼望已久的招工指标,公社分给龟岛三个招工名额,原则上"三插""双插"的优先安排一个名额,病退的不占名额。不知是经过的事太多,还是年龄增加的原因,大家听了向支书宣布的消息后,都非常平静,没有一个人提出什么意见和看法,只是都微笑着说:"哪个也不要争,该哪个就是哪个,哪个上都一样,都是龟岛知青的光荣,哪个也不要怨天尤人。"他们该吃的吃,该喝的喝,该劳动的劳动,该休息的休息,像是没有招工这回事似的,知青点平静得像冬天的九龟湖,上面凝结起了一层平滑的冰。

然而,冰下却并不平静,一股潜浪正在涌动。听过招工精神的传达后,知青点的知青们各自按照自己的想法,做着自己的事,谁也不说自己干什么去了,也不问别人干什么去了,大家不知是变得更默契了,还是更陌生了。钟玉保到公社去了,向智勇和洪光武分别到县城去了,方元本跟他二哥商量着办法,二愣到李晓星宿舍谈事了,钟玉家则把邓远航约到了九龟湖大堤上。

94

望着九龟湖上帆船竞流、湖水东去，钟玉家问道："远航，你看湖里这水多清多纯，还是去年那水吗？"

"年年岁岁清水流，岁岁年年各不同。去年那水早已东流入海，眼前这水也是瞬间而逝。"邓远航答道。

"看到这水，你会联想到什么呢？"钟玉家又问。

邓远航眺望着湖面，为那宽阔、深邃、宏大而感动，他想到了人生，正要拿人生与水比较，钟玉家的问题来了，因未想好，便反问道："你的想法呢？"

"我啊，我自然想到时间紧迫，人生短暂，我们应珍惜时间，为党、为国家、为人民多做贡献。你呢？"

"水很平常，天天见面，但我们并没有去研究她。因而，我们对她是既熟习，又很陌生，她有许多品质值得我们去赞美、去学习。你看，你刚才说的，她不舍昼夜，让我们想到要珍惜时间；还有，她的行而不喧，她的坚忍不拔，她的持之以恒，她的自强不息，她的虚怀若谷，她的冰清玉洁，她的从容不迫，她的包容百川，等等，可以说，肚子里的词语没有了，她的品质还没说完。"邓远航向她列举着水的品质。

"这么多品质是值得赞美，也值得我们仿效。要是学习她的品质，你最想学的是哪一种？"

"这些品质都值得我们学，够我们学一辈子的，当然不同环境、不同时间需要学的不一样。我眼下最要学的是她与世不争的品质，去人家不愿去的地方，做人家不愿做的事，也正因为这样，才成就了她的博大精深。"

"这品质很高尚，我也很佩服，但与眼下的环境不相应啊。"钟玉家提醒说。

"怎么不相应？"邓远航想听听她的想法，便问道。

"你看，宣布三个招工指标时，大家就像这湖水一样平静，都摆出一副与世无争的笑脸，但实际上呢？实际上知青点都空了，都飞出去捕食了。难道你就不想去争一个名额？”钟玉家想问出他到底是什么志向。

邓远航则把大家的议论说给她听：“宣布三个指标时，表面上大家都微笑着，没什么意见，可背地里就有‘乖乖，这么巧啊，量了尺寸定做的吧？’你晓得这话什么意思吗？是说龟岛知青点三个指标是给我们邓家、钟家、洪家三家干部子女的，别人报上去也没用。”

“有这话？”

两个人正谈着，看见方元本骑着辆破自行车没精打采、晃悠悠地向这边骑了过来，到眼前时，邓远航跟他打招呼：“回家啊？”

方元本在自行车上有气无力地答道：“上公社卫生院，看病，拍片子，心口疼呢。”回答的声音还没有自行车发出的声音大呢。

“你说，这元本可怜不可怜，将来怎么办？”邓远航见方元本骑过去了，他觉得方元本原来身体棒棒的，下来两年不到，落得这个身体，年纪轻轻将来日子不知怎么过呢，便问了一句。问完，见没人答话，掉头一看人不见了。四处寻找，钟玉家正从那湖边向上走呢。

“可怜什么呀？这人骨子里坏呢。你晓得我刚才为什么要躲一下吗？”钟玉家边向堤上走边说道。

“都是插子，是同伴，有什么矛盾不敢碰面啊？”

“也不是不敢碰面，就是不想见他！你还记得他那次‘见义勇为’的事吧？实际上是假的，是他为了追我，演的一出‘英雄救美’的戏，那个抢劫我的人是二愣帮着找的。”

“我当时怀疑这事呢，现在证实了。那把他们抓起来审查啊。”

“我爸说算了，这个事再翻出来，牵涉的人太多。好，不谈这个了，你刚才说有人说指标是给我们三个干部家的，是真的？”钟玉家回到原来的话题上。

“其实，根本没那回事。这三个名额，‘双插’招一，你们家兄妹俩得走一个，方家弟兄俩走一个，人家省城老知青三人得走一个吧？你说哪里还有名额给我们呢？”邓远航分析道。

“那你这次招工是不想走了？”钟玉家还是想知道他的想法。

“想走，也走不了啊。”邓远航答道。

“你要想走，我就去帮你找我爸。”钟玉家说这话还是想敲定他这次招工是走还是留，他要决定留下来，她就决定陪他留下来。

“不用，不用，找你爸的人太多了，这次不用让你爸为难了，到需要时我再请你。”邓远航心想，你以为你爸就会答应你啊，你要真去找他，到时还不知道找个什么理由把你哄走呢。

也确实，这个时候找她爸的人很多，她爸办公室里有人在谈着，门外还站着好些人在等着。原来，他爸有希望提为县革委会副主任的，因粉碎“四人帮”后形势发生了变化，把洪光武爸爸提拔为县革委会副主任了，把提拔他的事就搁下来了，他也就仍在石龟公社书记的任上。

在他办公室里谈着的，不是别人，是他儿子钟玉保，他也是在门外站了有近两个小时才排进去的。

“爸，龟岛三个名额，你打算给哪几个走啊？”钟玉保来找父亲一是探探这三个名额的意向，二是想为李晓星和包玲玲说说情。为李晓星说情，是感谢她从上次把肚子里的伢子处理后，到现在一直没跟他瞎闹；同时，他现在不想跟她谈对象了，这次让她招工走，趁机跟她分手算了。为包玲玲说情，是感谢向智勇两年来一直帮助他、支持他。

“乖瓜，这次招工你们兄妹只能走一个啊，你看哪个先走呢？”钟大同问。

“妹妹先走吧，我好歹还做着干部呢，做正支书日子也不远了，我努力工作，以后争取提拔到公社、到县里。”钟玉保向爸爸表态道。

“哎，这才是我的儿子，好好干，争取超过爸爸，爸爸会在背后支持你的。”

“那还有两个名额给哪个呢？”

“方校长两个儿子，也是双插，得走一个，就还剩一个名额了，你说把哪个？”钟大同反过来问儿子。

“方校长是国民党团长，他两个儿子表现又不好，这次一个都不应该给他们上。我看……”钟玉保正讲着，电话铃响了。

“等会儿，我接个电话。喂，哪位？噢，洪主任啊！你好，你好……”钟大同接完电话放下话筒对儿子说：“政策是双插走一，你不给人家走一个，没有道理。还有一个名额要打破头了。你看，刚才把县革会洪主任儿子忘了，来电话了,这次非要走不可。还有二愣,你舅那天就找过我了。还有邓小二子,他爸也是县里干部啊。你说剩这一个名额给哪个?”

“我说,这些找关系的一个都不给,你就大公无私,把这个名额给平民百姓的子女。”钟玉保振振有词地说。

“给哪个?”钟大同心想儿子真长进啦,心中有群众啦。

95

“李晓星。四寡妇家的。人家一个寡妇拉扯三个伢子,到现在一个都没工作,又找不到关系,开不了后门。我看这个名额就给她。”钟玉保本来想给李晓星、包玲玲两人说情的,但现在只有一个名额,只有放弃包玲玲了,回去对向智勇就说包玲玲招工的事跟他爸说过了。

“很好,儿子现在想问题能站在公平的立场上想了,心里想到那些没有后门走的人了。儿子,你将来比你爸出息大。我先把这个名字记到本子上。”其实,钟大同对李晓星也早有考虑,每次去她家时,她妈妈四翠都要他给她大姑娘安排工作,这次也确是个机会,看情况吧。

上午洪光武回县城找他爸爸,他爸爸当时就给石龟公社钟书记打了电话,打过电话又写了封信叫洪光武带给钟书记。洪光武拿了信也没回家,立刻赶回公社把信交给了钟书记。

方元本骑自行车到镇上卫生院,找到拍片子的医生,见没其他人,便把一包九龟湖牌香烟放到医生手里,香烟下边还垫着二十元钱。医生接过香烟,感到香烟下边有钱,赶忙放进白大褂口袋里。然后问:“拍什么病啊?”

“肺结核。”方元本答。

“你这个病用不着拍了,看你脸色就是肺结核。什么名字啊?多大啊?男的女的啊?”说着开了张“肺结核”的病历给他。

方元本回到龟岛时,又碰到邓远航、钟玉家他们在田里劳动。邓远航看他看病回来了,骑在车上眉开眼笑、无比兴奋地哼着小调,车子也骑得飞快。邓远航问:“怎么样?病查过了吗?”

方元本把手上的病历扬了扬,狂叫道:“成功啦! 肺结核!”声音不仅压过了自行车的声音,还盖过了他们劳动的声响。说着骑着自行车唱着“太阳出来照四方……”回知青点了。

“肺结核能死人的,怎么他得了肺结核这么高兴,还喊‘成功’了呢?”钟玉家不解地问。

为关姐办过病退的邓远航知道方元本得肺结核高兴的原因,无非是与关姐一样可以病退了,但关姐那是真生病,他方元本肺结核会是真的吗? 他不知这查出肺结核的人是可喜还是可悲。他不便去说人家,也就没有回答钟玉家的问话。

向智勇到县城后先在街上转了一圈,到百货公司找了做售货员的老乡,丢给他二十五元钱,告诉他准备好两瓶茅台酒和一条九龟湖牌香烟,他外去转转,稍后来取。然后来到县委,进了洪副主任的办公室。

“洪主任,你不认识我啦? 我是跟你家光武在一起插队的,叫向智勇。”向智勇自我介绍道。

“噢,向支书。来坐,光武从这儿刚走。哎呀,光武回来就提到你呢,你可是全县知青的骄傲啊,知青中最早做大队支书的,不错,好好干,有前途。”洪副主任说。

“哪里哪里,光武才优秀呢,年纪轻轻就做一队之长,非常了不起。群众都夸他呢。”向智勇夸他儿子说。

“锻炼一下有好处啊。向支书今天来有事吗?”洪副主任问。

“听光武说,您喜欢收藏,我得到一件物品像是个古物,我又不懂,更不会保管,放在我这儿怕弄坏了,我请求你能把它保管起来。”向智勇说着拿出小金龟递了上去。

洪副主任拿过小金龟,放在自己手心,从各个角度察看了一番,又用放大镜照着看了一遍,然后说:“清代前期的,是民间工匠开模浇铸而成,虽是民间的,但工匠手艺十分精巧,造型栩栩如生、活泼可爱。”说着把小金龟递给向智勇。

向智勇把它推回去说:“洪主任,我确实没条件收藏,再次恳请您收藏。”

“这也倒是实话,我收藏的条件绝对比你好。好,听你的,我且代为保管,免得文物受损失。来,喝茶喝茶,还有事吧?”

“也没什么大事,就是想请您跟钟书记说一声,让工人阶级的子女包铃铃这次能招工回城,她家姐妹多,父母有病,家庭困难,无人照顾。请主任打个电话。”

“好哇,小伙子,不是为自己求情,而是为别人求情,高尚、高尚。这样吧,电话,我刚才已打了一个,不便连续打,我给你写封信把钟书记吧。”

向智勇拿了洪副主任的信到百货公司,走老乡那儿拿了酒和烟,坐最后一班船回石龟公社。

到公社天已黑,向智勇来到钟书记办公室。钟书记今天忙了一天,刚送走最后一个找他的人,正要去吃晚饭,向智勇进来了。

“书记啊,智勇来向您报告工作。”说着递上烟和酒。

钟书记接过他递上来的烟和酒说:“智勇啊,你就是会报告工作,尽拣我喜欢的报告,以后不许这样子噢。”

待钟书记放好烟和酒,向智勇又递上洪副主任的信。

钟书记拆开看了信说:“这个包玲玲不太熟习嘛,好像也没听大保提过这个人。表现不怎么突出吧?”

向智勇心里“咯噔”一下,大保子不是说替我来找他爸说情的吗?怎么他爸不知道?难道他没说?“书记,她这人老实,平时表现非常好。大保子也经常表扬她呢。”

“噢,表现好就行。这是洪主任今个第二封信。你跟他怎么熟悉的啊?”

“他在省里做院长时,我父亲就跟他很好了。”向智勇知道钟书记这个人,你只要跟上级领导有关系,他立马对你另眼相看。

“事情是难办,但是只要领导有交代,我钟某就是天大的难事也一定帮他办好,这就是我的脾气。到时候,你们大队要把她推荐上来,大队推荐的名单没有更难办。当然也不是完全办不成,你先回去推荐再说吧。”钟书记表态说。

向智勇从钟书记那儿出来,外边又起雾了。他吁了一口气,吸了一口雾,感到浑身轻松,乘着雾气,连晚赶回了龟岛。

一到知青点,钟玉保就来告诉他:“包玲玲的事我已跟我爸讲过了,他说他会安排好的。”

向智勇嘴上说“太感谢你了”，心里则骂他是个伪君子。

第二天上午群众推荐，找了十二名贫下中农，要他们推荐四人。他们推荐上来的名单是五个：邓远航、向智勇、董一芬、包玲玲、钟玉家。

下午，大队党支部确定报公社的推荐名单。

钟玉保看到邓远航和白丽红也坐在会议室，便问向智勇：“他们既不是大队干部，又不是党员，来开什么会？”

向智勇见问这事，便向大家做了解释：“噢，说是县委黄书记特地要求的，党支部讨论知青问题时，必须要有一个知青代表和一位贫下中农代表参加。好，下面研究推荐名单。”

96

“双插”招一，对钟家兄妹推荐钟玉家，大家意见一致，但对方家兄弟推荐一个则产生了分歧。

“按政策，方家兄弟俩‘双插’应走一个，现在方元本把病历证明送来了，申请病退。大家看怎么定？”向智勇说。

“他申请病退？他什么病？”钟玉保不相信地问。

“肺结核。”

“肺结核？他要是肺结核，我们龟岛全大队人都是肺结核。我不相信他有这个病。”钟玉保说。

“不管你信不信，我们只能信医生的唉。这样，他家兄弟两个都可以走，当然病退的不占名额，也就是说我们还可以再推荐一个。”向智勇说。

“我不同意！他俩表现一般，尤其那个方元本，可以说道德败坏，我不同意他们走。”钟玉保抬高嗓门说。

在一旁听会的邓远航是个话憋不住的人，心里有话他就要说：“叫我作为代表来开会，我想说句把话。说实话，对方元本兄弟一起走，不少人都会有意见，觉得他俩平时表现一般，却能同时招工回城，心里不服。但也没办法，政策就是这样。其实，知识青年上山下乡是一个伟大的战略部署，是缩小三大差别的得力措施。但这次招工政策却打击了一部分人的积极性。下来时间长的、表现好的、是单插的不可能被招工，表现差的、影响不好的，因为是双插、多插先走，这就打击了单插同志的积极性。我认为应该采取两条腿走路，即一方面招多插的，另一方面招单插中劳动积极、表现好的同志，这样鼓励大家积极向上、勤奋劳作。"

"浪的你废话什么呀？那是上面的事，跟我们有什么关系？现在谈的是方家兄弟的事，你不要插嘴。我认为，他们两个，贫下中农都没推荐，就放一放，等下次再说。"钟玉保提议说。

"那'双插招一'的政策怎么办？"董一芬问。

"大家也不要在这个事上纠缠，我实话跟你们说，就是把他们报到公社，也是把他们刷掉，还浪费一个名额，这样，我们下边就可以有两个名额。"钟玉保像是得到上级口风似的对大家说。

"那怎么去向方家解释呢？"向智勇当然希望多腾一个名额，包玲玲就多一分希望，但他深知不执行政策，方家兄弟工作难做，就故意问一句，想让钟玉保自告奋勇地承担说服方家兄弟的任务。

"不用你们烦，我去跟他们说，下面研究另两个名额的事。"钟玉保急得有点想要替向智勇主持会议了。

"这两个名额，我们先从贫下中农推荐的名单中看。"因为群众推荐的五个名单中，他认为包玲玲希望较大，其中钟玉家已有名额，他自己马上带头宣布让出，很可能董一芬也退让，剩下就好办了。因而，在大家还在考虑时，他又说："这五个人中，钟玉家已有名额了，还剩四个，四个中，我表示退出推荐，让别人先走，还剩三个人，大家看怎么定？"

"我也表示退出。"董一芬说。

"就剩两个了，应该好定了，一芬你说说，什么意见？"向智勇事先已跟她碰过，因而现在就先点她表态了。

"这两个都不错，我同意两个名额就给邓远航、包玲玲。"董一芬表态说。

其他人也都说"同意""赞成"，只有钟玉保不肯表态。因为没有李晓星，他是不可能表态的，他想这两个肯定要去掉一个，把李晓星补上。怎么说呢？邓远航在场，不好直接说把他拿掉；包玲玲虽不在场，她对象向智勇在场，更不好说什么。向智勇见只有钟玉保没表态了，便催他道："保子，大家都同意了，最后就等你表个态了。"

他这是逼我了，我要不同意，就跟大家作对了，我要是同意，不知李晓星跟我怎么闹呢，那就一辈子甩不掉她了，前途也难说了。不行，宁可得罪大家，不可毁了自己的前途。于是，他说："不好意思噢，我跟大家的意见稍有些不同。我觉得有两点我们要考虑的，一点是不能全弄干部家子女，也要照顾群众家的子女；二点是我们队的知青来自三个地方，省城的、县城的、石龟镇的，一个地方走一个是最公平的。"

他这两点一说，大家心知肚明，无论哪一点都是排斥邓远航的，就连一字不识的白丽红也听出了这个意思，她对钟玉保至今仇恨未消，对他是恨之入骨，心想总有一天要出这口气，龟子子！现在又想把远航拿掉，真是一肚子臭粪。想到这儿，她忍不住骂了一句："屎壳郎打喷嚏，满嘴喷粪。"

"你嘴干净些个，这儿没你说话的份。"钟玉保斥责说。

大家一阵沉默，不知怎么定。向智勇本来想就这么把三个人定下来，但他既然有意见，就必须尊重他，否则方案拿到公社一样被推翻。好歹他说的两点都不排斥包玲玲，因而也就没急着拍板，而是说："保子的意见也有道理，大家看看。"

许久没有人说话，各人都想自己的意见已表达过了，随你们最后怎么决定吧。

会议室里沉闷到极点，邓远航站了起来，他对大家说："大家不要烦心了，我愿意退出，不参加这次招工，把名额给别人。"

大家都把目标集中到他身上，想法却各不相同。向智勇对他表示出一种敬佩，他自己不让，谁也不能把他拿掉，无论是谈表现、谈背景，还是谈群众推荐，他要不被招工，贫下中农都不会答应。但是，他要不让，钟玉保也不会让，最后不知会出现什么结果呢。

白队长则有点失望，心想，你是以群众推荐第一名进入的，大多数人没有意见，你就不要吱声了。你又没有发言权，你瞎表态干什么嘛，把这次机会放弃了，给那个白眼狼捡了便宜。

最感谢他的当然是钟玉保,终于挤出一个名额,这个名额只能是李晓星的了,别人也抢不去了。于是他喊了声“远航”(他从来没有这样叫过邓远航,一般都叫邓小二子,如果有事找他,便喊他“二子”,就表示尊重了,这时喊他“远航”,真是对他感谢不尽了),便继续说道:“远航,我感谢你,你没给我们九龟县城来的知青丢脸。刚才我听到省城来的向哥、董姐主动退让,我多感动啊,我多盼望我们九龟县城、石龟镇来的知青也能站出个把风格高的人啦。我刚才等啊等,烟抽完了几根,终于等到了你的表态,太感谢你了。那下面还有一个名额,我想,省里有了包玲玲、县里有了家家,都是女的,石龟镇就给李晓星,三级各一个,都是女的,哪个也攀不了。大家同意不同意?”

“同意。”大家像被惯性牵着一样,都不由自主地喊出了同意。

龟岛党支部最后推荐报公社的名单是:钟玉家、包玲玲、李晓星。

名单是定下来了,但善后工作还要做。待大家都散了,向智勇留下钟玉保对他说:“兄弟啊,名单形成了,上你的心想吗?”

“上,上,这个名单是最好的名单了。也感谢你了。”钟玉保说。

“不忙感谢,后边还有硬骨头要啃呢。”

“噢,那你放心,我钟玉保生来就是啃硬骨头的,不就是向洪光武和方家兄弟说明情况吗?我包了,保证把你的指示落实到位。”钟玉保拍着胸脯说。

97

散会后,钟玉保立即行动,首先找洪光武谈话。他把情况向洪光武说明道:“这次大队党支部是最公平的一次,干部子女一个、工人子女一个、农民子女一个,省城、县城、石龟镇各一个,不欺不偏,我、你、邓小二子,我们仨人都没上,你不会有意见吧?”

“怎么会有意见呢?我绝对听你的。不过,家家要没有被推荐上,我就不同意了。”洪光武是想探探钟玉家有没有被列入招工名单。

“我们‘双插’招一,我让给她了,她当然在名单之内了。哎,没意见好,在农村干干也挺有意思的，今后我们三人团结起来干，一定要把龟岛建设成祖国最美丽富饶的岛屿。”钟玉保说。

“噢，我知道了，我思想也通了，你做别人工作去吧，我们一定团结起来干，只要我们三人团结一心干，不要说这小岛，就是石龟公社、九龟县也不在我们的话下。”洪光武支走了钟玉保，自己便跑到大队部给爸爸挂了个电话，告诉父亲大队推荐的情况，父亲叫他安心劳动，好好表现，事情由他安排。

从大队部回来，他又找钟玉家，问她：“你这次想到哪个单位？”

“什么哪个单位？我不知道啊。”钟玉家问。

“你看你，我对你什么话都说，你怎么有话老瞒着我啊？”洪光武带气地说。

“你这人吧，我什么事瞒着你啦？”

“你不是被推荐招工了吗？”

“啊？有我？我真不晓得。那你呢，有没有？”钟玉家问。

“暂时没有。”

“什么意思？”

“就是说，今天大队是没有，明天到公社有可能有，老岳父怎会把我忘了呢？”洪光武得意地说。

“去你的，尽瞎说，哪个是你老岳父啊？哎，远航有没有？”

“公鸡不尿尿，各有各的去路。他整天那么神神秘秘，也没跟我讲，谁知道他走的什么门路啊。不过现在也是跟我一样，暂时没有。”

“也没有？我去问我哥。”钟玉家说着跑到哥哥宿舍。

“哥，我不是说这次招工我不走的吗？怎么又把我推上去了？我不想走，你把我名字拿掉。”钟玉家对哥哥说。

“哥，肥水不流外人田，她不要，正好把名额给我，我要招工。”二愣说。

“这不是你要不要的事，这是政策规定，你不要，你问国家政策答应不答应？”钟玉保对妹妹说。

“我反正不走，有名单我也不走，我就要在农村扎根一辈子。”钟玉家说着把门一摔走了。

二愣见钟玉家走了，便对钟玉保说：“哥，她不想要，你硬逼着她要，我想要,你又不帮我要,到底不是亲兄弟,不一样啊。”

“你不要说酸话好不好？我不是不帮你,没这个政策,我帮不了你,以后你表现积极些,下次哥一定让你走。”

“说是表弟兄,一次也没帮过我。上次你说帮我跟李晓星结婚的,一年过去了,婚也没结得成。”二愣翻出旧账说。

听二愣提起这事,钟玉保也生气了。他说:“只怪你是个窝囊废,给你找那么好的机会你搭不上去,难不成要你哥把你们捆在一起才行。我再次告诉你,李晓星还是你的,你想要就赶快追!”

“那你这次让我招工,我才能追到她,你让她招工,不让我招工,叫我怎么能追上她?”二愣问。

“你自己想办法吧,吃晚饭吧,哥还有事,没时间跟你啰唆。”钟玉保说。

吃过晚饭,钟玉保又到方家兄弟宿舍做说服工作。

“哎呀,老兄、老弟,有个事跟你们商量呢。”钟玉保说。

兄弟俩平时对他就很反感,方元正对他十年前斗他父亲,蹬他父亲那一脚记恨至今。方元本是旧仇未报又添新恨:阻止跟他妹妹来往,砸烂他辛苦几个月、承载着他一生希望打制的家具,雾夜惨遭他的毒打致他躺在床上两个月等等。因而,两人对他过来说话都当然地抵触。只听方元本回他说:“不要老爹老爹的,有话就说,有屁就放!”

“老弟,我们之间有疙瘩,找个时间单独解决,我现在是代表龟岛大队向你兄弟传达个事情,你爱听就听,不爱听我就立马走路,你把话说得这么难听,你以为我不敢骂你啊?”钟玉保见他这种态度,晓得不能让他占上风,必须压住他,因而才说了这些话。

哥哥拉了一下方元本,示意让他讲事情。

“我今个是来跟你们传达支部会的意见,这次因为贫下中农没有推荐到你们,所以这次招工就没有你们了,希望你们不要灰心,继续劳动锻炼,争取下次有机会再招。”钟玉保向他们宣布了这个不好的消息。

“凭什么有政策不执行？我们两个招工都是符合政策的,凭什么把我们的名额给别人?”方元本责问道。

方元正也问道:“‘双插招一’,我们俩应该有一个名额,为什么不给我们?”

“浪的,你们也尿泡尿自己照照,看你们平时什么表现?”钟玉保说道。

“钟玉保,你打棍子,也不能打一船唉,我平时表现大家都看到,我一年挣的工分不比你少,我哪里表现差了?你说!”方元正责问道。

“你表现还可以,主要是贫下中农没有推荐到你。”钟玉保解释道。

“那我有肺结核,我申请病退,为什么不向上报?”方元本继续责问。

“肺结核?你有肺结核?你骗哪个啊?那是假的!怎么能让你弄个假病历就让你病退呢?浪的,你那点小把戏再看不出来,那我们这些干部不是吃干饭的吗?”钟玉保讥笑他说。

“我操你妈,老子揍死你个龟孙子。”方元本说着向钟玉保冲去。

钟玉保向后退了几步说:“方元本,不要以为我打不过你,你老实点,上次的事还没跟你算,迟早一天还要跟你算的。”说完离开了他们的宿舍。

这兄弟俩在宿舍真是像吃了整鸡蛋堵在了食管里,气得顶心顶肺。方元正觉得兄弟俩就像九龟寺里的门槛,什么人爱踩就踩。方元本觉得这口气不能再往下吞了,我跟他来个鸭子吃菠菜,一铲平。

兄弟俩躺在床上,谁也睡不着,两人脑中缠绕的都是这么多年来钟家对他们方家父子的挤兑、欺凌和打击。哥哥是唉声叹气,不知今后的路怎么走,自己已很努力,政策也有关照,可到龟岛就行不通,这路到底在哪里?弟弟是咬牙切齿,路没走多长,被他欺负的日子倒不少,我总不能在你的裤裆下过日子吧?你不让我过好,我也不让你好过,一不做,二不休,今个夜里就跟你了断这个怨恨。想着,他从床上起来,开门出去看了看。外边漆黑一片,空中凝结着雾气。正好,天黑报仇时,雾浓逃跑天,我跟你一了百了算了。想着,他从角落处拿出凿子在磨刀石上磨了起来。一套木匠工具被没收得只落下个凿子。想起砸家具、被毒打、不准病退的这几幕,他更下劲地磨凿子,把力量凝聚到刃口上。

98

哥哥听弟弟在磨什么,坐起来劝道:“你千万不要干傻事。终身让路,不枉百步。都让这么多了,再让一步又怎样?”

“对啊,我们一让再让,都让这么多了,他还在紧逼,再让下去又有什么意义?”弟弟方元本回道。

“听哥的,日子长呢,你不替自己着想,总得替爸爸和大哥他们想想吧?你要出个事,对他们打击多大啊!”方元正说着拿过弟弟手上的凿子甩到墙角,然后把弟弟拉上床,“睡吧,一夜觉睡过来,什么都忘了。”

方元本躺到床上还是睡不着,头脑里尽是那在墙角躺着已磨亮了的凿子。倒是哥哥沉得住气,慢慢地睡着了。方元本见哥哥睡着了,轻轻地起床,拿起凿子,开门走了出去。

外边是浓雾和黑夜,整个龟岛一片寂静。

钟玉保的宿舍紧挨着他们的宿舍。他摸到钟玉保宿舍的门前蹲下,用凿子在门中间的薄板处使劲地刻着。不一会儿,门板被刻断,他轻轻地把断板向里推开,手伸进去拉开门销,推开门,提着凿子走了进去。

这边,方元正一觉醒来向弟弟的床上看看,好像没人,便下床去弟弟床上一摸,人不在,说了声“不好”,赶快向外冲。冲到钟玉保宿舍,里边已打成一团。

方元本进去,直奔钟玉保的床,走到床边抬手就是一凿子,戳到了钟玉保的肚子。钟玉保大喊一声“哎哟! 二愣”,同时抬腿护着腹部。方元本又向床上戳第二下子,正碰到钟玉保抬起的腿,凿子又戳进了他的大腿。方元本拔出凿子正举起准备戳第三凿子时,二愣从后边连膀子带腰把他箍住了,使他没法下凿子。方元本拼命地甩二愣,甩不掉,又听钟玉保拼命地喊,眼看逃脱不了了,他哥哥方元正从后边照二愣的屁股飞起一脚。二愣手一松,方元本顺手向后一凿子戳进二愣的腰里。

“快跑!”方元正喊着拽起弟弟冲出门外。

不一会儿知青点的人、附近的群众都来了。向智勇指挥着大家兵分四拨:董一芬带一部分人把钟玉保、二愣向渡口抬,叫渡工直接朝对岸划,把他们送到县人民医院抢救。李晓星去通知赤脚医生赶到渡口先处理伤口,钟玉家到大队部与她爸通电话汇报,请求支援。他自己带一拨人追捕方家兄弟。

送到县人民医院抢救后,两人都脱离了生命危险,二愣伤重些,摘除了一个肾脏,钟玉保虽未伤及要害,但失血也不少,两人都住在重病室治疗。

追捕方家兄弟的事没有一点好消息,县里组织几十个公安人员,公社也组织了上百个基干民兵,搜捕了几天几夜一无所获,只得把大部队撤回,追捕的事也暂时告一段落。

这之后,龟岛知青点的人员所剩无几。钟玉保、二愣两人住院。被招工走的是四人:包玲玲,她被招到省城的一个大型钢铁厂当工人;钟玉家和李晓星,她们被招到县中药厂当工人;洪光武,他是追加一个指标招上去的,被安排到了县法院。董一芬被调到公社任妇女主任。方元正、方元本弟兄俩逃跑在外。知青点就剩邓远航和向智勇了。向智勇还任支部书记,因一队队长洪光武招工回城,向智勇提议邓远航当一队队长。邓远航再三推辞不愿当,让他们还叫白丽红当队长,向智勇又是三番五次找他谈,最后邓远航没有办法只好同意当这个全国最小的干部——龟岛大队第一生产队小队长。

不久,他们也有了离开龟岛的机会。一九七六级工农兵大学生推荐工作在年底展开了。第一轮是各大队推荐,邓远航和向智勇的名单都推到了公社。第二轮是公社组织考试,所有被推荐上来的人都到石龟中学参加考试,就考政治和语文两门。来考试的共计九十人,分在三个教室考。

上午邓远航考完政治刚出来,就有人喊他:“邓远航,邓远航。”他掉头一看是小虎子:“小虎子啊,你也来考啊?”这小虎子小时也是跟他们一起玩的,小学同学,大名叫侯鸣放。那时,他爸爸是民政科科长,现在是公社副主任。

“考得怎么样?”小虎子问。

“这有什么?只是参考,又不是决定因素。人家考零分照样上大学呢。”邓远航无所谓地说。

“噫，不能马虎噢，九十人要刷掉五十人，留四十人，就根据这次考试成绩来定呢，成绩不靠前就要被刷掉的。”小虎子警告他说。

“啊？还有这回事？我一下也没复习。”邓远航惊讶地问。

“在农村整天又没什么事，你不复习鬼混什么啊？”小虎子埋怨道。

“当个小破队长，整天披星戴月地在田里，到宿舍一沾床就睡着，还看什么书啊？我现在真理解张铁生了，人家也做个小队长呢，这小队长就是个忙角色，是个真正的干步，先干一步的‘步’。”邓远航自嘲道。

“小队长不就是吹破哨子、喊破嗓子、跑破鞋子、磨破嘴皮子嘛。”

“也是，你说前两天国家商业部、供销总社召开鲜蛋收购会议，县里要我们两天完成收购任务，你猜我们小队长干什么事啊？”

“干什么事啊？称蛋呗。”小虎子说。

“称蛋？哪里有这等好事。像鬼子进村一样，到人家鸡窝里掏蛋，掏得我们龟岛一个圆的东西都没有了，向支书说再不够，把我们裤裆里的蛋也拿去充数算了。”邓远航向小虎子说着当队长的经历。

“还有心思开玩笑呢，赶快准备下午的语文考试，争取进入前四十名。”

“怎么准备？还有两三个小时，就是做卷子也来不及啦。”

“不急。”小虎子说着向左右看看，又说，“下午考试的作文题是：谈谈你对‘又红又专’的认识，这是一篇政论文，政论文三要素：论点、论据和论证，观点正确，论据有力，说理透彻就行了，你赶快去构思构思。”

“这题目是真的假的？”邓远航怀疑地问。

“真的，假的怎么能拿来骗你？”

“我看是假的，真的怎么还没考试，题目就出来了？”邓远航仍不相信。

“你不要再问啦，就这么点时间，赶快去构思，听我的不错。”

小虎子走后，邓远航还是不大相信小虎子的话，没把这个题目当回事，只是大致地想了个开头和要说的几点理由，就没多想了。

下午语文考试，他一拿到试卷，先看了下面的作文题，果然是写一篇政论文，谈谈你对“又红又专”的认识。他小虎子说得不错啊，这么神啊，能把题目猜到。毕竟他中午有所准备了，因而作文写得比较快。他整个语文试卷考得比较顺利，很快也就交了卷。

试卷改出来，他两门成绩加起来总分是第九名，进了第三轮组织考核，又要刷掉二十五人。经组织考核后，他排到了石龟公社的第三名，小虎子第二名，向智勇第十名。他们与其他十二人被报到县文教局。又经过县文教局核查，最后石龟公社留下八人填报志愿。邓远航填报的是北京航空学院，向智勇报的是省农学院，小虎子侯鸣放报的是省师范学院。到 1977 年 1 月又把体检合格的人员名单送县推荐工农兵学员领导小组过堂，才基本确定了九龟县工农兵学员的名单，他们三人仍在名单里，最后只等县委开会确定了。

邓远航抽空购买了一些数学、物理、英语等方面的书籍，他知道，虽说能上北航了，但毕竟不是硬考的，自己底子薄、基础差，为了到校能跟上学习，这段时间必须抓紧多补一点。

可是，就在他兴冲冲地准备上大学，做着为祖国造飞机美梦的时候，有个人心里又刺刺地难受了，这就是还在家里养伤的钟玉保。

99

钟玉保在家里养伤，整天歇着，但头脑并没闲着，他不时地思考着插队这些年的一些事、一些人。这次被刺伤对他身心打击很大，他原以为在龟岛，甚至在石龟这么大的范围里，他可以随心所欲地想干什么就干什么，想指派哪个就指派哪个，没有干不了的事，没有指派不了的人。这次方元本的行刺，使他不仅元气大伤，面子也大失，面子、里子都受伤。要总结教训的话，最重要的一条就是像鲁迅说的那样，要痛打“落水狗”，正因为对他们心慈手软，没有把他们制得服服帖帖，没有继续把“落水狗”打倒在水里，它才有机会上岸，甩掉身上的水，瞅准机会，反咬一口。他感到，在那么一块小小的地方还有他做不了的事，还有他压不住的人，这是因为自己没有以泰山压顶之势压住他们，以致他们有了抬头的机会，今后再也不能给他们半点机会。这压不住的人从武的讲，就是方元本。那次把他抓到大队部，因为自己发善心，只让他受了些皮肉之苦，当时就应狠狠心，把他武功给废了，哪还有后来自己被刺的事？从文的讲，就是邓小二子。每次我说个什么事、什么理，只有他邓小二子会岔话、敢犯嘴，以后还是要想办法治一治他，要治就要把他治痛、治得他喊“大爷饶命”。

这几天，又听光武、家家他们说他要上北京航空学院了，他心里的酸气就不断地向上翻了。心想，本来听说他上的是“社来社去”的什么师范，回来到龟岛当教师，那就罢了，回来还在我的领导下。再说，当那个教师也没多大出息，白丽红男人原来就在那个小学当老师，现在怎么样？不过是个放鸭子的，他邓远航将来也强不了多少。可这两天听说他要上北航了，那还得了？北京是我们的首都，他去了还了得，将来前途不得了啊。更何况，他学的又是造飞机，要把飞机造了飞上天，那全国人民不都要羡慕他呀？不行，绝不可能让他走这条路。

晚上，吃过晚饭，他就坐下来写“人民来信”。开头写道：“洪书记、洪主任：你们好！我写信向你们反映这次被推荐上北航的邓远航的问题，他没有资格、也没有条件被推荐上大学。”这洪书记是县委老副书记，跟他爸爸关系一直很好，那年整邓远航舅舅的就是他和钟大同他们。这洪主任是“推荐工农兵学员领导小组”副组长，原是县法院院长，现任县革委会副主任，是洪光武的爸爸。

洪光武爸爸这次倒是很帮邓远航的忙的，从公社上报时，他就跟石龟公社钟书记强调不要把人家老邓的儿子压下去，必须报上来，后来安排院校，也是他一手操作的。他跟邓远航父亲保证，这次一定让他儿子推荐上大学。所以，邓远航才一路过关，又安排了好学校。

钟玉保写了个开头，下边就不晓得从哪里下笔了。他先考虑到的还是那次“割资本主义尾巴”时洪光武整的材料上的几件事。第一件，他搞“插红旗记工分”是搞“工分挂帅”，是破坏无产阶级政治挂帅的行为；第二件，他分自留地给群众，是挖社会主义墙角，走资本主义道路。

钟玉家看到哥哥在那儿写什么，便凑过去说：“给哪个小姑娘写情书啊？”

“写什么情书啊？哪个像你后边那么多人追喃。”

“李晓星不是很好吗？你受伤这几个月，人家天天去服侍你，哪有女的对你这么好啊?”

“好是好,但还是不适合做爱人。”

“为什么不能啊?”

“你看她家庭,妈妈是个寡妇,就晓星是她跟她丈夫生的,下边一个姑娘、一个儿子都是跟人家生的,有其母必有其女。你看,像这种家庭的姑娘我能跟她结婚吗? 到时候不要把我们钟家的脸丢光了。”

“你想得也太多了。我看你从过去破‘四旧’那个时候的观点到现在也没什么变化。”妹妹觉得已经是1977年了,哥哥的思想还像是在1976年。

“没变就对了,现在还是两个‘凡是’嘛。”钟玉保认真地说。

“其实,人家晓星还是跟她的家庭不一样的。晓星我了解她,以前住一个宿舍,现在在一个厂,她还是一个非常正派的女孩,你应该好好对她才是。”

“好,不谈这个了,她如果对得起我,我会对得起她的,就怕她过于风流,最终对不起我。”钟玉保不想再谈这个问题,便做总结似的说。

“不说就不说,那你到底给哪个写信喃?”

“也不瞒你,正好你帮我在文字上组织组织。是这样的,你看,你哥这辈子吧,眼睛里就是容不得一粒沙子。我就是疾恶如仇,看不起那些投机取巧、靠家里人的势力向上爬的人。”钟玉保愤愤不平地说。

“你到底要说什么啊?”

“我要说的是邓小二子这些人,明明不符合推荐上大学的条件,可偏要把头削扁了往里钻,再钻,他也是不合条件的啊。”钟玉保对妹妹说。

“怎么? 人家哪里不符合条件了?”

“我今个写信就是向县委反映他的问题,不能让这种不符合条件的人混进我们社会主义的大学校。”

“哥,你这次受伤,还没有吸取教训啦? 冤家宜解不宜结,你就不要写那东西影响人家的前途了。”钟玉家说。

“你这就不对了,我们就是要在顾全大局的前提下,与危害发展革命生产的行为做坚决的斗争,决不妥协。所以我不得不下决心向党组织写这封信。”

"那人家有什么值得你反映呢?"钟玉家没有办法阻止他不写,只有问他写什么内容,好根据内容去处理。

"至少有两点。一是工分挂帅,二是分自留地。"钟玉保说。

一听这两个问题,钟玉家倒放心了,说明他没有实质性的东西反映,晓得他反映了也没用。因而就对他说:"哥,你就慢慢写吧,写好了,寄到1974年,那个时候需要。"

"怎么的啊?"钟玉保问。

"现在是什么年代啦?'四人帮'粉碎了,写这些一点用都没有喽。我看你是躺在家里养病养闷了,到现在还跟做梦一样呢。"钟玉家责备哥哥说。

"那现在写什么喃?"

"根本就不要写,你把人家逼急了,人家不反抗啊?哪里有压迫,哪里就有反抗。你这次把人家捣下来,人家下次抓住你的把柄也会整你的。你这伤疤还没痊愈就忘了痛啦?"

"我写信不让他晓得,你不要外去说。"

"没有不透风的墙,我劝你不要写。写有什么意义?人家自有人家的前途。"

"我不写,心不甘,作为共产党员看到老鼠吃粮食都不敢打,还叫什么共产党员?"钟玉保还是不愿改变自己的想法。

"跟你说了这么多都没用,你得罪那么些人,不但你以后工作没人支持,我们都不好意思见人。"

"好,听你的,不写就不写。你睡去吧,明天还要上班呢。"钟玉保终于说了句让妹妹安心的话。

100

钟玉保说"不写"只是缓兵之计,是宽慰妹妹的话。他把妹妹支走后,自己又拿出纸和笔思考起来。想了半天,没想好写什么事,他只好放下纸和笔,来到洪光武家。他爸爸是管这个事的,推荐学员的有关情况他应该了解些。

“哎,保哥,身体怎么样啦?”洪光武见钟玉保造访便热情让座。

“好多了,过段时间能下去了。哎,最近跟家家处得怎么样啦?”钟玉保问。

“就这么回事,不冷不热的。她整天工作忙,老约不到她。”洪光武说。

“不要急,心急吃不了热粥,过天吧,我帮你约她。”

“那谢谢你了。你有事啊?”洪光武知道他提到家家的事,必定后边找他有事,便干脆先问了一句。

“没什么事,我就是想问问推荐上大学的事。”

“你想上大学?迟了。名单早定下来了,远航这次就定下来上北航了。真让人羡慕死了。”洪光武说。

“噢,改不了啦?”钟玉保遗憾地问。

“也不是改不了,最后只等县委过一下堂,就板上钉钉了。不过前边的步子走完了,你要上大学,今年是挤不进去了。明年吧,明年我们俩一起报吧,我也想上呢。”洪光武劝他说。

“你想到哪儿去了,我要做那个什么臭老九啊?我不是要挤进去,我是要挤个人出来。”钟玉保若无其事地说。

“挤人出来?挤哪个?”洪光武一听他说挤人出来,心里就想到他肯定要“挤”邓远航了,但他还是希望是自己想错了,便问了一句。

“邓小二子。”钟玉保随口说出四个字。

心里虽早有准备,但听到这四个字,洪光武还是感到浑身一阵寒战。他知道,他钟玉保每次要做对不起远航的事时,总是用这四个带有侮辱性的字。他觉得经过这些年的风风雨雨,大家也长进了不少,不要再去搞捣啊戳的那些小动作了。于是,他劝钟玉保说:“人家也好不容易,我们都招工的招工、提干的提干,人家辛辛苦苦,整天背朝蓝天面朝黄土勤勤恳恳修地球,什么也没得到,反而每次批判都把他带上,这次,人家也是过五关斩六将,好不容易弄个机会,你就把他上吧。”

“把他上啊?”

“嗯!”

“那我这良心说不过去。”钟玉保指着自己的胸口说。

洪光武一听“良心”两字，差点没吐出来。心想，你也有良心？你要有良心，人家邓远航早入党提干了，人家白队长也不会被撤职被凌辱了，你和二愣也不会被刺了。不过，他口中还是问：“怎么讲？”

“怎么讲？首先一条，我们三个从小一起长大的，到最后，我是个小大队干部，你是个小法官，他却成了造飞机、造卫星的大科学家，让全国人民敬仰，你说我们的良心能安吗？”

“那是好事啊，如果从九龟真能出那么一个大科学家，那是我们九龟的光荣啊，也是我们两个的光荣啊！再说，我们也还年轻，只要努力，将来还有发展嘛。偏要去嫉妒人家干什么嘛。”

“这也不是嫉妒，关键是作为一名党员，看到老鼠不打，良心说不过去。”

“你不要看花了眼，人家也不是老鼠，你凭什么要打？”洪光武问。

“这是我要问你的呀。你爸是组长，了解政策，你跟我说说，他邓小二子有哪些违反政策的地方。”钟玉保想启发他说些事出来。

洪光武毫不犹豫地说：“一丁点都没有，完全符合政策。”其实，洪光武知道他有一条有点问题，那就是推荐条件要求“插队时间要满两年”，而他那年因下水救三胞胎生病，下去插队比他们迟，算起来差一个月时间。但这个事没人提就没事，这次决不帮钟玉保“挤”邓远航。邓远航是个聪明人，性格内向，爱钻研，肯动脑，他就是个搞科学研究的料，如果把他“挤”掉，说不定真“挤”掉一个科学家呢，这事万万做不得。

“哎哟，几天不见，光武成熟多了，什么时候跟哥也玩起正经来啦？哥还期待你把我妹照顾好呢。”

洪光武心想，又提出你妹，我不能用出卖人格来换取你妹唉。我和你妹的事，我也想通了，顺其自然，成，很好，不成，也不怨天尤人，决不因为你妹再去做对不起人的事。因而，他说：“真没有，完完全全符合政策。”

钟玉保磨半天嘴皮也没磨出个岔子出来，便悻悻而归。回到家，刚好碰到上县里来开会的父亲。父亲见儿子闷闷不乐的样子，以为是在家养伤无所事事的原因，便劝他说：“儿子啊，养伤也是革命需要啊，你只有安心养伤，把身体养得棒棒的，将来干起革命工作来才更有干劲啊。”

“身体的伤不是问题,快好了,现在感到胸闷,心里堵得慌,觉得无聊。”钟玉保对爸爸说。

“跟爸爸说说,有什么心病?”

“你也是的,怎么让邓小二子一路从大队到公社又推荐到县里来的,你当时就不能找个岔子,打个坝呀?我不想让邓小二子走,他走了我心里就着慌,我还想他跟我一起战天斗地。”

“我哪晓得你要留他嘘,我心想嘛,他走掉了,少个对手,你一个人的机会不是就更多了嘛。现在怕是迟了,牛身子已过去,还剩个尾巴是拽不回来了。”钟大同说。

“到底还剩个尾巴呢,我现在不晓得这个尾巴在哪块,我要晓得它在哪块,我一定把这头牛给拽回来。”

“这尾巴,让我想下子。噢,有了,你查一下,他什么时候插队的,看他插队有没有满两年。”钟大同帮儿子想出了线索。

“他比我们迟,我想想,我们是7月一毕业就下去了,他是过了年,第二年2月才下去的,就是算到今个,他还差一个月。对,抓住这个尾巴,再加些其他的酱油醋,笃定把这头牛拉回来。”于是,他拿起笔在信笺上写了起来。

钟大同看儿子写材料了,便嘱咐儿子:“最后寄时要找个人抄一遍,你的笔迹人家认识,县里也有他们的人,被人家晓得,两家以后矛盾就加深了,也不好相处了。”

钟玉保在材料上写了两件事:一件事是写邓远航弄虚作假,瞒报插队时间;另一件事是写邓远航生活作风败坏,与关红琴、白丽红乱搞男女关系。总共写了一张纸。他把草稿写好收好,待明天看找个什么人抄一下。

第二天上午,他坐在门口看院子里路过的人中有没有合适的人帮他抄一下“人民来信”,看了老半天,也没看到合适的人,院子里的人上班的上班、上学的上学,剩下的不是老人就是病人。上午没找到,吃过中饭又坐在门口看,咦,上中学的黄洁青从这儿走过,他觉得她很合适,人比较单纯,不会出去说什么。于是他喊道:“小青,吃过啦?”

“吃过了。”

“吃过了,那保子哥请你帮忙抄个东西,我伤没好,膀子还不太能动呢。”

钟玉保请求道。

此前，黄洁青听说保子哥是跟歹徒做斗争受伤的，对他很崇敬，他请她帮忙，她自然很乐意，反正上学还有一会儿呢，便随他进了房间。

101

钟玉保把他写的材料递给黄洁青说："你坐下，把这个誊一遍就行了。"

黄洁青拿过材料一看，题目是：关于揭发邓远航弄虚作假骗取上学资格的揭发材料。她看到这个材料的题目，拿纸的手不知怎么的竟抖起来了，越向下看，手抖得越厉害，当看到"请求领导明察，立即取消邓远航工农兵学员资格"时，抖得纸都沙沙响了起来。看完后，她对折一撕，撕成两片，把两片叠在一起，又对折一撕，然后揉成一团，把纸团往钟玉保身上一砸说："卑鄙！小人！"一边骂着一边跑了出去。

钟玉保追出去骂道："小黄毛丫头，神经病！"他不可能理解黄洁青刚才近乎疯狂的动作，更不可能理解她对邓远航的感情。

当十多年前那个雪天，邓远航把一碗热腾腾的山芋干粥端到冻饿交加的她们母女俩手上时，她对他爱的种子就已经在她幼小的心灵上生根了。现在看来，一碗山芋干粥没有什么价值，但对她来说却是无价之宝。当严寒、饥饿、冷眼一起向坐在冰天雪地里的母女狂袭的时候，邓远航端来的一碗热腾腾的山芋干粥是帮她母女御寒的棉被、解饥的山珍、挡箭的盾牌。她多次在作文中写过这事，至今想起那碗山芋干粥还热泪盈眶。因此，她乐意听到远航哥的任何喜讯，这次听说他要上北航，高兴得几天睡不着觉呢，特地向妈妈要钱买了一支"上海"金笔，准备在他拿到通知书时送给他做纪念。她也听不得任何人说远航哥的坏话，谁说，她就会跟谁辩，看到钟玉保写的那东西她气愤异常，因而才有那样过激的行为。

她一路哭着跑回家。黄老师见女儿这样，以为她在外被人欺负了，赶忙出门看看，院子里看不到什么异样，又回来问女儿。她把刚才的事告诉了黄老师，最后还边抽边说："妈妈，恐怕远航哥上不成北航了。"黄老师宽慰她说:“不碍事,等会儿妈妈抽空去找你舅舅问问看。你安心上学去吧。”

被小黄毛丫头一砸一骂,钟玉保更加愤恨,更加坚定了他写这封“人民来信”的决心。他拾起纸团,慢慢地把纸团展开,展开成几片纸,把它们拼在一起,看已不成样子,便一把抓起几片碎纸揉作一团扔进了锅膛里。干脆一不做,二不休,我明大明白地到县委揭发去,不把你拉下来决不罢休。

他到县委找到了跟他爸爸关系好的洪副书记,把邓远航的问题向他做了汇报。听了汇报,洪副书记对他说:“很好,很有敢斗精神,很像你爸爸。但是现在情况比较复杂,黄书记、洪组长都向着邓家,到会上光凭我嘴说没用,他们会认为是我反映的。这样,你回去写个东西,以石龟镇部分革命干群名义写,用复写纸抄几份,分别送到他们办公室,明天开会讨论时,我拿出来汇报。”

钟玉保回来首先跑到锅门口,向锅膛里看看,纸团还在。他用火叉把纸团拨出来,再展开,平摊在桌上。然后找来信纸、复写纸,用左手一笔一画地把材料誊印了三份,落款就按洪副书记说的,只是加了“正义”两个字,成为“石龟镇部分正义革命干群”,分别装到三个信封里,信封上分别写着:黄书记收、洪书记收、洪主任收。写好后他带着三封信再到县委,此时县委已下班,他把三封信分别从下边的门缝里塞进他们办公室,然后才如释重负地回家。

黄老师吃过晚饭才去找她哥哥黄书记,她把情况一说,黄书记跟她说:“这个东西没人告就没事,明天上午开会通过,如果通过前还没有‘人民来信’或者没有人来反映,那通过了就没事了。如果有‘人民来信’,事情很难办,因为这些条件说没用就没用,说有用它就是关卡,实在不行明年再说,好歹日子长着呢。”

从哥哥那儿出来,黄老师就想好了去找一下钟玉保,动员他不要把信寄出去。毕竟她当过他几天老师,又是邻居,他应该会给她这个面子的。黄老师到他家刚开口说这事,钟玉保立即回道:“哎哟,黄老师你真是心善,帮他说话。这样子,黄老师,我向你保证我不再写人民来信,刚才那份已被你姑娘撕了,我早把它扔进锅膛销毁了,你就一百个放心吧。”

第二天早上,三位领导都看到了“石龟镇部分正义革命干群”的人民来信。会上洪副书记提出了这个问题:“下边对这个问题反应非常强烈,都说这是个硬杠子,他爸爸是干部,县里领导又支持,后门就敞开了,要是群众家的伢子,门都没有,下面对开后门之风意见很大,我看此风不可长。”

黄书记说:“洪主任,叫知青办查一下,邓远航插队时间到底是从哪一天算的?”

“他本来应该是大前年7月跟我儿子一起下乡的,后来因为跳到河里救儿童,被凉水刺激生病住院几个月,就推迟到了前年2月下去,按实际下去的时间差一个月,但如果考虑到他救人的英雄行为,也可以通过,因为差一个月不是他个人不愿下去,而是他做好事落下的。”洪副主任辩解道。

“洪主任,我们应把做好事与上大学区分开来,我们现在是讨论工农兵学员名单,这是有硬杠子的。如果硬杠子都能突破,那今后随便找个什么理由,就没有突破不了的硬杠子了,这正是开后门者的理论。再说,他做好事,当时已经表彰过了,跟推荐上大学不应联系起来了。”洪副书记反驳道。

黄书记想,这个事属可过可不过,过也有理由,不过也有理由,既然有人有意见,这个事就不好硬性通过,只有让他明年再说了。邓远航被推荐上北航的事就此搁浅了。

县委会议决定取消邓远航工农兵学员资格时,他正在田里劳动喃,还不知道这个消息。一起劳动的群众还跟他开玩笑呢:“邓队长,你到北航念书,下次回来开飞机来啊,让我们看看飞机什么样子啊。”

“去学习,我也不晓得学什么喃,恐怕叫我们学造飞机,不会叫我们学开飞机。开飞机的飞行员,那身体要好呢,想我这近视眼,人家不要的。”邓远航说。

手扶拖拉机手说:“那你给我们龟岛造一架飞机,我来开,我能开手扶,就能开飞机。”

向智勇下午到公社开会,秘书跟他说:“县里来电话了,邓远航的名单被刷掉了。”

“啊?为什么?”向智勇问。

“说是插队时间差一个月。”

“哎呀,太可惜了。一个科学家被刷掉了,太可惜了。”散会后,向智勇走街上买了点酒和卤菜准备晚上安慰安慰远航。回来的路上,听说邻队一头驴死了,这儿的群众不吃驴肉,弃在水里泡几天了,他顺道到那里从水里捞起那头驴,把它扛了回来。

晚上,白丽红喊邓远航、向智勇吃晚饭,给他们两个要上大学的送行。正好,向智勇把买的酒和熟菜以及煮好的驴肉拿到了白丽红家。白丽红也做了不少菜,保留菜有煮双黄鸭蛋、煮小鱼,今天特地又杀了只鸡子和鸭子,再加上她男人在河里捕的甲鱼和长鱼,桌上摆得满满的,有十几个菜。邓远航、向智勇和她一家五口围着桌子坐下。白丽红拿出早已准备的散装白酒放到桌上说:“今个大姐陪你们两个喝,知青点的知青,我最信服你们两个,远航也不要喊姨了,也叫姐吧,今个姐跟你们喝个痛快。”

向智勇拿出他带过来的两瓶九龟湖酒说:“先喝这个。”说着把酒打开,给四个大人面前的小酒盅倒满酒,又说,“马上快过春节了,为大家新一年的快乐,我们先干一杯。”

“且慢,智勇,今天先听姐的。”白丽红拦住他说。

102

白丽红拦住向智勇说:“这第一杯,由三个伢子先敬你们两个,今年她们已上学了,一学期下来还不错,这与她们平时在知青点玩耍关系很大。现在在你们去上大学前敬一下你们两个大学生,让她们沾沾你们的喜气,将来也像你们一样,到大学里念书。来,给你们倒上酒,你们端起酒杯敬两个叔叔。”

“她们还小,不要让她们喝酒。”邓远航阻止道。

“不让她们真喝,是让她们端起酒给你们三个老爷们喝。”白丽红说。

三个男子汉把三个小姑娘端过来的酒喝完。

“这下,第二杯由二凤、三凤各端一杯感谢邓叔叔救命之恩。你这一走不晓得什么时候再到龟岛来呢,让她们永远记住这救命之恩。”白丽红说。

邓远航又接过二凤、三凤手里的酒喝完后说:“这下,你们三个小姑娘吃菜吧,挑你们喜欢吃的,来,叔叔给你们一个鸡腿。”说着,撕下两个鸡腿,“来,给二凤一个鸡腿,给三凤一个鸡腿。哟,不好,这鸡子少长了一条腿,大凤还没有呢。来,大凤,给你一只鸭腿。”说着又撕了一只鸭腿给大凤。

“好,这下,我们不管她们了,她们吃她们的,我们喝我们的。来,我们两口子敬你们俩,来个双杯。”白丽红说着端起酒杯敬酒。

几杯酒下肚,白丽红话多了起来。“今个白姐高兴,来,喝酒。姐这辈子遇到你们两个,真是胸口挂钥匙,最开心。有人对我是写不出来字的圆珠笔,一根坏心;你们对我是胸口上烙饼,热心。来,喝酒。”又是几杯酒下肚,白丽红开始有点醉意了,“人啦,不能太横,太横,横遭横祸。他,钟,玉,保,太横了,怎,怎么样,老天有,有眼,刺,刺他,三,三凿子,再横,横,就横死田头。”

“白姐,你喝多了,歇一会儿吧。”邓远航说。

她男人也说:“高了,喝高了,不能再喝了。”

“你死、死过去,跟丫、丫头,洗、洗……睡觉,我……们……喝、喝!”

三个丫头吃跑了、玩累了,已东倒西歪了。她男人见此,便把三个丫头叫走,安顿她们睡觉了。这边向智勇又跟白丽红喝了几杯,也感到多了,开始作恶心了:“咦,今天好像,呕……还没到量,就感,呕……倒好像要吐的样子,呕……我外去吐吐看。”说着一边作恶心,一边跑了出去。

向智勇走了,白丽红又拉住邓远航喝酒。邓远航自己不胜酒力,又见她确实也喝多了,便站起来从她手里夺下举起的酒杯。手上的酒杯被夺下,她一下失控地抱住邓远航哭泣起来。

“你让我喝、喝,我心里苦、苦、苦啊。”她抱着邓远航的腰哭诉着。

邓远航站在那里感到很窘迫,若是她男人或是向智勇看到,不知他们以为他和她有什么事呢,但面对这样一个哭诉的女人,他又不忍心掰开她的手,自己逃离,他知道她平时大大咧咧,满脸堆笑,其实内心是一个很苦的女人。她有一肚子苦水要吐,她今天得这么个机会,有这么一个能倾听她诉说而又不歧视她的人在,正是她倒苦水的好时机,说不定过几天就没有人可以听她倾诉了,很可能她就要带着一肚子苦水度一生了,此时她想吐就让她吐吧。因而邓远航拍拍白丽红的背说:“白姐,你想哭就哭,想说就说,我今天坐这儿陪你。”

哭了一会儿，白丽红停了下来，松开邓远航，指着面前的凳子说：“你坐，我说给你听。你说你白姐长得怎么样？”

“当然漂亮，真是百里挑一。”邓远航发现她哭过后清醒了许多，并且说话时舌头也不打结了，便认真地回答了她的问题。

“哎呀，你还晓得我的雅号喃，人家喊我两个雅号，一个是‘白里透红’，一个是‘百里挑一’，哈哈哈，哈哈哈……”说着她又大笑不止，待笑停了，她又继续说：“长得好看，心就大，那时，真是坐着飞机还想上月亮上去，心比天高喃，就想嫁个干部，能有公粮吃，却被个有老婆的干部找上了，开始这个苍蝇还盯着我转呢，后来要提拔了，把我当一泡屎铲扔掉了，扔给这个半老头子了。日子过得还凑合，生下三胞胎我高兴啊，哪晓得飞来一个更大的苍蝇，想跟你好，就好言好语，一离开你，就恶言恶语，后来遇到苍蝇儿子，那是蜈蚣遇到秃龟蛇了，一个比一个毒。你不晓得他是怎么欺侮我的。扒开我的衣裳，对这块一拳，对这块一拳，对这块一脚，还来扒我裤头……”白丽红一边说着，一边做着动作，用手指着自己的肚子、乳房和下身。

她说第一只苍蝇时，邓远航不知道是哪个。她说到更大的苍蝇时，他还是不知所指。待她说到苍蝇儿子时，邓远航才猜出那是指钟玉保，以前听说那天晚上钟玉保打白丽红的事，但不知道他打的地方既是从肉体上伤害白姐，又是从心灵上侮辱和摧残她。听到这些，回想起钟玉保这些年的一些恶行，他真怀疑钟玉保不是一个中国人，而是日本鬼子留下的种，否则，他怎么那么恶呢？

邓远航正想着，白丽红已趴在桌上发出了呼声。他想，她把长期压抑在心里的苦水淋漓畅快地倒出来了，浑身轻松了，一定会做个好梦。他没有惊动她，只是拿了件棉衣给她披起来，自己收拾桌上的碗碟。这时，向智勇从外边进来说：“吐了几口，好多了，怎么结束啦？我还没喝好呢。”

“不能让白姐喝了，我们也不要在这儿闹了，让她和几个丫头休息吧。我们帮着收拾一下就结束吧。”邓远航说。

“不行，我们哥俩还没喝呢，这一分别不知什么时候能见面呢。这样，我们把这边收拾好，到我们那边再喝，锅里还有一锅驴肉呢。”向智勇说。

他们收拾完碗碟，又和白丽红男人把白丽红搀回房间休息，然后回到知青点。

“时间也不早了，我们就不喝了吧？早点休息，说不定明天一大早就叫到县里拿入学通知书呢。”邓远航说。

听到这话，向智勇鼻子发酸，他在想，怎么说才能把县里已取消他工农兵学员资格的事告诉他呢？不行，还是喝酒。于是他说：“不行，喝酒！我今天喝的还不到平时的一半呢。喝！我去切菜。”

不一会儿，向智勇端来两大碗驴肉和一盘萝卜干，放在乒乓球台的一角。两人分坐在角的两边，一人面前两只酒杯。酒倒下来，两个人什么话也没说先喝了两杯。活动室里十分静寂，只有他们“吱、吱”的呷酒声和“咕叽、咕叽”嚼萝卜干的声音。

“远航，我不是要分手了说些虚伪的话，说真的，我这个人，朋友很多，但真正交心的没有几个，你算一个，和你交朋友是我一辈子快乐的事。为什么？跟你在一起，可以放下一切伪装、客套，而又不需要有任何戒备。你看我平时跟许多人交往，与他们交谈，心很累，处处要小心，以防哪句话让他们不高兴了，哪句话有漏洞被人家抓住小辫子了，真叫累。跟你相处，我就完全放下了、敞开了。来，我敬你两杯，咱们今天无话不谈，一醉方休。”说着一手端一只酒杯，左右开弓，喝掉手里的两杯酒。

邓远航喝完酒说：“我也是把你当大哥敬重的，我从你身上学到不少我所缺的东西，许多是我在别的地方学不到的。”

“举个例子说给我听听，我看看像不像？来，说之前，喝两杯。”

两人又各自喝掉面前的两杯酒，邓远航说：“比如你认真学习、刻苦钻研的精神。”

“嗯，这个有点像，还有喃？喝两杯再说。”

两人又各自喝了两杯，邓远航又说：“比如乐观精神。”

正在倒酒的向智勇把手停住，苦笑着说：“不瞒你说，那是装的。”

103

“装的？乐观怎么装？”邓远航问。

“怎么装？就是龇牙咧嘴赔笑脸呗。其实，我心里苦闷也是很多的。你想想，现在开后门之风这么盛行，连买本书、买包香烟都要走后门，你想想，你要体面地生活，你要拉多少关系？你看，一起下来的，不看表现，不谈品格，有的人下来一年、两年就回城了，而我们辛辛苦苦劳动、勤勤恳恳工作，谁想到我们也需要回城？现在我们这些人都是大龄青年，人家早已抱儿子了，我们有的不敢谈恋爱，有的谈了恋爱不敢结婚，怕回不了城。你说像我这种没背景的人怎么办？你不能被气堵死吧？就装乐观呗。”

“你还可以，靠自己的实干入了党、当了支书，这下又当上了工农兵学员，也不是一般知青所能做到的呀，你这有什么本事能做到这样的呢？”邓远航向他讨教道。

“要说这个啊，我这几年总结我自己有这么三条：实干是前提，关系是基础，运气是关键。来，喝酒！”向智勇说完又喝了两杯。

“还总结得一套一套的嘛。”

“第一条实干，对于我们这些家庭没什么背景的人来说，那是必须的，没有这一点，你整天像个混子似的，没有真才实学，不脚踏实地地干，那其他什么前途都免谈，春风永远也不会光顾到你身上。第二条关系，就是有机会时要有人想到你，帮你说话。我们这些人家里不是没背景、没关系吗，那就要靠自己去建立起一些关系。”

“这关系怎么建？他恨你、怨你，你再怎么建，他还是捣你、戳你，怎么建得起来关系喃？”邓远航插话说。

“先让我把三点说掉，我再专门跟你谈这一点。第三条运气，这个不是每次都有，来了山也挡不住。我当支书就是这样的，你不知道，那天‘火线入党’‘火线提干’，原来是钟玉保做支书的，后来在‘割尾巴’时有群众保护，再加上李晓星台上台下地跑，让钟书记迟疑了，才临时决定由我当支书的。

这次上大学也是运气,第一次考试时,我的成绩是第二十三名,第二轮组织考核按顺序取前十五名,我就要被刷掉了,上级有个通知,在农村当支书的考核时加十分,我一下变成了第九名,进入了县里的名单。你看,这都是运气。来,我们为运气再喝两杯酒。"向智勇喝了酒又继续说道:"当然,这是你看到的,看起来好像倒也轻松,其实你没看到的,是很吃苦的,这就是刚才说的第二条,得事先建立关系。今天酒喝多了,我把我这几年总结的经验都跟你倒出来。这建立关系有三个层次,第一层是跟群众建立关系,这很重要,没有这关系,即使上到很高的位置了也会摔下来。跟群众建立关系,你要尊重他们,不能摆架子、瞧不起他们,还要为他们做事,帮他们出点子,替他们说话。第二层是跟同事建立关系,业务上要精,作风上要正,还要平等待人,不要跟同事钩心斗角、争名夺利。第三层是跟领导建立关系,桌上的,主要是尊重和听话;桌下的,还要投其所好。"

"过去上学时,我们是桌上读书写作业,桌下看画书做小动作,这建立关系也分桌上、桌下?你真是研究到家了。"

"有啊,许多人往往重视桌上,忽视桌下,那好运气也不一定会到他身上的,像这次上大学,你……"说到这儿,向智勇想以邓远航名额被取消为例的,忽然想到他还不知道这个事,便赶快改口道:"你不知道,一些领导看到'向智勇'这三个字就想帮忙,就是这个问题。你问桌下怎么投其所好,我就举我的例子吧。钟玉保爸爸你知道他喜欢什么?烟酒!我就隔段时间给他送点烟酒。洪光武爸爸喜欢什么?收藏!我就给他送只小金龟。"

"这些都要钱买啊?有的有钱也不一定买到啊?"邓远航说。

"也有不用花钱的。"向智勇酒力上来,刹不住车了,便什么话都向外倒了,"不用花钱的,你知道是哪个?是你爸爸。"

"我爸爸?他也被你建立关系了?"

"建了。你爸爸人正派,花钱的任何东西他都不要,我想了几天几夜,脑细胞死了一大盆,最后终于想出了送他一个东西,你知道我送他什么吗?"向智勇眯着眼睛看着邓远航问。

"不知道,什么?"邓远航摇摇头说。

"一首小诗,我自己写的小诗。"

“还记得吗?”

“记得,题目是:颂老书记。共四句:公正廉明守本分,仁义礼让待人民;九龟湖上斗风浪,誓叫河山焕一新。诗写得不好,但写出了老书记的品格,表达了我对他的崇拜之意。写完用毛笔在八开纸上抄一遍,送给了你爸爸。”

“我爸爸收下了?”邓远航问。

“你说他再正派,连一张纸都不收,不是打人脸吗?”

“他当时是什么反应喃?”

“他啊,读后哈哈一笑,往办公桌上一放说‘过奖过奖,字倒写得不错’,这就达到我的目了。”

“我爸是工农干部,他又不懂诗,你能达到什么目的呢?”邓远航问。

“至少你爸知道了我这个人,有什么机会时,他会想起我。”

“我爸革命几十年,抵住了多少真枪实弹和糖衣炮弹,没想到,到头来被你一首小诗就打倒了。你这本事,我恐怕这辈子也学不会了。”邓远航半正经半开玩笑地说。

“不是被‘打倒’,是被感动。你吧,就这张嘴说得不讨人喜欢。远航,今后还有不少地方你要注意的,我们马上要分别了,作为老大哥,过来之人,今天我把想讲的都跟你讲了。喝两杯再说,这酒喝下去,肚子里的话就像九龟湖里的水,源源不断。”向智勇想,你邓远航素质这么好,又是干部子女,按理你应有顺顺当当的人生,可插队这两年,你不是顺顺当当,而是一路逆风而行,倒霉相伴,为什么?今天得跟你交交心。于是,喝了两杯酒后,他继续说道:“你这讲话吧,是你平时最要注意的。你看问题很准,一看就看到问题的实质,一眼见底,但说的时候,千万不能把看出的全说出来,不能一览无余,更不能一针见血,要考虑到当时的环境,听者的感受。你说话,往往不顾及别人的感受,只顾自己一吐为快,直来直去,在不知不觉中把人得罪了,还不知道是怎么得罪的。”

“我承认是有这种现象,还有喃?”人家说出自己的弱点,心里虽不快活,但人家说的的确是事实,因而邓远航不得不承认。

“还有就是你能跟群众搞好关系,群众都喜欢你,但你不善于跟同事、跟上级搞好关系,这就是为什么‘春风不度玉门关’的原因,他们像座座高山把吹向你的春风挡住,让你始终是寒风相伴。这方面你要把我那几点记住,照着去做。同时,在同事面前不能锋芒太露,太露,遭人白眼、遭人嫉妒、遭人暗算。”

“嗯,这我也承认有这回事。”刚才喝了不少酒,邓远航脸还没红,这下被向智勇说得满脸通红。

“还有就是,你求知欲很强,什么都想学,逮到书就看,农业科技、工业基础、历史、地理、哲学、英语、诗歌、绘画、书法、篆刻、照相、拉琴、下棋、打球等等,反正能碰到的,你什么都学,但结果怎么样呢?都懂了些,但都不精,成了杂家。实际上,你还是要下决心专一两门。”

“没想到你平时对我观察得这么仔细,分析得这么精到。是有这么回事,我自己也有同感,正在想法改变。还有喃?”虽然不想他再戳自己的痛处了,但如果人家肚里还有你的不足,那将是人知你不知的东西,反而不利于自己,因而还是又问了一句。

104

“还有……说话要注意,哎哟,不对,又说回头了,前边说过了,说过了。那就没有了,没有了,今天放肆了,说了这么多,也不记得前边说了什么,不知道伤没伤了你?”向智勇忽然感到自己刚才也说得太多了,不知他能否承受,他回头想想,也不知道前边都讲了些什么。

“也没讲什么,都是心里话,是大哥才讲的,不是大哥,你脸上有块污泥,他都不会跟你讲,还说你今天的脸真干净。来,我敬你两杯,感谢你对我这么真诚。”邓远航站起来端着两杯酒一杯一口,一饮而尽。他想,向哥指出的这几条都是他身上存在的弱点,不改,对自己今后的人生肯定会有不良影响,但要改,也非易事。最后一条还好改一些,不过现阶段也只能小改,等到大学以后,有了专业,自然就会改过来。但是前两条,则很难改,它们与个人的性格有很大关系,俗话说,江山易改,本性难易,要改变长期形成的性格、习惯谈何容易？今后只能说注意吧，能改到什么程度就是什么程度，完全像他那样，也不是邓远航了，那样既学不来，也没必要。

两人也不知喝了多少酒，也不知喝到了什么时候。邓远航只知道，他把向智勇搀到宿舍，衣服鞋袜都没脱，把他放到床上，盖好被子，然后自己回到宿舍，倒头就睡，一直睡到第二天早上九点多。他去敲向智勇的门，敲了半天没人应。他有点担心，不要昨天酒喝多了出什么事啊。窗户开着，他过去一看，宿舍里已无人影。他又跑到白丽红家看看，白丽红告诉远航说："一大早人家喊他到大队接电话，接过电话来打声招呼说，他到县里拿上学通知单了。"

拿通知单？怎么他一人去，没通知我去？难道是叫他把我的带回来？

中午，向智勇从县里回来，邓远航才知道自己在最后一关被刷掉了，原因是插队时间差一个月，实际距拿通知书差二十天，如距开学就多十天了。下午，邓远航一人在宿舍里闷着，哪里也不想去，什么人也不想见，什么事也不想做。他不知道这二十天差距到底能影响什么，一定要把他这些日子在脑中已形成的、为祖国造飞机的梦想打破掉。邓远航一夜未眠，但第二天一早他又吹起了上工哨子，履行起队长的职责了。

没几天就是1977年春节，家家户户已开始杀猪准备过年了。邓远航已决定春节不回家过年，一人在知青点留守。虽然路程并不远，但他觉得无脸回去。一起下来的，一个院子的四个人两个早已上班拿工资，一个入党提干，据说因向智勇上学，支书的位子马上就是他的了，而自己还是个农民，连个党员都不是，觉得无脸面对父母和黄老师母女。但他买了些年货：两个猪屁股，二十斤鱼，二十斤挂面，二十斤花生，十斤大豆，十斤麻油，准备分成两份，带一份给家里，带一份给黄老师。白姐说到县城买年货时帮他把这些东西带过去。

还没等白姐去县城，他们已过来了。先是邓远航爸爸到石龟公社检查工作，顺便来看一下儿子，邓远航正好把为家里准备的一份年货给爸爸带回去。

他们工作队去年10月就已解散，各自回原单位，因而邓仁礼又回到县里工作。他来给儿子提了几点要求："我跟你妈都希望你不要灰心，不要泄气，你还小，来日方长。我给你提三点：第一点是树雄心，立壮志，有志者事竟成，苦心人天不负，要树立远大理想，坚定必胜信心，这样才能战胜各种困难，不怕任何挫折；第二点是认真学习，打好基础，不要想一口吃成胖子，路一步一步地走，但走一步是一步，不能一步三摇，也不能进两步退一步；第三点是注意休息，保证健康，要合理安排作息时间，学会照顾自己，最后既能学有成就，又能保持健康，这是我和你妈对你的希望。”

邓远航把爸爸的话记到了当天的日记里。

没两天，黄老师带女儿到父母坟上烧纸，仪式结束后也顺便来知青点看邓远航。正好，邓远航又把为她们母女准备的年货给她们带回去。还客气地说：“不好意思，应该给你们送回去的，叫你们自己辛苦拿回去了。”

“送礼的不好意思，我妈收礼的倒好意思了，这是什么理啊？真是看到个喜鹊没有嘴，抓住个蚂蚱四条腿，衙门大老爷不讲理，夸奖丑八怪最最美。”黄洁青说着听来的顺口溜。

“不是吗？堂堂正正做人的不好意思回家过年，脚下使绊子的人倒好意思在街上大摇大摆地晃呢。”黄老师顺着姑娘的话说。

“也不是不好意思回家过年，主要是想利用过年这儿大把队里明年的生产布局再考虑一下，另外也想静下心来总结一下过去，想想今后的计划，再多看看书，要不，回家这家拜年，那家拜年，时间就过去了。小青什么时候肚里装了这么多货了，也能一套一套地说啦？”

“还不是要追赶你才学的嘛。”黄洁青认真地说。

“我早被你甩后边了，追赶我这个农民有什么意思？”邓远航开玩笑说。

“我不是追赶你这个农民，我是追赶你这个脑袋。”黄洁青解释说。

“我这个笨脑袋更没追赶的价值了，追赶的人越追越笨，小心把你追成笨脑袋。”邓远航继续逗她说。

“笨脑袋没关系，不会害人，不会坏事，只要不是坏脑袋就行，千万不能让人越追越坏，追得一脑袋坏水，走到哪里臭到哪里。”黄洁青笑着说。

“黄老师，小青现在一张嘴不得了啦，说得头头是道，我看将来她能成为大文学家。”邓远航为这么小的姑娘有这么好的表达能力而高兴。

“我看你能成大科学家。真的，我不是开玩笑。我在班上同学那里看过一种月份算命的表格，不是朝鲜的就是阿尔巴尼亚的，说你们3月份生的将来是个‘科学家’型的人物。”黄洁青说。

“还不是开玩笑呢，那世界上的妈妈都到3月生小孩，将来地球上的人都是科学家，你想吃油条还没人给你炸呢。”邓远航说。

“有啊，科学家会造出机器人炸，或者造台油条机，把面从这边倒进去，油条就从那边出来啦。”黄洁青用手比画着说。

“不得了，小姑娘想象这么丰富，我还要重新预测一下了，你将来不是文学家就是科学家了。”邓远航敬佩地说。

“什么小姑娘啊？你不承认我能跟你交流吗？”黄洁青问道。

“承认！承认你太能跟我交流了。”邓远航肯定地说。

“那我就不是小姑娘，你应该把我看成可以跟你平等交流的大姑娘，你睁大眼睛看看我，我还小吗？”黄洁青挺起胸脯说。

她这一说，邓远航真上下打量起眼前这个伶牙俐齿的小妹妹：瓜子脸上一双深邃的眼睛，清澈透明；头上两个小把子，乌黑油亮；微笑的唇中，一排齐整的白牙；还有这细挑的身腰上，撑着丰满的胸膛。难怪不承认自己是小姑娘呢，不过她为什么要在我面前冒充大姑娘呢？

“你是画家，还是相亲的啊？看得人家不好意思了。”黄洁青红着脸说。

难道，这就是她要在我面前做大姑娘的真实意图？

105

“呵呵呵，怎么，看漂亮好意思，长得漂亮倒不好意思，难不成这长得漂亮也有错吗？呵呵呵……”在旁边帮着邓远航收拾房间的黄老师听他们谈话蛮投机的，就一直没有打搅他们。心想，远航心里不快活，让他们谈谈，说不定能让他心里愉快些。这会儿听到姑娘说“不好意思了”，便笑着说了起来。她这一说把他们两人的脸都说红了。

“妈，又没什么可笑的，你笑什么？”黄洁青问妈妈。

“没有好笑的也要笑出来，这是一种非常可贵的人生态度喃。”黄老师说。

“这也是人生态度？妈，你成了职业病了，看到什么，听到什么，马上就转变成了教育你女儿的话题。”黄洁青说。

“这真是人生态度呢，妈是跟你们谈妈的体会。不知你们还记不记得远航送粥的那个雪夜？”黄老师问。

“记得，就跟在眼前一样。不过，妈，我没记得你笑啊。”黄洁青说道。

“那是笑不出来啊，那夜妈妈在被窝里哭啊。”黄老师说着眼泪流了出来。

邓远航那夜看到钟玉保爸爸从那间屋里出来，那时还小，不知他干什么的，现在想来一定是他欺负了黄老师。

“那时妈妈被人欺负，心里消沉到极点，真不想活了，但妈妈想起远航和远航妈妈，我还是撑开自己的嘴，露出牙齿来，发出‘呵呵呵’的声音，就用这种‘呵呵呵’的声音与你相依为命，坚持活了下来。要不是这‘呵呵呵’，早没有我们母女了，哪还有你在这‘哈哈哈’呀？”黄老师动情地说。

“黄老师，你的话我懂了。我钦佩你用微笑去面对难以忍受的痛苦，感叹你总结的简单而又富含哲理的人生态度。请你放心，大学梦戛然而止，真让我痛苦，使我消沉，不过，请相信我，有你这‘呵呵呵’的武器在，我一定在短期内重整旗鼓，恢复斗志！”

“远航哥，这支笔送给你，写好青春岁月，拿起这支笔，就要‘呵呵呵’，让我们一起唱出‘呵呵呵’优美的旋律，共同‘呵’出我们美好的未来。”黄洁青本来是为他上大学买的钢笔，现在还是决定送给他，也是希望用这支笔去振奋他的精神、坚定他的信心。

大年三十晚上，邓远航在白姐家和三胞胎一起吃年夜饭，有三个小东西闹闹，一点没有寂寞的感觉，可是回到知青点，一种孤寂之情便油然而生。

往日的夜晚，知青点各宿舍闪闪烁烁，都透着光亮，而如今，偌大个知青点仅有邓远航宿舍孤灯苦明，独自推挡着四周黑暗的强力挤压；往日从不同的房间里传出说笑声、拉琴声、敲棋声、乒乓声，让知青点展现出青春的活力，而如今，知青点像是到了垂死的年龄，静寂得让人毛骨悚然。他有点后悔决定不回家过年。他在想究竟是什么让他做出这个决定的？面子！不上大学,难道就没面子?那这么多工人、农民、解放军,他们的面子在哪里?看来,自己还是那种小资产阶级嘴脸,如果不改,必定成不了事。想到这儿,他“呵呵呵”地笑起来,他又把收音机音量开到最大,跟着收音机唱了起来:“今日痛饮庆功酒,壮志未酬誓不休……”开始,他站在宿舍里放开喉咙,以从未有过的嗓门一边走一边大声唱,一边做着动作,后来,有点累了,就关掉灯,往床上一躺,盖上被子,就在床上唱。唱着唱着,声音逐渐小了,慢慢变成了哼。哼的声音也逐渐变小,由低哼变成了鼾声,只有鼾声伴着收音机在歌唱。逐渐地又变成收音机一机在发声,机声也渐唱渐低,由低吟又变成了“嗞嗞……”的声音,最后“嗞”声也消失了,知青点沉静在夜色和静寂中。

大年初一早上,邓远航醒得很早,开门一看,外边已一片白,空中的雪花还在飘飘扬扬没有停息。他洗漱完毕,把昨晚从白姐家带回的汤圆下来吃。一边吃一边打开收音机想听听新闻。收音机是开着的,昨夜就没关,唱了一夜,电池也用完了。他便三口两口吞下六个汤圆,碗一丢,锁上门,走出了知青点。

他听着一阵阵的鞭炮声,踏着积雪,走上了九龟湖大堤。举目远望,湛蓝的湖水一波接一波地有条不紊地向东推进,雪花从高空中悠然而下,在湖面上转荡一会儿,像是寻找着什么,瞅准机会忽而钻进湖里,瞬间无影无踪。他仰望天空,天空中昏昏暗暗,不知是雪吐出了雾还是雾凝成了雪,雪雾交织在一起,让人辨不清、看不明。

立在大堤上,他感慨万千:面对急风暴雪般的时代,风驰电掣般前进的祖国,我是默默无闻、无所作为地活着,还是勤奋刻苦、大有作为地奋斗?苍天啊!九龟湖啊!你们告诉我,我到底能干什么?我究竟怎么样?我的人生会是悲剧人生吗?你们只要说一句话,从此我就信命认命,否则,我就抗命拼命。雪仍然静静地飘着,湖水依然默默地流着。由此,他在心里默默地表态道:算了吧,苍天!算了吧,九龟湖!从此我永不相信命运,不管悲剧还是喜剧,只坚持走自己的路。不上大学就自学,把余钱全部用来买书,用三年时间,决心在政治上、业务上和科学文化上有大突破,奋战三年使自己成为无产阶级知识分子!在奔腾的大海中劈波斩浪,决不随波逐流;在曲折的道路上披荆斩棘,决不苟且偷生,前进,永不停,革命加拼命!

雪花的撩扰、滋润，让邓远航头脑清醒，精力倍增。他走下九龟湖大堤，来到大田里，来看那片薄荷田。田被雪盖着，薄荷根在土里埋着，出苗还要一个月左右。去年，薄荷没给队里带来收益，有人要铲掉薄荷种茨菇，当时向支书没同意，现在向支书走了，估计会有更多人提出这个问题。怎么解决这个问题呢？如果不铲，确实产量太低；如果铲掉，购的薄荷苗和熬油锅仅用一次就废弃，浪费太大。他围着薄荷田转了一圈，终于有了两全其美的办法。

他急急忙忙回庄上，来到白姐家。三胞胎才起来，白姐正忙着帮她们炸鞭炮庆新年，迎喜气。一串鞭刚炸完，邓远航跨进了院门。

“新年好、新年好！给你们拜年啦！祝你们全家生活节节高，三胞胎成为金凤凰。”邓远航笑着喊道。

“你新年好！祝你今年上大学，做大干部。”白丽红笑着说。

“当什么大干部啊？我正为小干部的事烦神呢。”邓远航说。

“烦什么神啊？”

“就是那块薄荷田，跟块鸡肋骨似的，丢掉可惜，吃起来无味。”

“早该铲了，我们这块地势低洼，不适合种，正好向支书走了，也没人保了，过了年就把它铲了算了。”白丽红出主意说。

“不能，白姐，向支书走了，钟书记还在，这块田当时也是他拍板定下来种的，还在县里介绍过经验，现在不光光是薄荷田了。”

“田还不是一样嘛，还能是什么田？”白丽红不解地问。

“政治田！”

“政治田？还有这种田。”

“嗯，政治田，铲了就有政治问题了。”

白丽红上下看看邓远航，疑惑地问：“才打击一次，就变啦？你什么时候也学会了拍钟大同马屁啦？”

106

“白姐，这也不是拍他马屁，我是不忍心生产队财产受损，如果有办法能让这块地为生产队增加收入不是好事嘛。”邓远航解释道。

“你看去年那薄荷长得像黄毛丫头似的，干瘪黄瘦，能挤出多少油水啊？我看就是叫专家来种，也还是亏，哪还有办法为队里增收啊？”白丽红说。

“白姐，我倒有一个办法，但要看你支持不支持了。”

“你说，姐哪次没支持你啊？”

“你知道，那块田是队里的低洼田，种水稻产量还不如其他田块呢，何况是种薄荷呢？去年薄荷长势不好，与水渍有很大关系。”邓远航分析道。

“那又不能把好田调来种薄荷啊？”

“不用调田，而是抬田。”邓远航说。

“抬田？”

“对，抬田。薄荷田的西边不是更洼吗？我想把西边的一百多亩低洼田的土挖一部分垫到薄荷田上，这样把薄荷田抬高，把西边那一百多亩田改造成鱼塘，放些鱼苗，到年底卖鱼也可为队里增加一笔收入。”邓远航说出了自己的想法。

白丽红男人浦家贵是个老渔民了，在养鱼、捕鱼上，他有绝对的发言权，因而这时还没等白丽红说话，他一听挖鱼塘改造低洼地，便先岔上来说：“哎，这样好，好办法，两全其美。”

“三全其美！”白丽红纠正说。

“哪来的三全？”她男人不解地问。

“当然三全啦，薄荷产量提高了，一百亩洼地收入增加了，钟大同的政治田保住了。三全！说，要姐做什么？”

“那一百多亩鱼塘，请你们负责，你们养鱼有经验，一定会把鱼养好的。”

白丽红夫妇俩二话没说，答应了邓远航的请求。

本来，邓远航想把这个计划跟大队汇报后再实施，可向智勇走后，新支书还没到任，副支书钟玉保还要再养几天，等身体完全康复才能下来，季节不等人，先干起来再说。因而，正月十五一过，龟岛一队改造低洼田的工程就正式开始了。

龟岛一队的群众干到第七天，钟玉保骑着自行车回大队工作了。他看到一队田里彩旗飘飘，人来人往，便来到田头。邓远航见钟玉保回来了，趁他架自行车时，立即迎上去汇报道："钟支书，你好！"他知道钟玉保只要晓得这工程是他邓远航提出搞的，他立马就会找岔子，说不是，表示反对，因而邓远航先迎上去，想先跟他解释清楚。

"这么多人搞什么鬼名堂啊？怎么不跟大队汇报一下？谁叫搞的啊？有点犯无政府主义了。"钟玉保皱着眉头一边问一边向田里走。他看到邓远航在这儿带领群众干得热火朝天的，不知怎么的心里就不高兴，要是听说是邓远航提出的，那脾气上来，就能叫大家把挑上来的土再填回去。

邓远航看到了这种风险，他想好了怎么跟他说，他才能赞成、支持，他知道他们父子的脾性，一件事如果是他们自己提出来的，他们会想方设法去完成、去赞赏，不然就批评、就否定。因而他说："你爸对这块田真关心，种薄荷是他决定的。他要求提高薄荷产量，把薄荷田提高到政治田的高度来种，为了贯彻钟书记提高高度的指示，大家已拼命干七天了呢。"

"我说嘛，你应该早告诉我唉，早告诉我，哪里用得着你们拼这么长时间的命啦？行，我决定，明天开始，全大队劳力来跟你们一起挑，争取三天完成。"钟玉保做出了支援一队的决定。同时，他又对群众大声喊道："同志们，加油干啦，我已安排增援部队了，明天全大队劳力都来挑，大干三天，誓把政治田的产量搞上去。"说着，抢过一副担子就和群众一起干起来。

钟玉保本来还想在家待几天的，他爸通知他必须今天下来，因为公社党委会已经开过，明天要来宣布龟岛新支书上任。又因为几个月没跟群众见面了，所以，他要在宣布前赶下来，把与群众生疏的感情迅速地恢复起来，正巧碰上这个场面，他便利用这个场面来拉近与群众的距离。

下午，他就召集小队长开会，布置了支援一队的任务。

第二天天一亮，钟玉保就叫人把大队部的扩音机搬到了工地，安装了高音喇叭，还从群众家里借来门板，戗在田里，一块门板上写一个大字，连成一条标语:战天斗地,誓夺无产阶级革命新胜利!

七点不到,钟玉保就开始在高音喇叭里喊各生产队队长的名字,叫队长报告各队人数。八点,龟岛全大队几百号人支援一队薄荷田的改造工程正式打响。一队低洼地改造工程的建设者由一个小队的劳力变成了全大队的劳力,指挥权也由一队队长邓远航变成龟岛大队副支书、副主任钟玉保。他不住地在扩音器上喊着口号,报着各队参与的人数,说着各队任务完成的进度。大家的劳动热情高涨,干劲十足,你追我赶地暗自竞赛着。

到十点多,公社钟书记带一帮人来宣布龟岛党支部的调整名单,见这热烈的劳动场面,钟书记把手一挥说:"大家先和贫下中农打成一片,挑一气土再开会。"于是,几个人拿锹的拿锹、拿担子的拿担子,也都融进了劳动中。

到中午快放工时,钟大同站到扩音器旁说:"同志们,我今天一到龟岛,你们就给我看到一个好消息,就是你们龟岛的千军万马打响了改造旧山河的战斗,真是龟岛人民不畏难,战天斗地夺高产。我要向全公社介绍你们的经验,号召广大干群学习你们的精神。今天我也给你们带来个好消息,就是龟岛党支部有了新的支部书记,下面,我宣布公社党委决定:由钟玉保同志任龟岛党支部书记。"

一天劳动结束,邓远航和钟玉保回到知青点。钟玉保对邓远航说:"今个我来下蟹黄龙须面给你吃,我从家里带的蟹黄,又带了几筒龙须面。你先到宿舍歇一会儿,好了我喊你。"

"不用歇,一起弄吧。"说着就到厨房往锅里舀水。

"那好,你先烧水,我去拿面和蟹黄。"说着便向宿舍走去。

邓远航晓得准是人家送他家的螃蟹多得吃不掉了才熬制成蟹黄的,那是民脂民膏唉。

不一会儿,钟玉保拎了一包东西过来说:"哎,正月里还没了,还是新年呢,我今个请你喝两杯酒。你看我从家里带的香肠、花生米、咸鱼、熏牛肉、罐头肉,再来炒个鸡蛋,有六样头呢,可以了。"

"我又不会喝酒,你喝吧。"邓远航心想,这人在家养伤几个月,好像变化蛮大的嘛,支持我们一队的工程,自己亲自挑方,现在又要下面给我吃,又要请我喝酒,变化真不小啊,是不是吃一堑长一智啦?但他还是不愿跟他喝酒,因为他酒量大,有时候人家不愿喝,他硬逼人家喝,把人灌得要死。因而他便说了句推脱的话。

“耶,少喝一点,我几个月没跟你吃过饭了,看,是好酒,茅台哎。”钟玉保边劝边提起酒瓶说。

邓远航也不好再说什么,便和他一起切好他从家里带来的菜,炒好鸡蛋,来到活动室喝酒。酒、菜还放在乒乓球台的一角,邓远航还坐在那天跟向智勇喝酒时坐的位置,钟玉保坐在他的斜对边。

酒倒好后,钟玉保端起酒杯说:“来,我先敬你一杯,几个月,我在家歇着,你们在为革命奔忙,你辛苦了。”

“你那也是没办法的,又不是哪个想受伤的。”邓远航回道。

“哎,方家那两个杀人犯就没抓住?”钟玉保问道。

107

“要是抓住,肯定要先告诉你的。你不晓得,那就是没抓住。”邓远航说。

“我跟二愣被这两个土匪害苦了,二愣到现在还没好利索,恐怕要残废了。”

“不说这些了,今个是好日子,我敬你一杯,祝贺你当支书了。”

“这又有什么祝贺的,不过是个小得不能再小的干部。远航啊,现在知青点就剩我们两个了,今后我们两个人要团结得像一个人似的,步调一致,相互支持。你看,我今个为什么调集全大队的劳力来挑方?就是为了支持你的工作啊。”

“谢谢你,我替一队的群众谢谢你,来,我再敬你一杯。”邓远航说。

“远航啊,你晓得的,我这个人比较粗,一些问题考虑不细,你以后要给我多出出点子,还有我对人要求也比较严,但心不坏,如果对你有什么不到的地方,请你多谅解。”

邓远航心想,真是太阳从西边出啦,怎么他也做起自我批评来了?便也应了一句:“我也一样,急性子,直脾气,对你不到的地方也请你多包涵。”

“你好好干，对我的工作多支持，锅里有，碗里就能有，把我推上去了，你也就跟着上了，将来，我先把你弄入党，我是支书，我有这个权。到时，我提拔到公社，支书的位置就是你的，我提拔到县里，公社的位置就是你的，我提拔到专区，县里的位置就是你的……”

“喝酒，喝酒，敬你一杯，预祝你步步高升。”邓远航不想再听他一路提上去的牛皮话了，便端起酒杯岔开了他的话。

“托你的口福，我们一起努力奋斗。只要你在后头把我一步步朝上推，我就在上边一步步把你朝上拉，干部有我做的，就有你做的。”钟玉保还是继续说着他的干部话题。

“谢谢你的关心，不过，我不太想当这个干部，我连小队长都想辞掉不当呢。”邓远航把心里的真实想法说给他听。

“耶，不行，不行，还是要当，年轻人不要求进步不行。”钟玉保劝他道。

“进步我也是要的，我只是不太想做干部。”

“那你想干什么喃？”钟玉保问。

“我还是想上大学，将来搞搞研究。”邓远航心想，既然难得他今天坦诚，索性也向他敞开心扉。

“这个志向好，我支持你！据说你今年就是插队时间差一个月没上成大学，太可惜了，不过不要紧，明年再来，明年够了嘛。被你这么一说，我也想上大学了。明年我跟你一起推荐上大学。哎，大学有没有干部系啊？”钟玉保装得像什么事也没发生一样，说着、问着。

“不知道有没有。”邓远航如实地说。

“有，我就读干部系。没有，我就读个什么政治系，专门研究政治。”钟玉保仍然说着他的干部梦。

这次谈心后，两人确实没发生过公开的对立，不过，钟玉保也没兑现让邓远航入党的承诺。不仅如此，他还在邓远航入党的问题上做了些手脚。

那是“党的十届三中全会”开过以后，已到10月了，公社要发展一批新党员，钟玉保对邓远航说：“这次让你入党。你今年干得不错，薄荷大丰收，卖的钱比去年翻了一番，鱼塘里的鱼眼看又是大丰收，再不让你这样的小队长入党真说不过去了。”

邓远航也没把他的话放在心上，也不知道他说的是真话还是假话，因为类似的话几乎每个月都听他说过，说过也没见把表给他填。他便还跟过去一样说声“谢谢”，应付了事。

但这回有点不一样。第二天，钟玉保就到公社去了，下午回来时就把“入党志愿书”给邓远航填了。

又过一天，他就召集支委开支委会，专门讨论邓远航入党问题。通过后，他签了字，盖了章，叫邓远航自己送给公社赵书记。此时，钟玉保爸爸已调到县里任组织部副部长，原来的赵副书记任公社书记了。赵书记看到邓远航来送表格，惊讶地问：“你到现在还没入党啊？这次一定把你党员批下来。”

“谢谢，谢谢，大概什么时间能批下来啊？”邓远航顺便问了一句。

“快，三五天吧，你就在生产队等好消息吧。”赵书记答道。

可就在邓远航到公社送表格的时候，钟玉保在大队部又开始写“人民来信”了。他写了两条：一是邓远航母亲是地主富农成分，不能让地富反坏右的子女混入党内；二是邓远航有作风问题，长期跟有夫之妇白丽红通奸，不能让这种作风败坏的人成为党员。落款是：龟岛大队部分干群。信封上是：龟岛公社党委赵书记亲启。封好后投到了大队部旁边的邮箱里，信今天下午就会到赵书记手里。

邓远航在回来的路上想：这次钟玉保还是很帮忙的，等公社党委批下来后，要好好感谢他一下，买两瓶好酒送给他。现在已经是10月了，今年推荐上大学的工作马上就要开始了，如果党员批下来，组织考核时是可以加分的。他从心里盼望着公社党委能尽快地把他的党员问题批下来。

可等了几个三五天，邓远航也没等到他被批准入党的消息，他想到公社去问问赵书记，又不好意思。

钟玉保也急得为他打抱不平：“一切都弄得好好的，按道理早批下来了。我明天到公社开会去问问赵书记，像你这样的人党员批不下来，其他一个都批不下来，我就不信这个邪。”

第二天下午，钟玉保从公社开完会回来，领回了上河工的任务。今年夏天，九龟湖洪水很大，石龟镇东边一段大堤险些溃堤。县里要求石龟公社先组织劳力加固圩堤。龟岛也领了一段任务,要组织一百多名劳力挑一个多月。这次公社为了激励大家,又推出了“火线入党、火线提拔”的办法。他想亲自带队,争取再“火线提拔”一次。邓远航这次不能让他去,他这次入党问题公社没批,说放一放再说,如果让他去挑一个多月河工,他这个家伙拼起命来干,就有可能让他弄个“火线入党、火线提拔”,绝对不能让他去。

吃晚饭时,钟玉保把公社没批准他入党的事告诉了邓远航:“这次公社没批准你入党,说党委会上争论很大。”

“争论? 我一个小队长,有什么让他们争论的?”邓远航不解地问。

“就瞎嚼呗,说你是什么地主富农子女,说你……”

邓远航打断他的话说:“三中全会都开过了,邓小平也出来工作了,什么都拨乱反正了,我们这块还有‘成分论’?”

“我也是这么说的,可赵书记不听,还说你乱搞男女关系,我都为你辩解了,我说我拿党籍担保,你作风绝对正派,他又不听,就说放一放,再考验考验。我跟他缠了半天也没用。”钟玉保添油加醋地说。

“思想僵化! 捕风捉影!”邓远航气愤地说。

“你也不要灰心,还是要好好表现,接受党组织的考验。”钟玉保教育他说。

晚上,邓远航躺在床上想,公社什么人瞎诌他的呢? 正想着,中央广播电台晚八点的“各地人民广播电台联播节目”里播出了一条重要新闻:国务院决定高等学校实行统一考试。也就是说从今年开始恢复高考,不再实行推荐上大学的制度。听到这个消息,他一骨碌从床上爬起来,把语文基础知识、数学、物理、化学等书翻出来,立刻订了复习计划,准备明天向钟玉保请一个月的假,回家复习功课,参加高考,通过自己努力、凭自己本事考上大学,离开这个是非之地。

108

当邓远航在宿舍听到收音机里播送的恢复高考的消息时,在另一个宿舍里，钟玉保也听到了这个消息。他想，这下邓小二子完了，他的大学上不成了，凭考，我们这些人谁也考不上，我上不上大学无所谓，他上不了大学，研究飞机就真成了一场梦了。

第二天吃早饭时，邓远航把请假条递给钟玉保说："钟支书，这是我的请假条，想请一个月假。"

钟玉保拿着邓远航的请假条，正过来看，反过来看，半天没说话。他心想，这个尖聪鬼，请一个月假在家复习，他还真能考上大学呢，这个我比不过他，我就是复习一年也考不上。他这个假批还是不批呢？不能批！本来，我们说好了一起上大学的，现在我上不了，他也不要想上。二愣病退了，他再考走了，知青点就剩我一个人，多孤单！得让他留下来陪陪我。现在不但不能批他假，还要给他压担子、加任务。过了会儿，他把请假条又还给邓远航，对他说："远航，虽然你这次党员没批下来，但我们是按照党员标准来要求你的。现在龟岛的革命和生产任务都很重，你不能临阵脱逃啊。"

"我会把生产队的事情安排好的，请白姐临时做一个月的队长，保证龟岛一队的革命和生产两不误。"邓远航保证说。

"你要把目光放远点，眼里不能只有你们一队，还要胸怀龟岛，放眼石龟。最近，公社有个上河工的任务，是个锻炼人的好机会，我决定让你去带队。你要把队伍带好，带领一百多名劳力保质保量地完成任务，在这次战斗中，争取'火线入党、火线提拔'。今天就动员，明天准备，后天就出发。"本来这个机会，钟玉保是留给自己的，但为了不让邓远航请假，又得不到复习的时间，只有忍痛把机会让给他。

邓远航把书带到工地，想抽空翻翻，可到了工地就没一点看书的时间了。白天天一亮就起来挑土方，一直到看不见才收工。晚上吃过晚饭，想看看书呢，可书拿到手上，就想睡觉，一倒到草铺上就睡着了。就这样，他带领龟岛的一百多名劳力整整干了四十五天才完成任务，此时离省里组织的高考还有不到一个星期。完成任务那天钟玉保带着锣鼓家伙来到工地，说是全公社第一个完成任务的大队，要敲锣打鼓地到公社报喜。邓远航推托说回去有事，让他自己带队到公社报喜，自己则赶回龟岛跟队里交代了几句，也没跟钟玉保说，也不想什么"火线入党、火线提拔"的事了，事实上，这等好事后来也没摊上他，他只顾急急忙忙回到县城的家里去迎接高考了。

黄老师见他回来，一边送一些复习试卷、几本参考书给他，一边批评他说："你回来得也太迟了，我写给你的信上不是叫你一个月前就请假回家复习，你怎么到现在才回来？"

"我一直在水利工地上，你寄到龟岛的信，我没收到，就是收到，假也请不到。"邓远航说。

"那你抓紧时间复习吧，现在只能是看看概念、做做卷子了，不懂的到学校问老师。死马当成活马医吧。"黄老师交代道。

第一年恢复高考，邓远航就看了几天书，做了几张试卷，便走进了考场。

成绩出来了，他有资格去县文教局填志愿。填表时，黄老师告诉他，他这成绩只能报个地区师范，叫他填"省师范学院九龟湖师范分院"，他坚决不同意，他表示，就是没有学上，也要填"北京航空学院"。黄老师拗不过他，只有让他填他一心想上的"北京航空学院"。而他就填这一个志愿，其他学校一个也没填，他想好了，如果上不了，明年跟黄洁青一起再考，明年上不了，后年再考，范进还考到四五十岁呢，我才二十多岁，怕什么？

1978年春节也快过去了，邓远航没有等到通知书，知道这次大学梦又没戏了，便去黄老师家告辞，准备回龟岛。

"据说，今年高考要改到暑期招生了，你要及早准备，不能像这次高考，到临考了才复习，临时抱佛脚不行。"黄老师说。

邓远航在听黄老师讲话时，看到黄洁青的一张数学试卷，成绩是99+10，就因为一个负号扣了一分，让他羡慕不已。她是应届毕业生，今年也要参加高考。他觉得要学习她的那种学习精神和学习方法，不管她是比自己小，还是女孩子，只要她比自己强，就要拜她为师，因而他说："小青了不得啊，每次都考这么好的成绩，你是怎么学的啊？把好方法跟我介绍介绍啊，我要向你请教呢。"

"那你就早点请假回来复习，我放学回来，跟你一起复习，把课堂上老师教的再跟你讲讲呗。"黄洁青认真地说。

"你们跟她们不好比，你们上学时根本没学到什么。她们正赶上好时光，老师配得强，课本编得好，农村就不行了，由于教室、师资的问题，特别是师资奇缺等问题的影响，农村到现在连小学还没完全普及，不少八九岁的儿童还闲在家里，不能读书，能上初中、高中的就更少了。”黄老师因在县文教局工作，对全县的教育情况比较了解，便向邓远航介绍起来。

“那不能多培养些教师吗？”邓远航问。

“现在是鼓励有志青年报考师范院校，将来献身教育事业呀。”黄老师想劝邓远航今年就报考师范院校，她心里有数，他们是被耽误的一代，他邓远航聪明是聪明，但基础实在太差，“北航”是考不上的。不过此时，她不好说这些话，怕说出来伤他的自尊心。她只是在他面前继续夸奖着教师职业：“教师是人类灵魂的工程师，是非常光荣、非常受人尊敬的职业，国家的栋梁、国家的未来就在他们心里和手上。”

到底是热血青年，听了黄老师的话，邓远航的心也动了。他想：离 1978 年高考也就是四个多月时间，在这么短的时间里要把自己欠缺的知识、能力补上来也不容易，“北航”对数理化要求较高，而这确实又是自己的薄弱之处，不如现实一点，先不管上什么大学，能上个大学就行。想到这儿，他对黄老师讲：“其实，我也不一定非要造飞机不可，当时就是拗不过那口气。”

“你看，你要早说这话，报个师范院校，现在都已经到人学校园里了。不过，现在也不迟，我对你还是有信心的，你考上肯定没问题，就是上什么学校的问题。今年填志愿，要吸取教训，要填师范院校。”黄老师为他把期望值降下来而高兴，便顺势劝他报考师范。

“我还有个想法，想征求你们意见。”邓远航说。

“什么想法？”黄老师问。

“我想改科，我今年想改考文科。”邓远航说。

“为什么？”黄老师也赞成他改科，但是她想知道他对“改科”是怎么想的，如果是觉得容易，那就错了。

“物理、化学是我的薄弱科目，这两科没有老师指导，光靠短期自学是难提高的，而改文科增加的历史、地理，这几年我这方面的书看得比较多，头脑里的知识相对多一些，其他政治、语文、数学三门课不变，这样，今年考上的把握要大一些。”邓远航分析道。

还没待妈妈表态，黄洁青先岔上来说：“我举双手赞成，你学文科，我学理科，我们加起来就是全科，我们团结起来，天下无敌。”

109

“死丫头，一点不害臊，文科加理科就是全科啦？就是世界上全部知识啦？少得很呢，谦虚点。不过我也赞成远航改考文科，这样把握性确实大一些。”黄老师觉得邓远航好像成熟了不少，不再那么好高骛远了，能正确地认识自己，开始从自身实际出发考虑问题了，这是她所欣慰的。

“你不是跟我的观点一样吗？不过历史、地理要背的东西可多啦，你早上可不能睡懒觉噢。”黄洁青调皮地说了一句。

“人家比你起得早呢。其实，在现在的社会中选择什么职业都不重要，重要的是自己打算为实现‘四个现代化’做些什么，只要你有崇高志向，有远大理想，你不论在什么岗位上，都能干出一番事业来。”黄老师用这番话继续固化他报考师范院校的想法。

“老师，你放心，我心里有崇高的理想信念，我一定会认真学习，学好本领，为实现‘四化’而奋斗。”邓远航表态说。

“我相信你有这个信心和能力，你不管在哪里，干什么，你都是好样的，都会干得很出色。好了，这些复习资料给你，你就按照文科的要求制订复习计划，赶快抓紧时间复习，一刻也不能放松。”黄老师交代说。

邓远航临出门时，黄洁青又喊道：“早点请假回来，我等你一起复习喃。”

回到知青点，坏分子之一的范正利从广东过年回来给邓远航带了一包复习试卷，那是他做中学教师的儿子帮他找的；何萍浪也从省城寄来一套《数学》书，这套书是几年前出版的，现在重印，九龟县新华书店柜台上都看不到，更买不到，来点货都被开后门开掉了，何萍浪寄来这套书太及时了。

这次，邓远航没有把命运交给钟玉保，他先向他辞去队长职务，钟玉保没同意，他也没说什么，而是更坚定地告诫自己，这次自己一定要把握好机会，不被任何人干扰。他早上五点起床背政治、历史、地理，到七点半下田劳动，晚上做数学、练作文。这样的劳动、学习生活一直持续到“四夏”大忙。

“四夏”大忙之前，他就到九龟湖农场找同学租来一台收割机、一台大拖拉机。麦子一能收，他们就开镰收割，机器和劳力一起上，只用几天便把麦子全部收割完毕。大拖拉机则是在收割机收一块田后，它耕一块田，耕好的田块，安排劳力插秧。过去只是妇女插秧，今年男女劳力全部下田插秧。这样，到6月19日，龟岛一队的收割、栽插等“四夏”大忙已经结束。可以说，这是全石龟公社甚至是全九龟县第一个结束夏收夏插任务的生产队。大忙结束，他也没忙着去报喜，只是把队里的工作交给了白丽红，也没有跟钟玉保说，而是自己直接回家复习了，此时离高考还有一个月。

而事实上，这段时间，钟玉保也自顾不暇，根本没心事，也没时间去问邓远航到哪儿去了。因为李晓星例假再次超期不来了，她又上门来“逼婚”了。

这会儿她正在他的宿舍呢，还给钟玉保带来不少粽子和咸鸭蛋。

“天这么热，农村又大忙，你这个时候来干什么嚜？”钟玉保有点不耐烦。

“你大忙辛苦，我来慰问你，给你补充营养，让你精力充沛干‘四夏’啊！”李晓星一边回答，一边向钟玉保抛了个媚眼。

一句话、一个动作把钟玉保的心搅痒起来了，他一把搂住李晓星，压到床上又亲又摸，又要脱李晓星衣服。李晓星抓住他的手说：“大白天，人家看到，我晚上不走，在这儿陪你。”

“不行，等不到晚上了，这会儿人都在田里忙着呢，不会有人来的。”钟玉保喘着粗气坚持要脱她的衣服。

“窗帘拉起来嚜，急死了。”李晓星小声说。

钟玉保从李晓星身上爬起来去拉窗帘，回来时，李晓星已赤身裸体地躺在那儿。钟玉保见状像在球场上抢篮球一样，一个卧倒扑了上去。

待完事后，钟玉保穿好衣服往床上一躺说：“还叫我精力充沛呢，我现在已一点劲都没有了，还怎么工作？赶快走，你在这块，肯定要把我搞得筋疲力尽、面黄肌瘦了。”

“快活过了就撵我走了，你这个人最没良心。”李晓星穿好衣服说。

“不是撵你，是现在农村大忙，群众在田里晒着呢，我这个干部在这儿谈情说爱，你说像什么话？群众背后怎么说你？”

“我怕什么呀？我是来看我男人的。”

“哪个是你男人啦，又没结婚，我们是朋友。”钟玉保纠正她说。

“朋友，哪个朋友这么说上床就上床，说睡觉就睡觉的？请问你有几个这样的朋友？”李晓星有点来气地说。

“就你一个，就你一个，你不要瞎想，我是个作风正派的人。但是，确实没结婚，不能喊男人，只能叫朋友。”

“结婚也快啊，今年肯定结婚啊。”李晓星说。

“哪个说跟你结婚啦？我还没决定呢，你要结，你一个人结婚去！”

“我一个人？你就是不参加，我也是两个人！”李晓星也不示弱地说。

“两个人？还有一个是哪个？二愣？”钟玉保怀疑地问。

“三愣！是你儿子！”李晓星指着自己的肚子说。

“又有啦？还像上次那样，做掉再结婚。”钟玉保说。

“你想得倒美呢，还想像上次那样把我骗刮掉，就不管我了是不是？”

“不骗你，反正先刮后结婚。”钟玉保坚持道。

“不能变吗？”李晓星耐着性子问。

“不能变！这是原则！”

“好，那我带着我儿子结婚去。”李晓星撂下一句话走了。

她回到县城和她妈妈一起找钟大同，钟大同说这事得由儿子自己决定，把她们支走了。

母女俩直接跑到县委找到黄书记上访，她们向他出示了钟玉保的保证书。黄书记一个电话打给钟大同：“你儿子两次致人怀孕，又有保证书，必须对人家负责，不负责，那就做玩弄女性处理。”钟大同听了这话赶紧把儿子叫上来商量，最后决定国庆节结婚。

钟大同确定了儿子钟玉保的婚事，接着又明确了女儿钟玉家的恋爱关系。洪光武爸爸托洪副书记做媒，经洪副书记做工作，钟玉家只得点头同意，这样洪家与钟家也就结成了两亲家。

他们两人正式确定恋爱关系后，又一起报名参加高考。在邓远航回来复习前两个月，他们就一起复习了。钟玉家是天天下班后到他家复习，复习资料都是洪光武准备的。他爸爸还利用过去在省里的老关系,让省里的同志寄一些试卷来。邓远航回家复习时,钟玉家还不好意思见他,总是避开他、躲着他。后来有一天,钟玉家下班早,她趁洪光武还没回来时,送了一张试卷给邓远航说:“这张卷子要反复做,是光武爸爸从省里弄来的,不要外传,据说就是今年的考试题。”说完丢下试卷就急急匆匆地走了。

待她走了,邓远航心想,洪光武终于把家家追到手了,本事还可以,但是,他哪来的本事,能把今年的考试题弄到手的呢?他拿起试卷一看是省里一所中学的高考模拟试卷,不相信就是今年的考试题,但他还是做了一遍,做下来自我感觉良好,能得个八十五分以上,信心也足了起来。

然而在他回来第二周的一天晚上,黄洁青把她参加全县数学竞赛的题目拿给邓远航做,又让他自信心大伤。

110

黄洁青拿给邓远航的是全县高中毕业班数学竞赛试卷。她是这次竞赛的第一名,明天,她们前六名还要到地区去,参加全地区的数学竞赛。可这些题目拿给邓远航做,却让他信心大失,使他看不到这段时间在知青点和这几天在家里复习的效果,试卷中大部分题目他都做错了。他对黄洁青说:“扛了几年锄头,把脑子扛笨了。过去是文盲,现在是数盲。你不要管我了,你自己还有那么多作业要做,你回去做你的作业吧。”

“哈哈哈,那幸好还不是流氓。只要不是流氓,我就管你,永远管着你,看你服不服?哈哈哈。”黄洁青笑着用手指点了一下邓远航的头说。

“服,当然服啦,就凭这卷子,你考九十多分,我考五十多分,你是地主婆,哦不,是高分婆,专门拿高分的,我不服能行吗?”邓远航也笑着说。

“哈哈,你又不是高分,喊我什么高分婆?什么高分啊,都是瞎猫抓到死老鼠,碰上的。你也不要灰心,考这卷子,我们班绝大部分人也是不及格,我们老师讲了,高考试卷不会这么难的。我这儿还有一张模拟试卷,给你做做，看看怎么样，不会的，我再教你。我先回去洗澡了，明天一早还要到地区参加竞赛。”说着头一甩出了门。

她头一甩，两个小把子正打到邓远航的脸上，那辫梢的撩拨，那乌发的清香，让他想起少年时在九龟湖大堤的槐树下，被何萍浪发梢荡漾的情景。那时也感到何萍浪那乌发的诱人，但那时毕竟还是个少年，生理还没成熟，而如今，他已是二十多岁的小伙子，再次被撩拨，让邓远航心里一阵战栗，心中有一种波澜顿时起伏跌宕开来，有一种青春欲望从胸中向外奔腾。他追到门外，她已走远，只听见她“呱嗒呱嗒”的拖鞋声。他回到桌子前想，她说我不是“高分”什么意思？难道我是“高分”，她就是我的“婆”了？他心里撞击得很厉害，心神不宁，他竭力地想办法克制着自己，用手掐自己的嘴巴，他又拿起笔把注意力尽力地往试卷的题目上引。

过了好一会儿，邓远航终于稳定下来。他花了两个小时把黄洁青丢给他的试卷做好，但其中有一道题不会，他想去问她。他开门出去，看她家灯亮着，但门关着，心想大概她睡觉了，明天等她回来再问吧，便又回到桌子前看书。

可是不一会儿，门外由西而东传来“呱嗒呱嗒”的脚步声，是她穿着拖鞋走路的声音。她是有什么东西落这儿了吗？邓远航在桌上看看，没有什么。那她来我这儿有事吗？他赶快起身去开门，可还没到门口，那“呱嗒呱嗒”的声音已从他家门前穿过，继续向东而去。噢，她是去厕所。院子的厕所在最东边，院子里的人都在那儿上厕所。不行，我得跟着去，已经是夜里十二点多了，夜深人静，她一个女孩碰到坏人怎么办？于是，他带上门，跟了上去。到了厕所那儿，他知道她已进去，便向北走了十几米，远远地站在那里，因为那边是蔬菜大队的蔬菜田，比较空旷，他怕坏人从那边来，便堵在那条小路上。

黄洁青从厕所出来，看到远远地有一个人站在那里，先是一吓，后看清是邓远航，便问道：“这么晚了，你站在那儿干什么？”

“我怕你一个女孩不安全，我在这儿看着。”邓远航走过来说。

“你这么在乎我吗？”这让黄洁青很感动，她低声问了一句，声音有些颤抖。

“在乎,很在乎,就是牺牲我的生命,我也要保护你的生命。”邓远航也低声地回了一句。

这让黄洁青更加感动,平时能说会道的嘴一时说不出话来,过了一会儿才带着颤音说:“我心里也是有你的。”

“如果你考了很好的大学,远走高飞了,地位高了,我们就做兄妹。”邓远航不好意思地说。

“这是什么话?”黄洁青打断他的话说,“你以为我比你小,就不懂感情啊? 我再小,我的心是不会变的。”

“那年暑假,你到我们知青点去,我就把你刻在心里了。”邓远航说。

“那你怎么不早跟我说?”

“现在说都嫌早。你是你们学校的希望,如果因为我的原因,影响你考试成绩,那我不成了罪人了吗?”邓远航说。

“我能控制。不过,我们现在还是不能暴露我们的感情,也不能谈我们的感情。我们拉钩做个约定,我们都要集中精力复习,等考上大学再说。”黄洁青说着伸出小手指来与邓远航拉钩。

邓远航拉着她的小手指,感到她在颤抖地传递着她身体里的热情,看着她一起一伏的胸脯,感受着她传递的青春气息,他真想把她拉过来揽在怀里,紧紧地拥抱她,但他想,千万不能,真要是拥抱她,那很可能两人都考不上大学。最终,他还是克服了内心的冲动,只是说了声:“要是回到小时候多好啊。”

“小时候? 什么时候?”黄洁青不解地问。

“那时,你妈妈带我们几个到龟岛去,很长的路,你走不动了,你妈妈抱你走一段,累了,我把你背起来走。家家、萍浪逗你说‘亲哥哥一口’。”邓远航说到这里停住不说了。

“亲没亲啊?”黄洁青又急切又不好意思地问。

“你两只小手抱住我的头,这边亲几下,那边亲几下,逗得大家哈哈大笑。”

还没待邓远航把话说完,黄洁青上去抱住他的头,“噗”的一声在他的脸上亲了一口,然后一甩头走了,只留下一串“呱嗒呱嗒”的拖鞋声。

又经过二十天的复习,邓远航和黄洁青、洪光武和钟玉家都走进了考场。两个多月后,他们其中的三人都拿到了通知书。黄洁青拿到的是省工大土木工程系的通知书,邓远航拿到的是省师范学院中文系的通知书,洪光武拿到的是地区师范学校的通知书。

院子里人都向他们祝贺,为他们高兴。只有一个人不高兴,这就是钟玉保,他没想到他邓远航居然也能考上大学,把他一个人丢在知青点,远走高飞了。他想:没有他,我这满脑子的聪明跟谁去玩呢?不行,我得拽住他的牛尾!像上次一样把他再拉回来。

“人民来信”是他的法宝,把这头牛拽回来还得靠这个法宝。于是他又写了一封信,三条:一是地富反坏右子女,二是乱搞男女关系,三是大忙期间擅离职守,给集体造成严重损失。落款还是:龟岛部分正义干群。信写好后,他还是寄给黄书记、洪副书记、洪副主任,他以为还像推荐上大学那会儿一样,还是这几人决定着招生大权,可以发放、收回入学通知书。当然他也感到这次与以往有些不同了,不过,他还是寄出去了。心想,不管有用没有用,就花八分钱,寄出去再说,以前都有用的,也许这次还有用喃,不寄不就彻底没用了吗?

不过,钟玉保的法宝,这次一点作用也没有。

这天,早上起来,天气并不好,天空中不见太阳升起,却弥漫着厚薄不均的雾气,那雾气一团一团地或左右冲突着,或上下翻滚着,像是要向人们展示它要遮盖世界的愿望和能耐。

邓远航与黄洁青结伴到省城上大学,家里人都来送他们。

钟玉保站在家门口眼睁睁地看着邓远航、黄洁青和他们的家人一起拎着行李走出院子,向车站走去,用一种说不出来的笑向他们点点头,打个招呼。他们走后,妒意、悔意、疑意像一锅煮沸的粥在钟玉保的心里翻腾,搅得他坐卧不安。他妒的是邓远航到省城读书不仅有黄洁青这个小美女陪着,还有何萍浪这个小歌仙在那儿等他;他悔的是这次高考前没给他压任务,让他有充足的时间复习,考出了好成绩;他疑的是这次“人民来信”怎么就失灵了,也许是问题没写准吧?他此时唯有希望路上的雾下得更密、更浓些,特别是几年前他从省城回来翻车的那段山路,要下得更大些,也许他们的车会……

但老天这次未如他愿,并没让重雾在空中多留,而是很快托出了太阳,驱散了浓雾,露出一片万里晴空。

2013 年 4 月 16 日完成初稿

2013 年 7 月 29 日完成第一次修改

2013 年 12 月 27 日完成第二次修改

2014 年 3 月 16 日完成第三次修改

2015 年 9 月 22 日完成第四次修改

2016 年 5 月 20 日完成第五次修改

图书在版编目(CIP)数据

碎影：风雨九龟湖系列之二／公常平著. — 北京：中国文史出版社，2017.6

(跨度长篇小说文库)

ISBN 978-7-5034-9065-1

Ⅰ.①碎… Ⅱ.①公… Ⅲ.①长篇小说-中国-当代 Ⅳ.①I247.5

中国版本图书馆 CIP 数据核字(2017)第 044993 号

责任编辑：马合省　薛媛媛

出版发行：中国文史出版社
网　　址：http://www.chinawenshi.net
社　　址：北京市西城区太平桥大街 23 号　邮编：100811
电　　话：010-66173572　66168268　66192736(发行部)
传　　真：010-66192703
印　　装：北京盛彩捷印刷有限公司
经　　销：全国新华书店
开　　本：720×1020　1/16
印　　张：24　　　　字数：350 千字
版　　次：2017 年 6 月第 1 版
印　　次：2017 年 6 月第 1 次印刷
定　　价：59.80 元